volume
3
© Niθ
나에겐 이 어둠이 아늑했다
절망에서 시작하는 이세계 생활,
신의 변덕으로 강제 방송 중
호시자키 콘
Kon Hoshizaki
일러스트 Niθ

잔느 콜레트
시청률 1위의 인기 전이자.
다만 정령술 재능은 없다.

—어설프군.
벌써 끝이냐?

엄청난 힘으로 멱살이 잡힌 히카루는
순식간에 뒤로 자빠졌다.
그리고 자신의 몸 위에 올라탄 잔느를 올려다봤다.

부활한 사람은 태어났을 때의
모습이라는 거 아니겠어?
나나미가 눈을 뜬 곳은 자신의 방이었다.
옆에서 낯익은 소녀가 나나미를 내려다보고 있었다.

여긴 어디—?

게다가 나……
어째서 알몸이야?!

'음? 쿠로의 배후에서……
살기가?!'

© Niθ
고지트 플레이트쯤은
혼자서도 입을 수
있을 텐데…….

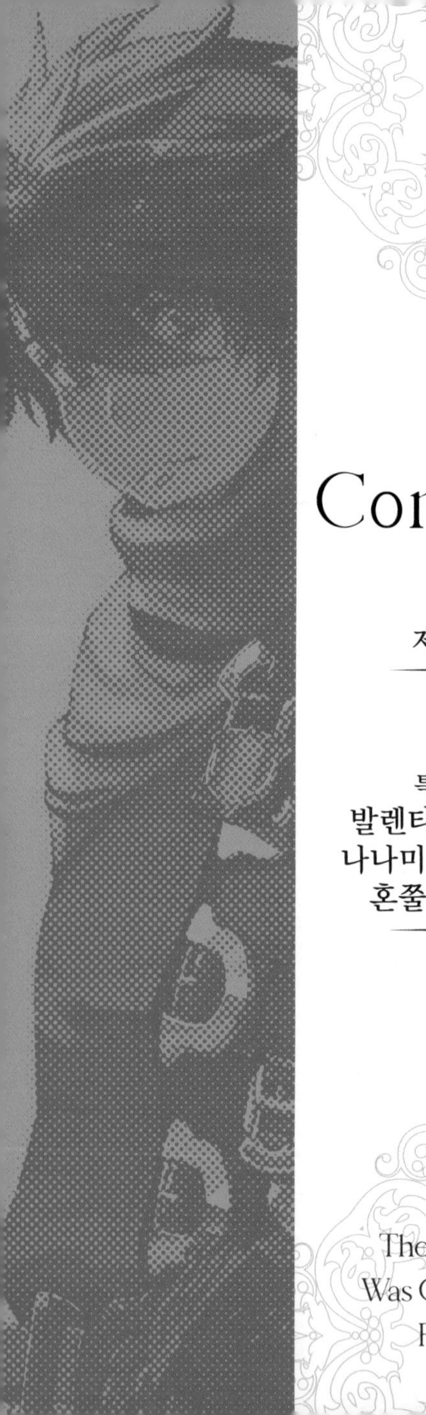

Contents

The Darkness
Was Comfortable
For Me

volume

3

나에겐 이 어둠이 아늑했다

호시자키 콘

Kon Hoshizaki

일러스트 Niθ̂

제 4 장 The Darkness Was Comfortable For Me

이세계 전이 종합게시판【나라별 · JPN—C】
19678th

227: 지구의 아무개
속보! 나나미 일가족 살해용의자 체포됨!!

230: 지구의 아무개
뭐?

234: 지구의 아무개
또 저러네. 난 그런 거짓말은……
어라, 진짜다.

236: 지구의 아무개
진짜로??

250: 지구의 아무개
갑자기 회견을 한다는데.

253: 지구의 아무개
체포다! 용의자를 확보했다!
히카루는 무죄였어! 야호~!

298: 지구의 아무개
소년? 이름은 공개하지 않겠네.
역시 동급생이었잖아.

312: 지구의 아무개
히카루한테 절실한 마음으로 메시지를 보내야지.

335: 지구의 아무개
근데 왜 이렇게 체포하는 데 시간이 걸렸어? 한 달이나 걸릴 만한 사건이었나?

353: 지구의 아무개
미성년자를 체포하는 건 신중해야 한다고. 어차피 어디 은신하지도 못할 테니까. 용의자 단계에서 신상을 공표할 수도 없고.

387: 지구의 아무개
세리카랑 카렌이 아무것도 하지 않았다면 이 순간까지 히카루가 살인범 취급을 받았을 거라고 생각하니……. 범인이 체포된 건 기쁘긴 하지만, 왠지 심정이 복잡하네.

453: 지구의 아무개
회견 설명이 뭔가 이상하지 않아? 피 묻은 흉기를 소지한 상태로 경찰서 앞에 있던 범인을 확보했다니, 무슨 상황이래?

475: 지구의 아무개
지문도 일치한다고 했으니 완전히 확정이네.

511: 지구의 아무개
학교에 등교하지 않는 학생 일람표에 이름이 올랐던 녀석이야?

532: 지구의 아무개
몰라. 미성년자 소년A라고만 발표했어.
어디서 정보를 흘릴 때까지 기다려.

576: 지구의 아무개
소년이라면 남자?

590: 지구의 아무개
소녀였다고 해도 소년A라고 발표했을 거야.

600: 지구의 아무개
알렉스나 잔느한테 메시지를 전해둘게. 특히 잔느는 아직도 오해하고 있을 테니까……라고 생각했지만 안 되네. 요즘에 메시지를 전혀 보낼 수가 없어. 강한 마음을 가진 녀석이 대신 좀 해줘.

621: 지구의 아무개
그러고 보니 잔느가 히카루 근처에 꽤 접근했네.
근시일 내에 히카루랑 접촉하려나…….
기대가 되기도 하고, 두렵기도 하고.

632: 지구의 아무개
히카루 게시판에서 이야기해.

643: 지구의 아무개
나 히카루 게시판을 주로 보는데, 거기서는 거의 모두가 히카루가 범인이 아니라고 굳게 믿고 있었어. 그래서 진범이 체포됐는데도 시간 문제였다고 하더라고~.

674: 지구의 아무개
범인이 쇠약한 상태라 회복되길 기다렸다가 사정 청취를 하겠다고 말하는데, 진짜로 뭔 상황???

686: 지구의 아무개
뭐, 어떻든 상관없지. 미성년자라서 언젠가 사회에 나올 테니 그 점은 속이 끓지만.

690: 지구의 아무개
셋이나 죽였는데 사형이 내려지지 않는다면 대중들이 용납하지 않겠지.

700: 지구의 아무개
히카루도 살해됐다고 했잖아. 넷이야.

712: 지구의 아무개
히카루 건은 역시 형량을 정할 때 고려하진 않겠지.

714: 지구의 아무개
아니, 미성년자일지라도 셋이나 죽였다면 그냥 사형이야. 아무리 못해도 무기징역.

715: 지구의 아무개
정신감정은?

722: 지구의 아무개
잘 모르겠지만, 직전까지 평범하게 잘 살았던 녀석이 느닷없이 정신착란을 일으켰다고 변명해 본들 법정에서 통하지 않겠지.

734: 지구의 아무개
그럼 사형?

745: 지구의 아무개
틀림없이 사형판결이 나올 거야. 다만 집행이 꽤 뒤로 미뤄질 테고, 정말로 집행될지 어떨지도 잘 모르겠어. 20년 뒤에 집행될 수도 있고.

755: 지구의 아무개
이제 됐어. 어쨌든 나나미는 다시 살아나지 않으니까.

777: 지구의 아무개
아니, 그건 몰라. 세리카가 잔느한테 메시지로 접촉하고 있어.

781: 지구의 아무개
히카루는 무고하니 죽이지 말라고?

784: 지구의 아무개
아니. 소생의 보주를 히카루한테 양보해달라고, 자기가 할 수 있는 일은 뭐든지 할 거라고 메시지를 보냈더니 잔느가 거의 불가능한 난제를 꺼냈다던데?

791: 지구의 아무개
거의 불가능한 난제라니?

822: 지구의 아무개
번역해왔어. 잔느가 이런 문제를 냈어. 『메시지가 너무 많아서 골치가 아프다. 이걸 하루에 몇 건 수준까지 줄여준다면 넘겨주지』라고. 불가능하지…….

830: 지구의 아무개
잔느는 워낙 인기가 많으니, 일거수일투족마다 사람들이 메시지를 보내겠지…….

850: 지구의 아무개
세리카의 답장.「열흘쯤 기다려. 반드시 결과를 낼 거야. 보주 부탁해」래.

853: 지구의 아무개
와우.

862: 지구의 아무개
세리카가 너무 남자다워서 새삼 반해버렸다.

870: 지구의 아무개
어, 어라, 응? 그럼 나나미가 다시 살아나는 거야?

872: 지구의 아무개
아니, 제아무리 세리카일지라도 무리 아닐까? 메시지는 컴퓨터나 스마트폰으로도 간단히 보낼 수 있는데……? 어떻게 그걸 억제하겠다는 거야.

877: 지구의 아무개
몰라. 천재한테는 간단한 문제겠지.

882: 지구의 아무개
그나저나 잔느가 소생의 보주를 쓰질 않았네. 모처럼 1위를 차지했는데.

894: 지구의 아무개
타인한테 별로 흥미가 없어 보이는 타입이니까…….

900: 지구의 아무개
덧붙이자면 원래 살았던 지구에도 거의 관심이 없어 보여.

904: 지구의 아무개
어쨌든 잔느가 히카루랑 접촉하는 거야?

907: 지구의 아무개
애당초 잔느는 던전을 찾아서 멜티아로 가는 중이야.

910: 지구의 아무개
게이머 잔느가 던전 공략에 흥미를 가지지 않을 리가 없었지.

914: 지구의 아무개
리프레이아랑 헤어져 의기소침한 상태에서 습격을 받겠네.
어떻게 될지…….

922: 지구의 아무개
잔느랑 꽁냥꽁냥 거리는 모습을 리프레이아 님한테 들켜서 꼭 아수라장이 벌어졌으면 좋겠어.

◇◆◆◆◇

나, 쿠로세 히카루는 이세계 전이자다.

만약에 전이하지 않고 일본에 있었다면 지금쯤 고등학교 1학년 3학기를 보냈겠지.

어느 대학교에 들어갈지, 아니면 집을 나와서 취직할지 그런 미래도 조금씩 고민했을지도 모르겠다.

지금 생각해보면 마치 오래 전에 본 환상처럼 아득한 기억이다.

아침에 조악한 침대 위에서 눈을 떴다.

게으르게도 그대로 뒹굴뒹굴하면서 오늘의 일정을 정하려고 했다. 그러나 시청률 레이스가 끝났고 리프레이아도 떠났다. 미궁마저 출입이 금지됐기에 지금 나에게는 해야 할 일이 하나도 없었다.

'—쓸쓸하다.'

혼자 침대에 누워있으니 지금껏 맛본 적이 없었던 적막감이 등 뒤에서 가슴을 푹 찌르는 것 같았다. 뚫린 가슴이 시렸다.

영문도 모르게 가슴이 세차게 뛰었다. 내가 현재 의지할 곳이 전혀 없는 세계에 홀로 있다는 실감이 밀어닥쳤다.

이 세계에 와서 오랜만에 맛보는 감각이었다.

어쩌면 처음일지도 모르겠다.

숲을 헤맸을 때는 빠져나오는 데 필사적이었고, 그 후에는 오로지 어둠에 계속 숨어 지냈다.

리프레이아와 만난 뒤에는 머릿속이 시청률 레이스로 온통 가득했으니…….

"아무도 모르는 세계에, 나 혼자……."

무심코 그렇게 중얼거리고서 부끄러워져 이불을 뒤집어썼다.

리프레이아가 있어줘서 나는 이 쓸쓸함을 잊을 수 있었겠지.

그녀와 헤어졌고, 시청률 레이스라는 목표도 잃어버렸다.

고작 혼자 있을 뿐인데 이리도 쓸쓸할 줄은 상상조차 하지 못했다.

이렇게나…… 마음이 약했다니.

예전보다는 지구인들이 나를 바라보는 시선이 덜 무서웠다.

리프레이아와 만나면서 사고방식이 조금이나마 긍정적으로 변했기 때문이겠지.

아직은 메시지를 전부 열어볼 만한 용기는 없지만, 매일 조금씩…… 예를 들어 하루에 한 건씩이라면 열어볼 수 있지 않을까? 그런 기분이 들었다.

메시지 박스는 +999인 채로 침묵하고 있었다. 실제 숫자가 어떤지 이제 모르겠다.

차례대로 열어볼 수밖에 없으니 어떤 내용인지도 모르겠고, 누가 보낸 건지도 모르겠다.

"크……."

손가락을 뻗었지만 도저히 더 앞으로는 나아가지 않았다.

메일 박스를 연다. 단지 그뿐인데도 마치 지옥에서 부글부글 끓는 가마솥의 뚜껑을 여는 것처럼 무거웠다.

적막감과 뒤섞인 공포가 등줄기를 기어 다녔다.

—연인을 죽이고서 이세계를 만끽하다니 최악이네요. 어서 죽어

버리시길. 왜 살아있는 거야?

—나나미의 미래를 빼앗고서 얻은 힘으로 살아가는 이세계의 공기는 맛있더냐?

—산 채로 먹혀버렸으면 좋았을 텐데.

메시지 화면을 보면 자꾸만 그 당시가 떠오르고 만다.

간신히 숲을 빠져나온 뒤, 전 세계 사람들이 나나미를 죽인 범인으로서 나를 증오하고 있다는 사실을 알게 됐던 그 순간.

"젠장……."

나 자신이지만, 연약하다.

시청률 레이스가 끝났으니 이제는 나를 쳐다보는 숫자를 의식할 필요가 없다.

리프레이아와도 헤어졌으니 나는 아무하고도 깊이 얽히지 않고 살아갈 수밖에 없다.

이 낯선 세계에서, 현지인으로서 세상을 등지고 살아갈 수밖에 없다.

그렇게 지구와의 거리를 명확히 설정한다면 메시지 따윈 아무렇지도 않은 추억처럼 열어볼 수 있게 되지 않을까?

……그래도 아직은 무리였다.

메시지를 열어보려고 하면 손가락이 떨리고, 목소리가 들려왔다.

『소꿉친구를 죽이고서 결국에는 이세계 무쌍이냐?』

『현재 전 세계가 널 보고 있어. 소꿉친구를 죽이고 마왕까지 쓰러뜨리다니 기가 막히네. 어지간히도 이세계에서 과시욕을 충족하고 싶었나 보네.』

『살인자 주제에 무슨 용사야!』

나는 스테이터스 화면을 닫고서 얇은 이불을 다시 뒤집어쓰고는 눈을 감았다.

나는 죽이지 않았다.

그러나 숲을 빠져나온 시점에 이미 일주일? 열흘쯤은 시간이 지났을 터.

나나미가 살해된 건 전이 당일이었다. 무슨 일이 벌어졌다는 사실은 금세 밝혀졌을 것이다.

집에는 세리카와 카렌이 있었고, 둘은 나나미네 집의 여벌열쇠도 갖고 있었다. 그렇지 않았더라도 나나미가 전이하지 않았던 시점— 그리고 내가 전이자로 뽑혔던 시점에 무슨 일이 벌어졌음을 알아챘을 터였다.

그런데 그로부터 열흘이 지났는데도 사람들은 나를 범인이라고 여겼다.

즉 진범을 찾아내지 못했고, 억울한 누명도 벗지 못했다는 뜻이었다.

그야말로 나는 죄를 억울하게 뒤집어썼다.

그러나 세리카와 카렌이, 그 영특한 두 여동생이 내 누명을 벗기지 못했다면 영영 불가능할 게 틀림없었다. 나는 두 여동생에게 좋은 오빠였다고 할 수는 없겠지만, 그래도 그녀들은 내 편을 들어줬을 것이다. 문자 그대로 온갖 수단을 동원하여 오빠가 뒤집어쓴 누명을 벗겨내고자 움직여줬을 것이다. 그런 의미에서 두 사람은 믿을 수 있었다.

두 여동생도 사람들로부터 피붙이가 범죄자라며 손가락질을 받는 아픔을 맛봤겠지.

범인이 얼마나 잘 숨었는지는 모르겠지만…….

'그로부터 사태가 호전……됐을 리는 없겠지…….'

지금까지 벌써 여러 번이나 생각했던 내용이었다.

내가 메시지를 열어 보지 않았던 동안에 사태가 호전됐을 가능성— 물론 제로는 아니겠지. 진범이 붙잡혔고, 내가 누명을 썼음이 판명됐을 가능성이 말이다.

그러나 그렇지 않다는 것도 잘 알고 있었다.

그건 내 시청자 숫자의 추이를 통해서 느끼고 있다.

누명이 증명됐다면 내가 비참하게 죽길 바라면서 구경했던 사람들은 더는 내 영상을 봐야할 이유를 잃었을 것이다.

시청률 레이스 기간 중에 내가 순간적으로나마 전체 1위가 됐던 이유는 틀림없이 아직도 나나미를 죽인 범인으로서 주목받았기 때문이겠지.

리프레이아의 매력이나 미궁 탐색의 신선한 매력이 시청자를 끌어 모은 부분이 없지는 않을 것이다. 그러나 그 정도로 전체 1위가 됐을 리가 없었다.

전이자는 7백 명이나 넘게 있다.

그들이 이세계 생활을 어떻게 보내는지는 모르겠지만, 나에게 특별한 사정이 없었다면 그 7백 명을 제치고서 단숨에 치고 올라갈 수 있을 리가 없었다.

그 토벌을 마치고 돌아갈 즈음에 알렉스에게 넌지시 물어봤더니, 그 녀석은 시청률 레이스에서 28위였다고 한다. 파티를 맺어서 미궁 공략도 순조로웠고, 여자에게 적극적으로 말을 걸며, 성격도 좋은 잘생긴 알렉스조차 말이다.

'나나미를 죽였던 살인자라고 아직도 오해를 받고 있어서 순간적으로 1위가 됐던 거야. 얄궂게도 말이야.'

무슨 특수한 사정이라도 없는 한 나는 주목을 받을 만한 인간이 아니었다.

세리카나 카렌처럼 특별히 「주목받는 인간」은, 결코 아니다.

침대 위에서 몸을 한껏 웅크리고서 잠시 자다가, 느릿느릿 일어났다.

메시지나 지구의 상황을 억지로 생각하는 건 그만두자.

언젠가 마주해야만 하는 때가 올지도 모르고, 이대로 영원히 오지 않을지도 모른다. 그러나 현재 그것은 내 마음에 고통만 안겨줄 뿐이었다. 그저 살아가기만 해도 벅찰 지경이건만, 억지로 접촉할 만한 여유는 지금의 나에겐 없었다.

부츠를 신고 최소한의 몸단장을 마친 뒤 여관을 나섰다.

도중에 노점에서 요기를 간단히 하고서 길드를 방문했다.

'비어 있네.'

길드 내부는 평소보다 한산했다.

미궁에 출입금지 조치가 내려진 이후로, 탐색자들은 대체로 한가했다. 아니면 미궁 밖의 의뢰— 호위나 약초 채집, 그리고 마물 퇴치 등을 하고 있을지도 모르겠다.

나는 길드 안을 거닐며 목표물을 찾았다.

'출입금지 기간은 앞으로 7일 남았구나.'

큼지막하게 게시된 그것에 「앞으로 7일!」이라고 적혀 있었다. 두꺼운 양피지인데 여러 번 사용한 흔적이 있었다. 아마도 마왕을 토벌할 때마다 재활용하는 모양이었다.

미궁 내에 있는 혼돈이 무엇인지 아직도 잘 모르겠지만, 어쨌든 혼돈인지 뭔지의 상태가 알맞게 진정되면 마물을 쓰러뜨린 뒤 정령석을 채굴하기가 쉬워진단다.

그때까지는 입장금지였다.

"앗, 당신! 히카루 씨네요. 잠깐 괜찮을까요?"

누가 말을 걸어서 돌아봤더니 일전의 파티 때 봤던 직원이었다. 마왕토벌전 때 세운 공훈과 관련한 용건이리라.

내가 1등 공헌자에 뽑혔다는 이야기는 알렉스에게서 들어서 알고 있었다. 포터로서 참가했던 사람을 용케도 1위로 뽑는구나 싶어서 꽤나 놀랐지만, 정해졌으니 이제는 어쩔 수 없었다.

"포상금, 아직 안 받았죠? 길드에 맡겨둘 수도 있긴 한데, 어떻게 할래요?"

"아— 얼마인가요?"

"1등 공헌자에게는 금화 10닢이네요."

"여, 열 닢?! 금화로?!"

"그래요. 들고 다니는 건 조금 위험할지도 모릅니다."

금화 10닢은 앞으로 2년을 살아갈 수 있을 만한 금액이다.

지구의 돈으로 환산하기 어렵지만, 감각적으로 약 800만 엔에 상당하는 금액이겠지.

하룻밤 사이에 부자가 되고 말았다.
"그건 그렇고, 러브러브 트윈버드는 아직 해산되지 않았습니다만 어쩌실 건가요? 리프레이아 씨는 도시를 떠났다고 들었습니다만."
"러브……? 뭐요……?"
방금 뭐라고 했지, 저 사람이?
"러브러브 트윈버드 말이에요. 당신이랑 리프레이아 씨가 맺은 파티요."
"뭐…… 뭡니까, 그건……?"
"그러니까 당신들 파티의 이름입니다."
"어, 어어……?"
실신하는 줄 알았다. 파티명 따윈 아무렇든 상관없었고, 리프레이아도 딱히 아무 말도 하지 않아서 괘념치 않았다. 그런데 러브러브 트윈버드라고……? 알렉스의 파티명인 「뇌명의 송곳니」를 속으로 야유했는데, 러브러브 트윈버드라니…….
"해, 해산하는 것으로……."
나는 겨우 그렇게만 말했다. 쥐구멍에 숨고 싶을 만큼 창피해서 길드에서 빠져나왔다.
포상금 금화 10닢은 일단 길드에 그대로 맡겨뒀다. 그 돈을 쓰지 않더라도 그간 리프레이아와 미궁을 탐색하면서 돈을 충분히 쌓아 뒀으니. 미래를 위한 자금으로 남겨두는 것도 좋겠지.
이제 나는 이 세계에서 쭉 살아갈 수밖에 없었다.
리프레이아도 나에게 살라고 했다. 그렇다면 미래를 생각하지 않을 수가 없었다. 지금은 아직 어떤 미래가 있을지 상상도 되지 않지만, 싫어도 고민해야만 했다.

'일단 성당기사만은 될 수 없겠네.'

리프레이아의 직장에 놀러가는 것도 무리겠지. 성당기사는 은퇴한 탐색자의 재취업처로 꽤 유력하다고 한다. 이 역시 「정령의 총애」의 디메리트라고 할 수 있다.

'가게를 차리는 것도 한 방법일 수 있으려나? 이런 때에는 사회경험이 있는 전이자가 유리하겠지.'

거리를 어슬렁거리면서 그런 생각을 했다.

'아니면 학교에 들어가는 방법도 있나?'

마법이 체계적인 학문으로 존재하는 세계였다면 마법학교 같은 게 있었을 테지만, 아쉽게도 이 세계의 마법은 정령과의 계약으로 성립된다. 타인에게 배워서 구사한다기보다는 감각적으로 배우는 것이라는 인식이다. 마법사라기보단 샤먼에 가깝겠지.

마법학교가 없다면 일본에서 중학교를 졸업했던 내가 새삼스레 이 세계에서 배울 게 있을지 미묘했다. 물론 내가 모를 뿐 어딘가에 고등학문을 가르쳐주는 곳이 있을 가능성도 있겠지만…….

'농사를 짓는 방법도 있으려나. 나무꾼도 가능할까?'

둘 다 힘들 것 같기도 했다. 농업 관련된 지식이 없고, 나무꾼도 뭘 어떻게 해야 할지 모르겠다.

현지인에게 배우면 되겠지만, 그걸 꼭 하고 싶은 마음도 없었다.

'결국, 탐색자인가…….'

목숨을 잃을 위험이 있다. 그러나 나는 스킬 구성을 고려했을 때 멜티아 대미궁의 2층 공략에 너무나도 적합하다. 다른 직업으로는 상상할 수 없을 정도로 효율적으로 돈을 벌어들일 수 있겠지. 그렇다면 탐색으로 연명하면서 그 돈으로 좋아하는 것을 찾거나, 달리 하고 싶은 일을 모색하는 느낌으로 살아가는 것도 좋을 것이다.

더욱이 그 어두운 2층에서 주로 사냥하면서 살아간다면 시청률 레이스 기간에 부풀어 올랐던 시청자들도 줄어들 것이다.

"그렇게 되면 조금씩이라도 평범하게 생활해 나가야겠네."

당분간은 욕탕에 정기적으로 들어가자. 몸을 따뜻하게 데우고, 제대로 된 곳에서 제대로 자자. 햇볕도 최대한 쐬고 식사도 끼니마다 잘 챙겨먹자.

—당연한 생활을 당연히 실행한다.

그것이 이 세계에서 살아가기로 결심한 내가 해야만 하는 첫 미션이었다.

그렇게 당연한 생활을 살기로 정했지만, 나는 이 세계를 잘 모른다.

리프레이아도 고향으로 돌아갔고, 지인도 변변히 없었다. 알렉스 파티라면 여러모로 도와줄지도 모르겠지만, 그들이 어디에 사는지도 모르겠다.

"여기서 어떻게 살아갈지…… 조금씩 생각해나가도록 할까."

신전에 접근하지 않도록 주의하면서 거리를 어슬렁어슬렁 걸었다.

—나는 무엇을 하고 싶은 걸까. 나는 무엇이 되고 싶은 걸까.

이 세계에 오고 나서 그런 생각을 단 한 번도 한 적이 없었다.

나는 이세계 전이자라서 누군가가 늘 지켜보고 있다. 그러니 누군가와 함께 생활하는 것은 어렵겠지.

필연적으로 혼자서 살아갈 수밖에 없을 텐데, 이런 처지에 적합한 삶의 방식이 무엇인지 나는 그 선택지조차 갖고 있지 않은 상태였다.

마왕을 토벌하여 포상금으로 금화 10닢이나 받았다.

그대로 맡겨두긴 했지만, 그것을 밑천으로 삼으면 여러 일을 할 수 있을 텐데—.

"……하지만 딱히 하고 싶은 일도 없네……."

나는 전이하기 전까지 여동생들의 뒷바라지만 해왔다.

이렇다 할 취미도 없고, 이렇다 할 좋아하는 음식도…… 딱히 떠오르지 않았다.

늘 여동생들을 돕고, 여동생을 대신하여 혼나고, 여동생을 대신하여 부모나 할아버지를 설득하고 부탁하는 그런 인생만 살아왔던 듯했다.

어떤 의미에서 이 세계에 온 후로 나는 부모와 여동생에게서 자유로워졌다고 할 수 있는 상황이었다.

'복잡한 심정이야…….'

부모나 여동생들에게서 해방되는 걸 딱히 바라지는 않았다.

나는 내 생활에 만족했고, 그저 평범하게 살아갈 수 있으면 족했다.

그러나 주체성은 없었는지도 모르겠다.

고등학교도 나나미가 정해줬고, 나도 마침 그곳에 입학할 만한 학력이었다. 여동생들이 동아리 활동을 하지 말고 일찍 돌아와 줬으면 좋겠다고 부탁해서 실제로 그렇게 했고.

물의 대정령이 관리하는 영역은 길가에 개천이 흐르는 아름다운 물의 거리였다.

도로에는 판석이 잘 깔려 있고, 석조로 지어진 건물도 많았다.

시장에는 수많은 상점들이 늘어서 있었다. 음식들이 문자 그대로 산처럼 쌓여 있었다. 여행 중이었다면 필시 호기심을 자극했을 광경이었겠지.

"……자유라."

스테이터스 화면을 열어보니 그저 거리를 거닐고 있을 뿐인데도 시청자수가 1억 명을 넘겼다.

그토록 수많은 사람들이 감시하는 상황이니 자유도 뭣도 없겠지.

그냥 살아가려고만 해도 엿보려는 시청자들과 내가 실패하길 바라는 사람들의 시선이 24시간 내내 나를 괴롭혔다.

상식적으로 생각하면 모든 시청자들이 내가 살인용의자임을 알고서 시청……하는 것은 아니겠지. 지구에 그런 게 있는지는 잘 모르겠지만, 어떤 랭킹에 내가 급부상해서 본다거나, 그런 이유도 있음직했다.

시청자들이 전이자들을 어떤 식으로 바라보는지는 사전에 신이 통지한 내용 말고는 알 수가 없었다. 텔레비전이나 컴퓨터, 스마트폰으로도 자유롭게 시청할 수 있다고 신의 통지에 그렇게 적혀 있었다.

영상을 보고서 잠깐만이라도 검색해본다면 내가 「나나미 살인용의자」임을 금세 알 수 있을 터였다. 그리고 「그렇게 잔인한 인간이었어, 이 녀석이?」, 「어떻게 저렇게 태연히 이세계를 만끽할 수 있는 거냐」 하고 인식을 바꾸겠지.

그런 흐름을 상상했을 뿐인데 마음이 초췌해졌다.

"……난 범인이 아냐."

걸으면서 나직이 중얼거렸다. 의미 없는 행위였다. 모두가 범인이라고 여기는 사람이 「아냐」라고 말해본들 뭐가 달라지겠어? 아무 소용도 없었다. 혐의가 보다 깊어질 뿐.

—어렸을 적, 여동생들이 저질렀던 나쁜 장난들은 모조리 내 탓으로 돌아갔다.

여동생들이 추후에 엄마에게 사과했으나 역시나 내가 혼이 났다.

너 때문에 세리카가 나쁜 짓을 배웠다.

너 때문에 카렌이 쓸데없는 행동을 하는 게 아니냐.

처음에는 해명도 해봤지만, 언젠가부터 설득해봤자 소용없다는 걸 깨닫고서 나는 체념하는 법을 배웠다.

다행히도 여동생들은 영특해서 초등학교 고학년 즈음부터는 오빠를 난처하게 만들 만한 행동을 자제했다. 그러나 결국 나는 피가 이어지지 않은 엄마와 줄곧 삐걱거리기만 했다.

친해지고 싶었다.

스스로 부모와 거리를 뒀던 나나미와는 달리, 나는 스스럼없이 부모님을 대하고 싶었다.

개를 한 마리 버렸던 일로 딸에게서 신뢰를 잃어버렸던 나나미의 부모를 봤기에 더더욱 그렇게 생각했는지도 모르겠다.

나나미의 부모는 여러 번이나 설득해달라고 부탁했다. 그러나 나나미는 도를 넘는 고집으로 결코 그 일을 용서하지 않았다.

그리고 결국 딸에게 용서를 받지 못한 채 갑작스런 끝을 맞이했다…….

'아저씨도, 아줌마도…… 그 녀석한테 살해당한 거야……. 나나미도…….'

실은…… 더 화를 냈어야 했겠지. 분노하고 고래고래 울부짖고 규탄하고.

그러나 느닷없이 이세계의 숲에 내던져진 나는 그 타이밍을 잃고 말았다.

이제 나나미는 돌아오지 않는다.

—슬프다.

그 감정은 늘 이 가슴속에 있었다. 그리고 아무리 발버둥을 쳐봐도 이제 범인에게 내 손은 닿지 않는다. 그 사실만이 마음속에 차갑게 내려앉아 있었다.

—가증스럽다.

나나미와의 추억이 머릿속에 스칠 때마다 그녀의 미래를 빼앗은 범인을 향한 증오가 솟아났다.

그러나 나는 그 증오를 솔직히 바깥으로 드러낼 수가 없었다.

……단 한 번도, 그 감정을 밖으로 꺼내지 않았다.

나를 보는 사람들이 나를 범인이라고 여기니까.

내가 범인을 규탄해본들 뭐가 달라지겠어? 제 발이 저린 범인이 화가 난 척 연기를 하고 있다며 싸늘하게 웃을 뿐이겠지. 내가 범인을 놓치고 말았다고 분통을 터뜨려본들 뭐가 달라지겠어? 어차피 가공의 범인을 만들어내 죄를 뒤집어씌우고 있다고 실소하든가, 아니면 정신이 나가버렸다고 비웃을 뿐이겠지.

시청자들은 진범의 편이다.

그들에게 이 속내를 내보이고 싶지 않았다.

범인을 증오하는 이 감정조차 웃음거리로서 소비되는 것을 참을 수 없었다.

이름도 모르는 범인.

시청자들이 간섭할 수 없는 곳에 있는 나를 미워하듯, 나 역시 범인에게 간섭할 수 없는 곳에 있었다.

이곳이 지구였다면 사진을 보고서 「이 녀석입니다!」 하고 지목하면 끝이겠지.

그러나 이세계에 있는 나는 범인을 잡기 위해서 할 수 있는 것이 아무것도 없었다.

그저 나 혼자만이 진실을 알고 있을 뿐.

내가…… 나만이 범인을 알고 있다.

전이자별 게시판 나라별 JPN【No. 1000 쿠로세 히카루】 4187th

3: 지구의 아무개
체포된 오자와의 프로필이래.
(링크)

12: 지구의 아무개
미성년자인데도 순식간에 정보가 확산됐네. 마치 누군가가 뒤에서 손을 쓰고 있는 것처럼…….

20: 지구의 아무개
너무 깊숙이 캐내려고 하지 마.
그러다가 삭제 당할지도 몰라.

22: 지구의 아무개
진짜로 히카루의 학교 동급생이 범인이었을 줄이야.

32: 지구의 아무개
자필로 쓴 반성문을 들고 있었다니…… 진짜로 수수께끼.

40: 지구의 아무개
진짜로 나나미를 죽이면 이세계에 갈 수 있다고 믿고서 죽였나? 미쳤네.

49: 지구의 아무개
인터넷의 거짓 정보를 믿었구나. 이 세상에는 상상을 초월하는 바보가 상당히 많다니까.

57: 지구의 아무개
행동력이 있는 바보는 구제불능이라고 하더니만.

77: 지구의 아무개
히카루 범인설이 꽤 끈질기게 나돌았던 만큼, 그 반동으로 전 세계에 축제가 벌어져서 야단났어.

79: 지구의 아무개
범인의 집이 물리적으로 불타는 것도 시간문제겠는걸.

85: 지구의 아무개
집이 탔다고 하니 생각났는데, 히카루의 집을 물리적으로 태운 놈은 정식으로 자수해라.

101: 지구의 아무개
실황에서 진범과 관련한 코멘트는 자연스럽게 무시했던 세리카랑 카렌은 이렇게 될 줄 알았었나……?

116: 지구의 아무개
범인이 발견된 상황이 너무 미심쩍어. 누군가한테 감금됐다가 풀려나온 걸로밖에 안 보여.

123: 지구의 아무개
그랬다면 범인이 자기 입으로 실토했겠지. 말을 하긴 했지만, 경찰이 발표하지 않았을 뿐인지도 모르겠지만.

127: 지구의 아무개
누가 날 감금했어요, 라고? 그걸 믿어줄까?

139: 지구의 아무개
감금됐다는 증거를 내놓으라고 해본들 불가능하겠지. 경찰의 입장에서는 범인은 그냥 범인일 뿐이고, 도주했던 시기에 겪었던 일 따윈 흥미가 없을지도. 유치장에 처넣기만 하면 끝이니까.

153: 지구의 아무개
세리카랑 카렌도 진범 이야기엔 줄곧 흥미가 없는 느낌이었어. 그러니 실은 세리카랑 카렌도 히카루가 진범이었다고 여겼던 거 아닌가 하고 조용히 생각했거든? 뭐, 보아하니 그 예상이 빗나간 것 같네. 근데 진범인 오자와를 세리카랑 카렌이 숨겨뒀다고 한다면 앞뒤가 딱 맞아. 히카루는 위험한 숲에서 시작했고, 도박에서도 「가장 먼저 죽을 전이자」의 후보에 올랐을 정도였어. 근데 신기하게도 시청자수를 많이 모은 덕분에 크리스털과 포인트를 획득하여 연명했지? 당시에는 전혀 이상하게 여기지 않았어. 나나미를 죽인 범인이라고 여론이 활활 타올랐던 때였으니까. 근데 범인의 불가사의한 체포극을 봤더니 왠지 처음부터 줄거리가 짜여 있었던 것 같은…… 작위적인 냄새가 풍기지 않아……?

160: 지구의 아무개
괴문서가 또 올라왔네…….

164: 지구의 아무개
세리카랑 카렌은 VR 미소녀로 활동하면서도 실제 나이는 서른이 넘은 아줌마와는 달라! 불과 얼마 전까지 초등학생이었다고.

178: 지구의 아무개
평범한 아이는 아니긴 하지만, 감금처럼 체력이 필요한 짓은 어렵겠지.

183: 지구의 아무개
살인청부업자를 고용하는 건 가능하잖아.
돈은 얼마든지 있고.

190: 지구의 아무개
살인청부업자가 실존하기는 해?

205: 지구의 아무개
반대로 왜 실존하지 않는다고 생각해? 모두가 할 수 있는 행위로 돈까지 많이 벌 수 있는 일이라고.

212: 지구의 아무개
세리카는 범인이 체포돼서 감격

한 느낌이었는데, 카렌은 평소랑 너무 똑같아서 웃음이 나오더라.

224: 지구의 아무개
카렌「체포돼서 잘 됐어, 그치~.」
……라던데.

481: 지구의 아무개
그보다도 나나미는 되살아날 수 있어? 그 부분이 중요한데 말이야. 진범과 사건의 진상은 나나미가 부활하면 다 알 수 있고.

498: 지구의 아무개
아직 몰라. 세리카의 기괴한 책략이 성공할지에 달렸어.

509: 지구의 아무개
기괴한 책략이라고 폄훼할 수는 없지. 실제로 메시지 숫자가 줄기 시작했는걸.

517: 지구의 아무개
진짜로 사비를 펑펑 쓰는 모양이야. 「강한 마음이 없으면 상대에게 메시지가 닿지 않는다」는 성질을 잘 파고들었어. 근데 그 계획을 실제로 실행할 만한 배짱은 보통 사람한테는 없지.

527: 지구의 아무개
광고비가 엄청 깨지지. 텔레비전 광고까지 내보내고 있다고.

533: 지구의 아무개
응??
다들 세리카가 뭘 했는지 아는 거야?

540: 지구의 아무개
오히려 어떻게 이 게시판에 왔는데 모를 수가 있는 거냐?

546: 지구의 아무개
잔느 게시판은 지금 축제야.

555: 지구의 아무개
프랑스 텔레비전이나 인터넷 등에서 대대적으로 「잔느 콜레트에게 응원 메시지를 보내자! 메시지를 무사히 보낸 분께 1천 유로를 증정!」이라는 캠페인을 벌이고 있거든.

567: 지구의 아무개
뭐야, 그 불의의 불상사가 터질 것 같은 캠페인은?

580: 지구의 아무개
1천 유로라면 12만 엔 정도? 파산하는 거 아니야?

592: 지구의 아무개
아니, 실제로 이 캠페인으로 메시지가 줄었어.

599: 지구의 아무개
어? 어째서?

613: 지구의 아무개
제대로 보내졌는지 확인하기 위해서 TwiN/SiS가 개설한 사이트에 메시지 내용을 한 번 보내야만 해. 그러면 관리번호가 부여되고, 그 번호를 메시지에 덧붙여서 잔느한테 보내야만 하는 구조지. 그렇게 무사히 관리번호가 붙은 메시지가 잔느한테 보내진다면 야호, 1천 유로 겟.

635: 지구의 아무개
그렇구나. 관리번호를 잘 부여해주지 않는 건가?

650: 지구의 아무개
아니, 매크로 프로그램을 짜놓았는지 관리번호 자체는 금방 보내줘. 근데 무슨 영문인지 관리번호가 달린 메시지를 실제로 잔느한테 보내 봐도 거의 튕겨 나온대. 그래도 하루에 몇 건은 잔느한테 보내지니까 1천 유로를 받았다는 글들이 올라와서 축제가 벌어진 거지. 무료 복권 같은 느낌이니까.

657: 지구의 아무개
메시지 한 건당 12만 엔이라니 터무니없네.

664: 지구의 아무개
12만 엔은 터무니없어.
이거 자칫하면 일반인의 한 달 월급이야.

666: 지구의 아무개
하루에 열 건이라고 해도 백만 엔쯤 되나. 아무리 TwiN/SiS라고 해도 버겁지 않을까?

695: 지구의 아무개
돈을 받고 싶어서 메시지를 보낸다는 불순한 감정을 의도적으로 섞어서 메시지가 도달할 확률을 낮추려는 의도인가. 생각은 해볼 수 있겠지만, 보통 이런 행동을 실제로 하나??

710: 지구의 아무개
실제로 하고 있잖아.

721: 지구의 아무개
그뿐만이 아냐.
메시지가 도달되는 메커니즘이라고 해야 하나, 기준이 여러모로 연구됐는데 말이야. 메시지를 거의 받지 않는 전이자는 기준이 낮아서 내용을 꽤 대충 적어서 보내더라도 도달하는데, 반면에 잔느한테는 메시지를 보내봤자 거의 채용되질 않아. 그래도 그녀쯤 되면 채용률이 낮더라도 총수가 워낙 많아서 도달하는 메시지 양이 엄청나지. 채용률을 1/50이라고 쳐도 보내는 사람이 그만큼 많으니까. 여기서 이 채용률의 구조가 참 별난데, 『아무리 총수가 늘더라도 반드시 ○○건은 채용』되는 게 아니라 단순히 총수가 늘어날수록 난도도 함께 올라가는 구조야. 다시 말해 메시지 총수가 최대치에 이르면 채용 난도도 최대치로 올라간다는 의미. 즉, 세리카가 캠페인을 실시하여 의도적으로 메시지 양을 늘려서 채용 난도를 최대치로 올려놨기에 실제로 도달하는 메시지의 총수가 줄어든 거야.

726: 지구의 아무개
RPG에서 자신의 캐릭터 레벨이 올라가면 적의 레벨도 덩달아 올라가는 그 밉살스러운 시스템 같은 구조인가?

728: 지구의 아무개
그리고 돈이 다소 들더라도 나나미가 다시 살아날 수만 있다면 상관없으니까. 기간 한정 캠페인이라고 못을 박아둔 이유도 그 때문이 아닐까?

732: 지구의 아무개
메시지 총수가 극단적으로 늘어나면 종전까지는 채용됐을 법한 메시지일지라도 탈락한다는 뜻인가?

744: 지구의 아무개
궁극적으로 몇 명을 고용해서 「정말로 돈이 입금됐습니다!」 하고 떠들어대면 실제로는 지불하지 않더라도 어떻게 넘어갈 수 있을지도 몰라. 사기인지 아닌지 따지기에는 좀 미묘하니까.

759: 지구의 아무개
너무한데ㅋㅋ

768: 지구의 아무개
사기였다면 어중간하게 1천 유로를 걸지 않고 아예 1만 유로를 걸었겠지.

780: 지구의 아무개
이거 일본에서도 할 수 있지? 나, 보내고 올게!

787: 지구의 아무개
난 이미 진즉에 보냈어. 그리고 전혀 도착하질 못한 듯. 돈을 받고 싶다는 욕심만 담겨서 그런가…….

759: 지구의 아무개
신이 메시지에 「강한 마음」이 담겨 있는지 선별할 수 있다니 굉장해. 수수께끼의 메커니즘이야.

809: 지구의 아무개
이거 한 사람이 여러 통을 보낼 수 있는 게 머리 아픈 부분이지. 많이 보내는 사람은 하루에 백 통은 넘게 보낼 거야. 그렇다면 하루에 총량이 얼마나 되는 거지?

822: 지구의 아무개
그러고 보니 메시지 채용 난도에 관한 내용을 Twitter에서 본 기억이 있어. 메시지를 거의 받지 않는 인기 없는 전이자한테는 별 볼일 없는 쓰레기 같은 메시지일지라도 도달된다는 이야기. 인기 없는 전이자가 참 불쌍할 따름이야.

845: 지구의 아무개
최초에 사람들이 쓰레기 메시지를 대량으로 보내서 신이 채용한 시스템인데, 그걸 역이용하는 세리카&카렌…….

851: 지구의 아무개
어쨌든 이로써 잔느가 히카루한테 망자 소생의 보주를 넘겨주는 건 확정된 거네!

856: 지구의 아무개
나나미가 되살아난다! 부활이야!

865: 지구의 아무개
기독교 교단에서는 매우 중요한 날이 될 거야. 이걸 어떻게 해석하고 받아들여야 할지 바티칸 사람들은 골머리를 앓겠지. 자칫 암살해서 「없었던 일」로 만들어버리는 거 아냐?

872: 지구의 아무개
라노벨을 너무 많이 읽었잖아ㅋㅋㅋ

888: 지구의 아무개
그 신이 기독교의 신과 동일하지 않은 건 확실하지만, 그래도 『부활』은 특별한 개념이니까. 그리스도가 부활하면 망자는 되살아나고 최후의 심판이 찾아오는 거야. 그리스도의 부활 = 모든 망자의 부활 = 망자(나나미)의 부활 = 그리스도의 부활 = 최후의 심판. 이러한 도식이 완성되는 거지.

894: 지구의 아무개
너무 억지 도식인데ㅋ

902: 지구의 아무개
이미 최후의 심판이 도래한 거지. 신이 판단하여 뽑힌 자와 뽑히지 않은 자로 나뉘었는걸. 이 세계는 이제부터 게헨나[#1]가 되는 거야.

911: 지구의 아무개
그거, 진짜로 믿는 사람이 있더라. 말세야, 말세.

912: 지구의 아무개
멸망해라! 세상은 멸망한다!!

916: 지구의 아무개
나나미가 부활해버린다면 그 순간부터 최후의 심판이 시작되나? 무서워라.

#1 게헨나 성경에서 말하는 사후 악인이 벌 받는 장소. 즉, 지옥의 동의어다.

926: 지구의 아무개
최후의 심판이라면, 천사 가브리엘이 나팔을 부는 그건가?

940: 지구의 아무개
그건 묵시록. 아포칼립스라는 단어를 자주 들어봤을 텐데, 그거야. 세상의 종말을 예언한 책이지.

947: 지구의 아무개
묵시록인데 세상이 멸망한다고 적혀 있나? 잘 모르겠는데.

959: 지구의 아무개
묵시록에 적힌 세상의 종말의 끝에서 그리스도가 되살아나. 이때 망자들도 전부 되살아나고, 그 뒤에 「이제부터 최후의 심판을 거행하겠다!」는 전개가 벌어져. 악인은 지옥에 떨어져서 죽지 않고 영원히 고통받고, 믿는 자는 구원을 받고서 천년 왕국으로~. 그런 느낌의 스토리지.

965: 지구의 아무개
죽이기 위해서 되살리는 거야? 라고 순간 생각했는데, 죽지도 않는 영원한 고통을 주기 위해서 되살리는 건가?
과연, 이것이 천국과 지옥…….

968: 지구의 아무개
참 요상한 이야기이긴 하지만, 교회에서 그런 소리를 했다가는 농담으로 안 끝나겠지.

970: 지구의 아무개
기독교 신자는 정말로 그 이야기를 믿어? 그럴 리 없지??

973: 지구의 아무개
실제로 그에 가까운 단계까지 진입한 녀석이 있…….

974: 지구의 아무개
종말 사상 같은 건 어느 종교에나 다 있는데 말이야……. 신까지 출현해버린 상황인지라 어느 종교든 섬뜩해하고 있다고.

980: 지구의 아무개
멸망! 멸망할지어다!
이 세상은 멸망한다!!

982: 지구의 아무개
나나미가 그리스도의 환생자로서 떠받들어질 가능성도?

990: 지구의 아무개
충분히 가능성은 있겠네.
어쨌든 돈이 돼.
거짓말로라도 사후세계를 이야기한다면 억만장자가 될 수 있어.

994: 지구의 아무개
뭐, 그 부분은 세리카가 단단히 생각해뒀겠지.

995: 지구의 아무개
어쨌든 나나미가 되살아나서 히카루의 얼굴에도 웃음이 되돌아왔으면 좋겠는데.

999: 지구의 아무개
그러게.

◇◆◆◆◇

"바다인가."

어슬렁어슬렁 걷다가 바다까지 오고 말았다.

바다 냄새는 일본보다 옅은 것 같기도 했다. 저 냄새는 플랑크톤이 썩는 냄새라고 책에서 읽은 기억이 있으니 지구와는 다른지도 모르겠다. 다만 이 세상이 지구와 꽤 유사한 세계인 것만은 확실했다.

전혀 달랐다면 이 냄새 자체가 존재하지 않았을 게 틀림없다.

나는 전문가도 뭣도 아니라서 자세히는 잘 모르겠지만…….

목조 범선이 십여 척 정박해있는 커다란 항구였다.

어떻게 만들었는지 제방까지 쌓아놓았다. 낚시하기에는 안성맞춤일 것 같았다.

그러고 보니 나는 유일하게 낚시만은 취미로서 계속해왔다.

한 번 해봐도 괜찮을지도 모르겠다.

항구 가장자리를 따라 조금 걸어나가니 낚시도구점을 발견했다. 정확히 말하자면 어부를 위한 도구점이었다. 그러나 개인용 낚싯대도 판매하는 듯했다. 대나무 같은 소재로 제작한 대 끝에 실을 동여매기만 한 원시적인 낚싯대를 구입했다. 어부가 사용할 법한 물건으로 보이지는 않으므로 아마 놀이용이리라.

낚싯대를 둘러메고서 괜찮아 보이는 낚시지점을 찾았다.

커다란 바위를 깎아서 만든 연안에는 배들이, 잔교 위에도 낚시꾼들이 몇 명 있었다.

방파제로서 콘크리트 블록을 대신하여 거대한 바위가 바다에 쌓여 있었다. 어떻게 옮겼는지 모르겠다. 레벨이 높은 땅의 정령술사가 했든가, 아니면 땅의 대정령이 거들어줬겠지.

이 세계는 과학 기술이 없는 대신에 정령력이 있었다.

뒤떨어진 세계라고는 도저히 말할 수 없을 만큼, 살아가기에 불편함은 없었다. 말 그대로 판타지 같은 세계라고 할 수 있었다.

'잔교에서 해볼까.'

일본에서는 생각할 수 없는 일이지만, 낚시꾼이 잔교 위를 드나들지 못하도록 막아두지 않은 듯했다.

뭐, 어부나 짐을 나르는 역부의 길을 막았다가는 흠씬 얻어맞고서 바다에 내던져질 것 같지만, 이 시간대에는 일하는 사람도 없는 듯했다.

적당한 곳에 앉아 낚싯바늘 끝에 갯지렁이와 닮은 미끼를 매달고서 바다를 향해 던졌다.

일본에서는 잘 하지 않으면 자그만 복섬만 걸리는데, 이세계에서는 과연 어떨까. 설마 마물이 걸리지는 않겠지…….

나는 불현듯 어떤 생각이 떠올라서 편법을 쓰기로 했다.

"다크 센스."

지각의 파장이 저 아래에 있는 바다 속을 더듬어나갔다.

이 정령술은 어둠 속을 둘러볼 수 있는 술식인데, 일상에서도 어디에서든 쓸 수 있다. 원한다면 벽 너머에 사람이 있는지 없는지도 간파할 수 있는 편리한 술식이다. 미궁의 제4층에서 물속에 숨어있는 사하긴을 찾는 데 쓴 적이 있었다. 당연히 물고기가 있는지도 알아낼 수 있을 터였다.

'그렇구나. 꽤 큰 물고기가 있는 것 같아. 수심 5미터 정도?'

숙련도가 아직 낮아서인지, 다크 센스로는 정확한 사이즈까지는 알 수가 없었다. 그러나 백 센티미터가 넘는 물고기가 널려 있는 듯했다.

지각 범위 안에 2미터가 넘는 물고기도 있었다. 역시 이세계의 바다는 일본과 다르구나.

설마 마물은 아니겠지만, 먹을 수 있는 물고기인지는 모르겠다.

뭐, 애당초 그런 거대한 물고기를 이 싸구려 낚싯대로 낚지도 못하겠지만.

"엇."

줄을 드리운 지 1분쯤 지났을까. 물고기가 벌써 걸려들었다.

민낚싯대에다가 애당초 실이 짧고 수심도 확인할 수 없지만, 돌아다니던 물고기가 미끼를 문 듯했다.

당겨보니 의외로 커다란 등 푸른 생선이었다. 전갱이와 닮았다. 당연히 전갱이와는 다른 종일 테니, 먹을 수 있을지 없을지는 모르겠다. 1크리스털을 지불하면 조사할 수 있지만, 역시 이런 일로 크리스털을 쓰는 건 바보 같은 짓이다. 나는 물고기를 섀도 스토리지에 던져놓고서(이 그림자 수납함 속에서는 물건들이 뒤죽박죽 엉키지 않으므로 음식을 그대로 넣어두더라도 문제가 없다) 새 미끼를 달았다. 역시나 이세계라고 해야 할지, 물고기가 순진한 건지 금세 다른 게 걸려들었다.

그렇게 한동안 낚시를 즐겼다.

이렇게 날씨가 좋은 대낮임에도, 나는 한동안 지구에서 쳐다보는 시선을 잊어버릴 수 있었다. 다시 말해서 나는 이 상황에 점점 익숙해지기 시작……했는지도 모르겠다. 마음속에서 휘몰아치는 적막감만은 어쩔 도리가 없었지만, 그것도 언젠가 익숙해지지 않을까 싶었다.

—누가 나를 어떻게 생각하든.

—진범이 붙잡혔든 말든.

나나미는 죽었고 아저씨와 아줌마도 죽었다. 내 가족이 더는 일본에서 살아갈 수 없다고 해도 어쨌든 나는 이 세계에서 홀로 살아갈 수밖에 없었다.

그 사실은 변함이 없었다.

어쩔 도리가 없었다. 그것이 현실이었고, 바꿀 수 없는 나의 현재 상황이었다.

'—그럴 수 있다면…… 그렇게 간단히 딱 구분할 수 있다면.'

그럼 분명 편해지겠지.

이제 돌아갈 수 없으니 저쪽은 완벽하게 잊고서 이 세계에서 살아갈 수 있다면.

따뜻한 바람이 불자 수면에 물결이 사악 일었다.

—아무도 안 봐요. 달님을 빼고는요.

리프레이아는 그렇게 말했다. 결국 그녀는 몇 억 명이 쳐다본다는 것이 무엇인지 이해하지 못했다.

그런데…… 정말로 그럴까? 그녀가 옳았고…… 내가 틀렸을 가능성은?

누가 나를 보고 있다는 근거는 이 스테이터스 화면에 표시된 숫자뿐이었다.

주변에 드론이 떠있는 것도, 카메라맨이 나를 밀착 촬영하는 것도 아니었다.

「모두가 나를 보고 있다」는 사실 자체가 거짓말이라고는 나도 생각하지 않았다.

그러나 나는 눈치를 너무 본다. 그것 자체가 틀렸다고 리프레이아가 알려줬던 걸까.

달은 분명 머리 위에 떠올라 나를 보고 있을지도 모른다. 저것과 똑같다.

신경 쓸 필요가 정말로 있을까—.

……지금껏 이 걸로 수백, 수천 번은 더 생각했다.

이렇게 한가로운 해변에서 낚싯줄을 드리우고 있으니 모든 것이 내 망상인 것 같았다. 내가 원래부터 이 세상의 주민이었던 것 같은 기분마저 들었다.

지금은 아직 분리할 수가 없지만, 이렇게 매일 낚싯줄만 드리운 채 계속 살다보면 언젠가 지구에서 겪었던 일을 꿈이나 환상처럼 치부하는 날이 올지도 모르겠다.

낚싯줄을 드리우면서 그렇게 생각했다.

따뜻한 바닷바람이 뺨을 어루만졌다. 하얀 바닷새가 울었다.

'졸리네.'

그렇게 생각하자마자 나는 잠에 빠져들었다.

—꿈을 꿨다. 어렸을 적 꿈이었다.

나나미에게서 먹이를 받아먹은 떠돌이 개가 그녀가 마음에 들었는지 집까지 따라온 적이 있었다.

귀여운 중형 잡종견이었다. 반려동물을 키운 적이 없었던 나와 나나미는 개를 마구 쓰다듬으면서 음식을 또 주고 말았다. 개는 먹이를 준 사람을 주인으로 인식했는지 그대로 나나미네 정원에 눌러앉아버렸다.

개가 이토록 사람을 잘 따르는 동물인 줄 몰랐던 나나미는 굉장히 감격했고, 그 개에게 아이라는 이름을 붙여줬다. 아이는 한동안 나나미네 정원에 있었고, 놀러나갈 때도 꼬리를 흔들며 그녀의 뒤를 쫓아다녔다.

나나미네 가족이 그대로 아이를 키우겠지. 어렸던 나는 그렇게 생각했다.

그런 그렇게 며칠쯤 뒤, 나나미가 서럽게 울면서 우리 집에 왔다.

학교에 간 사이에 아버지가 보건소에 연락하여 아이를 넘겼다고 했다.

나나미는 이제 집에는 돌아가지 않겠다며 내 침대에 숨어서 또다시 엉엉 울었다.

지금은 알겠다.

그녀의 부모님은 떠돌이 개는 어차피 떠돌이 개이니, 금세 어디론가 가버릴 거라고 생각했겠지. 그러나 아이는 어디에도 가지 않았다. 낮에는 나나미가 학교에서 돌아오길 기다렸고, 밤에는 현관 앞에서 나나미가 나오길 기다리듯 잠에 들었다.

아이는 나나미에게 정을 너무 많이 줬다. 그 결과 죽임을 당했다.

"키워도 된다고 했는데! 밥도 줬는데!"

"나나미……."

"언젠가, 나도 버려질 거야!"

우리 여동생 정도는 아니지만 충분히 총명했던 그녀는 보호소로 끌려간 개가 어떻게 될지도, 어린애는 이제 어쩔 도리가 없다는 것도 다 알고 있었다. 그리고 자신의 부모가 그 잔혹한 선택을 했다는 것 자체도 받아들일 수 없었겠지.

"……뿐만 아니라 그 집에 있다가는 언젠가 죽을지도 몰라."

"그럴 리가 없잖아. 아저씨랑 아줌마는 상냥한걸."

"히카루, 부모님이 정말로 상냥했다면 보건소에 연락했을 리가 없어. 나도 마음에 들지 않는다면 언젠가 버리거나 죽일 거야."

그 사건을 통해서 그녀와 그녀의 부모 사이에는 돌이킬 수 없는 균열이 생겼다. 그 이후로 나나미는 부모님을 향한 불신감을 지우지 못했고, 중요한 문제는 부모님이 아니라 나나 여동생에게 물어보러 왔다. 그녀의 마음속에서 나와 두 여동생만은 신용할 수 있는 사람이었는지도 모르겠다.

사립 중학교의 입학시험을 치를지 공립으로 갈지 결정할 때도, 동아리를 선택하지 못하고 고민할 때도 우리에게 판단을 맡겼다.

그녀의 가출소동은 하룻밤 만에 금세 가라앉았다. 그러나 집으로 돌아갈 때 나나미가 했던 말만은 그 후에도 묘하게 기억에 남았다.

—내가 살해된다면, 히카루가 반드시 복수해줘. 약속이야.

"—어린애의…… 실없는 말이었을 뿐인데."

나는 눈을 뜨고서 허공을 향해 중얼거렸다. 자기 전과 풍경이 바뀌지 않았다. 스테이터스 보드로 시간을 확인하니 불과 30분밖에 자지 않은 듯했다.

상당히 정겨운 꿈을 꿨다. 그 개, 나나미네 집에 한 2주쯤 있었던가?

어린애의 기억이다. 어쩌면 사실은 며칠— 닷새 정도였을지도 모르겠다.

어른에게는 순식간. 그러나 아이에게는 친구가 되기에 충분하고도 남았을 시간.

왜 이런 꿈을 꿨지? 나나미를 되살릴 수도, 복수를 해줄 수도 없는 원통함이 마음의 밑바닥에서 잉걸불처럼 지글지글 타고 있는 걸까. 아니면 모든 것을 체념하고, 지구를 잊고서 살아가자고 생각했던 나를 나무라기 위해 누군가가 이런 꿈을 꾸게 한 걸까?

나는 이미 미끼가 빠져버린 낚싯대에 새로운 미끼를 달고서 바다에 던졌다.

한동안 기다리니 물고기가 또 걸렸다. 반쯤 작업하듯 그것을 새도 스토리지에 넣었다.

그렇게 아무것도 생각하지 않도록 시간을 담담히 보내고서 슬슬 돌아가자고 생각했을 즈음—.

머릿속에서 목소리가 울려 퍼졌다.

『이세계 전이자 여러분께 알려드립니다! 지금부터 제1회 시스템 업데이트를 실시하겠습니다!』

언제나 뜬금없이 시작하는 안내방송이었다.

사전에 글이나 다른 수단으로 통지해주면 좋을 텐데, 신은 이렇게 목소리로 전한다. 스테이터스 화면에만 띄워두면 읽지 않는 사람이 있어서 그런지도 모르겠지만…….

낚시도구를 섀도 스토리지에 치우고서 별생각 없이 잔교의 돌출부까지 걸어갔다.

그나저나 시스템 업데이트……?

『「카메라 촬영모드 선택 기능」 및 「자동 번역 온/오프 기능」을 추가했습니다! 스테이터스 화면에서 선택해주세요.』

스테이터스 화면을 보니 분명 카메라 촬영 모드라는 항목이 추가됐다. 터치하니 『매뉴얼』, 『오토』를 선택할 수 있었다. 현재 모드는 오토.

자동번역 온/오프는 이세계어를 즐기는 데 쓰라는 뜻인가?

『또한 요청이 대단히 많았던 「촬영 일시정지 티켓」을 아이템에 추가했습니다! 1크리스털에 한 장. 10분 동안 유효합니다. 촬영 일시정지 티켓을 교환한 뒤 원하는 타이밍에 사용하세요. 연속으로 사용할 경우에는 티켓을 필요한 만큼 적용하면 장수에 맞춰 시간이 가산됩니다.』

"촬영 일시정지 티켓……!"

그것은 내가 바랐던 것이었다.

옛날의 나였다면 허겁지겁 나머지 포인트를 다 털어 넣었을지도 모르겠다.

그러나 현실적으로 10분당 1크리스털은 비싸다. 너무 비싸다.

1포인트를 사용하더라도 다섯 시간이다. 쓸 만한 상황은 한정적이겠지.

그보다도 잠시라도 남이 보지 않는 시간을 만들어본들 무슨 소용일까. 요청이 많았다고 했는데 그 요청을 어떤 방식으로 받은 거지?

전이자가 무언가를 말하면 신이 듣고서 기분이 내킬 때마다 이뤄준다는 말인가?

『크리스털로 교환할 수 있는 도구 종류도 추가했으니 이쪽도 확인해주세요. 또한 전이자 여러분께 이번에만 드리는 깜짝 선물! 스테이터스 보드에 있는「신이 주는 선물」란을 봐주세요!』

'선물……?'

그 신이 벌인 일이라서 오히려 불길한 예감밖에 들지 않았지만, 나는 그것을 열었다.

모두에게 동일한 것을 선물했겠지만…….

『자! 확인했군요! 이번 깜짝 선물은「지구에 있는 친족과 20분 동안 영상 통화」입니다! 이세계에 전이한 지 어언 한 달. 익숙지 않은 환경에서 살면서 향수병에 걸렸거나, 고통을 겪었거나, 이루 말할 수 없는 체험들을 했을 겁니다. 여러분, 그 속마음을 부디 멀리 떨어진 가족한테 털어버려요!』

나는 반쯤 망연히 그 안내방송을 듣고 있었다.

친족과의 영상 통화. 친족이란 부모님과…… 세리카, 카렌?

영상 통화가…… 연결된다……?

『그럼, 그럼! 콜 스타트! 깜짝 선물이니 느닷없이 연결될 겁니다. 하지만 그 점까지 감안해서 즐겨줘요~!』

신이 무책임하게 명랑한 목소리로 알린 뒤, 스테이터스 보드의 글자가 사라지고 암전됐다.

뚜르르르르르, 뚜르르르르르. 전화가 연결되는 소리가 들려왔다.

정말로 마음의 준비를 할 여유조차 주지 않고 느닷없이 이어지는 모양이었다.

"……마, 말도 안 돼."

무섭다. 가족과 통화를 할 마음의 준비가 전혀 되지 않았다.

심장이 세차게 뛰고, 등에는 식은땀이 스르륵 배어나왔다. 만약에 연결된 상대가 나나미였다면 분명 내 처지를 슬퍼해주겠지. 그리고 왜 무모한 짓을 벌었느냐고 화를 낼 것이다. 또한 살아남아서 이렇게 연락이 주고받을 수 있게 됐다며 기뻐해주겠지.

그러나 내 가족은 어떻게 반응할지 모르겠다.

부모님은 어떨까. 둘 다 나를 대하는 태도가 원체 담백했다. 내가 나나미를 죽인 용의자가 되어 집을 떠나게 됐다며 미워하고 있을 가능성이 높았다. 특히 엄마는.

'아니…… 애당초 친족이라고 그랬어. 누구한테 연결되는 거지……?'

세리카와 카렌도 일본에서 해외로 이주했다고 했다. 둘 다 언어 때문에 어려움을 겪을 일은 없을 테니 어느 나라에서든 그리 고생하지는 않을 것이다. 그러나 그것과 이것은 별개의 이야기다. 친구와도 헤어져야만 했을 것이고, 모든 것을 다 버리고서 이사한 것이나 마찬가지일 테지.

왜냐면 나는 그 메시지를 이세계에 온 지 불과 열흘째에 받았으니까. 둘 다 똑똑하니 내가 불가항력으로 이세계에 보내졌다는 사실이나 진범이 따로 있다는 사실 정도는 파악했을지도 모르겠다. 둘 다 오빠인 나를 잘 따르긴 했지만, 중학교에 들어간 후로는 초등학생 때와 태도가 달라졌다.

머리가 극단적으로 좋아서 평범한 사람과는 제대로 소통을 할 수가 없게 됐다고 했다. 초등학생 때부터 여동생들이 천재라는 사실은 널리 알려졌다. 엄마는 그쪽에 관한 책을 마구 사들였고 나도 읽게 했다. 그 둘은 그 즈음부터 그쪽 스테이지에 편입됐는지도 모르겠다.

'하지만 세리카랑 연결되는 게 가장 나아. 엄마라면 최악이야.'

카렌도 나쁘지 않긴 하지만, 그 녀석은 나와 별로 대화를 나누고 싶어 하지 않으니 20분 안에 필요한 정보를 얻지 못할 가능성이 있었다. 반대로 세리카라면 필요한 것들을 알려줄 것이다.

아빠는 평소에 아무 말도 하지 않으면서 갑자기 불이 붙은 것처럼 재잘재잘 떠들어대는 때도 있는 등, 기복이 심했다. 애당초 집에 거의 없으니 아빠와 연결될 가능성은 낮았다.

반대로 혼자 있기에 아빠와 연결될 가능성이 있을지도 모르겠다. 그러나 그런 상황이 되면 그때 가서 생각하자.

문제는 엄마와 단독으로 연결됐을 경우다.

연결음이 한동안 이어지다가 푸쉭, 소리와 함께 스테이터스 화면이 어딘가와 연결됐다.

화면에는 화들짝 놀란 엄마의 얼굴과 어느 호텔의 객실로 추정되는 낯선 풍경이 비쳤다.

"앗, 이게 대체 뭐야? 허어? 너니?"

"……엄마."

운은 내 편이 아니었다. 연결된 상대는 엄마였다.

◇◆◆◆◇

화면 속에서 엄마가 당황하는 모습을 보였다. 엄마의 입장에서는 느닷없이 허공에 화면이 출현하더니 그 안에 이세계로 가버린 아들이 비치는 상황이겠지.

'……잘 지내는 것 같네.'

내가 알던 모습보다 더 화려해졌다.

한 치의 틈도 없는 금발. 두꺼운 파운데이션. 진홍색 립스틱.

세리카와 카렌의 모습은 보이지 않았다. 아빠의 모습도.

"앗, 이게 대체 어떻게 된 거니?"

"가족이랑 대화를 나눌 수 있는 깜짝 선물이래. 신이 그랬어."

"뭐어? 그딴 건…… 세리카랑 하렴. 왜 내가……."

엄마가 투덜거렸지만 이미 연결됐으니 어쩔 수 없었다.

"바뀐 게 없네, 엄마."

"넌 고생한 것 같구나."

감정이 담기지 않은 목소리로 그런 식으로 말하고서 와인을 홀짝이는 엄마.

엄마가 오랜만에 만난 아들을 보고도 반가워하는 척도 하질 않자, 나는 오히려 안심했다.

저 사람은 언제나 세상이 자신을 중심으로 돌아간다고 믿기에 타인 때문에 페이스가 흐트러지지 않는다. 그리고 피가 이어지지 않은 아들을 위한다는 발상 따윈 1밀리미터조차 갖고 있지 않은 인간이었으니까.

……그래도.

그래도 혈혈단신으로 이 세상에서 줄곧 살아와서인지 엄마의 모습을 봤을 뿐인데도 눈시울이 뜨거워지는 스스로가 싫었다.

그러나 20분밖에 없었다. 저 사람과 잡담을 나눠봤자 아무 소용도 없었다.

나는 울먹이는 목소리가 들키지 않도록 나직이 물었다.

"세리카나 카렌 있어?"

"응? 그 아이들은 없는데?"

"없다고……?"

심장이 철렁 내려앉았다.

엄마가 너무나도 달라진 게 없어서 순간 안심하고 말았다. 그러나 세상으로부터 살인자라 손가락질 받는 나 때문에 가족에게 무슨 일이 생겼더라도 이상하지 않았다.

하물며 두 여동생은 아직 중학생이니 더더욱.

"세리카랑 카렌이 선물해줬거든. 세계 일주 크루즈를 한창 즐기는 중이야."

"세계…… 일주 크루즈……?"

"그래. 100일에 걸쳐 세계를 한 바퀴 돈대. 좋겠지?"

"아니…… 어어……."

예상조차 못한 대답이었다.

WARNING

나는 마음속 한편에서 가족만은 나를 걱정해주리라 생각했나 보다.
진득하게 상상해본 적은 없었다.
하지만 텔레비전을 뚫어져라 쳐다보면서— 하다못해 응원이라도 해주고 있지 않을까? 부지불식간에 그렇게 기대했다.
온몸에서 힘이 쭉 빠져나갔다.
자기 손으로 와인을 잔에 따르고서 또 홀짝 들이키는 엄마.
평소보다 페이스가 빠르지 않나?
사라졌던 아들이 뜬금없이 영상 통화로 말을 거니 내심 위축됐는지도 모르겠다. 그 증거로 엄마는 나를 똑바로 보지 않고 비스듬한 뒤쪽을 보고 있었다.
그저 단순히 나를 싫어하기 때문인지도 모르겠지만.
"……그럼 세리카랑 카렌은 곁에 없다는 소리야?"
"그래. 부부끼리 오붓하게 다녀오라며 100일짜리 여행을 선물해줬으니까. 뭐라더라? 오래 전부터 준비했다나? 역시 똑똑한 딸은 낳고 봐야한다니까. 네가 있었을 적에는 잘난 구석이라고는 하나도 없는 오빠 때문에 그 애들이 눈치를 봤을 거야."
눈치를…… 봤다고?
그 둘이 그 자그마한 집에 틀어박힐 만한 규격의 인간이 아니라는 것쯤은 나도 잘 알았다.
그래도 나에게 그 둘은 작고 귀여운 여동생에 불과했다.
엄마가 말했듯 나는 잘난 구석이라고는 하나 없는 오빠였지만, 그래도 오빠로서 할 수 있는 것은 최대한 해줬다고 자부한다.
둘이 텔레비전에 더는 나가기 싫다고 하면 어떻게든 부모를 설득했고…… 뭐, 대부분 아빠를 움직여서 어떻게든 막았을 뿐 엄마를 설득하는 데는 늘 실패하긴 했지만.

"그런 여행상품은 몇 백만 엔이나 나가잖아?"

"그야 그렇지. 뭐래더라, 무슨 코인 버블로 돈을 벌어들였대. 카렌이 이제 자기네들은 억인(億人)이니 문제없다고 그랬어. 의미는 잘 모르겠지만."

세리카와 카렌이 인터넷으로 돈을 벌고 있었다는 것은 나도 알았다.

나는 부모가 영 믿음직스럽지 않으니 미래를 위해 저축해두라고 조언을 하긴 했지만, 그 둘에게는 쓸데없는 잔소리였을지도 모르겠다.

세상에, 세계 일주 크루즈 여행이라니.

"……그럼 그 둘은 잘 지내?"

"잘 모르겠네. 둘이서 여러 가질 하면서 돈을 마구 벌어들이는 것 같던데? 오빠가 있었을 적에는 그런 낌새조차 보이지 않았는데 말이야."

"그렇구나……."

엄마는 나를 싫어했다.

그래서 영특한 두 친딸과 비교하며 비아냥거리는 것이 일상다반사였다.

그래도 세리카와 카렌이 잘 지낸다니 기뻐해야 할 일이었다. 알고 싶었던 것 중 하나였고, 그 사실을 안 것만으로도 다행이었다.

……그러나 지금은 가슴이 지독히 아팠다.

"엄마…… 나도, 느닷없이 이런 세계에 끌려 왔지만…… 열심히 애쓰고 있어. 죽을 뻔할 위기도 겪었지만."

그래서 무심코 그런 말을 내뱉고 말았다.

엄마에게 칭찬을 받고 싶었을까?

적어도 살아줘서 기쁘다는 말을 듣고 싶었을까?

"알고 있단다, 세리카가 말해줬거든. 죽을 뻔했다면서. 힘들었겠다…… 정말로."

처음으로 엄마의 얼굴에 동정하는 기색이 드리워졌다.

나는 그것만으로도 눈물이 떨어질 것 같았다.

그러나 그 눈물은 엄마가 다음에 내뱉은 말 때문에 순식간에 쏙 들어가 버렸다.

"—정말로 다행이야. 뽑힌 사람이 너라서."

엄마가 붉어진 얼굴로 웃으면서 말했다.

그렇게 말했다.

"세리카나 카렌이 뽑혔다고 생각하니 소름이 다 돋는다. 뭐, 너도 살아남았으니 잘 된 거 아니니?"

"어, 응. 그런……가? 그럴지도……. 살아남아서…… 잘 됐어."

이제 내가 뭐라고 대답하는지도 모를 지경이었다.

자기 손으로 와인을 따르고서 맛있게 비우는 엄마는 정말로 행복해보였다. 진심으로 나 따윈 아무렇지도 않게 여기고 있는 게 틀림없었다.

나는 걱정해주길 바랐을까?

다정한 말을 건네주길 바랐을까?

참 힘들었겠구나, 하고 동정해주길 바랐을까?

여러모로 묻고 싶은 게 있을 텐데도 목이 메어서 말이 잘 나오지 않았다.

눈물이 목소리에 스며들었다는 걸 들키고 싶지 않아서 나는 한동안 입을 열 수 없었다.

엄마도 나와 딱히 할 이야기가 없겠지. 그저 묵묵히 잔만 기울였다.

몇 분쯤 침묵이 흐른 뒤, 전자음이 뚜르르르르 하고 울렸다.

엄마가 있는 객실의 고정전화에서 나는 듯했다.

"아아~ 시끄러워, 시끄러워. 모처럼 스마트폰을 놔두고 왔는데, 왜 이런 데까지 전화질이야."

엄마가 그렇게 말하고는 수화기를 내려놓은 뒤 방치했다.

원래부터 전화를 귀찮아하는 사람이었지만, 더 심해졌다.

……아니, 술을 마실 때는 원래부터 저랬던가?

무언가 중요한 용건을 전하는 전화가 아니었을까?

스마트폰을 놔두고 왔다는 말도, 자택에 놓고 왔다는 의미임이 틀림없다.

화면 가장자리에 태블릿이 보이니 그것만 있다면 충분하겠지. 엄마는 두 여동생의 영향을 받아서 꽤 일찍부터 태블릿파였으니까.

"아빠는?"

"그 바보 얘기는 하지도 마라. 카지노에 가슴이 좀 큰 딜러가 있어서 아주 푹 빠져서 산다. 못 놀아주겠다니까."

아무래도 아빠도 여전한 듯했다.

엄마와 통화가 연결된 것은 최악을 넘은 최악이었고, 기분도 바닥까지 추락했다. 그러나 전화를 아직 끊을 수는 없었다.

"……엄마, 나 묻고 싶은 게 있어. ……꼭 물어봐야 하는 게 있어서."

"뭐니? 나, 어려운 건 잘 몰라. 그런 건 세리카한테 물어."

"딱히 어려운 내용은 아냐……. 나나미는…… 죽었지……? 아저씨랑 아줌마도……. 아직도 날 범인으로 여기고 있어……?"

시청자수를 생각하면 의혹은 아직 풀리지 않은 듯했다.

그러나 그렇지 않을 가능성도 당연히 있었다.

메시지를 열 수 없는 나는…… 아니, 설령 메시지를 열었더라도 진실은 알 수 없겠지.

지구의 신문을 읽을 수 있는 것도 아니고, 텔레비전을 볼 수 있는 것도 아니다.

나와 지구를 잇는 연결고리는 누가 보냈는지 알 수 없는 메시지뿐이니까.

"아— 그거? 네가 범인이라는 소리가 나왔을 땐 굉장했지. 생판 모르는 녀석이 나한테까지 욕을 해댔으니까. 세리카가 해외로 이주하는 절차를 함께 밟아줬으니 망정이지 일본에서는 어딜 가든 방송국이나 인간들이 쫓아다녀서 아주 최악이었다고!"

"그건…… 안타깝게 됐네. 미안."

"뭐, 미국에 도착한 후에는 우릴 아는 사람도 없고, 세리카가 용돈을 주면서 놀아도 된다고 해서 셀러브리티가 된 것 같은 기분이지만 말이야~. 맞아, 맞아. 차도 새로 뽑았지. 애스턴 마틴. 서해안을 드라이브 해봤는데 최고더라. 해질녘에 샌타바버라의 노을이 붉게 물들어서……."

엄마가 신나게 말을 주절주절 내뱉었다.

결국 이 사람은 본인이 하고 싶은 말만 재잘거릴 뿐, 남의 이야기를 들어줄 만한 타입은 아니었다.

그 상대가 이세계로 갑자기 전이돼서 두 번 다시 직접 만날 수 없는 아들일지라도.

그래서 도중에 말을 끊어본들 불쾌해하는 반응만 보일 뿐 원하는 답을 해줄 가능성이 낮았다. 그러나 지금은 꼭 물어봐야만 했다.

"엄마, 시간이 없어. 범인이 붙잡혔는지 아닌지 그것만이라도 알려줘."

상식적으로 생각하면 범인이 붙잡히지 않았을 가능성은 낮을 것 같았다.

피를 뒤집어썼고, 지문도 남아 있었을 테니까.

당연히 나도 용의자로서 리스트에 올랐겠지만, 그런 이유로 수사하지 않았다— 그럴 리는…… 없겠지.

그리고 수사를 벌였다면 범인을 금세 찾아낼 수 있지 않을까? 아니면 더 확실한 증거가 없으면 찾아내기가 어려운가?

물론 굳게 걸어 잠근 메시지 박스를 푼다면 어딘가에 그 정보가 있을지도 모르겠다.

그러나 그 진위를 확인할 방도가 없었다.

전 세계가 나를 증오하는 이 현실에서 누군가가 골려줄 작정으로 쓴 메시지를 받는다면 나는 그것에 일희일비하며 놀아나게 될 것이다.

어쨌든 엄마라면 굳이 그런 거짓말을 하지는 않겠지.

그러나 엄마가 기대에 미치지 못하는 대답을 했다.

"글쎄? 나, 뉴스 같은 거 안 보잖니. 애당초 네가 없어지고 나서 얼마 지나지 않아 이 배가 출항했거든. 적어도 그때까지 범인은 잡히지 않았을 걸? 아직도 안 잡힌 거 아니니?"

"그렇구나……. 고마워."

역시나 싶었다.

스스로도 신기할 정도로, 그 사실이 납득이 됐다.

안타깝지만 이미 상정해둔 대로였다.

나는 이제 범인이라는 딱지를 떼지 못한 채 살아갈 수밖에 없다는 뜻이었다.

그보다도 나는 궁금했던 것이 있었다.

"……엄마는 내가 범인이 아니라고 믿어줬어?"

범인이 현장에서 교묘히 달아났다면, 내가 범인이라고밖에 볼 수 없는 상황이었을 것이다.

정확히 말하자면 내가 범인이 아니라는 근거가 없다고 해야 할까, 어쨌든 상황 증거가 「쿠로세 히카루가 범인」이라고 가리켰을 터였다.

엄마는 가십거리를 좋아한다. 텔레비전 등 매스컴을 봤다면 내가 소꿉친구를 죽이고서 이세계로 전이했다는, 웃기지도 않은 소동을 벌인 게 아닐까 하고 상상할 만했다. 그러니 엄마가 그것을 믿지 않았다는 게 신기했다.

"처음에는 네가 저질렀다고 생각했어. 근데―."

엄마가 그 이유를 말하기 직전.

「쿵! 쿵! 쿵!」

조금 떨어진 곳에서 무언가를 두드리는 소리가 들렸다.

그 후에 영어로 뭐라고 말하는 소리도.

"아― 누가 왔어. 무슨 일이람. 에구구."

엄마는 나른하다는 듯 일어나서 흐느적흐느적 걸어 나갔다.
영상통화는 대화를 나누는 상대방과 밀착되어 있는지 화면도 그대로 따라갔다.
엄마가 문 앞에서 문구멍을 통해 밖을 확인했다.
이 방만 봐서는 잘 모르겠지만, 세계 일주 여행이라고 했으니 저곳은 여객선의 객실이겠지.
주변만 봐도 꽤나 호화로웠다.
세리카가 이걸 부모님에게 선물했다고 했는데, 아무리 못해도 수백 만 엔에서 옵션에 따라서는 천만 엔은 호가하지 않나?
"……얘. 호텔맨이라고 해야 하나, 지배인? 어쨌건지 높은 사람이 다 서있네. 그 녀석이 무슨 짓이라도 벌였나? 카지노에서 사기라도 쳤든가……."
그 녀석이란 아빠를 가리키는 것이다.
우리 부모는 사이가 좋다고 해야 할지, 나쁘다고 해야 할지 알 수 없는 부부다. 그러나 엄마는 이러니저러니 해도 언제나 아빠의 불륜과 재산 탕진을 용서해왔다. 일반적인 가정과는 크게 다를지라도 사이가 좋은 편이라고 할 수 있을지도 모르겠다.
"나가보는 게 좋지 않겠어?"
"싫어. 연대책임을 물을지도 모르잖니……. 마피아한테 보복을 당할지도 모르잖아? 너도 알지? 그 녀석은 진짜로 천하의 멍청이라는 걸……."
아빠는 본인의 부모에게도 망나니 같은 아들이었다. 어리석은 짓을 하도 많이 저질러서 거의 의절을 당했다.

아빠가 나에게도 부모다운 행동을 했던 기억이 거의 없었지만, 엄마보다는 그나마 나은 편이었다. 아무리 그래도 이런 곳에서 부정한 짓을 저지르지는 않겠지……?

문 너머에 있는 사람이 영어로 뭐라고 말했다.

나도 영어를 조금 알아들을 수 있긴 한데…… 딸의 긴급한…… 전화?

“엄마, 아마도 세리카가 전화를 한 것 같아. 나가봐요. 나도 물어보고 싶은 게 있으니까.”

“어어~. 그러니? 어쩔 수 없네…….”

엄마가 문을 여니 지배인이 차분한 태도로『무슨 일이 있나 걱정했습니다. 따님께서 긴급하게 전화를 하셨습니다』하고 수화기를 건넸다.

나는 당연히 직접 이야기를 나눌 수 없으므로 엄마를 통해서 대화를 해야만 했다.

그러나 세리카는 내가 원하는 답을 갖고 있을 터—.

“아— 세리카? 무슨 일이야? 응. 그래, 그래. 네 오빠랑 통화하고 있어. 아하하. 으응?”

세리카가 무슨 말을 전해달라고 부탁했나 보다.

엄마가 이쪽을 돌아보고서 입을 열려는 순간—.

지구와의 연결이 뚝 하고 끊어지고 스테이터스 화면으로 되돌아왔다.

20분이 다 지난 것이리라.

‘시간이 다 됐나…….’

갑자기 현실로 끌려온 것 같은 감각이었다.

세리카는 무엇을 말하려고 했을까? 불평이라도 한마디 쏟아내려고 했을까? 아니면 무언가 다른 말?

이미 아무렇든 상관없는 기분이었다.

엄마가 범인이 체포됐는지 모르는 시점에 답은 이미 나왔다.

만약에 세리카가 저렇게 엄마와 정기적으로 연락을 주고받았다면 범인이 체포됐다는 사실을 모를 리가 없었다. 아무리 눈엣가시 같은 존재일지라도 가족 이야기이니까. 범인이 붙잡혔다면 반드시 전했겠지.

즉…… 그렇고 그렇다는 의미였다.

'……그래도 가족들 모두 잘 지낸다니 다행이야. ……세리카랑 카렌도 잘 지내는 것 같아서 다행이고.'

내가 없더라도 세상은 돌아간다.

저마다 인생이 있으니 내가 이세계에 있든— 설령 내가 죽든 바뀌지 않는다.

나는 반쯤 충동적으로 잔교에서 쓰러지듯 바다에 뛰어들었다.

몹시도 따뜻한 바닷물이 온몸을 감쌌다.

나는 무거운 몸뚱이를 움직여서 멀리 헤엄쳤다.

—정말로 다행이야. 뽑힌 사람이 너라서.

—세리카나 카렌이 뽑혔다고 생각하니 소름이 다 돋는다.

엄마의 그 말이 머릿속에서 울려 퍼졌다.

아무 생각도 하고 싶지 않았다.

아무 생각도 떠오르질 않길 바랐다.

엄마의 말을 듣고 내가 상처를 입는 광경은 시청자 입장에서는 최고의 오락거리겠지.

그런 모습은 보이고 싶지 않았다.

"우와아아아아아아아아!"

정처 없이 그저 헤엄쳤다.

미궁을 탐색하면서 단련된 몸은 수영하는 것 정도로는 지치지 않았다. 끝없이 헤엄칠 수 있을 것 같았다.

그래서 헤엄쳤다.

아무도 나의 눈물과 절망을 알아차리지 못하도록.

전이자별 게시판 나라별 JPN【No. 1000 쿠로세 히카루】4256th

4: 지구의 아무개
정말로 미궁 출입이 금지됐구나. 푼돈조차 벌지 못하게 된 링크스들이 다 굶어죽겠어!

8: 지구의 아무개
링크스한테 밥을 주는 게 취미인 사람은 없나?

12: 지구의 아무개
길드도 한산하더라. 모아둔 돈이 없는 녀석들은 어떻게 살라는 거야, 이런 시기에.

22: 지구의 아무개
아무리 그래도 열흘쯤은 연명할 만한 여유는 있겠지.

34: 지구의 아무개
얕보지 마! 날품팔이의 삶을 얕보면 못써!
「하룻밤을 넘길 돈조차 없다」는 말은 사실이라서 존재하는 거라고.

67: 지구의 아무개
멍청한 탐색자보다는 대정령과 계약을 맺기 위해 돈을 모아두는 링크스가 오히려 더 안정적일 것 같아.

70: 지구의 아무개
히카루, 미궁에 들어갈 수가 없어서 정말로 무료해보여.

77: 지구의 아무개
두문불출의 음침 캐릭터를 밖으로 끌어내준 리프레이아도 떠났으니까……. 스마트폰과 컴퓨터, 텔레비전조차 없는 세상에서는 스스로 할 일을 찾지 못한다면 진짜로 할 일이 없어.

81: 지구의 아무개
알렉스처럼 긍정적으로 노력해줬으면 좋겠어. 카메라 따윈 무시하고서 리프레이아랑 문란한 생활을 즐겨도 되는데?

85: 지구의 아무개
그러고 보니 어제부터 카렌만 실황 중계를 하던데 말이야. 세리카는 어디 갔지?

94: 지구의 아무개
카렌「세리카는 볼일이 좀 있어서 나갔어. 그리고 커다란 이벤트도 없는 것 같으니 실황도 특별한 움직임이 있을 때만 할 거야. 미안해~」라더라.

101: 지구의 아무개
음? 방금 길드 직원이 이상한 소리를 하지 않았나?

103: 지구의 아무개
러브러브 트윈버드……?

105: 지구의 아무개
러브러브 트윈버드ㅋㅋㅋ

107: 지구의 아무개
작명 센스 실화냐ㅋㅋㅋㅋ

110: 지구의 아무개
길드 직원까지 완전 진지한 얼굴로 말하니…….

115: 지구의 아무개
히카루의 저 표정 어떻게 할 거야ㅋㅋ

121: 지구의 아무개
리프레이아는 파티명을 그렇게 설정해두고서 자못 씩씩한 표정으로 길드에 얼굴을 비쳤던 거야?

124: 지구의 아무개
역시 리프레이아 님의 멘탈은 강철로 되어 있었다…….

133: 지구의 아무개
비익조(比翼鳥) 같은 멋진 의미가 아니라 단순히 자신의 성이 애쉬버드라서 버드라고 지은 건가?

137: 지구의 아무개
미궁을 함께 돌기로 했을 때 몰래 그런 이름으로 등록했구나. 명칭이 그래서야 다른 파티가 무서워서 접근이나 하겠어.

140: 지구의 아무개
히카루의 표정이 진짜 웃기네.

148: 지구의 아무개
저게 마른하늘에 날벼락을 맞은 사람의 표정이구나?

151: 지구의 아무개
히카루가 혼자서 미궁을 도는 장면을 누가 봤다면 러브러브 싱글버드라고 야유할 것 같아…….

157: 지구의 아무개
리프레이아가 파티를 해산하지 않고 친가로 돌아갔다는 건 관계를 다시 복구할 마음으로 가득하다는 뜻 아냐? 해산됐다는 말을 들으면 충격을 받겠네.

169: 지구의 아무개
근데 히카루, 괜찮나?
비틀비틀 걷는 모습이 마치 열정이 다 타버린 사람 같은데.

190: 지구의 아무개
낚시를 시작했어.

198: 지구의 아무개
뒷모습이 서글퍼…….

235: 지구의 아무개
무지 잘 낚네! 쓰레기 같은 낚싯대로 말이야! 나도 이세계에서 낚시를 하고 싶어~!

248: 지구의 아무개
역시나 식비가 들지 않는, 에너지로 가득한 세계야.

257: 지구의 아무개
식비는 들지. 식재료가 저렴할 뿐. 게다가 그만큼 대식가가 많기도 하니, 이것저것 따져보면 별반 차이가 없지 않나?

265: 지구의 아무개
지구는 에너지 비용이 너무 높다는 사실을 새삼 깨닫게 되네.

297: 지구의 아무개
태양도 줄곧 무한한 에너지를 계속 방출하고 있으니, 에너지로 가득한 혹성이 있더라도 이상하지 않잖아?

300: 지구의 아무개
그런 부분이 판타지답네. 굶주림과 인연이 없어서인지, 아니면 마물이라는 외부의 적이 있어서인지 모르겠지만 인간들끼리 분쟁도 꽤 적은 모양이고.

302: 지구의 아무개
세리카는 없고 카렌도 별로 떠들질 않아서 쓸쓸하지만, 시청률 레이스 동안에는 다들 개근상을 주고 싶을 만큼 초인적인 수준으로 중계를 계속했으니 별 수 없나…….

309: 지구의 아무개
세리카랑 카렌은 초인이야.

315: 지구의 아무개
아니면 그것이 바로 젊음이란 말인가?

322: 지구의 아무개
히카루, 잠든 건가?

329: 지구의 아무개
피곤해서 그래.
피곤해서 그렇다고.

337: 지구의 아무개
날씨도 좋으니…….
나도 저런 날에 낚시를 하면서 깜빡 잠들었던 적이 있어서 잘 알아…….

340: 지구의 아무개
한동안 꼼짝도 안 하고 자겠네.
다른 전이자나 보고 올까.

348: 지구의 아무개
뭐, 저런 평화로운 시간도 필요해.
지금껏 이상할 정도로 많은 고난을 겪었잖아.

350: 지구의 아무개
잔느가 어느새 멜티아에 도착한 건에 대하여.

358: 지구의 아무개
진짜? 진짜네! 잔느는 편집판의 완성도가 더 좋아서 실시간으로는 보질 않았는데.

370: 지구의 아무개
그래서 잔느는 히카루를 찾고 있는 거임?

389: 지구의 아무개
찾고 있어. 세리카랑 맺은 약속을 지키기 위해서.
진짜로 메시지가 확 줄었거든.

399: 지구의 아무개
근데 망자 소생의 보주를 팔면 천문학적인 돈을 벌 수 있을 텐데, 그런 걸 쉽사리 남한테 양도할까? 절대로 무슨 꿍꿍이가 있을 것 같아.

412: 지구의 아무개
그전에 자기가 먼저 쓰겠지.

420: 지구의 아무개
쓰려고 했어……. 잔느는 쓰려고 했다고…….

435: 지구의 아무개
속내는 잘 모르겠지만, 잔느한테도 살리고 싶은 사람이 있었는지도 몰라. 그저 『해당자 없음』이라는 결과가 나왔을 뿐.

450: 지구의 아무개
「당신에게 소중한 사람」을 되살리는 보주이니 말이지. 쓰려고 했으니 그에 걸맞은 감정을 품고 있었을 거야. 그래서 「해당자 없음」이라는 결과가 나와서 개인적으로는 괴로워.

455: 지구의 아무개
히카루도 어쩌면 해당자가 없다는 결과가 나올지도 모르겠어.

467: 지구의 아무개
뭐, 그렇다면 남한테 양도한다는 선택을 할 수도 있겠네. 팔아치우기도 어려울 것 같고, 가령 그걸 산 사람이 썼다가 「해당자 없음」이 뜨면 너무 최악이야.

479: 지구의 아무개
잔느 아니랄까봐, 귀족 같이 지위가 높은 사람한테 팔았다가 그런 결과가 나오면 화형을 당할지도 몰라.

480: 지구의 아무개
잔느는 딱히 아이템이나 돈에 연연해하는 성격이 아닌 건 지금까지 겪어온 모험만 봐도 명백할 만큼 명백해.

486: 지구의 아무개
혹시 잔느가 되살리려고 했던 사람은 친부모님이 아니었을까…….

491: 지구의 아무개
속내를 밝힌 적이 없어서 상상에 의지할 수밖에 없어. 편집판에 감정 같은 게 듬뿍 담긴 독백을 삽입해놓긴 했지만, 어디까지나 창작이니까.

550: 지구의 아무개
뭔가 왔다!!

552: 지구의 아무개
시스템 업데이트?!

569: 지구의 아무개
스테이터스 보드와 관련된 조정만 하는 거겠지.
세계를 건드리는 조정은 아웃.

580: 지구의 아무개
매뉴얼 카메라 모드가 왔다!!!!!!

586: 지구의 아무개
자동번역 온오프 기능도 떴다!

590: 지구의 아무개
매뉴얼 카메라는 이카킨이 대환영하겠네.

594: 지구의 아무개
자기 얼굴을 드러내고 싶지 않은 사람한테는 좋겠네, 매뉴얼 카메라 모드.

600: 지구의 아무개
카렌「어, 어어어? 왜 하필 세리카가 없을 때 업데이트가 되는 거야?」

606: 지구의 아무개
의외로 카렌은 혼자서는 아무것도 못하는 애구나.

614: 지구의 아무개
자동번역을 끄면 원래 모국어로 말할 수 있다는 뜻인가? 이세계 언어 연구도 다음 단계로 진전될 것 같네.

621: 지구의 아무개
이세계어를 익힐 수 있게 될 테니까. 치트를 갖고 있는데 굳이 그 모드를 끌 필요가 있는지는 모르겠지만.

626: 지구의 아무개
만약에 이세계 전이 제2탄이 있다면, 사전에 이세계어를 익혀 둔다면 그만큼 포인트를 벌 수 있다고!

639: 지구의 아무개
최근에 밝혀진 사실이지만, 이 세계에서 쓰이는 언어들이 많다고……. 어디로 날아갈지 고를 수 있다면 또 모르겠지만.

650: 지구의 아무개
링그필어 구사자는 그렇게까지 많지 않은 것 같아. 그 세계는 남반구에 인구가 더 많으니.

654: 지구의 아무개
일시정지 티켓도 왔다!!!!
시청자 입장에서는 달갑지 않은 업데이트다!

658: 지구의 아무개
히카루도 어이없어해.

660: 지구의 아무개
티켓 한 장에 10분이면 비싸지.
인기 전이자가 아니라면 티켓 자체도 쉽게 구할 수 없잖아?

666: 지구의 아무개
데일리 1억 달성자이니까.
접속수가 1억에 미치지 못하는 전이자가 더 많고.

678: 지구의 아무개
그런 녀석은 더 많이 보여줘서 시청자수를 늘리라는 신의 메시지일지도…….

680: 지구의 아무개
신은 인간에 관해 아무런 생각도 품고 있지 않나봐.

683: 지구의 아무개
실은 각 전이자한테서 남한테 보여주고 싶지 않은 수십 분을 확보하려는 용도네.

690: 지구의 아무개
한번이라도 좋으니 보고 싶어. 히카루가 촬영 일시정지 티켓을 써서 창관에 들어가는 거.

699: 지구의 아무개
들어가기 전과 나온 후의 모습을 비교하면 무조건 웃을걸.

700: 지구의 아무개
도구류도 추가됐대! 완전 대박 업뎃이잖아!

702: 지구의 아무개
선물! 왔다!!!

705: 지구의 아무개
세리카도 들어왔다!

708: 지구의 아무개
친족과의 영상 통화?! 신의 서비스가 너무 후하잖아! 절호의 장면을 노리고서 준 거네!

710: 지구의 아무개
서프라이즈라는 부분이 참 얄미워. 히카루도 이로써 오해가 풀리겠어.

713: 지구의 아무개
세리카, 외출할 때도 실황 도구를 갖고 다니다니 요즘 애답네.

717: 지구의 아무개
왠지 쌍둥이의 모습이 이상한걸.

730: 지구의 아무개
세리카「밖에 나와 있습니다만, 실황 중계에 참가합니다! 정말, 갑자기 뭐야!」
카렌「세리카, 진정해애……. 친족이라잖아……?」
세리카「그 둘 중 한 사람과 연결될지도 모른다고!」
카렌「어, 어, 어, 어쩌지?」
세리카「어, 어쨌든 전화—는 안 갖고 갔지! 배에 직접 전화를 걸면…… 으음, 전화번호가 어디 있더라? 난 왜 등록을 안 해둔 거야!」
카렌「세리카, 진정해애~.」

735: 지구의 아무개
연결되기도 전에 무지 당황하네. 둘 다 친족이니 세리카렌과 연결될 가능성도 있잖아?

746: 지구의 아무개
그럴 경우에는 어떻게든 잘 풀릴 테니, 그렇지 않은 경우를 상정하고서 허둥대는 거지.

749: 지구의 아무개
부모가 어떤 사람이었더라?
과거에 쌍둥이가 오빠와 겪었던 에피소드를 풀어내면서 인성이 언뜻 드러나긴 했는데, 왠지 몹쓸 부모 같던데.

759: 지구의 아무개
걔네들 엄마의 인스타가 폭로된 거 아직 몰라? 쌍둥이가 벌어들은 돈으로 신나게 바캉스를 즐기고 있어……. 어떤 의미에서 히카루 때보다 여론이 더 활활 타오르고 있는데도 멘탈이 오리하르콘급인지 꿈쩍도 안 하는 모양.

770: 지구의 아무개
역시 그랬군. 부모도 평범한 사

람이 아니었나.

774: 지구의 아무개
아무도 쌍둥이가 번 돈을 쓰고 다닌다고 뭐라고 하진 않는데 말이야. 장남이 이세계에서 죽을 고생을 하는데도 바다에서 놀거나, 맛있는 음식을 먹는 사진만 올리니 사람들의 분노만 쓸데없이 부채질 할 뿐.

777: 지구의 아무개
세리카가 「우리가 억지를 써서 해외로 이주했으니 엄마의 바람도 들어줘야 해」라고 말했다면서? 그런 기특한 중학생이 있어?

782: 지구의 아무개
그러고 보니 사람들이 부모한테 적의를 드러내고 있다는 걸 잘 안다고 했지……. 세리카랑 카렌도 필시 부모를 싫어할 거야…….

791: 지구의 아무개
그야 둘 다 「우린 오빠가 키워준 거나 마찬가지」라고 공언했을 정도이니까.
왠지 사정이 꽤 복잡한 것 같아.

797: 지구의 아무개
그럼 지금은 둘이서 살고 있나? 미국에서?

800: 지구의 아무개
역시나 도우미는 고용했겠지.
신용할 수 있는 사람이 아니라면 위험할 것 같지만.

812: 지구의 아무개
두 사람이 올린 사진에 가끔 지.아이. 제인 같은 사람이 찍혀 있던데, 그 사람 아냐?

814: 지구의 아무개
그 부모, 미국에서 부모로서 의무를 다하지 않았다고 유치장에

갇힐 거야.

815: 지구의 아무개
과연 누구랑 연결될까? 나까지 긴장돼.

817: 지구의 아무개
히카루, 걱정스러울 만큼 얼굴이 새파란걸.

824: 지구의 아무개
연결됐다!! ……세리카도 카렌도 아냐. 누구? 엄마?

826: 지구의 아무개
어. 저 사람이 엄마? 거짓말. 무지 젊은데.

831: 지구의 아무개
어느 기사에서 히카루는 엄마랑 피가 이어져있지 않다고 했는데, 그게 사실이었나?

837: 지구의 아무개
히카루네 엄마, 미인이긴 한데 엄청 냉담하네…….

838: 지구의 아무개
호텔에 있는 건가?

846: 지구의 아무개
인스타에 따르면 세계 일주 크루즈 여행 중이래.
아들은 죽을 뻔한 고난을 겪었는데 상당히 태평하네…….

850: 지구의 아무개
가족은 돌아서면 남보다 못하다는 말도 있지.

851: 지구의 아무개
핸드폰에 직접 연락할 수 없나?

861: 지구의 아무개
힌트 : 세계 일주 크루즈 여행 중.

870: 지구의 아무개
세리카「왜 하필이면! 대체 기준이 뭐야!」
카렌「역시 위성전화를 들려 보냈어야했네…….」
세리카「태블릿은?!」
카렌「알다시피 뮤트 중입니다.」
세리카「아, 진짜! 프론트를 통해 호출할 수밖에 없잖아!」
상황이 그렇대.

872: 지구의 아무개
위성전화라면 통화 가능. 그 이외에는 Wi-Fi가 방마다 일단 있잖아.

876: 지구의 아무개
인터넷밖에 없는 환경에서 상대를 바로 호출해내기란 어려워.

878: 지구의 아무개
힘내라, 세리카. 힘내!
카렌도 조금 더 힘내줘.

879: 지구의 아무개
평소답지 않게 허둥대는 세리카.

880: 지구의 아무개
20분밖에 없으니까…….

881: 지구의 아무개
히카루네 엄마, 독기를 굉장히 내뿜고 있긴 하지만 젊은 미인이라서 부럽긴 하다.

886: 지구의 아무개
세리카가 크루즈 회사에 매섭게 전화를 걸고 있어……. 새삼스럽긴 하지만 영어 엄청 잘해.

890: 지구의 아무개
본인한테 직접 전화할 수 없어?

895: 지구의 아무개
외국의 바다 위를 항해 중이라고. 위성회선이라면 통하겠지만, 평범한 전화가 연결될 리가 없지.

897: 지구의 아무개
세리카, 거의 폭발 직전이야.
카렌도 조금 주눅이 들었잖아.

900: 지구의 아무개
그야 그렇겠지.
천재일우의 찬스이니까.

902: 지구의 아무개
잔느가 히카루한테 진실을 전해 주지 않을까?

904: 지구의 아무개
잔느는 결국 타인이라서 히카루가 믿을지 어떨지 알 수가 없거든. 세리카랑 연결됐다면 모든 게 원만히 해결됐을 거야…….

905: 지구의 아무개
성가신 부모를 내쫓기 위해 세계일주 여행을 보냈던 것이 이렇게 화근이 될 줄이야……. 그렇게 솔직하게 말하는 세리카가 귀여워.

906: 지구의 아무개
알렉스는 할머니랑 연결돼서 눈물의 영상통화를 하고 있건만, 히카루는…….

910: 지구의 아무개
대충 훑어보고 왔는데, 대부분의 전이자들은 감동의 서프라이즈를 연출하고 있는 것 같아. 분위기가 묘해진 전이자도 나름 있는 모양이지만.

912: 지구의 아무개
잔느는 양아버지랑 연결돼서 대화를 나누던데, 퍽 긴장하더라.

922: 지구의 아무개
히카루는 여동생이 부모랑 동거하고 있는 줄 알았나 보네…….

928: 지구의 아무개
일단 동거는 하고 있겠지. 세계 일주 여행이나 다녀오라고 내보내긴 했지만.

929: 지구의 아무개
어머님…….

930: 지구의 아무개
완전 쓰레기 부모 아니야?
세리카랑 카렌이 멀리 밀어낼 만했어.

933: 지구의 아무개
「정말로 다행이야. 뽑힌 사람이 너라서」는 너무하잖아. 당신, 히카루가 지금까지 어떤 심정으로 살아왔는지 알아……?

934: 지구의 아무개
인스타, 또 활활 타오르겠네.

936: 지구의 아무개
부모는 히카루를 보지 않았던 거야?
바다 위에서도 신의 채널을 볼 수 있지?

940: 지구의 아무개
한 번 봤다가 까무러쳤는지도. 이세계에는 무시무시한 마물도 출현하고, 실제로 전이자 중 3분의 1이나 죽었으니까.

942: 지구의 아무개
세리카라면 모를까 카렌이었다면 이세계에 가자마자 죽었겠지…….

945: 지구의 아무개
그런 문제가 아니잖냐.

952: 지구의 아무개
악의가 없는 건지, 악의밖에 없는 건지 잘 모르겠는데, 히카루의 마음에 상처를 주고도 남을 말이네.

960: 지구의 아무개
그야 두 천재 딸보다야 떨어지긴 하겠지만, 그렇다고 엄마가 보통 저렇게 말하나?

966: 지구의 아무개
진심으로 동정한다. 히카루, 울먹이잖아.

970: 지구의 아무개
저건 악마야.

973: 지구의 아무개
완전 지옥이야.

980: 지구의 아무개
나였다면 당장 끊었다.

990: 지구의 아무개
이제 와서 굳이 지구와의 접점을 유지할 필요는 없잖아? 시청자 숫자 같은 거 괘념치 말고, 쌓인 포인트를 잘 활용하여 이제부터 눈앞의 세상만 생각하면서 사는 편이 백 배는 더 행복하겠지.

990: 지구의 아무개
그게 안 되니까 고생하잖아.

1017: 지구의 아무개
실제로 그에 가깝게 행동하는 전이자도 많아. 카메라맨이 늘 붙어다니는 것도 아니니 신경을 끄면 끌 수야 있겠지. 히카루도 숲을 빠져나오기 전까지는 눈앞의 세계만 생각하며 행동했어(극한상태였다는 이유도 있긴 하지만).

1024: 지구의 아무개
아직은 당황할 시간은 아냐.

1030: 지구의 아무개
이제부터 오해가 풀려서 모든 갈등이 원만히 해소되겠지?

분위기를 보니 딱 그러네.

1053: 지구의 아무개
세리카 힘내, 완전 힘내라!

1066: 지구의 아무개
일일이 프론트를 통해서 전해야만 하다니 성가시네.

1080: 지구의 아무개
방 전화가 걸렸다! 이제 이겼어!!

1089: 지구의 아무개
이기면 어떻게 되는지 잘 모르겠지만, 일단 오해는 풀렸네.
즐거운 이세계 생활을 만끽해줬으면 좋겠어.

1125: 지구의 아무개
방 전화와 세리카의 전화가 링크되는 뜨거운 전개.

1129: 지구의 아무개
엄마는 말이 안 통하니 얼른 세리카한테 전화를 바꿔!

1138: 지구의 아무개
뭐야아아아아?!

1144: 지구의 아무개
왜애?! 어째서 수화기를 들어버린 거야?!

1148: 지구의 아무개
쓰레기 오브 쓰레기.

1153: 지구의 아무개
아빠도 카지노에 틀어박혀 있다고 했던가…….

1157: 지구의 아무개
그래, 이게 바로 현실이지.

1170: 지구의 아무개
하아? 진짜로 죽어버려라.

1178: 지구의 아무개
쌍둥이가 했던 「오빠가 키워줬다」는 말이 진실이었다는 게 만천하에 증명된 순간…….

1200: 지구의 아무개
서해안에서 드라이브했다는 얘긴 아무도 듣고 싶지 않아!!

1218: 지구의 아무개
애스턴 마틴을 사주다니, 쌍둥이들이 부모의 응석을 너무 받아주는 거 아냐?

1232: 지구의 아무개
저런 빌어먹을 부모 말이야, 왠지 이해가 돼서 더 괴롭네. 글러먹은 인간은 정말로 느낌이 저래. 그럼에도 히카루랑 TwiN/SiS한테는 부모인지라…….

1244: 지구의 아무개
히카루, 화 좀 내.
넌 화를 내도 돼.

1251: 지구의 아무개
히카루가 부모도 증오할 수 있는 성격이었다면 좋았을 텐데 말이야.

1268: 지구의 아무개
신은 늘 타이밍이 나빠.

1277: 지구의 아무개
신의 타이밍이 나쁜 게 아니라 히카루의 타이밍이 나쁜 거 아닌가…….

1289: 지구의 아무개
어떤 타이밍이었든 간에 비슷한 결말이 나왔을 것 같은 느낌이야. 왜냐면 글러먹은 부모란 저런 존재인걸…….

1290: 지구의 아무개
엄청난 알코올 중독자라면 취했

을 때가 오히려 정신이 멀쩡할 가능성조차 있으니까.

1300: 지구의 아무개
한밤중에 자고 있을 때 갑자기 연결된 전이자도 있어. 대화를 나눈 것만으로도 나은 편이야.

1304: 지구의 아무개
왜 쌍둥이랑 연결되지 않았냐? 세리카나 카렌이었으면 얼마나 좋아ㅠㅠ

1311: 지구의 아무개
형제랑 통화 연결된 사람은 아주 희귀한 것 같은걸.
기준이 뭔지는 모르겠지만, 대개 부모랑 연결되는 모양이야.

1319: 지구의 아무개
그야 친족이랑 연결해주겠다고 했으니 그렇겠지. 부모를 건너뛰고서 형제랑 연결되는 게 오히려 부자연스럽지 않아? 다시 말해 처음부터 이렇게 될 예정이었던 거야…….

1330: 지구의 아무개
시답잖은 이야기가 길게 이어질 뿐만 아니라 히카루도 강하게 제지하지 못하는 걸 보니 모자관계가 어떤지 엿보여서 괴롭네.

1341: 지구의 아무개
세리카가 객실에 직접 가라고 지시를 하긴 했는데, 아…… 꾸물대고 있어.

1351: 지구의 아무개
시간을 잊고서 즐기는 호화 여객선에서 「죽을 각오로 달려!」 하고 말해본들 그게 통할 리가 만무하지.

1378: 지구의 아무개
오, 그래도 방에는 도착했다. 이

제는 전화가 연결되면…… 아니, 그건 불가능하잖아. 엄마를 통해서 대화하는 거야?

1388: 지구의 아무개
중요한 말을 딱 한 마디만 전하면 되잖아?

1390: 지구의 아무개
앞으로 2분밖에 안 남았는데.

1395: 지구의 아무개
쓸데없는 자랑에 시간이 너무 낭비됐어……!

1397: 지구의 아무개
얼른 문을 열어!

1401: 지구의 아무개
아, 진짜 저 아줌마가!

1406: 지구의 아무개
우리 부모도 비슷한 느낌이라서 보기만 해도 마음이 다 괴롭네.

1412: 지구의 아무개
세리카도 엄마한테는 약한 모양이네. 말투를 보니 딱 알겠어.

1420: 지구의 아무개
이 세상에는 부모와 자식의 관계가 대등한 가정만 있는 게 아냐.

1424: 지구의 아무개
제발 서둘러!

1428: 지구의 아무개
애가 타서 죽을 것 같은데.

1433: 지구의 아무개
세리카도 죽을 만큼 애를 태우고 있어.
뭐, 천재일우의 찬스니까.

1440: 지구의 아무개
한 마디면 돼.

딱 한 마디만 전하면……!

1441: 지구의 아무개
아아~.

1443: 지구의 아무개
우와아…….
시간 종료.

1444: 지구의 아무개
히카루…….

1447: 지구의 아무개
뜻대로 되질 않는구나.
지옥에서 벗어나지 못한 채 끝나버릴 줄이야…….

1453: 지구의 아무개
세리카가 엄마한테 『아아……응. 나나미 언니를 죽였던 범인이 잡혔어』라고 했던 그 말이 서글퍼.

1466: 지구의 아무개
세리카가 「죄송합니다. 일단 실황중계를 끊을게요」라네. 눈물나…….

1470: 지구의 아무개
히카루도 바다에 뛰어들었는데, 괜찮나?

1476: 지구의 아무개
자포자기한 거야. 이젠 헤엄치는 거 말고는 할 수 있는 게 없다고.

1499: 지구의 아무개
그래도 잔느라면, 그녀라면 어떻게든 해줄 거다……!

1519: 지구의 아무개
해줄까……? 그 여자애, 말없이 행동으로 드러내는 계열이잖아……? 더더욱 꼬일 것 같은데…….

1530: 지구의 아무개
처음에는 섣부른 짓을 하나 싶어서 가슴이 철렁했는데, 그렇지는 않은 듯.

1543: 지구의 아무개
엄마는 저 애의 모습을 보고서 맹렬히 반성해라.

1556: 지구의 아무개
그래도 잔느랑 만나서 나나미가 부활한다면 멘탈은 단숨에 회복되지 않을까?

1570: 지구의 아무개
나나미가 되살아나는 건 기쁘지만, 히카루한테 제대로 전할지 걱정되네.

1583: 지구의 아무개
신은 친족 따위가 아니라 해당 전이자를 가장 좋아하는 팬과 연결해주는 팬서비스를 좀 해주길.

1593: 지구의 아무개
히카루, 이미 거의 인간을 불신하게 된 것 같으니 웬만한 말로는 마음을 움직일 것 같지 않은데?

1600: 지구의 아무개
어쨌든 잔느가 어떻게든 해줄 수밖에 없어.
그 주인공 같은 소녀가 말이야.

1614: 지구의 아무개
더 어두워진 히카루가 토벌되지 않길 빌게요…….

1643: 지구의 아무개
잔느한테 메시지를 보내둘게.

1655: 지구의 아무개
만약에 전해진다면 널 존경할게.
마음이 어지간히 강하지 않는 한 닿질 않아.

1670: 지구의 아무개
살아라, 히카루.
그대는 아름답다…….

1685: 지구의 아무개
오늘은 맛난 거라도 먹고서 푹 자도록 해. 언제나 상처를 치유하는 건 시간이야.

1750: 지구의 아무개
잔느한테 메시지가 보내졌다…….

1755: 지구의 아무개
굉장해! 신이 강림하셨다!!

1760: 지구의 아무개
뭐라고 보냈어?

1774: 지구의 아무개
『히카루를 위로해줬으면 좋겠어. 그 녀석은 정말로 괜찮은 녀석이야』라고.

1790: 지구의 아무개
잔느가 히카루를 위로한다……?
가, 가능한가……? 그 여자가…….

1803: 지구의 아무개
그래서 뭐래, 잔느가?

1832: 지구의 아무개
「좋아하는 타입이면 생각해 보겠어」래. 참고로 그 대답을 듣고서 잔느 게시판은 열광에 휩싸였어.

1854: 지구의 아무개
히카루는 그럴 가능성이 꽤 낮지 않나 싶은데…….
얼굴은 귀엽게 생겼지만 일본인이고.

1862: 지구의 아무개
잔느는 하겠다고 말을 꺼낸 것은 대부분 실행해왔거든.
아마 좋아하는 타입이라면 정말로 위로해줄 거야.

1880: 지구의 아무개
약해졌을 때 누가 친절하게 대해 주면 사람은 쉽게 함락된다고 하는데…… 어떻게 될까…….

1893: 지구의 아무개
리프레이아와의 삼각관계가 기다리고 있을 게 눈에 선하네.

1905: 지구의 아무개
내 타입이 아냐! 하고 끝나버릴 가능성이 크다고 보는데 말이야.
잔느는 고고한 전사이니까.

1943: 지구의 아무개
히카루도 돌아갔네.
다행이다. 그대로 딴 대륙까지 헤엄치지 않아서.

1956: 지구의 아무개
그렇게까지 무모한 인간이었다면 애당초 이야기가 이토록 꼬이지도 않았을 거야.

1989: 지구의 아무개
어쨌든 기대되네.
잔느도 다른 전이자랑 만나는 건 처음이지? 어떻게 될지.

◇◆◆◆◇

나— 쿠로세 세리카는 리프레이아 씨와 헤어지고서 그저 우두커니 서있는 오빠의 모습을 영상으로 보고 있었다.

오빠의 표정에서 아무것도 읽을 수 없었다.

저 얼굴에 드리워져 있는 것은 미래일까? 아니면 절망일까?

지금은 『살겠다』고 했던 오빠의 그 말을 믿을 수밖에 없었다.

그리고 나는 내가 할 수 있는 일을 최대한 할 수밖에.

핸드폰으로 이즈나 씨에게 전화를 걸었다.

"세리카입니다. 예…… 그래요. 계획대로 부탁합니다. ……예. 그럼."

일이 잘 진행된다면 나도 일본에 한 번 돌아갈 필요가 생기겠지.

"세리칸, 앞으로 어쩔 셈?"

"그러게. 시청률 레이스는 다시…… 제2회가 언젠가 개최되겠지만, 지금은 오빠의 정신력을 유지하는 게 우선이려나? 실황중계는 움직임이 있을 때만 하도록 할까."

솔직히 시청률 레이스 시간 중에 나와 카렌은 너무 무리했다.

최상의 성과는 최상의 취침에서 온다.

오빠도 상시 시청자 숫자가 억을 넘는 상황은 버겁겠지. 만약에 나였더라도…… 아니, 나는 아마도 괜찮겠네. 오빠처럼 섬세하지 못하니까. 시청자수 따윈 단순한 숫자로밖에 인식하지 않겠지. 그리고 메시지에 일일이 상처를 입지도 않을 것이다.

우리 남매는 섬세한 오빠와 여동생, 그리고 왈가닥인 나로 구성되어 있었다.

나는 누가 나를 어떻게 생각하든 괘념치 않았다.

—게시판에서 사람들이 자주 「세리카는 패션 데레」라며 야유하는데, 그렇게 보든 말든 상관없었다.

카렌처럼 절반밖에 피가 이어지지 않은 오빠를 향한 어렴풋한 연심을 즐겼던 시기는 진즉에 지나가 버렸으니까.

오빠는 내 인생 그 자체.

이 사랑을 위해서라면 나는 악귀든 야차든 뭐든지 돼주겠어.

집이 불타고, 「언니」가 살해당하고, 오빠마저 사라지면서.

우리 쌍둥이의 유소년기는 끝을 맞이했으니까.

"세리칸, 그 녀석이 진범이라고 경찰이 확실히 발표해줄까?"

"뭐, 괜찮을 거야. 증거도 잔뜩 있고 말이야. 본인이 자백했던 데이터까지 붙여놨으니까. 이제는 여론을 앞세워서 높은 사람한테 살짝 헌금만 해주면 일사천리야."

"잔꾀를 꽤 부린 것 같은 느낌이 드네~. 조금 더 심플하게 진행하는 편이 낫지 않았나?"

"……그건 부정할 수 없네. 나도 조금…… 꽤 머리가 이상해져서."

"느닷없이 좋아하는 사람이랑 언니까지 둘이나 잃어버렸으니까……."

"아직 안 잃었어!"

결과적으로 잘 되긴 했지만, 솔직히 위태로운 외줄타기였던 건 확실했다.

오빠가 목숨을 부지하는 데는 우리가 부렸던 잔꾀보다는 리프레이아 씨의 존재가 더 큰 영향을 끼쳤을 테니까…….

아까 전화를 했던 상대는 이즈나 씨라고 하는데, 할아버지의 부하

© Niθ

로 우리를 대신하여 일해주는 사람이었다.

나는 이즈나 씨에게 나나미 언니 일가를 살해했던 범인을 감금실에서 빼내어 경찰서 옆에 버려두도록 부탁했다.

흉기로 쓰였던 나이프도 함께, 범행 당시에 입었던 옷도 다시 입히고서. 자백하는 장면을 녹음한 데이터도 첨부하여. 몰래카메라로 촬영했던, 언니네 집에서 도망치는 동영상까지 딸려서 말이다.

마지막으로 감금됐다는 사실을 털어놨다가는 부모를 죽이겠다고 협박해뒀다. 그럼에도 입을 열지도 모르겠지만, 그땐 그때 가서 생각하자.

그날, 암흑가 사람을 쓰기로 판단을 내린 후로 나는 돌이킬 수 없는 곳에 발을 내딛고 말았다. 그러나 후회는 없었다.

어차피 신이 출현하여 세상이 미쳐버리고 말았으니까.

오빠가 없는 미쳐버린 세상에서 살아야 할 의미 따윈 있을 리가 없으니까.

"아, 오빠아가 움직였어."

카렌의 목소리를 듣고 화면을 보니 오빠가 드디어 발걸음을 돌려 돌아가려던 참이었다.

우울한 얼굴로 살짝 쓴웃음을 짓고서 노을을 쬐며 걸어나가는 남자.

그 발걸음에는 확실히 미래를 향해 걸어가는 것 같은 당찬 힘이 실려 있었다.

한 가지 사건을 끝내고서 무언가를 털어낸 거겠지.

……내가 그렇게 생각하고 싶었을 뿐인지도 모르겠지만.

어쨌든 이제는 정신적으로 위험한 지점에서 빠져나왔다고 봐도 무방하리라.

가능하면 더 일찍, 구체적으로는 숲을 빠져나온 시점에 범인을 체포하도록 유도하여 오빠의 오명을 씻어줄 작정이었다.

그게 불가능했던 이유는 운이 너무 나빴든가— 아니면 신의 악의가 오빠를 표적으로 삼았든가 둘 중 하나였다.

그런 숲에서 빠져나오자마자 메시지 기능을 추가하다니, 신에게 악마 같은 놈이라고 저주의 말을 토해내고 싶었다.

경찰이 사건이 벌어졌던 순간부터 지금에 이르기까지 진범인 오자와의 행적을 조사할지도 모르겠지만, 어차피 바로 사형판결을 받을 것이다. 미성년자이지만 세 사람이나 죽였으니 사형이 분명했다. 과거 판례를 보더라도 그건 틀림없었다.

어쨌든 이로써 이 나라와의 관계도 끝이다.

폐쇄적이고 음습하고 보수적이고 배타적인, 나와 카렌에게는 그다지 좋은 일이 없었던 나라.

오빠가 없었다면 나와 카렌 모두 진즉에 썩어버렸을 나라.

지금 이 건조한 하늘 아래에 서 있으니 마치 먼 이세계에 온 것 같은 느낌마저 들었다.

지금 이 세상은「이세계」에 관한 화제로 돌아가고 있다고 해도 과언이 아니었다.

나 역시 한 개인으로서는 이세계 콘텐츠에 관한 권리를 보유하고 있고, 미국에서는 완전히 VIP 대우를 받는다. 거의 망명에 가까운 형태로 미국으로 넘어왔지만, 이틀 만에 가족 모두가 국적을 취득할 수 있도록 조치해준 것은 역시나 놀랐다.

뭐, 나나 부모는 덤 같은 존재이고, 미국이 정말로 원하는 사람은 카렌뿐이었겠지만 그건 좋다. 어쨌든 그 아이는 내가 없으면 충분히 기능하지 않는다.

어쨌든 내가 일본에 기술을 공여하지 않겠다고 한마디만 한다면 그 나라는 이세계 콘텐츠 업계에서 상당히 불리한 처지에 내몰리겠지.

자동학습형 AI가 짜낸 번역 소프트는 당연하고, 자사뿐만 아니라 다른 회사의 편집 동영상 콘텐츠에 관해서도 일본을 배제하도록 입김을 가할 수 있는 입장이었다. 내 회사가 관련 주식들을 나름대로 취득했기에.

딱히…… 사람들이 게시판에서 험한 말들을 쏟아냈기에 그 보복을 하려는 의도는 아니지만.

더욱이 나도 그중 한 사람으로서 일부로 불을 지피기까지 했으니까.

아무리 그래도 그런 식으로 비난할 것까지는 없잖아? 그렇게 불평 한마디쯤은 던져주고 싶어졌다.

그래도…… 정말로 그렇게 앙갚음을 할 생각은 없었다. 없었지만.

자기혐오.

제 손으로 여론의 흐름을 이끌었으면서도, 이성적으로는 알고 있으면서도 혐오감만은 어쩔 수가 없었다.

나는 나침반이 정해져 있지 않은 인간이다.

뭐든지 나름 해낼 수 있다.

무엇을 하든 나름의 경지까지는 올라갈 수 있겠지.

그러므로 어떤 길로 나아갈지 선택할 수가 없었다.

나는 그런 나 자신을 좋아하지 않았다.

오직 오빠만이 나의 길을 비춰주었다.

그 빛을 되찾지 못한다면, 나는 여전히 미아인 채로 아무 데도 나아가지 못하겠지.

◇◆◆◆◇

때는 1월 1일.

신에게 뽑힌 전이자들이 드디어 이세계로 전이하는 날.

그날까지 거슬러 올라간다.

"새해 첫날에 비가 내리다니 신기해~. 25년 만이래."

카렌이 키보드를 바삐 조작하면서 말했다.

확실히 새해 첫날에는 대개 날씨가 맑았다. 적어도 내 기억 속에서는 모두 쾌청했다.

"그래서 카렌, 어때? 제때에 맞출 수 있겠어?"

"이 천재한테 그런 어리석은 물음을~. 만사 문제없어!"

"그래, 고생했어. 이런 형태로 돈을 버는 건 예상치 못했지만, 뭐 쓸 수 있는 건 뭐든지 써야 해. 계획이 틀어져 버렸으니 돈은 많으면 많을수록 좋고."

"남쪽 섬까지 또 한 걸음 가까워졌다~♪"

이세계 전이가 일으킨 광란은 우리에게 찬스를 줬다.

우선 이세계어 번역. 이것은 나와 카렌에게는 전문분야였기에 남들보다 한 발짝 앞서서 연구팀을 꾸렸다.

지금은 정보가 아직 부족해서 내일부터 본격적으로 기동할 예정이었다. 어쨌든 만반의 준비를 마쳐뒀다. 언어번역용 고도 AI도 준비됐고, 슈퍼컴퓨터도 빠짐없이 수배해 놨다.

이세계라고는 해도 언어가 여러 종류나 될 테니 어떤 언어를 고를지도 문제였다. 되도록 화자가 많은 언어가 좋겠지만, 처음에는 손으로 더듬어가면서 해석하는 느낌이겠지.

어차피 최초로 번역하는 데 성공하면 그것이 스탠드가 된다.

라이벌은 적고, 먼 옛날의 언어가 적힌 비석만 보고서 번역하는 것도 아니니 난도가 그리 높은 미션은 아니었다. 전이자라는 존재도 있고.

나머지 하나는 동영상 스트리밍이다.

신이 애초부터 이세계 전이자의 일거수일투족을 모조리 방송하겠다고 했지만, 당연히 그것을 줄곧 볼 수 있을 만큼 현대인은 한가하지 않다.

그렇다면 편집한 동영상도 수요가 생기겠지.

이미 대형 스트리밍 서비스도 참가하겠다고 뜻을 표명했다. 그러나 전이자는 천 명이나 된다. 아무리 대형업체일지라도 당연히 모든 참가자에게 동일한 리소스를 할애할 수는 없겠지.

나와 카렌은 일본인…… 특히 나나미 언니를 메인으로 삼고서 편집 동영상을 배포할 수 있도록 준비를 진행했다.

대형 스트리밍 서비스는 대부분 서구의 기업들이 운영한다.

아시아권을 중심으로 시청자를 획득할 수 있다면 승부가 충분히 가능하겠지.

"오빠도 나나미 언니랑 작별 인사를 마쳤을까?"

"야한 전개로 흘러가고 있다거나?"

"언니잖아. 글쎄?"

나는 나나미 언니를 동정했다.

영문도 모를 이세계라는 곳에 떠나게 됐으니까.

그것도 거의 아무것도 가져가지 못하고.

"슬슬 시간이 다 됐어~."

벽에 붙은 대형 모니터에는 각국의 이세계 전이자를 송별하는 행사 영상이 띄워져 있었다.모두가 같은 타이밍에 이세계로 날아간다고 했다. 시차 관계로 일본은 아침 9시. 한밤중이 아니라서 다행이지만, 되도록 더 늦게 했으면 좋았을 텐데.

일본의 방송에는 전체 전이자들 중 절반이 출연했다고 했다.

여하튼「이 세상」과는 헤어져야만 한다.

그 말은 지금껏 사회에서 쌓아왔던 모든 것을 버리고서 맨몸으로 전혀 낯선 혹성으로 이주하라는 것과 비슷했다. 태평하게 텔레비전 방송에 출연할 때가 아니겠지.

나나미 언니처럼 마지막까지 사랑하는 이와 시간을 느긋하게 보내고 싶은 사람.

여행을 떠나기 전에 먹고 싶은 음식을 성에 찰 때까지 만끽하는 사람.

공포에 질려 술에 빠진 사람.

반응은 가지각색이었다.

텔레비전에서 카운트다운이 시작됐다.

10, 9, 8, 7, 6, 5, 4, 3, 2, 1, 0.

텔레비전 속 전이자들의 모습이 일제히 사라졌다.

내 딴에는 육체만 번데기처럼 남기고서 떠나버리는 패턴도 생각하긴 했는데, 그렇게 되지는 않은 듯했다.

쏴아아, 빗소리가 강해졌다.

전이자들은 포인트라는 것을 할당하여 스스로를 강화하거나, 아이템과 교환한 뒤 이세계로 떠난다고 했다.

그렇다면 실제 방송은 조금 있다가 시작하겠지.

"……어?"

컴퓨터를 조작하던 카렌이 유령이라도 본 것처럼 얼굴이 창백해졌다.

무슨 예상치 못한 일이라도 벌어졌나?

아니…… 신의 존재. 이세계의 존재. 그리고 이세계 전이까지. 온통 예상치 못한 일투성이였다.

새삼스레 놀랄 일이—.

"어, 어라……? 왜……. 세, 세리칸……. 오빠아가……."

입술을 부르르 떨면서 눈에 눈물이 그렁그렁 맺힌 카렌을 보고서 나는 신이나 이세계보다 더 중대한 사태가 벌어졌음을 깨달았다.

무엇이, 왜, 어째서 그렇게 됐는가—.

디스플레이에 투영된 것은 매일 여러 번이나 봤던 얼굴.

『전이자 No. 1000 쿠로세 히카루』라고 얼굴과 함께 표시된 정보란을 보고서 나는 세상 그 자체가 발밑부터 붕괴한 것 같은 감각에 빠졌다.

"어…… 잠깐……. 그…… 그거…… 공식 맞지……?"

"일람이 갱신됐길래 봤더니…… 어째선지 이렇게 바뀌었던데……. 저기, 오빠아가 왜?"

"잠깐만……."

나는 표시된 그것을 세심히 눈으로 쫓았다.

사소한 위화감.

그 정체를 금세 알아챘다.

알고야 말았다.

"나나미 언니가 없어……."

나나미 언니는 전이자 No. 422였는데, 그곳에는 원래 423번이었던 전이자의 이름이 실려 있었다. 번호가…… 하나씩 당겨졌다.

언니의 모습은 어디에도 없었다.

전이자 일람에서— 사라졌다.

가슴이 크게 술렁였다.

무언가가 벌어졌다.

그렇게밖에 말할 수가 없었다.

나는 핸드폰을 꺼내서 오빠에게 전화를 걸었지만, 통화음만 계속 이어질 뿐 몇 분을 기다려도 받지 않았다.

언니와의 작별을 슬퍼하고 있어서 못 받았나? 아니, 오빠는 핸드폰이 이토록 계속 울리면 어떤 상황이라도 받는다. 그런 사람이다.

나나미 언니네 전화에 걸었는데도 아무도 받지 않았다.

오늘은 새해 첫날. 아저씨와 아줌마 모두 집에 있을 텐데.

"나, 잠깐 보고 올게. 카렌은 그쪽을 보고 있어. 무슨 일이 생기면 연락해."

언니네 집에 무슨 일이 생긴 것은 틀림없겠지.

확인하고 올 수밖에 없었다.

“혼자 가?”

“아직 방송국 관계자가 이 부근에 있잖아. 도와달라고 할게.”

부모님은 연말연시라며 둘이서 온천여행을 떠났다.

우리도「그딴 인간들」에게 아무 기대도 하지 않았다.

나는 집을 나와 대로에서 철수 준비를 하는 방송국 관계자를 붙잡았다.

“안녕하세요~. 저기, 전이자 일람을 봤어요?”

“어? 넌 나나미 양의 옆집에 사는……?”

“세리카예요. 우리 집이랑 나나미 언니네는 가족처럼 친한 사이라서…….”

잡담을 나누는 동안에 관계자 중 하나가 전이자 일람을 확인했다. 나나미 언니가 일람에서 빠졌다는 사실을 알아챘다.

“나나미 언니가 왜 빠졌는지 확인하고 싶은데 따라와 주셨으면 해요. 부탁할 수 있을까요?”

내가 부탁하자 두 사람은 서로 마주 보고서 바삐 행동을 개시했다.

특종을 잡을 수 있겠다고 짐작했겠지.

믿고 싶지는 않지만…… 가능성은 하나밖에 없겠지.

세상은 확실히 미쳐가기 시작했다. 인터넷만 봐도 그 광란을 충분히 이해하고도 남았다. 그래도…… 설마 내 바로 근처에서 그 부조리함을 목도하게 될 줄은 생각도 못했다.

―그저 기우이길 바랐다.

그러나 오빠가 이세계 전이자로 뽑혔고, 그것도 모자라서 나나미 언니까지 리스트에서 소실되었으니 도출할 수 있는 답은 하나뿐이었다.

그들은 그 증인이 되어줘야 했다.

어쩌면 「범인」이 현장에 남아 있을 가능성도 있으니 힘이 되어줄 어른을 대동한다면 더더욱 좋았다.

카메라를 돌리고 있는 관계자의 모습을 애써 무시하고서 나는 나나미 언니네 현관 앞에 섰다.

기도하는 마음으로 초인종을 눌렀다.

대답이 없었다. 다시 한번 초인종. 역시나 대답이 없었다.

오빠가 방문했을, 아저씨와 아줌마 모두 있어야할 집에서.

"반응이 없네요."

나는 그렇게 말하면서 문을 열려고 했다.

말 그대로 가족처럼 친했던 사이였다. 어렸을 적부터 자유롭게 이 집을 드나들었을 정도로.

그런데 문이 잠겨 있었다.

"……희한하네. 아무도 없을 리가 없는데."

"나나미 양이 전이 리스트에서 빠져서 가족끼리 어디론가 간 게 아닐까?"

"아직 9시 15분인데요? 전이가 개시된 시각은 9시. 설령 리스트에서 빠졌다고 해도 곧바로 나갔겠어요? 비 내리는 새해 첫날인데요?"

"그도 그런가……."

이제 남은 가능성은 그리 많지 않았다.

나는 주머니에서 여벌 열쇠를 꺼냈다.

우리 부모가 그 모양인지라 아저씨와 아줌마가 배려하여 언제든지 들어올 수 있도록 건네줬다. ……이런 식으로 쓰게 될 줄이야.

문을 열고서 안으로 들어갔다.

현관에 오빠의 신발이 있었다. 그래서 내 가설은 거의 확신으로 바뀌고 말았다.

정적에 휩싸인 실내.

큰소리로 불러봤으나 대답이 없었다.

"거, 거봐. 아무도 없잖니? 현관문도 잠겨 있었고."

방송국 관계자 중 하나가 간살부리듯 웃으며 말했다.

이 위화감을 느끼지 못했나?

"……한 사람만, 따라와 주세요."

나는 관계자 중 가장 다부져 보이는 남자를 지명한 뒤 방패로 삼으며 집 안으로 들어갔다.

그리고 이내 그 답을 목도하게 됐다.

"……아저씨, 아줌마."

"우, 우와아아아아아아아아아아아!"

관계자가 허릿심이 빠졌는지 엉덩방아를 찧었다.

다이닝 키친에서 아저씨와 아줌마가 피투성이로 쓰러져 있었다.

꿈쩍도 하지 않아서 죽은 것으로밖에 보이지 않았다.

관계자들이 비명을 듣고서 안으로 들어왔다.

나는 당장 구급차를 불러달라고 부탁했고, 미덥지 못한 다부진 남자가 아닌 다른 젊은 AD를 붙잡아다가 위층을 확인하기로 했다.

무릎이 떨리고 구역질과 눈물이 치밀었다.
그래도 나는 앞으로 나아갔다.
아직 범인이 있을지도 모른다고 언급하자 AD는 마이크 스탠드를 무기처럼 들고서 앞에 서줬다. 꽤 든든했다.
그리고 셀 수 없이 방문했던, 나의 두 번째 방이라고도 할 수 있는 방 문을 열었다.
"……언니."
각오는 하고 있었다.
오빠가 전이자 일람에 이름을 올렸던 시점부터.
나나미 언니의 이름이 사라진 시점부터.
나나미 언니 역시 피 웅덩이 속에 잠겨 있었다.
이쪽은 아저씨, 아줌마와 달리 「살아있을 가능성」 자체가 없었다.
전이자는 「만반의 상태로 전이된다」고 했으니 숨이 약간이라도 붙어 있었다면 전이자 일람에서 튕겨졌을 리가 없었다.
언니는 살해당했다.
죽었기에 전이자 일람에서 제외됐다.
어째서 오빠가 전이자로 대신 뽑혔는지는 잘 모르겠다.
잘 모르겠지만, 이 상황은 매우 난감했다.
누가 보더라도.
—오빠가 범인이라고밖에 보이지 않았다.
『세…… 세리칸…… 큰일 난 것 같아.』
계속 연결해둔 이어폰에서 카렌의 목소리가 들렸다.
당장에라도 죽을 것 같은 가녀린 그녀의 목소리를 듣고서 나는 또 무슨 일이 벌어졌음을 깨달았다.

"……왜 그래?"

『오빠아가, 마물들이 득실거리는 숲속에서 시작했는데…… 이대로 있다가는…… 죽어버릴 거야…….』

어째서 일이 이렇게 안 풀리는 거지.

나와 카렌이 손을 썼는데도, 소중한 것들이 손바닥에서 새어나갔다.

"미안하지만, 이쪽도 상황이 나빠. 언니가 살해됐어. 아저씨랑 아줌마도."

『뭐, 뭐어어……?! 왜……? 엇…… 살해됐…… 죽었어……?』

"이유는 모르겠지만, 나도 당장에는 돌아갈 수 없어서 지시를 내릴게. 우선 범인이 도망친 것 같으니 집 주변 카메라를 모조리 뒤져봐. 아마도 우리 카메라에도 찍혔을 거야."

이런 상황인데도 감정과는 다른 회로가 뇌에 존재하는 것처럼 나는 냉정했다.

별개의 인격이 하나의 육체에 깃들어 있는 것처럼 또 하나의 내가 전체 상황을 위에서 관찰하고 있는 듯했다.

그리고 지금 이 상황은 대단히 난처했다.

이대로는 모든 것을 다 잃는다.

온몸이 그렇게 경종을 울렸다.

우리 집에는 카렌이 달아놓은 카메라 여덟 대가 늘 가동되고 있었다.

천재 미인 쌍둥이 자매라며 방송국이 쫓아다닐 때 설치해 놨다. 범인이 나나미 언니네 집에서 나와서 도주했다면 카메라에 찍혔을 것이고, 애당초 집에 들어가는 순간도 포착됐겠지.

범인을 특정하기란 쉬웠다.

아저씨와 아줌마는 거실에서 살해됐다.

그렇다면 현관에서 집 안으로 들였다는 말인가?

범인은 지인이거나 혹은 그에 가까운 사람.

나나미 언니의 친구라고 둘러댔거나, 혹은 친척. 그 정도겠지.

『오빠아…… 진짜로 위험해. 어, 어서 돌아와. 이대로는…….』

"진정해. 지금 오빠한테 아무것도 해줄 수가 없잖니? 우선 범인부터 찾고서. 반드시 카메라에 찍혔을 거야."

문제는 범인이 누구인지 모를 경우였다.

『하, 하지만 범인은 경찰한테 찾게 하면 되잖아……? 그보다도 이쪽이 더—.』

카렌의 말도 이해가 됐다.

오빠가 전이되고 말았다.

나나미 언니는 가족과 함께 살해되고 말았다. 살해 동기는 모르겠다. 애당초 나나미 언니의 가족에게 원한을 품었던 사람의 범행일지도 모르고, 전이 예정자를 살해하면 자신이 뽑힐 거라고 착각한 사람의 소행일지도 모르겠다.

"카렌. 오빠는 숲을 빠져나가지 않으면 죽을 수도 있는 상황이지? 아는 정보만 알려줘."

『응. 숲을 빠져나가려면 370킬로미터 이상 걸어야만 해. 근데 오빠아는 포인트를 남겨서 전이한 것 같아. 그걸 잘 쓰면 어쩌면 어떻게든 될 것…… 같기도 해.』

"포인트라……. 역시 유용할 것 같니?"

『크리스털로도 여러 가지와 교환할 수 있는 것 같은데, 포인트로 획득할 수 있는 건 성능이 탁월해. 포인트가 넉넉히 있으면 안전하게 빠져나갈 수 있을 정도로.』

"그래? 그렇겠지……."

어느 정도는 사전에 알려지긴 했지만, 역시나 포인트는 중요했다.

그리고 그 포인트를 얻을 수 있는 최대의 수단은 『시청자수』였다.

"……메시지랑 메일 기능은? 아니면 전화 같은 연락수단은?"

『없어……. 언어도 예상했던 대로 이세계어로 자동으로 번역해주는 기능이 작동하고 있는지 무슨 소리를 하는지도 통.』

"알겠어."

이렇게 카렌과 통화를 하는 동안에도 방송국 관계자들이 경찰과 구급차를 불러줬다.

관계자 중에 응급처치법을 아는 사람이 있는 듯했지만, 아저씨와 아줌마 모두 이미 사후경직이 시작돼서 늦은 듯했다.

언제까지고 이곳에 머물 수는 없었다. 경찰이 온다면 사정청취를 받느라 시간을 꽤 빼앗길 테니까. 사정청취는 임의일지도 모르겠지만, 자칫 거절했다가 실랑이가 벌어질 수도 있었다. 그 시간조차 아까웠다.

나는 나나미 언니의 방에 들어가 마치 자고 있는 것처럼 누워 있는 그녀의 발치에 섰다.

이미 생명의 기척은 느껴지지 않았다. 언니의 모습을 띤 물체로 전락하고 말았다.

'나나미 언니…….'

이미 나와 카렌은 어젯밤에 언니처럼 우리를 키워줬던 이 여성과 작별을 끝마쳤다.

영원한 이별임을 잘 알기에 나와 카렌은 눈물이 다 말라버릴 만큼 펑펑 울었다. 강하게 부드럽게 때로는 엄하게, 오빠와는 다른 양심을 지닌 그녀의 존재에 우리가 얼마나 도움을 받았던가.

그래서 그녀를 인생설계의 공범자로 끌어들였다. 나와 카렌 모두 언니를 좋아했으니까.

그런 그녀와 두 번이나 작별을 하게 될 줄이야. 운명의 장난치고는 몹시 고약했다.

"……범인한테 반드시 앙갚음을 해줄게. 그리고…… 오빠도 우리가 반드시 구할게."

나는 나직이 중얼거리고서 방을 나왔다.

현장을 한바탕 확인했다. 충격이 커서 이 안에는 도저히 있을 수 없겠다며 방송국 관계자에게 양해를 구한 뒤 집으로 돌아갔다.

……아니, 충격은 충분히 받았다. 만약에 오빠가 있었다면 품에 안겨서 엉엉 울면서 하루 종일 몸부림을 쳤을 정도로.

나나미 언니는 농담이 아니라 그야말로 우리의 가족이었다. 이런 사태가 벌어지지 않았다면 진짜 가족이 될 생각이었으니까.

그러나 현 상황은 슬픔에 잠길 시간을 나에게 주지 않았다.

"돌아왔어."

"세리카……. 왜, 이렇게 된 거야……? 나, 어쩌면 좋아……?"

"진정해. 아니, 진정할 수 있을 리가 없겠지만…… 해야 할 일을 할 수밖에 없어. 오빠는?"

방으로 돌아온 나는 새파래진 얼굴로 울상을 지은 채로 화면을 뚫어져라 쳐다보는 여동생을 곁눈으로 보면서 상황을 확인했다.

"……그러네. 이거 큰일 났네."

불행 중 다행인지 오빠는 포인트를 꽤 남기고서 전이한 듯했다. 그렇다면 1포인트로 12시간 동안 지속되는 안전지대를 만들어내는 결계석이라는 아이템과 교환할 수 있겠지. 그러나 그 아이템은 어디까지나 위험한 상황을 회피하거나 몸을 쉴 시간을 짜내는 용도로만 활용해야 할 터. 사전에 공개됐던 정보에 그렇게 나와 있었으니 틀림없었다.

저 숲속에서는 압도적으로 유용할 것 같지만, 거리를 벌기 위해 이동하는 용도로는 쓸 수 없었다.

스테이터스 화면은 모두 「이세계어」로 적혀 있었다.

아이템류 역시 지구인의 눈에는 뭐가 뭔지 모르겠다.

정보량이 많으니 며칠 만에 문자를 어느 정도 해석할 수 있겠지만.

어쨌든 맨몸의 상태이므로 그 어떤 마물이든 맞닥뜨린다면 끝장이었다.

그런데 사람이 사는 곳에서 370킬로미터나 떨어졌다고 했다.

복장도 판초같이 생긴 하얀 관두의뿐. 포인트를 써서 부츠를 마련한 듯했지만, 너무나도 하잘 것 없는 장비였다.

이미— 상당히 낙관적으로 헤아리더라도 『절망적인』 상황이었다.

"세…… 세리카아……."

카렌이 울먹였다.

그녀도 이 상황이 무엇을 의미하는지 알겠지.

이미 우리는 언니를 잃었다.
앞으로 오빠마저 잃는다면…… 우리의 인생계획은 완전히 백지가 되고 만다.
행복이 이 손에서 흘러내리고, 단둘이서 몸을 꼭 붙인 채 살아갈 수밖에 없다.
—그렇다면.
그러길 원치 않는다면 무엇이든 할 수밖에 없었다.
'오빠…… 미안.'
"카렌. 범인은? 카메라에 찍혔지?"
"응. 해석해봤는데 오빠야가 다니는 학교 학생이었어. 자기 SNS에도 사진을 많이 올려서 틀림없어. 도망친 방향을 보니 집으로 돌아간 것 같아."
"정보를 모아줘. 주소 등 여러 가지를."
"라저."
카메라 영상에는 오빠와 비슷한 또래로 보이는, 배낭을 멘 남자가 뒤쪽 담장을 뛰어넘어 휘청휘청 달아나는 모습이 찍혀 있었다.
평소였다면 너무나도 수상쩍게 비쳤겠지. 그러나 이세계 전이 당일이었고, 비도 세차게 내린지라 남의 눈에 띄지 않고 달아나는 데 성공했겠지.
이렇게 증거가 남아 있으니 바로 체포될 것이다. ……신고한다면.
"그래서 어쩔까? 신고해?
"안 해."
"왜?"

"……이대로 놔두면 오빠가 범인이라고 오해들을 하겠지. 그러니…… 그대로 놔둘래. 그보다도 카렌, 나가자."

"응? 어? 왜? 어디로?"

"할아버지한테."

친할아버지는 우리 오누이하고만 교류를 해왔다.

아버지가 절연당해서 우리도 그리 자주 만날 수는 없었다. 그러나 나는 사회를 공부할 겸, 그리고 어떤 부탁이 있을 때마다 오빠와 함께 여러 번 만나왔다.

할아버지는 나보다도 오빠를 더 마음에 들어 한 눈치였지만, 그렇기에 협력해주겠지.

◇◆◆◆◇

갈아입을 옷을 가방에 넣고서 나와 카렌은 거의 맨몸으로 집을 뛰쳐나왔다.

경찰이 온다면 사정청취를 회피하는 데 고생깨나 해야겠지.

중학생이라며 면제해줄 가능성도 있겠지만, 지금은 시간이 아까웠다.

뒷문을 통해 집을 나왔다. 경찰은 아직 오지 않았고, 방송국 관계자도 우리를 보지 못했다. 큰길에서 택시를 잡을 수 있었다.

할아버지네 집까지 한 시간쯤 걸리려나?

나와 카렌은 택시 안에서 옷을 갈아입으면서(운전기사가 굉장히 난처한 표정을 지었지만) 그 동안에도 오빠의 상황을 조마조마해하며 확인했다. 번역 프로젝트 멤버들에게 각종 연락 사항을 전달하고, 동영상 스트리밍 사이트 프로젝트 쪽에도 메인으로 추적해야 할 전이자가 바뀌었다는 사실을 통보하는 등 할 일이 많았다.

당연히 다른 전이자의 동향도 체크하고 싶기에 단말기가 아무리 많아도 부족할 지경이었다. 원래는 자택에서 기기를 풀가동하여 정보를 수집할 계획이었는데 정말로 왜 이렇게 됐는지.

"오빠아, 생각보다 순조로운 것 같아. 지도도 있고, 마물도…… 아직은 나오지 않았어. 어떻게든…… 되겠지?"

"남은 19포인트로 370킬로미터를 주파해야 하잖아? 글쎄……."

포인트로 교환할 수 있는 아이템의 존재는 사전에 얼마간 공개됐다.

결계석, 포션, 스크롤, 지도, 그밖에도 장비류와 능력을 올리는 데도 쓸 수 있다.

그러나 예를 들어 완전무적이 될 수 있다거나, 불사신이 될 수 있는 등 매우 강력한 구제 조치는 없겠지. 만약에 있었다면 오빠도 포인트로 교환했을 테니까.

그렇다면 12시간 동안 셸터를 만들 수 있는 결계석이 열쇠가 될까?

스스로를 강화할 수 있는 아이템이나 능력으로…… 그런 것으로 370킬로미터나 되는 서바이벌 생활을 헤쳐 나갈 수 있을 것 같지 않았다.

"저, 저기…… 정말로 여기 맞습니까……?"

"네. 감사합니다."

택시가 목적지에 도착하자 우리는 내렸다.

할아버지에게는 지금 가겠다고 이동 중에 연락해뒀다. 뭐, 우리는 앳된 중학생이고, 무엇보다 피붙이였다. 약속을 잡지 않아도 딱히 문제는 없겠지만.

높은 담장에 둘러싸인 호화 저택. 무수히 설치된 감시 카메라.

『와타라세파』라는 폭력조직 두목의 자택. 바로 이곳이 우리 할아버지의 집이다.

쿠로세라는 성은 엄마의 성이다. 우리 집안은 사정이 조금 복잡하다.

인터폰을 누르자 젊은 조직원이 대응해줬다. 신년인사를 드리러 왔다고 말했다.

문을 열어주자 나는 안으로 쭉쭉 들어갔고, 카렌은 내 등에 찰싹 달라붙은 채 벌벌 떨면서 따라왔다. 카렌은 나와 달리 섬세하고, 애당초 할아버지네 집에 온 적이 없었다. 야쿠자다운 분위기가 물씬 풍기는 이 집의 분위기가 무서운가?

거의 교류한 적이 없지만, 피붙이이니 당당히 굴어도 되는데. 마피아는 옛날부터 핏줄을 중요시하니까.

“오오! 세리카! 카렌! 어서 오너라!”

“할아버지! 새해 복 많이 받으세요.”

“아, 새해 복 많이 받으세요.”

“오오, 오냐. 손녀가 정월에 와주다니 이 늙은이가 복이 많구나.”

“아직 늙은이 소리를 들을 만한 나이도 아니면서~?”

할아버지는 아직 예순 살도 맞이하지 않은 것으로 안다.

매일 단련하는지 몸이 다부졌다. 40대라고 해도 믿을 정도였다.

“오늘은 새해를 맞이하여 떡방아를 찧을 예정이다. 젊은 것들한테 연회도 준비시켰으니 마침 잘 왔다. 떡, 먹고 갈 거지?”

할아버지가 실실거리며 손녀의 방문을 천진난만하게 기뻐했다.

모습을 보아하니 오빠가 이세계 전이자로 뽑혔다는 사실을 모르는 듯했다.

야쿠자 세계에서 이세계는 허망한 세상, 그다지 관계가 없을지도 모르겠다.

실제로 이미 텔레비전과 컴퓨터, 스마트폰으로도 이세계 중계를 볼 수 있는데도 정원에서 떡방아를 찧을 준비를 하는 조직원들은 아무도 신경 쓰지 않는 눈치였다.

……뭐, 그들의 입장에서는 근무시간이니 당연한지도 모르겠지만.

"죄송해요, 할아버지. 오늘은 바로 돌아가야만 해요. ……오빠 때문에."

"히카루……? 그러고 보니 오늘은 안 왔구나. 뭔 일 있었느냐?"

"네. 그래서 아주아주 중요한 『부탁』이 있어서……."

"부탁이라……. 알겠다. 객실에서 기다리거라."

눈꼬리를 내리며 우리를 맞이해줬던 할아버지가 내 입에서 『부탁』이라는 단어가 나오자 표정이 싹 돌변했다.

여태껏 평범한 아이라면 부탁하지 않을 만한 우중충한 『부탁』들만 해왔으니까. 실제로 이번에 할 부탁은 우중충하기는커녕 거멨다. 아주 새카만 부탁이었다.

그 냄새를 민감하게 감지한 게 틀림없었다.

이 집의 객실은 취미가 꽤나 고약했다. 대리석 테이블은 이 집에서밖에 본 적이 없었다. 장식된 집기들 모두 아마 이름난 명장의 작품이겠지.

오빠가 말하기를 옛날에는 동물 박제도 여러 개 놓여 있었다고 했다.

그 잔재라고 해야 하나, 현재도 발밑에 호피무늬 융단이 깔려 있어서 밟는 게 조금 꺼려졌다.

"……그래서? 히카루는 어쩌고 있냐?"

아마도 객실에 접근하지 말라고 부하들에게 당부하고 왔겠지.

조금 뒤늦게 할아버지가 소파에 앉았다.

"일단 이걸 봐줬으면 하는데요."

나는 태블릿을 꺼내 할아버지에게 그 광경을 보였다.

화면에는 숲속에서 사방을 경계하며 달리는 오빠의 모습이 담겨 있었다.

"이게 뭐냐? 나도 알아들을 수 있게 설명해라."

할아버지가 매서운 눈빛으로 따져 묻자 카렌이 내 옷소매를 쥐었다.

앳된 여중생에게 뿜어내서는 안 되는 박력이라고 생각하지만, 뭐, 저것이 자연스러운 반응이겠지.

나는 사정을 설명했다.

할아버지도 당연히 이세계 전이에 대해 알고 있었다. 그러나 그 연배의 사람들은 검과 마법의 세계에 별로 흥미가 없는지 우리 세대만큼 열광하지는 않았다. 흥미가 없는 사람은 아예 관심조차 두지 않았다. 굳이 따지자면 신이 출현하여 세상의 정세가 어떻게 변할지에 관심을 더 기울이는 듯했다.

"현장에 다툰 것 같은 흔적도 없었고, 오빠도 불의의 기습을 당하여 찔린 것 같아요. 이세계 전이자로 뽑힌 것 순전히 우연. 그렇지 않았다면 그대로 죽지 않았을까 싶어요."

이것은 상황을 보고서 내린 억측에 불과했다.

그러나 할아버지에게 손자가 칼에 찔렸다는 이야기는 남 일이 아니었다.

도움을 받을 가능성이 올라갔다.

내가 상황을 한바탕 설명하자 할아버지는 턱에 손을 댄 채 생각하고서 말했다.

"……다시 말해서 세리카, 네 부탁은 저 놈의 대가리를 따와 달라는 소리냐?"

"으으응, 아니에요. 저 녀석을 한동안 구금시켜줬으면 해요. 경찰보다 먼저요."

나는 방범 카메라에 찍힌 남자의 영상을 줌인하면서 말했다.

죽여 버린다면 의미가 없다.

"구금?"

"네. 그렇게 되면 범인이 누군지 밝혀지지 않으니 오빠가 범인 취급을 받게 될 거예요. 그대로 여론에 불을 지필 생각입니다."

"불을 지른다니, 세리카……. 너…… 무슨 그림을 그리는 게냐……?"

그림이라고 할 만한 수준은 아니었다.

지금 이대로 아무것도 하지 않는다면 오빠는 틀림없이 죽는다는 의미일 뿐이었다.

그 가능성을 조금이라도 줄이려면 시청자를 늘려서 포인트를 획득하는 수밖에 없었다.

그리고 포인트를 가장 효율적으로 얻어내려면 오빠를 유명하게 만드는 게 가장 빠른 지름길이었다.

현 단계에서 오빠는 「불쑥 출현한 수수께끼의 전이자」에 불과하다.

그 불쑥 튀어나온 사람이 천 명이나 되는 전이자 중에서 한정된 리소스인 「시청자수」를 획득기란 쉽지 않겠지.

주목을 끌지 못한다면 포인트와 크리스털을 얻어낼 수단은 아마도 없다. 그렇다면 오빠는 숲을 빠져나오지도 못하고 죽겠지.

……그러나.

『이세계에 가고 싶은 욕심에 소꿉친구를 죽이고서 아무도 제재할 수 없는 이세계로 도망쳐버린 범인』이라는 스토리가 있다면.

그리고 나와 카렌이 인터넷을 통해 전 세계에 불을 지피며 돌아다닌다면.

—그렇게 세계적인 주목을 모을 수 있다면.

“자, 여기 시청자수가 나오죠? 이게 많으면 많을수록 신한테서 은혜를 받을 수 있어요. 오빠가 신은 부츠도 포인트로 교환한 거랍니다.”

“그거랑 히카루를 범인으로 꾸미는 게 무슨 관계가 있느냐.”

“오빠가 범인이라는 이야기가 퍼진다면 전 세계 사람들이 오빠를 미워하겠죠? 소꿉친구를 죽이고서 아무도 단죄할 수 없는 이세계로 달아난 살인범이니까. 가증스럽고 밉살스러우니 빨리 죽으면 좋겠다…… 그렇기에 모두들 그 어떤 전이자보다도 오빠가 신경 쓰여서 보게 될 거예요. 텔레비전에서도 거론할 테고. 사실 오빠는 휘말리기만 했을 뿐 살인범도 뭣도 아니니 지독한 날조이지만…… 이렇게라도 시청자를 확보하지 않으면 이 숲을 빠져나올 수가 없으니까. 그러니…… 진범은 방해가 됩니다.”

“세리카…… 너…….”

할아버지는 내가 어떤 사람인지 잘 모르기에 내 제안이…… 아니, 표정 하지 바꾸지 않고 그런 이야기를 담담히 내뱉는 내 자신이 기이하게 비쳤겠지.

오빠가 데려왔을 때는 최대한 천진난만한 여동생인 척 연기했다. 부탁도 여러 가지를 하긴 했지만, 이토록 시커먼 것은 단 한 번도 요청한 적이 없었으니까.

그러나 오빠가 이세계로 가버린 이상, 나도— 그리고 카렌도 그 무엇에도 거리낄 필요가 없었다. 더욱이 전력을 다하지 않는다면 이 손실을 돌이킬 수 없다는 확신이 있었다.

나는 오빠를 기필코 되찾는다.

그러기 위해서는 우선 오빠가 살아서 숲을 빠져나오지 못한다면 이야기가 성립되지 않는다.

"……그리 하면 히카루는 살 수 있는 거냐? 이쪽으로 돌아올 수단은?"

"반드시 살 거라고 장담할 순 없어요. 370킬로미터나 되는 위험지대를 뚫는 건 간단하지 않고요. 이세계에서 돌아올 수 있는 수단도 현재로서는 없어요, 할아버지."

"그러냐……. 왜 히카루가 뽑히고 만 거지?"

"그것도 몰라요……. 저희도 놀랐어요. 그래도…… 이미 이렇게 돼버렸으니까. 현실이니까."

신은 맹세코 무작위라고 했지만, 거짓말이겠지.

천 명 모두의 사정을 상세히 조사해본 것은 아니지만, 이미 어느 정도 공통점을 발견했다. 뭐, 그 역시 도시전설 수준에 불과하지만.

“물론 친족이랍시고 공짜로 이런 일을 부탁할 생각은 없어요. 계좌에 모아둔 돈을 넣어놨으니 거기서 필요한 만큼 꺼내 써요.”

“내가 거절하면 어쩔 거냐?”

“인터넷을 통해 살인청부업자라도 고용할 수밖에 없으려나? 실은 오빠의 오명을 씻을 수단도 세팅해두고 싶으니 되도록 죽이고 싶진 않지만 말이에요. 감금할 곳을 수배할 능력도 없고……. 부탁할 데가 하나도 없는 최악의 경우에는…… 제가 직접 할 테니까.”

내가 가볍게 죽인다는 표현을 써서인지, 아니면 내가 직접 하겠다고 말해서인지 산전수전을 다 겪은 할아버지의 얼굴에 놀라움이 번졌다.

나도 딱히 살인청부업자를 구할 만한 방법이 있는 것은 아니었다.

그러나 나는 여러 언어를 이해할 수 있으니 그런 의뢰를 할 만한 곳을 찾는 것도 쉽겠지.

익명으로 신원을 아는 자를 납치하여 가둬두는 것 정도는 그리 어렵지 않겠지.

다만 경찰보다 먼저……라는 조건이 어려웠다. 솔직히 지금 할아버지가 수락해주지 않는다면 꽤나 버거웠다.

그 경우에는 정말로 내가 직접 움직여야 할 필요성이 생길지도 모르겠다. ……아니면 오히려 그러는 편이 원한도 풀 수 있으니 일석이조일지도 모르겠다. 설령 내가 감방에 들어가게 되더라도 오래지 않아 나올 수 있을 테고, 오빠의 목숨과 바꿀 수 있을 리도 없었다.

이쪽 일은 카렌에게 맡겨두더라도— 많이 불안하긴 하지만 괜찮겠지. 아마도.

나는 그런 생각을 했지만, 일절 내색하지 않고 할아버지의 눈을 똑바로 봤다.

"……중학생 꼬맹이가 죽인다는 말을 가볍게 뱉으면 못 쓴다. 그 녀석들은 대체 자식을 어떻게 교육한 게야."

"후후, 아빠랑 엄마가 교육을 할 수 있을 리가 없잖아요? 나랑 카렌은 모두 오빠가 키워줬어요."

"그럼 히카루가 그렇게 교육했다는 말이냐?"

"……그것도 아니지만…… 타고난 천성이라고 해야 하나, 역시 핏줄인가!"

"핏줄이라. 그럼 어쩔 수 없구나……."

나는 저 헤픈 엄마의 천성에 걸고서 DNA 감정을 해본 적이 있었다. 그러나 안타깝게도 나와 카렌은 아빠와 엄마의 친딸이었다. 오빠도 아빠의 자식임이 틀림없었다.

피가 전혀 이어지지 않은 오누이라는 판타지를 기대했는데.

"게다가…… 저도 이런 흉흉한 단어는 평소에 쓰지 않아요. 이번 사태 때문에 제 계획이 거의 완벽하리만치 박살났거든요. 이래 보여도 내장이 뒤틀릴 지경이랍니다."

"……수락할 수도 있긴 하지만…… 돈은 확실히 받을 테니 그리 알거라? 피붙이라고 해서 이런 위험천만한 일을 선뜻 수락할 수 있을 리가 없다고."

할아버지가 담배에 불을 붙이면서 말했다.

어쩌면 거절할 구실인지도 모르겠다. 중학생이 시세(그런 게 있다면)대로 값을 치를 만큼의 돈을 갖고 있을 리가 없다고 생각했겠지.

그러나 나도 농담이나 할 생각으로 이런 부탁을 하러 온 게 아니었다.

리스크에 합당한 금액을 지불할 작정이었다.

더욱이 요즘 폭력단도 자금 사정이 팍팍하다. 할아버지의 「회사」도 예외는 아니라서, 경영 상황이 좋지 않았다. 할아버지에게도 구명줄 같은 제안일 터.

“이거. 필요하면 다 써도 돼요. 어차피 그 정도는 금세 벌 수 있으니.”

나는 가방에서 통장과 인감을 꺼내서 할아버지 앞에 내려놨다.

이 통장은 부모도 모르는 계좌다.

줄곧 보유했던 가상통화 중 일부를 팔았을 뿐이지만, 충분하고도 남겠지.

나에게 큰돈을 벌 수 있는 능력이 있다는 사실을 밝히는 것은 일종의 리스크였다. 그러나 무능한 주제에 돈을 쓰는 것만큼은 한가락 하는 부모와 달리 할아버지와의 연줄은 돈으로도 바꿀 수 없을 만큼 가치가 있으니 문제없었다. 어려움에 처했을 때 의지할 수 있는 어른은 쉽사리 얻을 수 있는 존재가 아니었다. ……적어도 나와 카렌에게는.

할아버지는 내가 건넨 통장을 넘겨서 최신 예금액을 확인한 뒤 눈이 휘둥그레졌다.

“음……? 뭐야……? 이게 뭐냐, 이게 진짜냐?”

“위조통장 따윌 갖고 있을 리가 없잖아요.”

“헌데 너…… 2억 엔이나 넘게 들어 있는데.”

“범죄행위를 부탁하는 거니 그 정도야.”

"……어떻게 구한 거냐, 이 돈은."

"어렸을 적에 샀던 가상통화가 폭등했거든요. 최근에 현금화했으니 위험한 돈은 아니에요. 그 동안은 세금 같은 문제가 있어서 보유해뒀는데, 앞으로는 이세계와 관련하여 저와 카렌의 수입이 더 늘어날 테니 세금에서 도저히 도망칠 수 없을 것 같았고, 일단은 실탄이 있으면 편리하겠다 싶어서 팔아뒀어요. 그 돈이 이른 시기에 제 역할을 할 때가 왔을 뿐."

당시에 프로그램과 번역으로 번 돈으로 40만 엔 상당의 가상통화를 샀다.

그로부터 5년이 지나니 거의 500배가 뛰었다. 신이 출현하여 가상통화가 폭등한 호기에 매각해버렸다. 아마 고점을 아직 찍지 않은 것 같지만, 어차피 거품 같은 돈이다.

"세리카…… 너, 정체가 뭐냐? ……아니, 천재라고 들어서 그런 줄은 알고 있었다만, 2억 엔은 평생 벌어도 모을 수 없는 녀석들이 널려 있을 만큼 거액 아니더냐? 그걸 중학생 꼬맹이가……."

"그건 알지만, 운과 시기를 잘 탔기 때문에 벌 수 있었습니다. 머리랑은 별로 관계가 없는 것 같은데."

"하지만……."

아마 할아버지는 거절하고 싶었겠지.

중학생 소녀가, 범죄자라고는 해도 고등학생을 납치하여 감금해 줬으면 좋겠다고 부탁했다. 제아무리 피붙이의 부탁이고, 본인이 반사회적 단체에 속해 있다고 해도 쉽사리 들어줄 만한 일이 아니었다.

그 고등학생이 오빠를 죽인 범인이라면 이야기가 달라지겠지만, 오빠는 이세계에 멀쩡히 살아 있었다. 나나미 언니는 우리에게나 소중한 사람이지 할아버지에게는 생판 남에 불과했다.

"이런 일을 부탁할 수 있는 사람은 할아버지뿐이에요! 실은 이러는 동안에도 오빠가 죽어버릴지도 몰라요. 범인이 자수해버릴지도 몰라요. 그렇게 되기 전에 손을 쓰지 않으면 사태가 돌이킬 수 없을 만큼 악화될 거예요. 제발…… 부탁드려요……!"

나는 소파에서 바닥으로 내려와 머리를 숙였다.

카렌도 황급히 나를 흉내 냈다.

할아버지가 수락해주느냐 마느냐가 분수령이었다. 먼저 범인부터 확보하지 않는다면 여론에 불을 지피는 것은 불가능했다.

『범인이 체포됐는데, 실은 진범은 히카루 아냐?』 하고 선동하는 것도 가능하겠지만, 그것은 그냥 음모론일 뿐.

전 세계에 구심력을 발휘하는 것은 어렵겠지.

"진심……이란 말이지."

"네. 오빠를 구하기 위해서인걸요."

할아버지가 강한 눈빛으로 나를 쳐다보자 나는 시선을 회피하지 않고 쳐다봤다.

이만한 일에 걸려 넘어질 수는 없었다.

"……후우, 알겠다. 손녀의 부탁이니 거절할 수가 없겠구먼. 게다가 셋이나 죽여 버렸다면 어차피 이 녀석도 사형에 처해질 테니."

"고마워요, 할아버지."

"가, 감사합니다."

줄곧 침묵했던 카렌이 겨우 입을 열고서 고개를 꾸벅 숙이자 할아버지가 히죽 웃었다.

이제는 속도가 관건이다. 지금은 아직 11시.

사람을 모아서 차를 타고 범인의 집까지 이동. 스마트폰이나 LINE을 통해 불러낸 뒤 납치. 그리고 감금실까지 안내하면 되려나?

그 사이에 경찰에 출두하기라도 한다면 손쓸 도리가 없겠지만, 그건 도박이었다.

"아, 위험해."

이야기가 고비를 넘긴 것을 보고서 카렌이 스마트폰을 꺼내 오빠의 상황을 확인하고서 중얼거렸다.

화면을 들여다보니 커다란 원숭이가 오빠 앞에 튀어나온 참이었다.

고릴라보다도 훨씬 컸다. 도저히 사람이 싸울 수 있을 만한 크기가 아니었다.

"잠깐, 말도 안 돼?! 저런 게 나와?!"

"왜, 왜 그러냐?! 또 무슨 일이 생긴 게냐?"

"이거……!"

테이블에 꺼내놨던 태블릿을 기동하자 이내 오빠의 모습이 나타났다.

화염을 온몸에 두른 거대 원숭이가 울부짖는 모습을 보고서 나는 심장이 찌부러지는 것 같은 심정이었다.

"오, 오빠! 어, 어어어, 어쩌지. 할 수 있는 게— 해줄 수 있는 게……."

이렇게 바로 가까이에서 화면을 통해 보고 있건만 아무것도 할 수가 없었다.

그저 지켜볼 수밖에— 없었다.

이 얼마나 무력한가.

나는 처음으로 신이 만들어낸 이 상황을 저주했다.

그것이 신인지 아닌지는 여러 설들이 있었다. 신은 신일지라도 사악한 신임이 틀림없었다.

거대 원숭이가 자지러질 만큼 어마어마한 포효를 내지르면서 오빠에게 달려들었다.

오빠는 거의 막대기처럼 멍하니 서있기만 했다. 도망치는 것은 물론이고, 싸우려는 시늉조차 내지 못했다.

나는 눈을 질끈 감아버렸다.

“앗! 결계석!”

“어?! 앗, 그렇구나!”

마물이 갑자기 습격한 바람에 머릿속에서 잊고 말았다. 오빠는 결계석이라는 물건을 교환해뒀다.

화면에 『결계석 사용 중, 남은 시간 11시간 59분』이라는 글자가 떠있었다.

거대 원숭이는 오빠를 갑자기 놓친 것 같은 태도를 보이더니 입에서 화염을 마구 뿜어대며 돌아다니다가 그대로 어디론가 가버렸다.

오빠는 넋을 잃은 상태로 땅바닥에 주저앉았다.

결계석은 분명 유용한 아이템이었다. 목숨은 건진 것처럼 보였다.

그러나…… 이래서는…….

“……할아버지. 보다시피 오빠가 이 숲을 살아서 빠져나가는 건 어려울 것 같아요. 시청자수가 세계에서 가장 많더라도…… 장담할 수 없을 정도로."

"그렇다면, 더더욱…… 할 수밖에 없겠지?"

"응. 고마워, 할아버지."

결계석의 효과가 강력하다는 것은 유일한 위안이었다.

유효시간이 12시간이니 오늘은 아마 저대로 효력이 다할 때까지 제자리에서 버티겠지.

오빠가 만들어준 귀중한 시간이었다.

나는 그 동안에 할 수 있는 일을 해야만 한다.

"그리고 할아버지. 세계 규모로 여론이 활활 타오르면 우리 가족도 무사할 리 없으니까, 이사를 해야 할 거예요. 그럼 지금처럼 자주 못 만날지도 모르고."

나는 할아버지에게 계획을 대강 들려준 뒤 마지막에 그 말을 덧붙였다.

"이사? 어디로 말이냐?"

"아마, 아메리카."

"뭐라? 아메리카라면…… 미국 말이냐?"

"네. 전부터 그쪽 기업에서 나랑 카렌을 불렀거든요. 마침 좋은 기회라서. ……부모님이 문제이지만, 돈을 쥐어주면 문제없겠죠."

우리 부모는 구제불능이지만, 돈을 많이 벌 수 있으니 놀면서 살 수 있다고 한다면 옳거니, 하고 따라오겠지. 실은 할아버지가 신원

보증인이 되어줬으면 좋겠지만, 그럴 수는 없는 노릇이었다.

그딴 인간일지라도 우리의 부모임에는 틀림없으니까.

"……코이치는 여전하냐?"

"네. 여전히 빈둥빈둥 놀고 있죠. 명목상 전업주부로 되어 있지만."

우리 집의 경제사정은 엄마가 밤일로 벌어온 돈만으로 지탱되어 왔다.

당연히 그 돈만으로는 원하는 것도 살 수가 없기에 초등학생 시절부터 나와 카렌은 돈을 벌어서 집안 살림에 보태왔다. 현재는 엄마도 거의 일하지 않고, 아빠는 여전히 놀기만 했다. 우리 집은 솔직히 꽤나 특수한 환경이었다.

"그런 멍청이한테서 너희 같은 기특한 아이들이 태어나다니…… 나 참, 절연하지 말고 나라도 호되게 교육할 걸 그랬다. 그 바람에 너희들까지 고생을 하는구나…."

할아버지가 참회하듯 그 말을 했다. 그러나 역시나 「맞는 말」이라고 맞장구를 칠 수도 없는지라 일단 침묵했다.

부모가 우리를 고생시킨 것만은 사실이니까.

오빠와 나와 카렌. 우리 셋이었기에 이토록 해낼 수 있었다. 그리고 오빠가 엄마와 싸워서 방임을 쟁취해준 것도 컸다.

"할아버지, 우리가 무모한 부탁을 하는 건 이번이 마지막. 미국에 가면 이쪽에 자주 돌아올 수 없을 테니까요. ……범인을 풀어주는 타이밍도 그쪽에서 지시를 하게 될 거예요."

"지시라니, 너……."

"네, 지시. 그러니까 실행해줄 수 있는 사람 좀 소개해줄래요?"

"알겠다."

할아버지는 그렇게 말하고서 사람을 불렀다.

이 저택은「회사」사무실도 겸하고 있어서 늘 조직원으로 가득했다.

어떤 사항을 지시할지도 물론 계획을 짜놓았다. 감금 기간과 그 동안에 해야 할 일까지 전부. 통째로 맡겨두기에는 조금 성가신 부분도 있으니 내가 지시를 내리며 관리하고 싶었다.

"두목, 부르셨습니까?"

"오오, 켄지. 너랑 이즈나 둘이서 우리 손녀의 부탁을 좀 들어다오. 그 빈자리는 전부 내가 메울 테니."

"오호, 손녀분의 부탁입니까? 두목께 제 뒤치다꺼리를 맡길 수는 없습니다만…… 안건이 뭡니까?"

"그건 직접 물어봐. 시간이 없다는군."

할아버지가 부른 사람은 정장을 근사하게 차려입은 신경질적인 남성과 역시나 정장이 잘 어울리는 갈색머리 여성이었다.

나는 두 사람에게 해야 할 일을 설명했다.

"흠. 감금할 만한 장소도 마침 좋은 곳이 있습니다. 니시미야초에 위치한 복합 상가건물이지만, 전용으로 개조했으니 들통 날 일도 없겠지요."

"감사합니다. 자백도 받아내고 싶어서 경찰한테서 숨겨주겠다는 핑계로 불러낼 작정이거든요. 여기에 오는 동안에 전화번호랑 LINE도 알아냈고요."

두 사람은 상황을 바로 이해해줬다.

아마도 조직 안에서도 유능한 사람이겠지. 아주 요긴하겠다.

"그럼 전 차를 준비할 테니 이즈나와 상세한 내용을 협의해주세요, 세리카 씨."

◇◆◆◆◇

이즈나 씨가 운전하는 차량 안에 나와 카렌이 탔다.

켄지 씨는 험악하게 생긴 젊은 두 조직원을 태운 하이에스 차를 몰아서 진범의 집으로 곧장 향했다.

그 동안에 카렌이 범인의 LINE에 메시지를 보냈다.

〈난 신이다. 네가 얼마나 이세계에 가고 싶어 하는지 잘 봤어. 다음 이세계 전이 때는 널 우선적으로 안내하려고 한다. ……근데 지금 난감하게 됐네. 이대로 있다가는 넌 경찰한테 체포돼서 사형에 처해지겠지. 내 부하들한테 널 감춰두라고 명했다. 곧 도착할 테니 피해자의 피가 묻은 옷과 흉기로 쓰인 나이프를 챙겨서 집 밖으로 나와.〉

〈가족한테는 이세계에 가기 위해 수행의 여행을 떠나겠다는 쪽지라도 남겨둬. 다음 이세계 전이 기획을 실행하려면 에너지를 조금 모을 필요가 있어서 시간이 걸린다.〉

〈스마트폰은 경찰한테 역탐지될 가능성이 있으니 놔두고 와라. 이쪽에서 다른 기기를 마련해주지.〉

물에 빠진 사람은 지푸라기라도 붙잡는다는 말이 있다.

범인은 이 메시지를 읽고서 「알겠습니다. 감사합니다」 하고 답장을 보냈다.

아마도 정말로 신이 보낸 메시지라고 믿는 듯했다.

물론 직전에 겁이 나서 나오지 않을 가능성도 있겠지만, 그럴 경우 강행돌파해도 되고, 소개팅하러 가자고 꼬셔서 유인해내도 될 것이다.

"저기 모퉁이를 돌면…… 있네요. 다행이다……. 자수했다면 난감했을 거예요. 그럼 계획대로 부탁합니다."

바보라서 다행이라고 말할 뻔했는데, 정말로 바보라서 다행이었다.

우리를 태운 검은 세단이 진범— 오자와 유이치의 앞을 지났다. 우리를 뒤따라온 하이에스가 그를 안에 태웠다.

아마 선글라스를 낀 험악한 남자들 사이에 앉았으니 내심 주눅이 들었을 게 틀림없다.

어쨌든 이로써 첫 번째 단계는 클리어. 경찰보다 먼저 진범의 신병을 확보하는 데 성공했다는 게 중요했다.

오자와를 감금할 장소는 정말로 흔한 잡거빌딩이었다. 엘리베이터도 설치되어 있긴 했지만, 지어진 지 50년은 넘은 것 같은 낡은 건물이었다. 볼일이 있더라도 별로 접근하고 싶지 않은 음침한 분위기가 풍겼다.

"이곳은 옛날부터 우리 조직이 쓰던 곳입니다. 방음도 잘 되니 수개월은커녕 1년도 거뜬합니다."

이즈나 씨가 대범한 태도로 말했다.

이 사람도 야쿠자일까? 할아버지와 무슨 관계인지는 모르겠지만, 야쿠자는 각자 개인사업자로 취급한다고 들었다. 요컨대 관계자겠지.

"그나저나 역시 감금실이 있네요."

“그야, 여러모로 쓸 데가 있으니까요.”

우리는 차 안에서 빌딩 안으로 연행되는 오자와의 모습을 봤다.

주변에 인적은 없었다. 목격자가 있으면 성가실 텐데, 그 문제는 없을 듯했다. 검은 파카를 입혔으니 신원이 밝혀질 우려는 없겠지.

어쨌든 오빠가 범인이라고 세상이 한 달 정도만 착각해주면 된다.

그 후에는 경찰에게 신속히 넘길 작정이다.

문제는 이세계의 메시지나 메일 기능이 언제부터 시작되느냐다. 자칫 그 기능이 영영 탑재되지 않을지도 모른다. 이것만은 확신할 수가 없었다.

어쨌든 오빠가 안전한 곳에 이를 때까지만 참자.

빌딩에서 떨어진 곳에서 켄지 씨에게서 핸드폰을 받았다.

해방 타이밍을 비롯하여 여러 사항을 지시하기 위해서였다.

연락상대는 이즈나 씨로 정해졌다. 그녀에게는 이번에 오자와를 감금하는 의도를 확실히 전했고 이해도 해줬다. 별일은 벌어지지 않겠지.

해외에서도 IP전화는 쓸 수 있고, Wi-Fi를 경유해야만 쓸 수 있으니 문제는 없었다.

“……일단 이로써 일단락이 됐나.”

“지쳤어~. 미안해. 나, 이런 일에 아무 도움도 못 돼서.”

할아버지네 집에 들어간 뒤부터 줄곧 말이 없었던 카렌이 미안해하며 말했지만, 그 반대였다.

나는 이런 것밖에 도와줄 수 없으니 내가 하지 않으면 의미가 없었다.

"넌 앞으로 불 지피기 공작을 필사적으로 해줘야 해……. 뭐, 나도 번역 작업에 얼른 착수해야겠지만."

굳이 말하자면 앞으로도 내가 더 바빠지려나?

카렌은 이미 번역용 AI 제작을 끝마쳤다. 그러나 실제 번역 작업은 그야말로 지금부터였다. 더욱이 감금 작업을 벌이느라 다른 연구팀보다 몇 시간쯤 뒤처졌다.

오빠를 향한 비난 여론을 키우려면 세계 각국에 불을 붙이며 돌아다녀야만 한다. 카렌뿐만 아니라 나도 도울 필요가 있겠지. 뒤에서는 오빠를 악인이라고 매도하는 한편, 앞에서는 기특한 여동생으로서 눈물을 지으며 매스컴에도 출연하여 여론에 부채질을 해야 할 필요가 있겠지.

나는 스마트폰으로 팀에게 연락했다.

처음으로 번역해야 할 언어가 정해졌기 때문이었다.

오빠가 보내진 링그필 대륙. 그곳의 공용어부터 번역을 개시했다.

오빠를 향한 비난 여론은 우리가 의도했던 대로 우스울 만큼 활활 타올랐다.

특히 일본의 여론은 상상을 초월했다. 설마 우리 집에 불을 붙이는 바보까지 나올 줄은 몰랐다. 그러나 이것은 오히려 부모가 이사를 가야겠다고 결심을 굳히게 해준 좋은 구실이 됐다.

오빠가 숲을 빠져나올 때까지 실제로 위험한 장면이 많이 있었다.

그래도 여론에 불을 지른 효과 때문인지 오빠는 시청자수 1등이 됐고, 그 덕분에 그 어느 전이자들보다 많은 크리스털을 획득했다. 우여곡절은 있었지만, 내 공작이 큰 역할을 했겠지.

물론 가장 애를 쓴 사람은 오빠였다.

어둠의 정령술과 정령의 총애가 시너지를 냈다. 무엇보다 오빠에게 불굴의 정신이 있었기에 그 기나긴 숲을 빠져나올 수 있었으니까.

그래서 숲을 빠져나와서.

무사히 살아남았기에.

나는 긴장의 끈을 풀고 말았다.

줄곧 애간장을 태웠으니까, 이로써 일단은 괜찮을 거라고.

앞으로 사후처리만 잘 하면 적어도 즉사할 만한 사태는 맞닥뜨리지 않을 테고, 숲에서 키워낸 정령술로 삶을 꾸려나갈 방편도 마련할 수 있겠지—.

……그렇게 생각했다.

『딩동댕! 이세계 전이자 총 시청자수 랭킹 발표 시간입니다!』

화면 속에서 그런 말이 되울렸다.

신이 안내하는 음성만은 신기하게도 이세계어가 아니라 누가 들어도 이해할 수 있는 신기한 신의 언어가 쓰였다. 참고로 내 귀에는 일본어로 들렸다.

『축하합니다! 전이자 No. 1000「쿠로세 히카루」, 당신은 제1회 시청자 랭킹 제1위의 영예를 차지했습니다! 우승 상품으로 3포인트를 증정합니다!』

나는 그 안내음을 멍하니 듣고 있었다.

마리아쥬 프레르에서 나온 홍차를 마시면서.

동향을 조금만 더 지켜보고서 오랜만에 푹 자도록 할까— 그런 생각마저 했다.

"오빠가 1위를 차지했네. 포인트를 더 빨리 줬다면 편했을 텐데 말이야."

"그러게 말이야 그치~. 진짜, 신은 타이밍이 나쁘네."

"맞아."

솔직히 성취감마저 느꼈다.

그것은 오빠도 마찬가지였겠지.

초췌할 텐데도 후련한 표정을 짓고 있었다. 숲에서 빠져나왔다는 기쁨에 눈물을 살짝 흘렸다.

오빠가 웃음을 짓는 모습을 보고서 나와 카렌은 모두 진심으로 안도했다.

—신이 기능이 추가됐다는 안내방송을 하기 전까지는.

『그리고! 오늘부로 지구의 시청자로부터 메시지를 받을 수 있게 됐습니다! 스테이터스 보드에 메일 박스를 추가해뒀으니 확인해주세요.』

뜬금없는 고지를 듣고 나는 홍차를 내뿜었다.

"콜록, 콜록! 말도 안 돼?! 왜 하필 이 타이밍에?! 카렌!"

컴퓨터 앞에 앉아 있는 여동생에게 지시를 내렸다.

1초에 열 글자 이상을 가볍게 쳐낼 수 있는 카렌이라면 그 누구보다도 빨리, 가장 먼저 오빠에게 메시지를 보낼 수 있을 터.

메시지를 본인에게 보내는 기능이 언젠가 추가되리라 예상은 했지만, 하필 이 타이밍이라니!

역시 신은 우리의 적이었다.

오빠가 전이된 것은 우연일 가능성도 있다고 생각했다.

그러나 어째서 숲을 겨우 빠져나와 목숨을 건진 이 타이밍에—.

"카렌, 보냈어?! 몇 백 통을 보내도 좋으니 빨리—."

그러나 내가 본 것은 컴퓨터 앞에서 얼굴을 새빨갛게 물들인 채로 동작을 멈춘 카렌의 모습이었다.

"세, 세리칸…… 오빠한테 뭐라고 보내면 좋을까…… 건강히 열심히 해……?"

"바, 바보야! 앤 정말로 오빠 이야기만 나오면 얼간이가 된다니까—."

여동생을 의자에서 억지로 밀어낸 뒤 오빠에게 메시지를 보냈다.

그러나 벽걸이 디스플레이에는 오빠가 메시지를 열고서 망연자실해하는 모습이 비쳤다. 오빠가 본 메시지에 어떤 욕설들이 적혀 있었을지 굳이 확인할 필요도 없었다.

"……늦었……구나……. 오빠……."

"세, 세리카…… 미안…… 내가……."

"어쩔 수 없어. 다 신 때문이야……."

메시지 기능이 아무런 전조도 없이 추가되리라는 리스크는 당연히 머릿속에 넣어뒀다.

그래서 『오빠를 향한 비난 여론에 불을 지피는 것』 자체가 일종의 도박이었다.

시청자를 모으지 못해서 숲에서 오빠가 죽을 확률과, 숲을 빠져나오기 전에 메시지 기능이 추가될 확률.

그러나 나나 카렌이라면 메시지를 가장 먼저 보낼 자신이 있었다.
충분히 승산이 있는 도박이었다.

—시청자를 모으기 위해서 일부로 비난여론을 일으켰으니까 걱정하지 마.
—가족 모두 잘 지내고 있으니 괜찮아.
—살아줘.

그렇게 전할 생각이었는데.
실패한다면 이런 일이 벌어지리라는 것쯤은 충분히 예상했는데.
그러니 잘못한 것은 카렌도 신도 아닌—.
화면 속 오빠가 눈물을 흘리면서 변명하는 모습이 마음에 꽂혔다.
이 상황을 초래한 사람은 다름 아닌 나였다.
내가 오빠를 돕기 위해서 선택한 도박 때문이었다.
"오빠…… 내가, 잘못한 걸까……."
오빠가 절망에 사색이 된 얼굴로 비틀비틀 걷기 시작했다. 나는 그 모습을 보고 사죄의 말조차 보낼 수가 없었다.
"세리칸……. 오빠아는 저대로 죽을 거야…… 어쩌지…… 어쩜 좋아. 메시지를 보냈지만…… 열어주질 않아.…… 어쩌지…… 나……."
"괜찮아. 우리 오빠인걸. 그렇게 쉽게 죽지 않아."
여동생을 책망할 마음이 들지 않았다.
책망해본들 아무 소용도 없거니와 무엇보다 나도 완전히 긴장을 풀고 말았다. 만약에 내가 메시지를 입력했더라도 한 발 늦었을 가능성이 높았다.

"오빠……."

나는 휘청거리며 걸어가는 오빠의 모습을 그저 바라보기만 했다.

오빠의 목숨이 아슬아슬하게라도 붙어 있어서 정말로 기뻤다.

그러나 마음을 부술 생각은 없었다.

어떻게 해야 오빠의 마음을 구할 수 있을까?

—아직, 우리에게는 할 수 있는 게 있어.

"카렌. 움직이자. 오빠를 백업해줄 체제를 갖춰서 그 어떤 상황에서도 서포트할 수 있도록."

"응. 그건 나도 그럴 작정인데…… 그 녀석은 어쩔 거야?"

그 녀석— 오자와는 오빠가 안전한 장소에 이르면 해방하여 경찰로 하여금 체포하게 할 작정이었다.

그러나 상황이 바뀌었다.

메시지는 오래된 순서대로 열어나갈 수밖에 없는 구조인 듯했다. 오빠의 메시지 박스는 읽지 않은 모욕과 욕설들로 꽉 차있겠지. 오빠가 그것을 전부 열어볼 가능성은 낮았다.

다시 말해 지금 오자와를 해방하여 사람들이 손바닥을 홱 뒤집은 것처럼 정반대의 메시지를 보내더라도 오빠가 열어볼 가능성은 한없이 낮다는 뜻이었다.

—그렇다면 이 타이밍에 풀어줄 이유는 없다.

신에게 악의가 있는지 어떤지는 모르겠다. 우연찮게 타이밍이 나빴을 가능성도 있었다. 『오빠가 우연히 뽑힌』 시점에서 그럴 가능성은 낮은 것 같다고 생각했지만.

오자와는 그 악의에 대항할 보험으로서 한동안 보유하고 있어야 했다.

"오자와는 이제 한동안 놔두도록 하자."

"알겠어."

금세기 최대의 비난여론을 일으켜서, 오빠를 시청자를 가장 많이 보유한 전이자로 만들어냈다.

숲에서 탈출하는 데 소비한 크리스털을 헤아려본다면 1위였더라도 아슬아슬했다. 그러니 이 선택 자체는 틀리지 않았다.

그러나 탈출하기 전에 오빠의 누명을 씻어내지 않은 것은 명백한 실책이었다.

우리 자신도 목숨을 걸고 있는 오빠에게 감정을 쏟느라 두뇌의 리소스를 거의 다 빼앗겨서 냉정하게 판단을 할 수가 없었겠지.

……조금만 더 일찍 오자와를 해방하여 경찰이 체포하도록 유도했다면 여론을 충분히 뒤집을 수 있었을 텐데…….

"잘못했어…… 내가……. 제발, 혼내줘……. 오빠……."

내 말은 오빠에게 닿지 않았다.

【히카루 시점】

바다에서 빠져나온 나는 옷을 갈아입었다.

새도 스토리지에 젖은 옷을 던져놓고서 거리를 어슬렁어슬렁 걷기 시작했다.

마음 밑바닥에 어두운 무언가가 침전되어 있었다.

아무리 헤엄쳐도 그것은 가시지 않고, 그저 마음을 무겁게 짓누를 뿐이었다.

……아니, 그래도 몸이라도 노곤해졌으니 그나마 낫나.

"술이나 마실까……."

오늘은 도저히 안 되겠다고 스스로를 객관적으로 볼 수 있을 만큼은 마음이 진정됐다.

안 되는 날은 안 된다. 이렇게 체념하는 것은 중요했다.

이 세계에서 줄곧 살아갈 작정이라면 앞으로 이런 기분에 젖는 날이 셀 수도 없겠지.

그때마다 죽고 싶다는 마음을 품는다면 몸이 버텨내질 못한다. 그런 우습지도 않은 모습을 시청자들에게 보여서 콘텐츠로 소비되고 싶지도 않았다.

그렇다면「감정을 잘 흘려내는 기술」을 익히는 수밖에 없었다.

나는 리프레이아가 처음으로 데리고 갔던 가게에 들어갔다.

2인용 탁자에 앉아 음식을 적당히 주문했다.

'뽑힌 사람이 너라서 다행이다…… 라.'

그럴지도 모르겠다.

내가 뽑혔으니, 세리카나 카렌이 뽑혔더라도 이상하지 않았다.

어째서 내가 뽑혔는지는 수수께끼다.

나는 남자이니 이런 세계에서도 어떻게든 살아갈 수 있었다.

세리카라면…… 아니, 그 녀석은 살아갈 수 있겠지. 카렌은 무리겠네.

점원이 가져온 달콤한 칵테일을 비우면서 그 생각을 했다.

어머니도 별다른 뜻 없이 그렇게 말했는지도 모르겠다. ……그렇다고 해도 나는 그렇게 말하질 않길 바랐다.

하다못해 가족만이라도 신의 행동을 비난해주길 바랐다.

달콤한 술이 머리에 도니 세상의 윤곽이 흐물흐물 흐릿해졌다.

기분이 좋았다. 모든 걸 잊을 수 있을 정도로.

가게 문에 달린 종이 딸랑 울렸다. 문득 그쪽을 보니 한 손님이 들어온 참이었다.

젊다. 신기한 분위기가 감도는 여자였다.

피부는 병약해 보일 만큼 창백했고, 아무렇게나 다듬은 스트로베리 블론드가 바깥으로 뻗쳐 있었다.

살을 전부 가리도록 온몸에 갑옷을 둘렀고, 허리에는 넓적한 검을 찼으며, 등에는 거대한 방패를 메고 있었다. 이런 거리에서 장비를 다 갖추고 다니다니 꽤나 괴짜였다.

'탐색자인가……. 어디선가 본 적이 있는 것 같은데…… 누구였더라……? 어디서—.'

"흑발 소년……. 네가 히카루 맞지?"

여자가 곧장 내 곁에 오더니 그렇게 말했다.

나는 그 목소리를 듣자마자 떠올랐다.

나나미가 전이하기 전에 여러 번이나 봤던 얼굴이었다.

사전 인기투표 1위, 잔느 콜레트. 이세계 전이자였다.

나는 의자를 넘어뜨리며 헐레벌떡 일어서서는 그녀와 거리를 띄웠다.

그러나 좁은 실내. 압도적으로 불리한 상황이었다.

더욱이 술도 마셨다.

잔느는 내가 동요했음에도 전혀 움직이지 않았다. 그저 똑바로 이쪽을 쳐다봤다.

나는 숲을 나왔을 때 받았던 메시지를 떠올렸다.

〈메시지 기능이 생겨서 잘 됐어. 네 앞으로 다른 전이자를 보낼 거다. 무조건 죗값을 치르게 할 테다. 벌벌 떨면서 자라고.〉

분명히 그렇게 적혀 있었다.

그래서 나는 다른 전이자를 신중히 대해왔다.

알렉스는 자객이 아니었지만, 결국 이 순간이 오고야 말았나.

"……날 죽이려고?"

"그렇다면 어쩔래? 나랑 싸워볼래?"

잔느에게서 살벌한 분위기가 풍겼다.

도저히 평화로운 세상에서 온 사람이라고는 믿기지 않는 그 살기에 먹혀버릴 것 같았다. 그러나 나도 이 세계에서 사선(死線)을 여러 번 넘나들었다. 가만히 앉아서 죽을쏘냐.

"자, 잠깐 너희들! 이런 데서 싸우지들 마라! 싸울 거면 밖에 나가서 해!"

가게 아줌마가 나와서 화를 냈다.

나는 테이블에 음식 값을 조금 많이 올려두고서 밖으로 나왔다.

도망칠 수도 있겠지만, 시청자들이 이 여자를 편들어주고 있었다.

나를 죽이려고 일부로 여기까지 온 녀석이니 아무리 따돌리더라도 소용없겠지. 리프레이아의 때와는 사정이 달랐다.

'이길 수 있을까……?'

상대의 스킬 구성이 어떤지 모르겠지만, 장비를 보면 체력이나 생명력에 포인트를 많이 할당했을 것이다. 정령술을 쓸 줄 아는지는 모르겠지만, 설사 구사할 수 있더라도 그리 많이 쓰지는 못하겠지. 강한 술식도 쓰지 못할 테고.

그렇다면 어둠의 정령술로 상대해볼 만도 한가?

"너, 소꿉친구를 죽였다면서?"

조금 널찍한 장소로 나온 뒤 잔느가 멈춰 서서 말했다.

역시나 그 이야기를 듣고서 여기까지 왔구나.

나를 죽이기 위해서.

"죽이지 않았어."

나는 되도록 감정을 억눌러 대답했다.

이런 상황이 벌어졌지만, 나는 시청자를 즐겁게 해주고 싶지 않았다.

분명 내가 험악한 목소리로 필사적으로 항변하는 모습을 바랐겠지만, 그럴까 보냐.

"그래? 그렇다면 죽은 지구의 연인을 잊고서 이쪽 세계에서 연인을 새로이 만들었다는 얘긴?"

"안 만들었어."

"하지만 키스는 했다고 하던데."

"……그런 것까지 다 알아?"

역시나 시청자라는 것들은 터무니없는 관음증 환자들이다.

나도 우리를 보는 사람이 달밖에 없다고 생각하진 않았지만, 이렇게 제3자가 지적하니 역시나 기분이 더러웠다.

애당초…… 어째서 관계도 없는 녀석에게서 이렇게 추궁을 받아야만 하는 거야?

"애당초 내가 누구랑 뭘 하든 간에 너랑은 관계없잖아?"

"그래. 관계는 없어. 하지만 남한테 부탁을 받았거든. 난 네가 어떤 인간인지 가늠해야 할 필요가 있다."

"난…… 아무것도 하지 않았어."

"그래? 그렇다면— 그 검으로 증명해봐라."

마치 기사 같은 대사를 내뱉고서 잔느가 검을 뽑았다.

투박하고 장식 하나 없는 넓적하고 육중한 검.

리프레이아의 검처럼 규격에서 벗어난 크기는 아니지만, 내 단도와는 비교조차 할 수 없었다.

저 녀석도 허세나 별난 취향 때문에 저런 장비를 착용한 것은 아니겠지.

취기로 혼탁했던 머리가 서서히 깨어났다.

상대방은 타인이 보낸 메시지를 철석같이 믿고서 나를 죽이러 왔다.

내가 패배한다면 분명 죽이겠지.

그러나…… 그것은 마물과의 전투도 마찬가지였다.

불현듯 전이하기 전에 봤던 인터뷰 기사가 떠올랐다.

저 녀석은 「싸우고, 싸우고, 또 싸워서 강해지고 싶다」고 대답했다.

군데군데 이가 나간 저 검에는, 전이한 지 고작 한 달밖에 안 됐는데도 수많은 경험이 들러붙어 있는 듯 보였다.

잔느가 등에 멨던 거대한 방패를 능숙하게 빼낸 뒤 앞을 향하도록 들었다.

그 모습은 난공불락의 요새를 연상케 했다.

그러나 나는 원래부터 정면에서 싸우는 타입이 아니었다.

"후후후…… 기쁘다, 쿠로세 히카루. 여태껏 만나왔던 그 어떤 녀석들보다도 넌 강해 보인다."

"그렇다면 좋겠는데."

"간다!"

그 말을 신호로 잔느가 전진을 개시했다.

당연히 나는 그 공격에 어울려줄 생각이 없었다.

"팬텀 워리어."

나는 잔느에게는 들리지 않을 작은 목소리로 환영의 전사를 불러냈다.

방패를 쾅쾅 두들기면서 잔느에게 달려가는 그 모습은 진짜 전사로밖에 보이지 않았다.

모여든 구경꾼들도 느닷없이 출현한 전사를 보고 환호성을 질렀다.

잔느와 환영의 전사가 접촉한 순간.

그녀의 시선이 나에게서 완전히 벗어난 타이밍을 노려 나는 다크니스 포그를 전개했다.

완전한 어둠이 잔느를 감싸려 하자—.

'……뭐야? 정령들이 싫어하잖아……?'

잔느의 주변도 어둠에 갇혔어야 했는데, 포그의 효과가 미치지 않는 부분이 있음을 감각으로 깨달았다. 반경 50센티미터쯤 될까? 정령들이 그 중심에 있는 그녀에게 접근하길 꺼려하는 것 같은 느낌이었다.

정령술을 차단하는 어떤 아이템이라도 갖고 있을지도 모르겠다. 다크니스 포그는 효과가 미치지 않을지라도 안개 자체가 빛을 차단해줘서 다행이었다. 다른 술식이었다면 완전히 무력화됐겠지.

'위험한 상대야. 하지만 상대방을 잘못 골랐어.'

결과가 동일하다면 해야 할 일은 변함이 없었다. 나는 조용히 배후로 돌아 들어갔다.

구경꾼들이 큰소리로 소란을 피워서 내 발소리를 지워줬다.

그리고 그 무방비한 목덜미에 단도를 착 댄 순간—.

"어설프군."

그 중얼거림과 함께 잔느가 검과 방패를 내던지고서 고속으로 뒤로 돌았다.

그 우악스러운 동작에, 벨 생각이 없었던 그녀의 목덜미에 얇은 상처가 생겼다.

그러나 그녀는 전혀 괘념치 않았다.

그녀의 눈에는 아무것도 보이지 않을 터였다. 그렇다면 목덜미에 닿은 차가운 칼날을 느끼고서 내 위치를 파악했겠지.

잔느가 엄청난 힘으로 내 멱살을 잡았다. 당장 뿌리치고서 거리를 벌려야겠다고— 생각하기도 전에 순식간에 뒤로 자빠졌다.

그녀가 내 배 위에 훌쩍 올라타더니 두 팔로 억눌렀다.

마운트 포지션이었다.

"죽여야 할 때는 단숨에 죽여. 순간의 망설임에 목숨을 잃는다."

잔느의 목덜미가 한 1센티미터쯤 베였다. 그러나 피가 뚝뚝 흐르는데도 전혀 신경도 안 쓰는 눈치였다.

"제, 젠장……."

분명 나는 주저했다.

죽일 생각 따윈 없었다. 목덜미에 칼날을 대면 체념하고서 항복할 줄 알았다.

어설프다면 어설프다고 할 수 있겠지.

이제 와서 새도 바인드를 쓸 걸 그랬다는 생각이 들었다. 굳이 그러지 않더라도 쓰러뜨릴 수 있겠다는 자만심 때문에 그 생각이 미처 떠오르지 않았을지도 모르겠다.

잔느가 말했듯 분명 어설펐다. 이 녀석은 나를 죽이러 온 인간이건만.

잔느가 무표정하게 나를 내려다봤다.

몸부림을 치려고 했지만, 단 1밀리미터도 움직일 수 없었다.

—죽는 건가?

—같은 전이자의 손에 살해돼서?

"젠장, 다크 코핀!"

지금 갖고 있는 수단 중에서 유일하게 유효할 것 같은 술식을 발동시켰다.

코핀은 강력한 결계를 생성하는 술식이다. 그녀가 정령술을 무효화하는 아이템을 갖고 있더라도 그것을 웃도는 범위로 감싸버리면 될 것이다.

그러나 잔느는 차분했다.

“정령술은 그 명칭만 듣고도 어떤 술식인지 짐작할 수 있다는 게 약점이군. 코핀(관)이라고 했으니 상대를 가둬버리는 술식인가?”

잔느가 그렇게 말하자마자 내 몸을 홱 들어 올리고는 뒤에서 꽉 죄었다.

그대로 내 몸을 질질 끌면서 후퇴했다. 술식의 유효범위에서 벗어났다.

아무도 가두지 못한 공허한 다크 코핀이 눈앞에 완성됐다. 마왕조차 봉할 수 있는 최강의 술식이건만, 그녀는 척 보고서 대응하고 말았다.

분명 정령술은 정령에게 그 명칭을 말하지 않으면 발동하지 않는다.

그렇다고 해도 이렇게 간단히…….

“벌써 끝이냐?”

그녀가 시원스러운 얼굴로 말하자 나는 패배를 깨달았다.

마음만 먹는다면 서몬 나이트버그를 발동하는 수도 있었다. 훤히 드러난 그녀의 머리를 공격하게 한다면 나름 효과를 발휘하겠지. 그러나 그것은 역전의 한 수가 될 수 없었다. 그녀가 내 얼굴에 전력을 실어서 주먹을 날리기만 해도 나는 죽는다. 이대로 목을 조이더라도 마찬가지겠지.

아니면 나이트 버그도 무력화될 가능성이 있었다.

……인정할 수밖에 없었다. 이 상황에 몰린 시점에 나는 패배했다.

“……결국…… 이게 내 운명이구나.”

―왠지 지금껏 겪어왔던 모든 일들이 다 부질없게 느껴졌다.

소꿉친구를 죽였다는 누명을 뒤집어썼다.

가족조차 나를 걱정해주지 않았다.

같은 지구에서 온 전이자가 시청자를 대신하여 나를 단죄하려고 했다.

'리프레이아. 역시 난 살 수 없었어.'

그녀는 그 사실을 안다면 슬퍼하겠지.

애당초 내가 죽었는지 알 수 있는 수단이 있을까? 나는 이 세계에 아무런 연고도 없는 이방인이니 죽으면 그것으로 끝이니까.

아무도 모르게 그저 죽어갈 뿐이다.

……아니, 누군가가 가슴에 달린 인식표를 길드에 가져가면 이야기는 다른가.

"……날 죽이면, 인식증만은 탐색자 길드에 가져다 줘."

"흠……. 상당히 체념이 빠르군."

"이제…… 지쳤어. 네가 날 죽음으로 인도해준다면 그것도 좋아."

아무 생각도 하고 싶지 않았다. 아무 생각도 할 수 없었다.

허무함만이 온몸을 지배했다.

내가 죽으면 시청자들은 기뻐하며 축배까지 들겠지.

나는 추레한 거리 한편에서 쓰레기처럼 죽어갈 것이다.

그것이 내 이세계 생활의 종착점이다.

이 정의감 넘치는 고릴라녀에게는 정의에 도취되기 위한 통과의례에 지나지 않는다.

아무도 나를 괘념치 않는다.

"어서 해."

나는 눈을 감았다.

하다못해 큰 고통 없이 보내달라고 부탁하고 싶었다.

사후 세계가 있다면 이쪽 세상과 관련된 곳일까?

그렇다면 나나미와 재회할 가능성은 낮겠다.

"……체념이 빠른 남자는 솔직히 취향이 아니지만, 뭐 좋지. 승부는 내가 이긴 것으로 받아들여도 되겠지?"

"이기고 자시고…… 난 이제 아무것도 할 수 없어."

"좋다."

정신을 차려보니 내 몸에 느껴졌던 무게감이 사라졌다.

눈을 뜨니 잔느가 일어서서 나를 내려다봤다.

"쿠로세 히카루. 넌 메시지를 열어보지 않는다더군. 어째서지?"

"왜냐니……. 시청자들이 날 증오하니까. 메시지를 어떻게 열어보겠어?"

"난 몰라. 사람은 제각기 다르니까. 올바른 답 따윈 없어."

잔느가 그렇게 말하고는 우두커니 선 채로 나를 바라보기만 했다.

살벌했던 분위기는 말끔히 사라졌다.

"……안 죽일 거야?"

"난 한 마디도 죽일 거라고 하지 않았다. 가늠하겠다고는 했지만."

"……뭐야, 그건."

"『이거』 말이야. 갖고 싶었지? 자."

잔느가 가방에서 무언가를 꺼내 나에게 아무렇게나 던졌다.

그것은 주먹만 한 보옥이었다. 신수의 보주와는 달리 안에 복잡한 광채가 서려 있었다.

딱 봐도 값비싸 보이는 물건이었다.

"보석인가……? 왜 이런 걸?"
"네 여동생한테 부탁 받았다."
"여동생……? 무슨 소리야?"
의미를 모르겠다.
이 녀석이 대체 무슨 소리를 하는 거야?
"세리카, 네 여동생 맞지? 네게 그걸 양도해줬으면 좋겠다고 부탁했거든. 밑져야 본전이라는 심정으로 내 부탁을 들어달라고 했더니 훌륭히 이뤄내더군. 어떻게 했는지는 모르겠으나, 네 여동생…… 세리카는 뜨거운 녀석이야."
"세리카가……?"
그 녀석이 나에게 양도해달라고 부탁했다고……?
그래서 이 녀석은 일부로 내가 있는 곳까지 왔다, 그런 말인가?
그런데 나를 가늠해보겠다며 칼부림까지 벌였다. 이야기가 잘 연결되지 않았다.
"방금 전까지 칼부림을 벌였잖아……? 네 얘길 믿을 수 있을 것 같아? 여동생의 이름까지 언급하고…… 무슨 꿍꿍이야?!"
"딱히 별 의도는 없다. 전이자끼리 벌이는 결투는 그리 자주 경험할 수 없어. 실제로 재밌었다."
"재밌었다?! 죽었을지도 모른다고! 지금 농담해?!"
"죽었다면 어차피 내 삶도 거기까지였어. 그 이상 그 이하도 아냐. 특별한 의미를 부여할 필요는 전혀 없지. 오늘이 아니더라도…… 이런 세계에서 살아가고 있다. 언제 죽을지 알 수 없으니 죽음을 봇짐처럼 짊어질 수 없다면 강해질 수 없겠지?"

© Niθ

저 녀석이 전혀 웃지 않고 말했다. 농담을 하는 분위기가 느껴지지 않았다.

정말로 재밌을 것 같아서 싸웠다. 패배했다면 죽어도 딱히 상관없었다.

그 말을 있는 그대로 받아들인다면 그런 뜻이었다.

"가늠하겠다는 건 무슨 의미였어?"

"특별한 의미는…… 없었고. 잠깐만 얘기를 나눠보면 바로 알 수 있고, 이미 알았다. 전투가 벌어진 건…… 그냥 흐름이었지. 네가 너무 진지했으니까. 게다가 나, 멋있었지?"

"뭐야 그게…."

별난 녀석이었다.

말이 통하는 듯하면서도 통하지 않는 것 같은 위화감.

카렌과 닮은 유형이라고 할 수 있으려나? 이해하려고 애써본들 소용없을지도 모르겠다.

"그래서, 이건 뭐야……?"

손바닥에서 빛나는 보석은 얼핏 봐도 비싸 보였다.

"망자 소생의 보주. 요전에 무슨 레이스에서 1위를 차지하여 얻은 경품이야. 넌 이걸 손에 넣기 위해 목숨을 걸었다지?"

"……어?"

손바닥 위에 있는 빛나는 보석을 쳐다봤다.

이게…… 망자 소생의 보주……?

"뭐? 몰래카메라야? 웃기지 마…… 그럴 리가…… 그럴 리가 없어……."

갑자기 그 아이템의 이름이 나오자 가슴이 옥죄였다.

한번 포기했던 물건이 기억과 함께 통째로 끄집어 나온 것 같은 기분이었다.

"망자 소생의 보주는 세상에 하나밖에 없다고……. 이렇게 쉽사리 넘겨줄 만한 물건이 아냐. 누가 그런 질 나쁜 농담을 하래? 날 골려대며 비웃어주자고—."

망자 소생의 보주는 시청률 레이스 1위의 경품이었다.

나는 손에 쥐지 못했다. 1위는…… 누구였더라?

아니…… 설령 여기 있는 그녀가 1위를 차지했더라도, 이건 그 무엇과도 바꿀 수 없는 물건이다. 지구였다면…… 아니, 여기에서도 『이 세계 최고의 가격』으로 거래하더라도 이상하지 않을 물건이다. 이렇게 선뜻 남에게 양도할 만한 물건이 아니다.

그러나 잔느는 의외라는 표정으로 어깨를 들먹였다.

"농담으로 그런 소리를 할 정도로 난 성격이 고약하지 않아. 내겐 딱히 쓸모 있는 물건이 아니었으니, 네가 나나미를 되살리고 싶다면 나로서도 문제는 없다."

"나나미를…… 알아?"

"그래, 딱 한 번 전이자끼리 모인 적이 있었는데, 그때 대화를 나눴어. 나나미는 영어를 할 수 있었거든. 그때 길진 않았지만 게임 이야기를 나눌 수 있어서 기뻤어. 아쉽게도 난 나나미를 『소중한 사람』이라고까지 인지하지는 못했는지 되살릴 수 없었지만…… 너라면 가능하겠지?"

거짓말이나 농담을 하는 기색이 아니었다.

그녀의 목소리에는 진지한 울림과 함께 약간이나마 친애의 정도 섞여 있는 듯 들렸다.

나나미를…… 되살릴 수 있다……?

나는 불현듯 솟아난 이 사태를 올바르게 이해할 수가 없었다.

그러나 손바닥에서 빛나는 보주는 정령석이나 신수의 선물과는 다른 식으로 빛났다. 그리고 무엇보다 잔느의 진지한 목소리를 들으니 이것이 진짜라는 사실을 의심할 수가 없었다.

"써…… 써도 돼……? 이걸…… 내가……. 나나미를 되살리기 위해…… 훌쩍."

"입 아프다."

온몸에서 힘이 빠져서 나는 땅바닥에 주저앉았다.

눈에서 눈물이 흘러나와서 나는 필사적으로 옷소매로 훔쳤다.

지구 쪽 사람들은 대부분 적이라고 생각했다.

그러나 적어도 세리카는…… 여동생은 나를 지켜봐줬다.

전이자 중에서도 나를 알아주는 사람이 있었다.

처음 만난 나에게 돈으로도 바꿀 수 없는 물건을 넘겨준 사람이.

"야, 너…… 우, 우는 거냐?"

잔느가 뺨을 붉히고는 처음으로 당혹해하는 표정을 보였다.

비슷한 또래의 여자 앞에서 창피한 모습을 내보이고 말았다. 그러나 마음속 깊은 곳에 거멓게 응어리졌던 무언가가 풀린 것처럼 나는 눈물을 멈출 수가 없었다.

"괘, 괜찮다……. 옳지, 옳지."

"우……우아아아아아!"

그녀가 왜 이런 행동을 했는지는 모르겠다.

당황해하면서도 살며시 나를 안아주자, 나는 그녀의 가슴에서 울었다.

……줄곧 참아왔던 무언가가 마음속에서 거센 물줄기가 되어 넘쳐흘러서 제어할 수가 없었다.

온갖 감정들이 쉴 새 없이 밀려들었고, 그것이 눈물이 되어 밖으로 방출되고 싶어 하는 듯했다.

얼마나 그러고 있었을까.

처음 만난, 방금 전까지 칼부림까지 했던 상대가 난감해하면서도 내 머리를 쓰다듬었다. 나는 눈물이 다 마를 때까지 울었다.

구경꾼들이 쳐다보는 것조차 잊고서 울었다.

스스로도 왜 우는 지 모를 정도로 울고 말았다.

"……진정이 됐나?"

"어, 어어…… 미안. 좀…… 여러 일들이 있어서 그만 이성을 잃었네……."

"이런 세계에 느닷없이 끌려왔으니 여러 일들이 있을 수밖에 없어. ……애썼구나."

그런 남자다운 위로를 들으니 또다시 눈시울이 뜨거워졌다.

"메시지라고 했는데…… 내 여동생이 꽤 많이 보냈어?"

"아니, 그렇게 많이는. 몇 통 정도야."

"세리카가…… 나에 관해 뭐라고 했어……? 메시지로."

"정말로 살인자인지 내 눈으로 직접 가늠하라고…… 말이야. 뭐, 보아하니 넌 동정이로군."

"동……. 너, 무슨……."

"사람을 죽여본 적이 없다는 의미야. 그보다도…… 마음이 가라앉았다면 그걸 써보지?"

잔느가 내 손바닥 안에 있는 보주를 가리켰다.

"사용법…… 깨면 되나?"

"그걸 들고서 신한테 기도를 바치기만 하면 발동해."

그런 진 빠지는 사용법이 다 있나?

그러나 지금은 사용법을 따질 때가 아니었다. 중요한 것은 효과였다.

"좋아…… 그럼 쓴다."

"음…… 잠깐."

내가 그야말로 신에게 기도를 바치려고 할 찰나, 스테이터스 화면을 열었는지 허공을 바라보던 잔느가 저지했다.

"타이밍이 안 맞으니 내일 아침까지 기다려달라는군."

"내일?"

"그래, 무슨 준비가 필요한가 보군."

"그래?"

내일 아침?

어차피 할 일도 없으니 다소 기다리는 것쯤은 문제없었다.

"좋아. 그럼 밥이나 먹으러 가자."

잔느가 짐을 챙기고서 그렇게 말했다.

그러고 보니 결국 나도 아까 그 가게에서 식사를 하지 못했다.

한바탕 울어서인지 뱃속이 태평하게도 꼬르륵 거렸다.

"내가 살게."

“아까 그 가게면 족하다. 맛있는 냄새가 풍기던걸.”

아까 전에는 무거운 마음을 품고서 술에 의지하여 도피했는데, 지금은 이렇게나 마음이 가벼워졌다.

내일이 밝으면 나나미를 되살릴 수 있다.

모든 게 다 잘 풀리지 않을까?

그런 예감조차 들었다.

전이자별 게시판 나라별 JPN【No. 1000 쿠로세 히카루】4328th

5: 지구의 아무개
어제 전투는 뜨거웠지. 잔느는 너무 강해.

9: 지구의 아무개
아니, 히카루는 암살자 타입이니 중장비 검사와 맞붙어서 무력화하는 데는 서투르겠지. 단순히 상성의 문제라고 봐. 잔느도 그 사실을 알고 있겠지.

25: 지구의 아무개
히카루가 마음만 먹었다면 확실히 죽었을 거라고 술을 마시면서 잔느가 말했잖아.

34: 지구의 아무개
근데 상황을 보면 잔느가 죽었어도 이상하지 않았잖아. 그럼 죽어도 상관없었다는 뜻?

40: 지구의 아무개
승부는 그런 거니까.
히카루도 패배하고서 죽음을 각오했잖아.

51: 지구의 아무개
아니, 싸울 필요가 없는데 굳이 싸워서 죽어도 되느냐는 뜻이야. 이런 길거리 시합에서 죽는 건 잔느도 예상하지 않았을 거 아냐?

57: 지구의 아무개
본인이 별로 깊이 생각하지 않았다고 했잖아! 꽤나 기분에 따라 행동하는 타입이야!

58: 지구의 아무개
그보다도 「잔느가 위로해줬다—!!!」라며 분위기가 들끓긴 했지만.

62: 지구의 아무개
의외로 취향이었나 봐.
히카루 인기 많은걸.

65: 지구의 아무개
>>51
아앙? 잔느를 얕보는 거냐? 언제든지 죽을 각오가 되어 있는데요???

73: 지구의 아무개
뭐야, 갑자기. 얘, 이상해…….

100: 지구의 아무개
진지파가 섞여 들었나?

105: 지구의 아무개
죽을 각오가 되어 있다는 건 미담이 아니잖아. 사무라이라도 돼?

121: 지구의 아무개
잔느가 여간내기가 아니라는 건 확정이네. 그렇지 않다면 고성(古城)이나 산적 아지트에 어떻게 홀로 쳐들어갔겠어.

137: 지구의 아무개
안 좋은 의미로 게임하는 감각으로 이세계 생활을 보내고 있는지도 몰라.

147: 지구의 아무개
피가 뚝뚝 떨어지는 글씨체로 GAME OVER가 뜨는 것도 마다하지 않겠다는 말인가…….
게임뇌도 그 경지에 이르니 예술이네…….

155: 지구의 아무개
게임뇌라고 해야 하나, 뇌가 근육으로 되어 있다고 해야 하나?
잔느는 나쁜 의미로 머릿속에 꽃밭이 펼쳐져 있지.

173: 지구의 아무개
어쨌든 어제 이야기는 정말로 좋았어.
실황중계를 하던 세리카랑 카렌도 뜨거웠지.

190: 지구의 아무개
세리카「왜 싸우는 거야?!?!?!」
카렌「세리칸은 이해를 못하려나? 의사소통이 부담스러운 사람들 말이야.」
세리카「저게 이해가 돼?!」
카렌「잔느 씨는 반드시 필요한 말조차 하지 않는 타입이야, 그치~. 오빠야는 자기 식으로 납득해버리는 타입이고. 그래서 잘 맞을 때는 호흡이 착착 맞는데, 어긋날 때는 서로 터무니없는 오해를 하는 거지.」
세리카「그게 저 상황이야?! 바보 아냐?!」
카렌「왜냐면 근육뇌는 원래 저렇거든…….」

207: 지구의 아무개
커뮤왕인 세리카의 입장에서는 저런 엉뚱한 엇갈림을 상상조차 할 수가 없겠지…….

210: 지구의 아무개
「바보 아냐?!.wav」, 감사합니다. 잘 저장해뒀습니다.

225: 지구의 아무개
변태가 나타났다!

238: 지구의 아무개
우린 잔느가 보주를 히카루한테 건넬 생각으로 왔다는 걸 알지만, 히카루는 전이자가 자길 죽이러 왔다고 완전히 착각했으니까.

251: 지구의 아무개
잔느의 마운트 포지션도 좋았지. 히카루, 무겁지 않았을까?

272: 지구의 아무개
본인은 가벼울 테지만, 장비가 무거워 보이니까.

278: 지구의 아무개
거기부터 망자 소생의 보주를 받고서 히카루가 눈물을 흘리는 장면을 여러 번 반복해서 봤어. 몇 번을 봐도 눈물이 나와.

294: 지구의 아무개
아카데미상을 받은 배우일지라도 저런 감정의 변화를 보여주는 건 어렵겠지. 평범하게 사는 사람은 볼 수 있는 기회가 없어. 나도 울었어.

303: 지구의 아무개
세리카「앗, 설마!」
카렌「우는 얼굴로 보호욕구를 자극하는 패턴이야, 그치~.」
세리카「왜 오빠는 저렇게 인기가 많은 거야?! 이상하지 않아???」

330: 지구의 아무개
저걸 보면 어떤 여자라도 넘어갈 거야. 내가 지켜줘야겠다는 생각이 절로 드는걸. 세리카랑 카렌은 그걸 잘 모르는구나. 어차피 곱게 자란 어린애니까.

341: 지구의 아무개
모든 여자가 다 넘어가진 않아. 강한 여자한테 인기를 끈다고 말하는 편이 정확하지 않나?

359: 지구의 아무개
그럴지도 몰라……. 그레이프푸르는 그런 느낌이 아닌걸.

370: 지구의 아무개
종족이 다르니 노카운트 아냐?

376: 지구의 아무개
마왕전 때는 베테랑 파티의 누님들도 흥미진진해했지.
히카루는 이세계에서 인기가 많

은 타입인지도.

403: 지구의 아무개
철면피 잔느가 소녀의 얼굴이 된 순간, 히카루와 잔느의 시청자 수가 합쳐서 25억이 넘는 이상 사태가 벌어졌지. 장난 아니야.

409: 지구의 아무개
완전 대박이지.

415: 지구의 아무개
잔느 게시판도 엄청난 속도로 글이 올라왔어. 저쪽은 비교적 호의적으로 받아들인 것 같던데.

420: 지구의 아무개
잔느가 전이자를 만나는 건 처음이라서 더더욱 들끓었겠지.

442: 지구의 아무개
아니, 양대 인기 전이자가 한곳에 모였으니 그렇게 될 수밖에.
게다가 망자 소생의 보주를 받아서 나나미도 부활할 수 있다고.
어떻게 되는 거냐.
어떻게 될까?

448: 지구의 아무개
잔느 팬들은 잔느가 마치 칼집 없는 검처럼 위태롭게 보여서 「얼른 제정신이 박힌 파트너를 찾아줘~」 하고 바랐대.

487: 지구의 아무개
어젯밤에 잔느가 「네가 묵고 있는 여관까지 안내해」 하고 말했을 때는 가슴이 철렁했네.

495: 지구의 아무개
리프레이아 때랑 동일한 패턴이야!
우리 모두 가슴을 졸였지.

504: 지구의 아무개
각자 다른 객실에 묵고 말았지

만…….

520: 지구의 아무개
아니, 잔느 말이야. 완전히 록온한 거 맞지?

541: 지구의 아무개
아니, 그건 우리의 바람일 뿐이야. 이번 일을 마치고서 또다시 여러 곳을 전전하면서 일숙일반의 여행을 다시 떠나는 거 아냐?

553: 지구의 아무개
어젠 기분 좋은 술자리라서 다행이었네.
나까지 다 기뻐서 축배를 들었다고.

567: 지구의 아무개
술을 마시고서 또 울었지, 히카루.
아주 울보가 따로 없네, 귀여워.

571: 지구의 아무개
어젠 히카루가 음식 값을 냈잖아.
잔느의 은혜 갚기 시리즈가 시작되는 건가?

580: 지구의 아무개
본인은 딱히 시리즈화할 생각은 없는 것 같던데…….

582: 지구의 아무개
우는 히카루를 보고서 잔느도 확실히 가슴이 뭉클했겠네.

599: 지구의 아무개
오전에는 엄마랑 영상통화를 하고서 크게 낙담했는데, 낙차가 너무 커.

613: 지구의 아무개
버리는 신이 있다면 줍는 신도 있는 법.
인생은 잃는 게 있는 만큼 무언가를 얻도록 이루어져 있어.

623: 지구의 아무개
잔느의 그 무뚝뚝한 겉모습 속에 숨겨져 있던 상냥함에 마음이 녹아내렸다.

630: 지구의 아무개
잔느가 괜히 인기 넘버원이겠어? 무심코 눈길을 끄는 매력이 있어.

641: 지구의 아무개
잔느는 술을 무지 마시는구나. 역시 프랑스인이네.

655: 지구의 아무개
잔느는 아일랜드계 프랑스인이래.
노르웨이인의 피도 섞여 있고 말이야.
Wiki에 무지 상세히 적혀 있어.

667: 지구의 아무개
프롬 게임의 스코어까지 Wiki에 실려 있는 사람은 처음 봤다.

673: 지구의 아무개
잔느한테는 정령술이 통하지 않나? 포그는 통한 것 같던데? 역시 상위 술식이라서 통한 건가?

689: 지구의 아무개
그 당시 영상도 진즉에 분석됐는데, 포그도 튕겼어. 다만 빛이 주변에 드리워진 암흑을 통과하지 못했기에 마치 어둠에 휩싸인 것처럼 비쳤을 뿐이었대. 잔느의 주변만 어둠의 깊이가 전혀 다른 걸 알 수 있어.

669: 지구의 아무개
미움받는 자 짱 쩨잖아아아아!!

703: 지구의 아무개
그 미움받는 자의 특성 때문에 정령이 튕겨진 거야.

717: 지구의 아무개
보통은 다크니스 포그 안에서는 빛을 완전히 튕겨내는데, 아마 잔느의 주변에만 빛이 없는 상태였을 거야. 잔느가 그 안에서 램프라도 켜봤다면 알 수 있었을 텐데.

722: 지구의 아무개
공격 술식도 통하지 않는 거야? 최악이잖아.

727: 지구의 아무개
최강이야, 잔느는.
누가 강한지 토론하는 게시판에서도 부동의 탑이라고.

731: 지구의 아무개
인기도 탑.

739: 지구의 아무개
물리방어뿐만 아니라 마법방어까지 강력할 줄이야…….

746: 지구의 아무개
멘탈도 강하거든. 게다가 그 미모까지.
없는 건 가슴뿐.

750: 지구의 아무개
대놓고 말하지 마라.
살해당한다?

762: 지구의 아무개
잔느 팬은 과격파가 많기로 정평이 나있지.

772: 지구의 아무개
팬의 숫자가 많아도 너무 많아.
웬만한 작은 나라의 인구보다도 팬 수가 더 많을 지경이야.

779: 지구의 아무개
현지에서 미움받는 자는 대정령과 계약도 할 수 없어. 강해질 수 있는 수단이 한정되어서 커다란 핸디캡으로 작용하지만, 포인트로 능력을 올릴 수 있는 잔느한테는 사실상 핸디캡이 없는 것이나 마찬가지야. 게다가 정령술이 통하지 않는다는 플러스 요인까지.

786: 지구의 아무개
……버프나 회복술까지 튕겨내긴 하지만. 포션이 있으니 괜찮나?

795: 지구의 아무개
잔느가 나나미랑 수다를 떨었던 영상, 방송국에서 내보내더라. 굉장히 차분하게 어른의 대화를 나누는 것처럼 보였는데, 알고 보니 죽으면서 패턴을 익히는 그 게임 이야기를 둘이서 하고 있었을 줄이야…….

804: 지구의 아무개
나나미가 영어를 할 줄 알았구나. 저래 봬도 스펙이 은근히 높네…….

810: 지구의 아무개
세리카가 그러던데, 히카루랑 나나미도 영어로 일상회화 정도는 할 수 있대. 부모 몰래 비밀 얘기를 하려고 암호처럼 익혔다더라. 대체 어떻게 된 가정환경이냐.

818: 지구의 아무개
나나미가 되살아나더라도 부모는 죽었잖아……?
히카루는 나나미가 되살아나면 기쁘겠지만, 나나미 본인은 어떨까?

823: 지구의 아무개
세리카「여러분 감사합니다. 나나미 언니는 제가 책임지고 행복하게 할게요.」
카렌「완전히 백합 선언이잖아. 괜찮아?」

827: 지구의 아무개
카렌이 어벙하게 태클을 거는 거, 중독될 것 같아.

831: 지구의 아무개
백합 선언이잖아!
자매 같은 사이라는 게 그런 의미였어?

844: 지구의 아무개
되살아나면 호적부터 시작해서 살 곳이나 교육 등 여러 문제들이 있잖아. 부모는 어떻게 하느냐고 따질 때가 아냐. 시체조차 남지 않은 사람이 부활하는 사태라고.

856: 지구의 아무개
죽은 곳에서 부활한다면 나나미는 집에서 부활하겠네? 구경꾼들이 모여들지 않을까? 세리카가 조금 기다리라고 메시지를 보냈지? 역으로 안 좋은 판단이었던 거 아냐?

867: 지구의 아무개
구경꾼이야 물론 모이겠지. 이미 아무도 살고 있지 않겠지만, 집까지 헐리지는 않은 듯하니.
어쩔 셈이래?

872: 지구의 아무개
뭐, 구경꾼이 모이더라도 어떻게든 무마할 수 있다는 계산이 서있겠지.

882: 지구의 아무개
나, 집이 근처라서 보러 갔는데…….
집을 헌다면서 통행을 금지해서 들어갈 수가 없더라.

891: 지구의 아무개
뭐? 누구네 집을 허는 거야? 설마 나나미네 집……?

895: 지구의 아무개
히카루네 집이랑 나나미네 집은 비좁은 편도 1차선 길가에 있으니까.

900: 지구의 아무개
텔레비전에서도 나오고 있네.
히카루네 집이랑 나나미네 집을 둘 다 헌다고.
이거, 세리카가 벌인 소행이겠지…….

908: 지구의 아무개
난 사전에 도로 사용 허가를 신청하는 중학생은 싫어.

914: 지구의 아무개
그건 업자가 하겠지, 보통.

927: 지구의 아무개
사전에 거금을 지불하고서 일정을 조정했겠지. 제아무리 관음증 환자일지라도 도로까지 규제된 공사현장에는 들어갈 수 없겠네.

932: 지구의 아무개
근데 세리카나 카렌이 현지에서 입회하려나?

947: 지구의 아무개
이미 현지에 있을 가능성도 있지 않겠어?
실황중계를 보니 카렌만 있는 경우가 늘었고.

951: 지구의 아무개
세리카의 입장에서는 부활하여 혼란스러울 언니를 당장에 보호하고 싶겠지.

954: 지구의 아무개
근데 정말로 역사상 최초의 부활자가 되는 건가, 나나미.

958: 지구의 아무개
괜찮을까?

나나미 쟁탈전이 벌어지지 않을
까?

968: 지구의 아무개
그보다도 잔느랑 리프레이아의
히카루 쟁탈전이 기대돼.

958: 지구의 아무개
괜찮을까? 칼부림이 나지 않을
까?

◇◆◆◆◇

【세리카 시점】

미궁도시에서 오빠의 삶은 차마 눈뜨고 볼 수 없을 만큼 비참했다.

그대로 미궁의 어둠에 삼켜져 홀연히 사라져버리는 게 아닐까? 그런 생각이 들만큼 덧없었다.

나는 초조해하면서도 동영상 사이트를 정비하여 오빠의 동영상을 제작하는 데 각별히 공을 들였다. 그 덕분에 시청자들은 실시간 방송보다 편집 동영상을 더 많이 찾아보게 돼서 표면상의 시청자수는 줄어들었다.

나는 애써 명랑하게 행동하면서 조금 매정한 여동생을 계속 연기했지만, 실은 마음이 찢어질 것 같았다.

오빠가 죽어버릴지도 모른다.

그러나 할 수 있는 게 거의 없다.

하다못해 메시지라도 열어준다면 백업할 수 있겠지만, 그것도 불가능했다.

가까이에 있는 전이자는 알렉스 씨와 잔느 씨뿐.

그 중에서 알렉스 씨에게 메시지를 여러 차례 보내서 부탁했지만, 그 역시 지독한 메시지를 많이 받았던 전이자였다. 오빠를 잘 봐달라고 요청해본들 대응할 만한 여유가 없을지도 모르겠다.

나는 시간을 보아 알렉스 씨의 생가를 방문하여 그의 가족과도 만났지만, 솔직히…… 가정환경이 좋다고는 할 수 없었다.

이세계 전이는 전이자는 당연하고, 그 가족의 생활마저 바뀌도록 강제했다.

단순한 의미로 가족을 하나 잃었으니 당연했다.

「먼 이세계에서도 열심히 살아」 하고 웃으며 보낼 수 있는 사람만 있진 않았다.

그런 와중에 오빠는 리프레이아 씨와 만났다.

그녀에게는 아무리 감사해도 모자랄 지경이었다.

그 타이밍에 조금— 아니, 꽤나 고집이 센 리프레이아 씨와 만나지 않았다면 오빠는 줄곧 어둠에 숨어든 채 언젠가 죽었을 테니까.

그리고 망자 소생의 보주.

나는 그 안내방송을 듣고서 진심으로 신을 저주했다.

리프레이아 씨와 관계가 깊어진다면 오빠의 마음에 변화가 생겨서 조금씩이라도 긍정적인 방향으로 바뀌리라는 희망이 보이던 참이었으니까.

그래서 오빠는 시청자수 레이스에서 1위를 목표로 삼았다.

나는 한순간 협력해야 할지 말지 망설였다.

그러나 나는 오빠와 함께 한다. 그렇게 결심했잖아?

괴로운 선택일지라도 오빠를 응원하겠다.

나와 카렌은 편집판 동영상 제작을 미루고서 실시간 실황 중계로 시청자들을 유도했다. 그래서 오빠의 시청자가 폭발적으로 늘었지만, 아직 1위로 향하는 여정이 멀게 느껴졌다.

나는 또 하나의 카드를 뽑았다.

오자와를 감금해뒀던 것이 도움이 됐다.

오빠가 언니를 죽인 범인이라는 연설 활동을 세계적 규모로 다시 들춰냈다.

실은 나와 카렌도 한몫 거들었다. 가족이 얽힌 범행이라느니, 치정 문제 때문이라느니 있는 말, 없는 말을 쏟아내며 여론을 부추겼다. 사람들이 오빠의 채널로 모여들도록 꾀했다.

그래도 실제로 한순간이라도 1위에 올랐던 것은 역시 오빠의 힘 때문이었다.

내 오빠는 세계 최고니까.

그토록 무시무시한 마물과 홀로 맞설 수 있는 사람이니까.

그러나 조금 결벽한 구석이 있는지라 리프레이아 씨와 한바탕 소동을 겪었고, 그 바람에 1위를 놓치고 말았다.

그러나 나는 그녀의 마음을 잘 알았다.

오빠는 혼자서 가버리는 사람이다. 함께 죽어달라는 말 따윈 절대로 하지 않는다.

그것이 오빠가 지닌 상냥한 면모이자 잔혹한 면모이기도 한데…….

그러나 어떻게든 마왕도 쓰러뜨리고서 오빠는 생환했다.

나와 카렌은 시청률 레이스 기간 중에 수면시간까지 줄였기에 오빠와 마찬가지로 초췌해졌고, 오랜만에 느긋하게 잘 수 있었다.

뭐, 우리가 일어난 뒤에도 오빠가 혼수상태에서 깨어나질 않아서 걱정하긴 했지만.

그리고 리프레이아 씨와의 이별.

우리는 우리 나름대로 오자와를 풀어주고, 잔느 씨에게 망자 소생의 보주를 양도해달라고 부탁하는 등 할 일이 끊이지 않았다.

어쨌든 조금씩이나마 좋은 방향으로 나아가고 있었다.
이대로 나아간다면 문제는 없을…… 터였다.

◇◆◆◆◇

잔느 씨가 그런 『부탁』을 하리라고 예상치 못했다.
그 내용은 『메시지 양을 줄여달라는 것』이었다.
그 사람은 날아든 메시지는 반드시 확인하고, 거기에 적힌 내용대로 행동하는 것처럼 보였다.
애당초 그녀가 오빠가 있는 멜티아로 가는 이유 역시 누군가가 그녀에게 『히카루라는 전이자가 소꿉친구를 죽이고서 단죄도 받지 않고 이세계로 전이하여 도피했어요. 당신의 손으로 철퇴를 내려주세요』라는, 보통은 무시할 법한 메시지를 보낸 것이 계기였다.
실제로 그녀가 오빠를 죽이러 가는 것이라고는 나도 생각하지는 않았지만, 일단 『진실을 직접 확인하라』고 메시지를 보냈다.
어떤 동기로 길을 나섰든 간에 그녀가 오빠와 만난다면 도움이 될지…… 아니, 플러스가 될지 마이너스가 될지가 중요했다.
모든 전이자들의 신상을 사전에 낱낱이 조사해뒀다.
개중에서도 잔느 콜레트는 그 개성적인 언동과 미모 때문에 특히 인기가 높았다.
북유럽인의 피가 섞인 백자기 같은 피부와 스트로베리 블론드.
의지가 강해 보이는 커다란 벽안. 기다린 팔다리. 슬렌더 체형.
그런데도 취미는 컴퓨터 게임이고, 학교에는 제대로 가지 않고 아르바이트와 게임에만 푹 빠져 지내는 불량소녀. 양쪽 귀에 주렁주렁 달려 있는 피어싱은 그녀의 트레이드 마크였다. 전 세계적으로 피어싱 구멍을 대량으로 뚫는 게 유행이 됐을 정도였다.

스타성이라는 단어는 그녀를 위해 만들어진 거겠지.

그런 그녀가 오빠와 만난다.

처음에는 조금 걱정이 됐다. 그러나 그녀가 이세계에서 모험하는 모습을 보고서 걱정은 금세 사그라졌다.

잔느 콜레트는 남을 돕길 좋아하는 바보였으니까.

바보라고는 했지만, 나쁜 의미는 아니었다.

손익을 따지지 않고 부탁을 거절하지 못하는 그 성격은 내가 봐도 꽤나 손해를 보며 살 것 같았다.

고성에 둥지를 튼 마물을 토벌했을 때, 그녀는 잠자리와 식량을 빼고는 약간의 금전조차도 받지 않았다.

보통은 기사에게 처치를 부탁해야만 하는 안건이었다. 여행하던 소녀를 홀로 보낸 것만 봐도 의뢰한 그 주민의 시커먼 속내가 뻔히 들여다보였다.

더욱이 그것을 완수한 답례가 고작 고개를 숙이며 감사를 표하는 것뿐이라니! 다른 사람 같았으면 폭력을 써서라도 정당한 대가를 뜯어냈겠지. 그러나 그녀는 그러지 않았다. 바보다.

다른 마을에서 산적 토벌을 부탁받았을 때도 그랬다.

그 건 때문에 그녀는 얼마나 갈등했을까. 아무리 신에게서 강력한 치트 능력을 부여받았다고는 해도 사람을 죽이는 데 고민하지 않았을 리가 없었다.

그런데도 산적 아지트에서 입수한 약간의 금품마저 그녀는 마을 사람에게 넘기고서 본인은 정말로 하룻밤 잠자리와 식사만 제공받고서 마을을 떠났다. 바보다.

그러나 전 세계 사람들이 그런 그녀를 사랑했다.

보고 있으니 그 이유를 자연스레 알게 됐다.

나도 그녀를 좋아하게 됐을 정도이니까.

“세리칸~. 어쩔래? 메시지를 줄여달라고 했는데, 지금 얼마나 받더라?”

“잔느 씨는 매일 100건쯤 받나? 그렇다면 사람들이 매일 메시지를 10만 건이나 보내는 셈이겠네. 그럼 그리 어렵지 않을 것 같은데?”

“전에 어딘가에서 메시지를 대대적으로 조사한 적이 있는데, 그 데이터를 쓸 거니?”

“그렇게 되겠네. 그리고 돈을 조금 쓸게.”

“문제없어~. 그러려고 번 돈이야!”

잔느가 「숙제」를 내주자 나는 당장 캠페인을 실시했다.

분명히 말해서 잔느의 「부탁」은 간단한 편이라서 솔직히 다행이었다. 망자 소생의 보주는 세상에 단 하나밖에 없는 물건이다. 더 어려운 부탁을 할 줄 알았다.

역시…… 역시 그녀는 호인이었다.

“어쨌든, 하나씩 해치워볼까.”

“아라써~”

메시지를 전이자에게 보내기 위해서는 두 요소를 뛰어넘어야만 했다.

하나는 「애정」.

상대를 얼마나 생각하며 문장을 입력했느냐, 얼마나 반응을 기대하고 있느냐.

그런 수치화하기 어려운 정…… 즉, 사랑이 강하면 강할수록 메시지를 보내기기 쉬워진다.

나머지 하나는 「보내는 숫자」.

예를 들어서 동일한 감정을 지닌 사람이 100통을 보냈다고 치자. 그 경우 전이자는 약 20통 정도만 받는다. 이것은 여러 번이나 테스트했으니 틀림없는 데이터다.

그렇다면 1000통이라면 어떨까? 앞선 사례를 적용하여 200통 정도라고 생각하겠지만, 그렇지 않다. 30통~40통을 받는다면 양호한 편이다.

더 늘려서 10만 통이라면 어떨까?

도달되는 메시지의 비율이 더욱 줄어들어 100통쯤 된다.

그리고 한계치인 하루 백만 통을 보낸다면 전이자에게 도달하는 비율이 급감하여 1통이나 2통까지 감소한다.

그리고 그 한두 통은 전이자를 걱정하는 가족이 보낸 메시지인 경우가 대부분.

다시 말해 총수가 늘어나면 늘어날수록 내용을 엄격하게 선별한다는 뜻이었다.

의도적으로 그 상태를 만들어낸다면 그녀에게 도달되는 메시지 숫자가 아마도 매일 두세 통 수준으로 안정될 터. 내가 보낸 메시지조차 도달하지 않을 만큼 채용 난도가 올라갈 게 틀림없다.

구체적으로 설명하자면.

「잔느에게 메시지를 보내자! 채용된 메시지 발신자에게는 천 유로를 증정!」이라는 캠페인을 프랑스를 중심으로 실시했다.

어느 나라 사람들이 메시지를 가장 많이 보낼지는 모르겠지만, 이론상 중요한 것은 총 메시지수였다. 그녀의 지명도가 높고, 관심이 많은 지역이라면 어느 나라에서 캠페인을 실시하든 상관없었다. 뭐, 응모 자체는 어디서든 할 수 있는 구조이지만.

사랑이 없는 메시지를 늘린다는 부분도 중요하므로 「돈」이라는 잡념을 섞었다.

이 잡념이 사랑을 흐려서 채용률이 떨어지는 쓰레기 메시지를 증폭시켰다. 더욱이 카렌이 제작한 사이트에 등록하지 않는다면 메시지가 잔느에게 도달하더라도 돈을 받을 수 없었다.

캠페인을 실시하는 데 드는 광고비는 억 단위였다. 그러나 잘 된다면 실제로 메시지가 채용되어 돈을 받을 수 있는 사람은 한줌밖에 되지 않겠지.

어쨌든 『망자 소생의 보주』의 레어도를 생각한다면 파격적으로 저렴했다.

그리고 실제로 캠페인을 실시한 지 며칠 만에 효과가 나왔다.

역시 세계최고의 스타였다. 사이트에 신청한 양만 따져도 메시지 총수가 천만 건을 돌파했다.

메시지 포화 작전의 효과는 막대했다. 처음에 몇 사람에게 돈을 지불했을 뿐인데 그 이후에는 돈에 눈이 먼 사람들의 메시지는 일절 채용되지 않았다.

신이 왜 이렇게 조정을 해놨는지 모르겠지만, 메시지 기능은 어디까지나 덤일 뿐이라는 의사표시일지도 모르겠다.

잔느가 거의 텅 빈 메시지 화면을 보고서 「정말로 결과를 낼 줄이야. 약속은 지키지. 이 보주는 세리카, 너희 오빠한테 넘기겠다」고 했다. 나와 카렌은 하이파이브를 했다.

오빠가 시청자수 레이스 1위를 차지하지 못한 것은 아쉬웠지만, 그 행사를 통해 오빠가 조금이나마 긍정적으로 바뀐 것도 사실.

결과를 보면 나쁘지 않은 지점에 착지했다고 할 수 있겠지.

"그럼 잠깐 나갔다 올게. 카렌, 뒷일을 부탁해."

"나나밍을 데리러 가는 거야?"

"그래. 행정처리가 조금 필요해서 일찍 현지에 들어가야 할 필요가 있어. 컨테이너에 숨겨서 미국까지 데리고 올 수도 없는 노릇이니까. 뭐, 이미 나나미 언니의 국적도 부여해주기로 약속을 받았으니 억지로 데려오더라도 문제는 없겠지만. ……어차피 프라이빗 제트기를 타고 갈 거고."

"흐응~ 좋겠네. 프라이빗 제트기를 쓰다니."

"놀러가는 거 아냐! 게다가 아마도 앞으로 이렇게 큰돈을 쓸 일은 거의 없을 거야."

소형 제트기를 왕복으로 빌리려면 수천만 엔은 들지만, 동영상 수입만으로도 매달 억 단위를 벌어들이기에 아까워해야 할 의미가 없었다.

내 입으로 이런 말을 하려니 쑥스럽지만, 나와 나나미 언니 모두 「화제의 인물」이었다. 매스컴이나 구경꾼들과 접촉할 기회를 되도록 줄이고 싶고, 무엇보다 시간이 아까웠다.

"그럼, 린다. 가죠."

"예스, 보스. 저랑 존이 수행하겠습니다."

"부탁할게요."

이곳에서 고용한 린다는 실력이 뛰어난 SP로, 그녀가 꾸린 총 여덟 명의 팀이 24시간 체제로 우리의 신변을 보호해주고 있었다.

나는 어른이 아닌데도 다 쓸 수 없을 만큼 돈을 갖고 있는 언밸런스한 존재다.

린다를 비롯한 SP팀은 나라에서 소개해줬으니 아마 스파이일 테지만, 딱히 미국의 국익을 침해할 생각은 없었다. 위험한 사상도 갖고 있지 않았고.

나라가 우리를 지켜준다면 나쁘지 않은 거래라고 할 수 있었다.

깨끗하면서도 수완이 뛰어난 인재를 고용할 만한 연줄도 없었고 말이지.

나는 스마트폰을 꺼내 LINE 통화 버튼을 눌렀다.

"아. 여보세요, 이즈나 씨? 예, 세리카입니다. 오랜만입니다. 예…… 맞아, 맞아요. 그 건…… 네, 집 해체를 진행시켜주시겠어요? 먼저 쿠로세 명의의 집부터 시작해주세요. 소우마 명의의 집은 그 일을 마친 뒤에 허무는 느낌으로……. 예, 계획이 섰거든요. 그리고 내일 할아버지 저택에 얼굴을 비추겠습니다. 예, 아, 괜찮아요. 할아버지한테는 제가 연락해둘 테니까요. 예, 예. 그렇죠~. 그럼 끊을게요~."

나나미 언니가 되살아나는 곳은 언니네 집, 그녀의 방이다.

망자 소생의 보주를 설명하는 항목에도 『사망자는 죽었던 장소에서 부활한다』고 적혀 있었으니 틀림없다. 신은 그러한 룰만은 절대로 어긴 적이 없었다.

문제는 「되살아난 그 인물이 정말로 나나미 언니 본인」이냐는 것인데, 이것만은 내가 직접 확인하는 수밖에 없었다.

……만약에 그 인물이 나나미 언니와 매우 흡사한 다른 존재였을 경우…… 그때는 상황에 맞춰서 대응해나갈 수밖에 없었다. 회유하느냐, 파괴하느냐. 그 신이 벌인 일이다. 무슨 꿍꿍이가 있더라도 이상하지 않았다.

나나미 언니의 유해는 불교식 장례인 다비식을 한 뒤 49일도 기다리지 않고 납골했다.

그러니 「살아생전의 육체」와는 다른 존재가 부활하는 것은 확정이었다. 그것이 무슨 의미인지 나는 깊이 생각하지 않으려고 했다. 어차피 흘러가는 대로 따라갈 수밖에 없으니까.

궁극적으로 완벽한 복제본, 동일인물일지라도 그것이 정말로 「소우마 나나미」 본인일까. 지금 그런 생각을 해본들 아무 소용도 없으니까.

"그럼 다녀올게."

"응~. 조심해~. 나나밍의 광신도한테 찔리지 않도록."

"그 부분도 일단은 조치를 해뒀으니 괜찮아."

현관에서 밖으로 나가니 눈부신 햇살에 나는 실눈을 지었다.

이 세상은 이세계 소동과는 전혀 관계가 없다는 듯 아무것도 바뀌지 않았다.

정말로 이세계는 이세계일 뿐이었다. 우리의 세상과는 관계가 없었다.

나도 가족이 전이되지 않았다면 한걸음 물러선 위치에서 방관하기만 했겠지. 나에게는 오빠와 여동생, 그리고 나나미 언니만이 소중했다. 다른 사람은 그다지 관심이 없었으니까.

'광신도라……. 정말로 그런 인간이 있을까?'

광신도라고 해야 하나, 「부활」에 반응한 종교관계자가 나나미 언니를 탈취하고자 움직일 가능성은 이미 고려해뒀다. 현재 그 집 주변에서 특별한 움직임은 보이지 않았다. 대형 종교단체는 부활하는 것을 보고 나서 무거운 엉덩이를 들어 올리리라. 아마 그럴 심산이겠지.

그리고 그 즈음에 우리는 진즉에 일본을 탈출했을 것이다.

그러니 지금 당장의 문제는 오히려 구경꾼들이었다. 카렌이 말하는 나나밍 광신자도 구경꾼 속에 섞여 있겠지.

언니가 언제 되살아나든 간에 오빠가 보주를 사용하는 모든 과정이 방송될 테니, 구경꾼 대책은 반드시 필요했다.

일단 지역의 철거업자에게 쿠로세가의 저택과 언니네 집, 양쪽을 철거해달라고 부탁한 건으로 도로사용허가증을 발행받았다. 당일에 구경꾼이 들어오지 못하도록 통행을 금지해뒀다.

처음에는 할아버지에게 부탁하여 수십 대의 검은 고급차로 도로를 막아버릴까도 생각했다. 그러나 아무리 그래도 너무 그건 눈에 띈다.

해체 쪽은 이즈나 씨에게 부탁해놨으니 문제없다.

또한 다른 구경꾼 방지책도 만전을 기해 놨다. 경우에 따라서는 돈을 상당히 뿌려야 할 수도 있겠지만, 돈으로 해결할 수 있다면 차라리 편해서 좋다.

이제는 오빠와 잔느 씨의 사이에서 아이템이 순조롭게 넘어가기만 한다면…… 그랬으면 좋겠지만…… 이것만은 기도할 수밖에 없었다. 잔느 씨는 말주변이 없는 편이고, 오빠는 전이자에게 경계심을 품고 있을 테니까.

존이 짐을 트렁크에 적재했다. 나는 차량 뒷좌석에 앉았다.

벤틀리를 타고서 공항으로 향했다.

우리 집에 있는 모든 차량은 아빠의 것이었다. 설마 미국에 오자마자 바로 두 대나 구입할 줄은 몰랐기에 질색했다. 그나마 우리의 안전을 조금이나마 고려했기에 튼튼한 차량을 골랐는지도 모르겠다.

지금 아빠와 엄마는 함께 여행하는 중이었다.

세계 일주 크루즈 여행에서 반년 뒤에 돌아올 예정이다. 나와 카렌은 처음으로 자유를 구가……할 수는 없었지만, 이 바쁜 시기에 부모에게서 방해받지 않는 이 시간은 매우 소중했다.

오자와는 체포됐고, 오빠의 결백은 증명됐다.

이제는 망자 소생의 보주로 나나미 언니를 되살릴 수 있다면.

나와 카렌은 잃어버린 것의 2할 정도는 되찾았다고 할 수 있을까?

나쁘지 않은 페이스였다. 나머지 8할도 기필코 되찾겠다.

【히카루 시점】

이튿날.

오랜만에 상쾌한 아침을 맞이했다.

날씨도 쾌청해서 무엇을 하든 최고의 날이라고 할 수 있겠지.

섀도 스토리지에서 망자 소생의 보주를 꺼냈다.

'꿈이 아냐.'

보주는 알 수 없는 신기한 빛을 머금은 채로 손바닥 위에서 옅게 빛났다.

나는 보주를 집어넣고서 여관 밖으로 나갔다.

잔느와 약속한 시간까지 얼마 남지 않았다. 먼저 아침밥이라도 사둬야 하나?

아니, 나름의 기호가 있을 테니 함께 고르는 편이 나으려나?

인근 시장에서 아침 일찍부터 노점이 문을 여니 고기든 생선이든 야채든 마음대로 고를 수 있다. 가격도 저렴하고 양도 많다.

맛은 나쁘지 않지만, 굳이 말하자면 간이 센 편이긴 했다. 향신료도 들어갔으니 입에 맞지 않을지도 모르겠다.

프랑스인이 평소에 무엇을 먹는지 전혀 모르겠고 말이야.

어젯밤에는 과음하고 말았다.

잔느는 프랑스인이라서인지 뭔지 잘 모르겠지만, 술을 무척이나 잘 마셨다.

나도 덩달아서 너무 많이 마시고 말았다.

전에 살았던 세계의 상식이 조금은 남아 있었고, 시청자의 시선도 신경이 쓰여서 미성년자로서 술을 마시려니 조금 켕겼다. 그러나 잔느도 같은 전이자이고, 신경을 써본들 아무 소용도 없다는 걸 깨달아서였을까?

맛있는 술과 맛있는 요리 때문에 기억도 띄엄띄엄 날아가 버렸다.
우물에서 물을 길어 몸을 씻자, 취기가 조금 남았던 머리가 상쾌해졌다.
내친 김에 어제 바닷물에 젖은 채 방치했던 옷을 세탁했다.
깨끗한 물을 마음껏 쓸 수 있다는 건 이 도시의 최대 이점이었다. 위생 관점에서도 근사한 일이었다. 대정령 님 만세다.
나는 세탁을 마치고서 옷을 말렸다.
여관 뜰에는 건조장이 있어서 숙박객은 원하면 사용할 수 있었다.
거기에 밥까지 제공해준다면 최고겠지만, 이 여관에서는 식사를 차려주지 않았다.
뭐, 근처에 식당이나 시장이 얼마든지 있으니 알아서 사먹으라는 뜻이겠지.
'그나저나 늦네.'
할일이 없어서 단도를 손질하거나 부츠를 닦으며 기다렸다. 그러나 잔느는 좀처럼 모습을 드러내지 않았다.
보주를 넘겨줬으니 아침부터 떠났을…… 가능성도 있을까?
그 시원스러운 여자라면 그럴 듯했다.
나는 여관 아저씨에게 잔느가 벌써 여관을 떠났는지 물었다.
"아니, 아직 있을 텐데. 네 일행이지? 보러 가면 되잖아?"
"아, 그런가."
이 여관은 일본의 호텔이 아니었다. 거의 모든 것을 「마음대로」 할 수 있는 것이 이곳의 방침이었다.
나는 잔느가 묵고 있는 방 문을 두드렸다.

일단 문은 잠겨 있으니 아직 있는 것 같은데, 대답이 없었다.

어제는 꽤 마셨으니 아직도 뻗어있을 가능성도 있었다.

크리스털로 해독제라도 꺼내서 건네는 편이 나을까?

노크를 몇 번쯤 하자 무언가가 쿵 떨어지는 소리가 들리더니, 자박자박 발소리를 내면서 잔느가 얼굴을 내밀었다.

"으으~. 벌써 아침?"

"응, 좋은 아침. 숙취야?"

"독 내성 레벨 3인 내게 숙취 따윈 없어……. 다만 오랜만에 침대에서 잤더니 너무 기분이 좋아서……."

"그래?"

갑옷을 벗고서 헐렁한 셔츠 한 장만 입은 잔느는 어제 그 늠름했던 기품을 잊을 만큼 나와 같은 또래의 여자애처럼 느껴졌다.

셔츠 소매와 옷자락에서 뻗어 나온 저 늘씬한 팔다리를 본다면 어떻게 그런 파워를 낼 수 있는지 별안간에 믿기지가 않겠지.

"뭐~야, 물끄러미 쳐다보고. 엉큼해."

"앗, 아니. 미안."

나는 황급히 문을 닫았다.

아무리 그래도 막 일어난 여성에게 너무 무신경했다.

밖에서 한동안 기다렸더니 잔느가 내려왔다.

어제 봤던 갑옷 차림이 아니라 편안한 복장이었다.

"오래 기다렸지? 아침이 약해서 말이야. 원래 올빼미형이거든."

"침대에서 오랜만에 잤다면 어쩔 수 없지. 나도 처음에 이 도시에 왔을 땐 거의 하루 종일 잤으니까."

© Niθ

그때의 기억은 잘 안 나지만, 저녁 무렵에 잠들어서 깨어났더니 한밤중이었다. 아마 30시간쯤 잤겠지. 뭐, 숲에서 죽을 뻔한 위기를 겪고 정신적으로도 너덜너덜해진 상태였으니 그 정도는 당연할지도 모르겠다.

잔느도 더 재우는 편이 나았을까?

"그래서 어쩔 거야? 나나미를 되살릴 거지?"

"그래."

세리카가 메시지로 이튿날 아침에 해달라고 부탁했다고 하니, 아마 이제는 언제든지 해도 괜찮을 것이다.

너무 꾸물거렸다가는 오후가 되고 만다.

"뜰에서 하자."

수많은 하얀 시트들이 바람에 나부끼고 있는 뜰에서 나는 보주를 꺼냈다.

스테이터스 화면을 여니 낯선 화면이 나왔다.

『망자 소생의 보주를 사용하시겠습니까? 신에게 기도를 바치자!』

"기도라니……. 어떻게 하라는 거지? 오오— 신이시여! 제 바람을 들어주소서!"

아주 건성으로 기도했다. 그러나 「기도를 바친다」는 것 자체가 형식적인 절차인지, 어이없게도 스테이터스 화면이 확 전환됐다.

『당신의 바람이 신에게 닿았습니다. 당신에게 소중한 사람 한 명을 되살릴 수 있습니다.』

· 소우마 나나미
· 소우마 히토미
· 소우마 유키오

그곳에 나열된 세 사람의 이름을 보니 괴로울 만큼 심장 박동이 빨라졌다.

나나미뿐만이 아니었다. 아저씨와 아줌마의 이름도 나열되어 있었다.

셋 다 살해됐다. 그 사실을 내 눈앞에 들이민 것 같은 기분이었다.

'—나나미.'

그저 누르기만 하면 되는데, 손가락이 덜덜 떨렸다.

순간 정말로 되살려도 되는가, 인간의 도리에 반하는 짓이 아닌가, 하는 생각이 뇌리에 스쳤다.

더욱이 아저씨와 아줌마는 되살리지 않아도 되나? 만약에 나나미만 되살릴 수 있다고 해도 아저씨와 아줌마도 없는데.

되살렸다가…… 오히려 절망하지 않을까…….

"왜 그래? 벌써 눌렀나? 다른 전이자의 스테이터스 보드는 보이질 않아서 상황을 모르겠군."

"아니…… 아직 안 눌렀어."

그 방에서 홀로 되살아나 상황도 모른 채 당혹해할 나나미를 상상했더니 이 마지막 국면에서 정말로 실행해도 될는지 망설여졌다.

그녀가 되살아났으면 좋겠다. 그 마음은 거짓이 아니었다.

그러나 그것은 자기만족이 아니냐고 누군가가 따질 지도 모르겠다.

그저 본인을 위해서 결백을 증명해줄 나나미를 되살리고 싶어 하는 것 아니냐고—.

“뭘 걱정하는지는 모르겠지만, 네가 이러는 장면까지 전부 방송되고 있다는 거 알아? 나나미가 되살아난 뒤에 어떻게 될지는 걱정할 필요가 없다. 이웃도 있을 테고, 최악의 경우에는 나라가 보호해주겠지.”

“그렇구나…… 그렇겠네…….”

걱정은 됐다.

그러나 되살아난 사람을 걱정해본들 아무 소용도 없을지도 모르겠다.

나나미는 한때 전이자로 뽑혔으니 이미 유명인이고, 세리카와 카렌이 움직여줄지도 모른다. ……아니, 그 녀석들은 일본에 없으니 어려울까?

어쨌든 이것을 쓰지 않고 포기한다는 선택지는 없었다.

나는 결심을 굳히고서 스테이터스 보드에 표시된『소우마 나나미』를 눌렀다.

『소우마 나나미를 부활시킵니다. 괜찮겠습니까? YES / NO』

YES를 눌렀다.

‘나나미. 어서 와.’

그러자 손에 있던『망자 소생의 보주』가 허공에 떠오르더니, 공기에 녹아들듯 반짝이는 자잘한 입자들로 환원되어가는 것이 아닌가.

그 입자가 스테이터스 보드로 빨려들었고, 이내 잠잠해졌다.

그저 화면에 이런 문장만이 남아 있었다.

『소우마 나나미를 부활시켰습니다.』

◇◆◆◆◇

【나나미 시점】

줄곧…… 줄곧…… 꿈을 꾸고 있었다.

아무것도 없는 오렌지색 바다에서 하염없이 떠있기만 하는 꿈이었다.

나뿐만이 아니었다. 여러 사람들이 두둥실 떠있지만, 몸을 움직여봤자 의미가 없다는 걸 알기에 모두들 하릴없이 바다 위에 표류하기만 하는 꿈.

줄곧 떠있기만 했다. 계속 이러고 있어본들 아무 소용이 없으니 포기하고서 차라리 꼬르륵 가라앉을까, 하고 생각했을 무렵.

멀리서 목소리가 들렸다.

어서 오라고.

그리운 목소리. 좋아하는 사람의 목소리.

그 목소리에 이끌리듯 나는 내 것이 아닌 것 같은 몸을 필사적으로 놀리며 헤엄쳤다.

그러자 저 멀리서 빛의 기둥이 다가와 나를 맞이하듯 감쌌다.

—그 순간.

나는 내 방에 있었다.

"어……. 어라……?"

내 방이었다. 그것은 틀림없었다. 그러나 무언가 기억과 달랐다.
먼지투성이라고 해야 하나, 마치 한동안 방치된 것 같았다.
방에는 한 소녀가 서있었다.
나에게는 친여동생 같은 존재.
"카렌……?"
"……응. 맞아, 나나밍. 날 알아보겠어?"
"그게 뭐야, 무슨 의미야……? 이상해……."
나는 그렇게 대답하면서도 기억이 조금씩 선명해지는 것을 느꼈다.
왜 집에 있더라?
나는 이세계 전이자로서 뽑혔을 텐데.
적어도 당일까지는 전이 준비를 하면서 시간을 보냈을 터―.
"앗…… 어라……? 나…… 왜 집에 있는 거지……?"
이름도 모르는 동급생에게 살해됐을…… 터였다.
왠지 기억이 모호하지만 「아아, 난 죽었구나」 하고 생각했던 기억이 남아 있었다.
그러나…… 꿈이었을지도 모르겠다. 현재 나는 살아 있으니까.
눈앞에 히카루의 쌍둥이 여동생 카렌이 있으니―.
"기억이 떠올랐어?"
"으……응. 좀 모호하지만― 그보다 너 세리카지? 왜 카렌 흉내를 내고 있어?"
내가 말하자 세리카가 미소를 훗, 짓고는 풀었던 머리카락을 포니테일로 다시 묶었다.
"다행이야. 언니, 진짜 본인이 맞는 것 같네. 부활은 그리스도 이후로 처음이니 내용물이 진짜인지 아닌지 걱정했는데."

세리카가 농담 투로 그렇게 말했다.

"부활? 게다가 내용물이라니……?"

"그 신의 꿍꿍이를 누가 알겠어. 아주 흡사한 딴 사람을 가져다놨을 가능성도 있을지도 모르니……. 내친 김에 퀴즈라도 몇 개 풀어볼래? 옛날에 언니가 데려온 개 이름은?"

"아이잖아? 장난치는 거니?"

"정답. 게다가 쉽게 발끈하는 것도 똑같네……."

세리카가 나직이 중얼거렸다.

누군가가 느닷없이 과거의 상처를 건드린다면 발끈하지 않을 사람은 없겠지.

"미안해, 언니. 꼭 여러모로 확인해야만 했어. 나랑 카렌을 구분할 수도 있고, 과거 기억도 있어. 겉모습도 틀림없는 것 같으니……."

대체 무슨 소리야?

세리카와 카렌은 붕어빵처럼 닮은 쌍둥이라서 진심으로 속이려고 꾸민다면 누가 누구인지 구별할 수가 없다.

나는 오랫동안 알고 지내온지라 금세 알아차렸지만…….

그나저나 겉모습이라니—.

나는 별생각 없이 내 손을 봤다.

늘 보던 손이었다. 팔과 다리도—.

"꺄악! 어째서 알몸이야?!"

침대 덮개를 끌어당겨 몸을 가렸다.

세리카가 무척 진지해서 미처 눈치채지 못했다.

나는 지금 알몸이었다. 어렸을 적에 함께 욕조에 들어간 적도 있긴 하지만…….

"부활한 사람은 태어났을 때의 모습이라는 거 아니겠어? 옷은 거기에 준비해놨으니 입어."

"……있지, 세리카. 그보다도 저분들은? 그보다 줄곧 찍고 있었어?"

"그야 인류 최초의 부활자이니까. 두 가지 의미로 보물 같은 영상이 되겠네."

"……지워줄 거지?"

"설마! 당연히 전 인류한테 공개해야지. ……언니. 피해자인 언니한테 이런 말을 해본들 억울할 테지만, 언니가 되살아나기까지 아주 많은 일들이 있었거든. 이 영상을 공개하는 것도 포함해서 앞으로 언니는 여러 일들을 해줘야해."

"저?! 전 인류?! 왜 이야기가 그렇게—."

"그만큼 수많은 사람들이 언니의 부활을 궁금해 한다는 말이야. 언니한테 거부권은 없으니 그리 알고."

세리카가 씩씩한 표정을 거두지 않고 단호히 말했다.

저 모드에 들어간 그녀를 설득하는 것은 나로서는 무리였다. 무슨 말을 하든 결국 설복당하겠지.

그나저나 전 인류라니……. 아직 머리가 완전히 깨어나지 않아서인지 솔직히 그 규모를 쫓아갈 수가 없었다.

"그래서 저 분은—."

세리카의 뒤에 어두운 색 정장을 차려입은 외국 여성과 남성이 한 명씩 진지한 표정으로 서있었다. 한 사람은 카메라를 돌리고 있었다.

본 적이 없는 사람들이었다.

세리카는 중학생이라고는 믿기지 않을 만큼 교우관계가 넓으니 성인 지인이 있더라도 놀랍지는 않지만, 누구지?

"이 사람들은 내 보디가드야. 여러 일들이 좀 있어서."

"으, 응……."

보디가드? 역시 세리카는 상식을 초월하는 아이다. 전 세계를 뒤져도 저런 애는 거의 없겠지.

일단 급하다고 하니 먼저 옷부터 입기로 했다.

세리카가 속옷까지 준비해줬다. 꽤 용의주도했다.

어째선지 고등학교 교복을 갖다놨는데 이것도 이유가 다 있을 것이다. 따져본들 소용이 없으니 나는 순순히 교복을 입었다.

옷을 다 입자마자 세리카가 입을 열었다.

"언니, 일단 묻겠는데 전이 당일…… 응, 죽기 전까지 겪었던 일들을 기억해?"

"으음―."

그날.

아침 일찍 잘 모르는 남자 동급생이 찾아와 나는 굳어버렸다.

마지막 시간은 히카루랑 함께 보낼 작정이었으니까.

세리카와 카렌은 전날에 작별을 마쳤다. 두 사람은 최대한 백업할 테니 죽지 말라며 나를 격려해줬다.

그가 찾아온 때는 이른 아침. 해가 아직 떠오르기 전이었다. 전이는 9시에 실시된다고 들었기에 새벽부터 이런저런 준비를 하고 있었다.

이름도 모르는 남자애였다. 그러나 얼굴은 왠지 낯이 익었다.
옆 반 아이였던 것으로 기억한다.
부모님이 맞이해줬는데 나에게 무슨 할 말이 있다고 했다.
나는 내 방에 모르는 남자를 들이는 게 싫어서 밖에서 이야기를 하자며 잠시 기다리라고 부탁했다. 그리고 일단 방으로 돌아갔다.
애당초 아직 잠옷 차림이었으니까.
옷을 갈아입고 몸단장을 하는 동안에 아래에서 무언가 수상쩍은 소리가 들려왔다. 그러나 빗소리에 묻혀서 무슨 소리인지는 몰랐다.
내가 채비를 마치고서 방에서 나가려고 했더니 어째선지 방 문을 열고서 그 남자애가 들어왔다. 그리고 피가 묻은 커다란 나이프로 나를—.
"윽……."
그 기억이 떠오르자 무심코 찔렸던 부위를 눌렀다.
그렇구나. 나, 살해됐어…….
지금 상황을 잘 모르겠다. 세리카가 부활했다고 말했는데…….
"나나미 언니는 한 번 죽었는데, 오빠가 되살려줬어."
"히카루가……? 왜? 히카루는 신의 사도 같은 존재였어?"
정체를 숨기고서 지상에서 내려온 천사였다든가……? 세리카와 카렌은 모두 매우 비범하니까 그럴 듯했다. 남매 천사라…… 그랬구나…….
"멋대로 납득하고 있는 중에 방해해서 미안한데, 신의 사도일 리가 없잖아. 그 얘기도 하려면 길어질 테니 이동하면서 들려줄 테지만."
"그래? 그렇겠지……. 어라? 그러고 보니 히카루는?"

이런 때 가장 먼저 달려와 줬어야 할 소꿉친구의 모습이 보이지 않았다.

그가 나를 되살려줬다고 했는데 의미를 잘 모르겠다.

"오빠는 말이야. 지금 이세계에 있어. 나나미 언니를 대신하여 떠난 건지는 잘 몰라. 신이 장난을 쳤던 건지, 아니면 도와주려고 했던 건지."

"히카루가 이세계에……? 날 대신해서……? 어째서—."

"나도 몰라. 하지만 사실이야. 그리고…… 말하기 껄끄럽긴 하지만, 아저씨랑 아줌마도 그때 살해됐는데……. 하지만 되살릴 수 있는 건 언니뿐이었어."

"어?"

아빠랑 엄마가…… 죽었다?

죽었다고 한 거야……?

그렇구나…….

죽었구나, 그 사람들.

나는 일어서서 방을 나왔다.

부모님의 방을 보고서 아래로 내려갔다.

거실과 다이닝 키친 모두 조명이 꺼져 있었다. 마치 폐허 같은 공기로 가득했다.

마치, 내 집인데도 내 집이 아닌 듯했다.

부모님도 없었다.

내가 모르는 사이에 이 세상에서 사라져버렸다.

"유해를 모시는 건 친척분께서 해주셨어. 영구공양을 한 것 같으니 다시 꺼내서 묘를 조성하는 건 조금 어려울 것 같지만."

세리카가 뒤를 따르면서 말했다.

중학생답지 않게 어른스러운 말을 하는 아이였다. 옛날부터 그랬지만, 늘 아이 같은 카렌과는 달리 세리카는 누구보다도 일찍 어른이 되려고 했다.

"언니…… 울어도 되는데……?"

세리키가 내 눈치를 살피며 말했지만, 나는 울 수 없었다.

지금껏 나에게 가족은 줄곧 히카루와 세리카와 카렌이었다. 아빠와 엄마는 가면 가족이었으니까.

부모님이 죽은 것은 슬프긴 하지만.

가슴이 옥죄이긴 하지만.

그래도 눈물은 나오지 않았다.

나는 어딘가, 무언가가 결여된 인간이다.

"나나미 언니. 내가 언니를 돌볼 테니 걱정하지 마. 오빠가 돌아올 수 있을지는 아직 모르겠지만…… 인생설계는 아직 백지가 되지 않았으니까."

"인생설계…… 그렇구나. 그러네."

히카루에게는 비밀로 하고서 진행했던, 나와 세리카, 카렌의 인생설계.

그것은 가족을 버리고서 우리만의 낙원에서 즐겁게 살자는 바보 같은 계획.

내 부모님이 사망하고, 히카루가 이세계로 떠나버렸지만, 그것은 취소되지 않은 듯했다.

"그래서 앞으로 어떻게 해?"

내 손바닥에선 그 표식이 사라져 있었다.

사망하여 후보에서 제외된 듯했다. 그렇다면 평범하게 이 세상에서 살아갈 수밖에 없었다.

그러나…… 히카루는 없다고 했다.

솔직히 어떻게 살아야 할지 전혀 상상할 수가 없었다.

"이제 이곳에는 돌아오지 않을 테니 필요한 게 있다면 전부 챙겨. 미국에 가자."

"미국?! 어? 어어어어?"

"실은 정식으로 절차를 밟을 작정이었는데, 과정이 너무 번잡해서 포기했거든. 린다 씨가 들고 온 콘트라베이스 케이스에 넣어서 탈출할 예정이야. 아, 저쪽 국적은 확약을 받았으니 괜찮아. 어차피 이쪽에서는 사망자로 취급하여 호적도 말소됐으니까."

"자자잠깐만, 무슨 소리야? 콘트라베이스?"

세리카가 별 거 아니라는 투로 터무니없는 발언을 했다.

발각된다면 붙잡힐 거 아냐…….

"프라이빗 제트기를 빌렸으니 괜찮아. 게다가 검사가 느슨한 공용공항을 이용할 테니 괜찮겠지."

"지, 진심으로 하는 소리야……?"

"막힌다면 최악의 경우에는 강행 돌파해야지. 그것도 안 된다면 재일 미군한테 도움을 요청하는 수도 있고. 뭐, 어떻게든 될 거야."

"뭐야…… 어느새 그런 월드와이드한 사람이……."

"오빠가 저쪽으로 가버렸으니까. 이제 오빠한테 보호를 받는 귀여운 여동생 노릇은 그만뒀어."

말 그대로 내가 죽은 동안에 정말로 여러 일들이 있었나 보다.

어쨌든 나에게는 선택지가 없고, 세리카와 카렌과 함께 살 수 있다면 문제는 하나도 없었다.

서둘러서 짐을 꾸리기 시작했다. 그러나 저쪽 나라에서 학교에 다닐 예정도 없고, 나 하나 미국으로 건너가는 데 가져가야 할 필요가 있는 물건이 있을까?

앨범 정도밖에—.

"어, 어라? 앨범은? 이세계에 가지고 가려고 선택했는데."

"아, 아아…… 그거. 오빠가 갖고 있을 거야."

"어? 왜?"

"그것도 얘기가 길어."

정말로 내가 죽은 동안에 여러 일들이 있었던 듯했다.

어째서 히카루가 내 앨범을?

"아아…… 그리고—."

짐을 꾸리고서 집을 떠나기 직전에 세리카가 뒤를 돌아보며 말했다.

그리고 커다란 가방을 두 손으로 들고서 서있는 나를 끌어안았다.

"세리카?! 무슨 일이야?"

"……우리가 세심하게 주의하지 않았던 것도 언니가 찔렸던 원인 중 하나야. 나와 카렌은 언니가 이세계에 떠난다는 사실에 마음이 싱숭생숭해져서…… 우리의 일만 우선하고 말았어. 범인이 무계획적인 바보였으니 실은 미연에 막을 수 있었어. 언니뿐만 아니라 아저씨랑 아줌마도."

세리카가 내 어깨에 가녀린 턱을 괴고서 토로하듯 말했다.

"말도 안 돼…… 잘못한 사람은 범인이잖아. 그걸 막을 수 있을 리도 없거니와…… 나는 이렇게 다시 살아났어."

"그래도…… 사과하고 싶어. 내가 사죄한들 언니한테는 위안도 되지 않겠지만."

그녀는 틀림없이 머리가 좋지만, 머리가 너무 좋아서인지 모든 것을 예상하고서 움직이려고 한다. 그러나 모든 것이 예상대로 흘러갈 리가 없다. 언제나 예상치 못한 일이 벌어질 수 있다. 그럴 때마다 매번 책임을 느낄 필요는 없다.

"세리카, 책임을 따진다면 나야말로 사과해야 해. 애당초 내가 살해되지 않았다면 히카루도 이세계에 가지 않았을 거 아냐?"

"그건 그러네. 기껏 호신용 스턴건도 건네줬건만."

"그런 걸 갑자기 쓸 수 있을 리가 없잖아?!"

"이상한 녀석이 접근할지도 모른다고 했잖아?"

세리카는 어려운 요구를 선선히 하는 타입이었다.

스턴건을 준 것은 고맙지만, 그것을 실제로 사람에게 쓸 수 있느냐 없느냐는 전혀 다른 문제겠지.

……세리카도 그 사실은 알고 있을 터.

그러니 이것은 평소에 하던 농담이었다.

"애당초 나 같은 약한 애가 그런 무기를 바로 쓸 수 있을 거라고 판단한 것 자체가 잘못 아냐? 세리카 같은 호걸이라면 모를까."

"누, 가, 호걸이래~? 나나미 언니처럼 금방 발끈하는 전투민족한테 그런 말을 듣고 싶지 않은데?!"

"히카루 앞에서는 발끈하지 않거든?"

"그게 언니의 무서운 점이지……."

서로 끌어안은 채로 바보 같은 말장난을 일삼는 우리는 마치 우애가 돈독한 친자매처럼 보일지도 모르겠다.

아니, 나에게 세리카는 사실상 여동생이다.

비록 피는 이어져 있지 않지만, 줄곧 함께 자라왔으니까.

"언니……. 정말로 무사히 돌아와 줘서 다행이야."

세리카가 내 몸을 조금 세게 끌어안고서 중얼거렸다.

"그 신이 순순히 『부활』을 시켜줄 것 같지 않아서 정말로 이렇게 건강하게 돌아와 줄지 무척 불안했어. 어쩌면 좀비 상태로 돌아올지도 모른다고 생각했거든. 하지만 잘 됐어. ……이렇게 여전히 따뜻한, 언니로 되돌아와서."

"응……. 나도 돌아와서 다행이야. 다들 열심히 애를 썼지? 고마워. 세리카도, 카렌도, 히카루도."

세리카의 몸이 작게 떨렸다.

그녀는 나이에 걸맞지 않을 만큼 굳세고 강하다. 진짜로 「호걸」이다.

나는 이런 그녀가 눈물을 보일 만큼 걱정을 끼치고 말았다. 하다못해 앞으로는 걱정을 끼치지 않고 살아갈 수 있을까?

"언니가 진짜인지 확인하고 싶어서 말하는 게 늦어졌는데……."

세리카가 몸을 떼고서 내 눈을 지그시 쳐다보며 말했다.

"어서 와, 나나미 언니."

그것은 지금껏 들어왔던 그 어떤 「어서 와」보다도 가슴 절절하게 들렸다.

"다녀왔어. 세리카."

◇◆◆◆◇

【히카루 시점】

"나나미가 무사히 부활했다고 한다. 잘됐군."

나나미를 되살린 뒤 스테이터스 보드를 확인하면서 잔느가 말했다.

아마도 누군가가 실제로 확인하고서 알려줬겠지.

일부로 메시지로 잔느에게 알려준 이유는 내가 메시지를 열어보지 않기 때문일까? 혹은 그녀의 두터운 팬층이 이뤄낸 위업일지도 모르겠다.

……솔직히 말해서 나나미가 되살아났다는 실감이 나지 않았다.

아니…… 애당초 그녀가 죽었다는 실감도 없었는지도 모르겠다.

그러나 신이 되살렸다고 했으니 되살아났겠지. 그것을 의심해본들 소용이 없었다.

다만 어제와는 비교조차 할 수 없을 만큼 마음이 가벼워진 것은 사실이었다.

마음이 조금만 더 가라앉는다면 메시지도 조금씩 열어볼 수 있을 것도 같았다. 나나미가 진실을 알려줄지 어떨지는 모르겠지만, 언제까지고 이대로 살 수는 없다는 걸 나도 아니까.

여하튼 이로써 일단락이 됐다.

나나미의 부모님…… 아저씨와 아줌마는 안타깝지만, 어쩌면 다른 찬스가 있을지도 모른다. ……아니, 이런 기적은 딱 한 번뿐일까?

“자, 쿠로세 히카루. 이로써 이 퀘스트는 끝났으니 다음에는 내 요청을 들어줄 차례다.”

잔느가 스테이터스 보드를 닫고는 생긋 웃으며 말했다.

“내 차례라니?”

“요전에 승부를 겨뤄서 내가 이겼지? 그러니 내가 시키는 대로 해줘야겠다. 승자의 권리다.”

“그렇구나.”

뭐, 승패와 관련 없이 잔느의 부탁이라면 뭐든지 들어주고 싶었다.

망자 소생의 보주를 양도해줬다. 돈으로 바꿀 수 없는 보물이다.

아무리 감사를 표해도 모자랄 만큼 커다란 은혜였다.

“여행하던 도중에 들었다만, 이 도시에는 던전이 있다지?”

“있어. 세계적으로 봐도 꽤 큰 편에 속한대.”

“크다고? 그럼 더더욱 잘 됐군. 난 그 미궁을 최심부까지 답파해볼 작정이다. 쿠로세 히카루, 너도 함께 해라.”

“답파라니……. 가장 아래까지 가겠다고? 아직 제6층밖에 도달하지 못했는데?”

붉은 머리 가넷트 씨가 이끄는 파티 『진홍의 소병(크림슨 바이알)』도 제6층 「새벽의 황금평원」을 공략하는 중이었다고 했다.

그리고 당연하지만, 그 아래로 얼마나 내려가야 바닥이 나오는지는 아무도 모르는 상황이었다.

물론 6층이나 7층이 끝일 가능성도 있기야 하겠지만…….

“더더욱 잘 됐잖아? 우리가 맨 먼저 답파할 수 있다는 뜻 아냐?”

"그럴지도 모르겠지만…… 위험한데……?"

그녀가 미궁의 위험성을 얼마나 아는지 모르겠다.

최하층에 도달하는 것은 그리 간단한 목표가 아니었다.

나는 진홍의 소병(크림슨 바이알)이 싸우는 모습을 가까이서 봤으니 잘 안다. 말 그대로 사람을 포기해야만 도달할 수 있는— 아니, 사람을 포기해야만 비로소 출발지점에 설 수 있는 레벨이었다.

더욱이 그만큼 강한 동료도 갖추지 못한다면 무리다.

나와 잔느, 단둘이서 갔다가는 아마 3층에서 사고가 벌어지겠지.

"뭐야, 무서운가? 그럼 거절해도 상관없다. 어차피 혼자서라도 갈 작정이니까."

"혼자서……? 알겠어. 함께 할게. 나도 미궁탐색은 계속 할 작정이었으니까. 다만 얼마 전에 마왕이 출현하여 토벌한지라 미궁은 당분간 출입금지 상태야. 앞으로 엿새 정도."

리프레이아에게 더는 파티를 맺을 수 없다고 거절했던 일이 떠올랐다. 그러나 잔느는 전이자다. 리프레이아와는 조건이 전혀 달랐다.

더욱이 잔느와는 그런 관계가 아니기도 하고.

"미궁을 답파하는 데 얼마나 걸릴 것 같아?"

"글쎄. 현실적으로 말하자면 5년을 쏟아 부었는데도 어렵다면 체념해야 하지 않을까? 강력한 멤버를 모을 필요도 있으니 일정한 기간을 정해두지 않고 계속 도전한다면 인생이 매몰될 수도 있어."

이 5년이라는 햇수도 근거가 없는 숫자였다.

우리는 전이자이니 아마 5년쯤 뒤에는 꽤 강해질 수 있겠지.

포인트를 모아서 치트급 아이템도 획득할 수 있으니 다른 탐색자보다 이점이 있다고 단언할 수 있었다.

그런 조건에서 5년을 소비했는데도 안 된다면 포기하는 편이 낫다. 그런 이야기였다.

실제로 전성기까지 고려하면 10년은 싸울 수 있겠지만 정신이 틀림없이 마모될 테고, 무엇보다 그런 생활을 계속하는 것은 비현실적이었다. 탐색자 생활을 5년이나 계속한다면 돈도 상당히 모았을 테니 은퇴를 고려해야만 하겠지.

하물며 이 세상은 넓다.

한 도시의 한 미궁에만 인생을 모조리 쏟아 부으며 살아가는 것은 어리석은 듯했다.

"5년이라……. 좋아."

잔느가 턱에 손을 대고서 잠시 생각에 잠겼다. 그러다가 결의가 숨겨진 눈동자로 나를 쳐다봤다.

"쿠로는 줄곧 여관에서 생활할 거지?"

"쿠, 쿠로?! 아, 어어. 그럴 거야."

갑자기 호칭이 바뀌어서 놀랐다. 쿠로라니…… 무슨 강아지 이름 같네.

"그럼 집을 하나 빌리자. 룸 셰어하면 싸게 먹히겠지."

"지, 집?!"

"5년이나 걸린다면서? 그 동안에 줄곧 여관에서 생활하는 건 무리라고. 난 나만의 방을 내 취향대로 가꾸고 싶은 타입이야."

"그, 그건 알겠는데……. 룸 셰어라니…… 같이 살자는 뜻이야?"

"그래. 피차 전이자이니 잘 됐지. 어차피 남들이 전부 다 보고 있고 말이야. 게다가…… 난 집안일은 젬병이야. 쿠로가 해주리라 기대한다."

"진심이냐……."

이런 전개가 벌어질 줄은 몰랐지만, 잔느의 말에도 일리가 있긴 했다.

그녀는 정말로 단순히 룸메이트로서 제언했겠지. 일본인의 입장에서는 남녀가 어떻게 함께 살아! 하고 반응할 수밖에 없겠지만, 프랑스에서는 일반적인지도 모른다.

내 가치관에 반해서 역시나 거부감이 들긴 했지만, 그녀가 희망한다면 고려해볼 수도 있었다. 무엇보다 나는 이 은혜를 최대한 갚고 싶었다.

"집안일 실력, 별로인가?"

"아니…… 잘 해. 거의 다 할 줄 알아. 요리도."

"최고로군. 당장 가자. 이럴 때는 부동산 중개소로 가야 하나?"

"길드에 물어보면 알려줄 거야. 어차피 모험가 등록도 해야 하잖아."

"그럼 안내를 부탁해."

이야기가 이렇게 됐다.

아니, 분명 여관을 떠날 생각을 하긴 했지만, 이렇게 흘러갈 줄은 상상조차 못했다.

나는 잘 휩쓸리는 사람인가…….

◇◆◆◆◇

길드에 가기 전에 밥을 먹기로 했다.

잔느는 의외로 육식파였고, 나보다도 더 많이 먹는 듯했다. 나나미보다 체격이 가녀린데 어디에 그 많은 게 들어가는지 모를 지경이었다. 아마도 잔느는 위계가 높겠지. 괴물화가 그만큼 진행됐다는 뜻이었다.

그 후에 길드로 향했다.

길드 안은 한산했지만, 통상 업무는 하고 있었다. 잔느를 모험가로 등록하는 절차도 문제없이 밟았다.

그녀의 전투 스타일은 어제 봤던 대로 방어 위주의 전위형이리라.

리프레이아가 순수한 어태커였으니 잔느와 함께 파티를 짠다면 내가 공격에 가담할 기회가 늘지도 모르겠다. 무기는 현재 쓰는 단도로도 문제가 없겠지만, 아래층을 목표로 삼을 작정이라면 조금 더 큰 무기가 필요해지겠지. 무엇보다 내 스스로를 강화하는 것도 빼먹어서는 안 되겠지. 마왕을 상대할 때 그토록 결정적인 장면을 만들어내지 못했다면 처치하지 못했을 테니까.

어제 봤던 그 여성 직원이 잔느에게 모험가의 마음가짐을 설명할 때 나는 옆에서 듣고 있었다.

그 전까지는 정령석을 길드에 납품하는 일을 리프레이아가 도맡았지만, 이제부터는 내가 해야만 하겠지.

잔느에게서는…… 왠지 카렌과 비슷한 냄새가 느껴지니까.

기회만 생기면 한껏 응석을 부리면서 아무것도 하지 않는 막내 같은 기운이…….

“그럼 파티명은『러브러브 트윈버드 Ⅱ』로 하면 되겠죠?”

서류에 필요사항을 기입하고 있자, 여성 직원이 불쑥 그런 말을 했다.

“아니, 아니, 아니, 아니?! 뭐가 되는데요?”

나를 완전히 갖고 놀고 있어!

“……흐음. 어제 러브러브 트윈버드를 막 해산했으면서 오늘은 또 다른 여성과 파티를 맺었으니 새로운 새를 찾아왔나 싶어서.”

“잠깐, 그렇게 말하지 말아요. 이 여자는 그런 관계가 아니라—.”

“음, 그 러브러브 트윈버드는 대체 뭐냐?”

“히카루 씨가 어제까지 다른 여성과 맺었던 파티예요. 가엾은 리프레이아 씨…….”

“오호. 예의 그『연인』인가?”

“연인이 아니거든.”

“꼭 일러바치고 말겠어.”

나 참, 아주 멋대로들 말한다. 나도 러브러브 트윈버드라는 바보 같은 이름으로 등록했다는 사실을 몰랐는데.

더욱이 고자질을 하려고 해도 리프레이아는 성당기사가 되기 위해 고향으로 돌아갔으니 이제 이 길드에는 오지 않을 것이다.

뭐…… 분명 다른 여성과 파티를 맺었다는 사실을 안다면 틀림없이 오해를 할 테지만…….

“쿠로, 파티명 어쩔 거야?『탐색 진지파@가이아』면 되겠지?”

“탐색 진지파@가이아?! 그 작명 센스 좀 어떻게 할 수 없겠어?!”

"어떻게 하라고?"

"그럼…… The 지구 파이터즈는 어때……?"

"기각. 구려."

탐색 진지파나 이거나 매한가지 아냐?

아니, 나는 작명 센스가 제로이니 탐색 진지파는 의외로 좋은 이름일지도?

……모르겠다.

"역시 모처럼 짓는 이름이니 강해 보이는 게 좋겠지. 중철기(重鐵騎)라거나."

"잔느는 확실히 그런 느낌이 드네. 중장비를 착용했으니."

"레이븐즈 아크도 괜찮네. 아니면…… 미라지 윅스라든가."

"잘 모르겠지만, 멋있어서 괜찮은 것 같은데?"

그녀의 입에서 단어들이 툭툭 나왔다. 어떤 출처가 있는 단어인가?

어쨌든 너무 별난 이름만 아니라면 아무렇든 상관없었다. 그 어떤 명칭이든 러브러브 트윈버드보다는 나았다.

"……아까 그건 농담이다. 나랑 쿠로의 파티이니 잔쿠로 같은 방향성으로—."

"조금 겸연쩍은 기분도 들긴 하지만, 나쁘진 않아."

"아니…… 조금 더 비틀고 싶군. 잔쿠로…… 정크……. 정크는 영어로 잡동사니라는 의미였던가?"

잔느의 자동번역기능이 어떻게 작동되는지 잘 모르겠지만, 『정크』 부분은 그대로 들렸겠지. 나도 그랬다.

"정크는 잡동사니나 고장품이라는 의미네."

"오호. 내게 딱 맞는 이름이군."

"딱 맞는다고?! 잡동사니가?"

잔느가 무슨 의도로 그런 말을 했는지 모르겠지만, 나에게도 친숙한 단어였다. 고장품, 잡동사니, 불량품…… 엄마가 늘 그런 식으로 말하니…….

역시나 그걸 파티명으로 삼기에는 너무 자학적인 것 같기도 했지만, 잔느가 원한다면 딱히 문제는 없었다.

"그럼 파티명은 정크로 한다?"

"조금만 더 덧붙이자. 어디 좋은 단어 없나? 난 영어를 잘 몰라."

프랑스어로 지으면 되잖아? 하고 생각했지만, 고집하는 기준이 있겠지.

"잡동사니는 정확하게는『피스 오브 정크』라고 하지 않나? 그리고 정크 뒤에 단어를 붙이면『망가진 ○○』이라는 의미가 돼. 귀찮은 메일도 정크 메일이라고 부르고."

"후후, 정크 메일 때문에 나도 골치깨나 썩었다."

정크 메일이라.

내가 받은 것들도 정크 메일일까?

불특정 다수가 보낸 메시지와 정크 메일은 뉘앙스가 조금 다른 것 같지만, 귀찮은 메일이라고 단언할 수 있는 잔느는 강하구나.

"아니면 복수형으로 정크스라고 하거나. 아니면 정키……는 위험한가."

"음, 느낌이 딱 왔다. 배틀 정키라고 하자."

"배틀 정키?"

그렇구나. 그녀는『싸우고 싸우고 싸워서 강해지고 싶다』고 했지. 버서커 같은 느낌으로, 배틀 정키가 딱 맞을지도 모르겠다.

“그럼 그렇게 등록하자.”

어느 정도 유명해지면 진홍의 소병(크림슨 바이알)처럼 이름이 알려질 수도 있으니 너무 대충 지으면 창피를 당하게 되겠지. 그러나 우리는 두 명 모두 브론즈로 구성된 신생 파티다. 실력을 따져보면 3층에서 활동할 만한 수준인 것 같지만, 그건 그렇다고 치고.

어쨌든 파티명은 언제든지 바꿀 수 있다. 지금은 임시라고 생각해두자.

파티 등록을 마친 뒤 다음 용건으로 넘어갔다.

“길드에서 사는 곳을 알선해주죠? 조금 넓은 집을 찾고 있는데.”

“예. 탐색자용 주거지를 소개해달라는 말이죠…… 아니, 으으으으으음? 동거할 건가요?!”

“일일이 따지지 좀 마세요…….”

이 여성 직원은 가십거리를 좋아한다고 해야 할지, 별로 진지하지 않다고 해야 할지 모르겠다.

아니, 실제로 룸 셰어는 지구의 가치관에 기반한 문화였다. 그러니 이 세계에서는 남자와 여자가 함께 산다면 어엿한 동거라고 볼 수도 있겠지. 으음…….

“각자 쓸 방이 두 개 이상 있는 커다란 집이 있으면. 아, 집세가 조금 비싸도 문제없습니다. 그 포상금도 있으니까.”

“그렇군요. 잠시만 기다려주세요.”

미궁탐색으로 돈을 꽤 벌 수 있으니 집세는 문제가 없었다.

경우에 따라서는 집을 아예 구입해버리는 수도 있을지 모르겠지만, 떠돌이나 마찬가지인 우리가 건물을 사는 것도 무언가 이상한 듯했다. ……어쨌든 그만한 돈도 없지만.

"이봐, 쿠로. 그렇게 넓은 방을 빌릴 필요는 없다. 집세가 비쌀 거야."

"아니, 역시나 각자 방 하나씩은 필요하고, 탐색자로서 진지하게 활동하려면 짐도 많아질 테니 넓을수록 좋아. 게다가 자금에 여유가 있거든. 맡겨둬."

"그래? 그럼 맡기겠다."

나는 섀도 스토리지가 있어서 짐을 보관할 곳이 없어서 고민했던 적은 없었다.

그러나 잔느의 장비는 아무리 봐도 자리를 많이 차지할 테고 손질도 필요하겠지.

당장에는 돈을 걱정할 필요가 없고, 앞으로도 돈을 벌 수 있으니까.

"오래 기다리셨습니다. 커플용 집을 물색해왔어요!"

"커플이 아니라고요."

여성 직원이 쫙 펼친 종이에는 문자 정보밖에 없어서 어떤 곳인지 잘 모르겠다.

뭐, 내가 원하는 조건은 확실했다.

물의 대정령의 세력범위에 있으면서 미궁에서 가깝고 신전에서 떨어져 있고, 되도록 대중욕장이 근처에 있으면 좋겠다.

그렇다면 장소가 꽤 한정된다.

굳이 말하자면 지금 묵고 있는 이 여관 근처겠지.

내가 그 조건을 말하자 여성 직원이 난색을 표했다.

"고급 지역이잖아요? 있기는 있지만, 엄청 비쌀 텐데요? 한 달에 은화 20닢 정도?"

"진짜로 비싸네요. 여관은 꽤 저렴한데."

은화 20닢이라면 현재 묵고 있는 여관에서 2개월 이상 묵을 수 있다.

여관보다는 집을 빌리는 게 더 비싸다는 뜻이었다.

"탐색자용 여관은 도시에서 보조금이 나와요. 여긴 탐색자의 거리이니까요."

그렇구나. 확실히 은화 20닢은 비싸지만, 납득이 됐다.

집에 관해서 하나씩 설명을 들었다.

아파트도 있지만, 종합적으로 고려했을 때 뜰이 딸린 단독주택이 좋겠다.

그런데 단독주택은 제법 있네.

"여긴 어떤가요? 길드에서도 가깝고, 좁긴 하지만 뜰도 있습니다. 지어진 지 그리 오래되지 않았고, 정령구도 기본적인 건 갖춰져 있어요. 상급 탐색자용 건물이에요."

"괜찮아 보이네요. 집세는?"

"한 달에 은화 28닢이에요."

오우거의 유색 정령석을 스물여덟 개 팔아야하는 가격이었다. 불가능한 가격은 아니었다.

그렇게 생각하니 미궁탐색은 정말로 돈을 벌 수 있는 직업인 듯했다.

뭐, 죽음의 위기가 늘 도사리니 당연한지도 모르겠지만.

"그럼 한번 둘러보고 문제가 없다면 거길 택할게요."

"그럼 안내할게요."

직원과 함께 길드 인근에 있는 부동산 중개소에 들러 열쇠를 받아서 집을 구경하러 갔다.

길드는 미궁 바로 근처에 있지만, 직원이 제시해준 그 집은 도보 3분쯤 떨어져 있었다. 확실히 가까웠다.

2층짜리 석조 건물로, 지어진 지 오래되지 않았다는 그 설명대로 깨끗했다.

집 안도 청소가 되어 있는 걸 보니 역시 고급 매물이었다. 이 세계를 잘 아는 것은 아니지만, 적어도 내가 묵었던 여관은 숙박비가 나름 비싼데 비해서 전체적으로 꾀죄죄했다. 나도 객실을 깨끗하게 치우고 싶을 만큼 마음에 여유는 없었기에 그대로 살았지만, 이렇게 비교해보니 역시나 깨끗한 편이 낫구나 싶었다.

이 건물은 방이 많았다. 2층에는 방이 네 개. 1층에도 방이 두 개가 있었다.

거실과는 별개로 방이 여섯 개나 있는 걸 보니 탐색자 파티가 거주하는 것을 상정하고서 지었겠지.

뜰도 딸려 있는데 은화 28닢이라니 저렴한 편일지도 모르겠다.

……아니, 일본 돈으로 환산하면 40~50만 엔이니 결코 싸다고는 할 수 없나?

"쿠로. 이건 아무리 그래도 너무 넓어. 메이드라도 고용하지 않으면 청소도 제대로 할 수가 없겠다."

"고용하면 되잖아?"

“호오, 일본인은 모두 메이드를 좋아한다는 말이 사실이었나? 다 알아. 프렌치 메이드는 사도(邪道)라지?”

“……노 코멘트.”

나에게도 비밀로 하고 싶은 것쯤은 있다…….

세리카와 카렌을 따라서 메이드 카페에 갔을 때, 나는 오빠의 위엄을 지키기 위해 근엄한 표정을 무너뜨리지 않았다. 그러나 실은 내심 두근거렸다는 말은 굳이 할 필요가 없겠지.

참고로 프렌치 메이드는 저도 사도라고 생각합니다.

뭐, 어쨌든 메이드나 도우미는 필요할지도 모르겠다.

금전적으로 가능하다면 생각해봐도 좋겠지만, 잔느의 말대로 너무 넓은 건 확실했다.

“이 근처에 달리 적당한 건물이 또 없을까요?”

“여길 빼고는 모두 꽤 떨어져 있네요. 클랜 하우스용으로 쓰이는 대형 건물이나, 그렇지 않으면 비좁은 아파트, 그리고 정말로 변두리에 있는 건물뿐이에요.”

“집을 빌리는 데 집세 말고 돈이 더 듭니까?”

“아뇨, 몇 개월치 집세만 미리 지불하면 돼요. 길드 등록 멤버라면 저희가 보증인이 되어드리니까요. 사실은 청동급(브론즈) 탐색자의 보증인은 돼주지 않는데 말이죠. 히카루 씨는 실적이 있으니까 특별해요.”

일본의 관청이었다면 내가 브론즈라는 시점에서 거절했겠지. 생각보다 융통성이 있는 듯했다. 그보다도 일개 직원인데도 권한이 꽤 세다.

어차피 이 세계에서 돈을 쓸 일은 장비품이나 탐색용 소모품을 구입하거나, 식비나 집세 정도다. 통신비도 들지 않고 세금은 길드에서 원천징수해간다.

그렇다면 집세가 다소 비싸더라도 문제는 없겠지.

"그럼 여기로 결정할게요."

"네~ 감사합니다. 오늘부터 거주하실 거죠?"

"그렇죠."

여관에 월말분까지 집세를 미리 지불해두긴 했지만, 뭐, 괜찮겠지.

이보다 더 나은 건물이 없다면 이리저리 고민해본들 별 소용없다. 돈을 벌면 되는 거다.

마음만 먹으면 나는 2층에서 안정적으로 돈을 벌 수 있다. 전혀 문제가 없다.

"쿠로. 제법 결단이 빠르군."

"고민하면서 낭비할 시간이 아까운걸. 게다가 나도 슬슬 여관살이는 끝내려고 마음먹었던 차였고."

"흐음."

그리하여 이세계에서 보내는 새로운 생활이 시작됐다.

나나미가 되살아나자 스스로도 놀랄 만큼 마음이 가벼워졌다.

시청자의 시선을 아직 잊어버릴 수는 없지만, 나보다도 시청자가 더 많다는 잔느가 바로 옆에서 태연한 표정을 짓고 있으니 나도 그 무심한 태도에 물이 든 건지도 모르겠다.

부동산 중개소에서 계약서를 쓴 뒤, 집세 한 달치를 선지불했다.

아직도 모아둔 돈이 금화 10닢쯤 남았다.

"쿠로. 집세는 반씩 내자. 룸 셰어니까."

"그래, 다음 달부터 부탁해. 이번 달은 내가 지불해둘게. 보주를 양도해준 보답이라고 생각해."

"그건 네 여동생이 의뢰한 물건이니 빚이라고 느낄 필요가 없는데……. 뭐, 좋지. 언젠가 갚도록 하마."

"음? 그럼 그렇게 해."

세리카가 부탁했다고 해도 이대로 입을 싹 닦을 수는 없었다.

나에게는 목숨과 맞바꿔서라도 손에 넣고 싶었던 물건이니까.

그녀가 미궁을 답파하겠다면 나는 마지막까지 백업하겠다.

그것이 지금 내가 그 은혜를 갚을 수 있는 방법이겠지.

전이자별 게시판 나라별 JPN【No. 1000 쿠로세 히카루】 4444th

4: 지구의 아무개
리프레이아가 돌아오고서 무슨 말을 맨 먼저 할지 맞춰볼게.
「이, 이 바람둥이이이이이이이!」

10: 지구의 아무개
틀림없네.

13: 지구의 아무개
잔느, 무지무지 성큼성큼 다가오던데.

21: 지구의 아무개
잔느는 원래부터 프롬 게임 신자니까 일본인한테 악감정은 없겠네.

24: 지구의 아무개
히카루도 마치 딴 사람처럼 변한 것 같아! 나나미가 되살아나서 그렇게나 기뻤구나.

30: 지구의 아무개
실은 파티명도 레이븐즈 아크로 하고 싶었던 게 틀림없어.

36: 지구의 아무개
배틀 정키도 좋다고 봐. 히카루도 꽤 잘 싸우는 편이니 좋은 파티가 될 것 같아.

41: 지구의 아무개
>>24
그야 그렇지.
찾는 걸 포기했던 물건이 느닷없이 수납장에서 스르륵 떨어진 느낌이라고.
잔느는 신! 이라고 여길 만도 하지.

43: 지구의 아무개
히카루는 매니저 역할이 잘 어울려.

49: 지구의 아무개
이제 잔느가 며칠 안에 히카루를 덮칠지 도박이 시작된다아아아!

55: 지구의 아무개
너무 성급하잖아ㅋㅋ

59: 지구의 아무개
잔느「원하는 건 손에 넣는다. 그게 나의 방식이다.」

68: 지구의 아무개
대사 날조하지 마ㅋㅋ

71: 지구의 아무개
잔느이즘이군요. 잘 압니다.

75: 지구의 아무개
잔느「몸이 전투를 원한다.」

82: 지구의 아무개
그 드립이 통하는 건 일본인 오타쿠뿐이야…….

89: 지구의 아무개
그나저나 엄청 넓은 집을 빌렸네. 괜찮나? 나나미가 되살아난 게 기뻐서 머리가 이상해졌나?

96: 지구의 아무개
금화가 10닢이나 있으니 머리가 이상해질 만도 하겠지. 대충 어림잡아도 천만 엔 정도라고.

101: 지구의 아무개
금액은 크지만, 어차피 의도치 않은 횡재이니 잔느를 위해서 쓰자는 심산이겠지.

114: 지구의 아무개
생활용품을 사러 나가는 모습이 완전히 커플이잖아!

129: 지구의 아무개
전 세계의 잔느 팬들이 절규하며 또다시 활활 타오르는 모양새네.

138: 지구의 아무개
잔느 게시판, 진짜로 타오르고 있어. 웃겨.

146: 지구의 아무개
히카루 게시판은 요즘에 꽤 한가했는데, 안티는 아직도 건재해서 이번 건으로 또 여론이 타올랐어.
잔느 게시판도 분위기가 그럭저럭 험악하긴 하지만, 의외로 히카루한테 호의적이야.

157: 지구의 아무개
유럽이나 미국의 감각으로는 잔느와 히카루 모두 어린애이니 흐뭇하게 지켜보는 느낌이겠지.

176: 지구의 아무개
히카루 안티는 대단하네. 용케도 그런 말도 안 되는 핑계로 때려 대고. 그것들은 지치지도 않나?

178: 지구의 아무개
왜 안티는 이쪽 일본인 격리 게시판이 아니라 본 게시판에서 난동을 피우는 걸까.

184: 지구의 아무개
그야 외국인들한테 알리고 싶어서겠지. 네거티브 캠페인을 벌이기 위해 자세한 사정을 잘 모르는 사람들이 많은 곳을 택했을 뿐.

187: 지구의 아무개
미소녀 쌍둥이 자매한테서 사랑을 받는 것만으로도 만 번은 죽이고 싶을 만큼 밉다! 그런 삐뚤어진 생각을 가진 동정들이 대량으로 솟아나고 있거든. 죄 많은 TwiN/SiS야…….

199: 지구의 아무개
누나나 여동생이 없는 녀석은 환상을 품기 마련이니까. 그게 환상에 불과하다는 걸 아무리 알려줘도 놈들은 몰라.

206: 지구의 아무개
진짜로 히카루는 활활 잘 타네…….
어둠의 불꽃에 너무 많이 데였잖아…….

210: 지구의 아무개
본 게시판에서 안티가 쓴 글을 발췌하면 이런 느낌.
『그토록 귀엽고 머리도 똑똑한 쌍둥이 자매한테서 사랑을 받는 데다가 귀여운 소꿉친구까지 있고, 그것도 모자라서 이세계에서도 미인이랑 파티를 맺었어. 그런 놈이 「난 불쌍해」 하고 불행해하는 분위기를 뿜어대는 게 진짜로 역겨워. 절대로 용서 못 하고, 만약에 내가 이세계에 간다면 기필코 죽이고 말겠어.』

213: 지구의 아무개
이번에는 건전한 여론 폭발이라서 TwiN/SiS도 방긋.

216: 지구의 아무개
완전히 질투잖아.

220: 지구의 아무개
잔느와의 동거 이야기 때문에 최근에 잠잠해졌던 안티들이 불을 붙인 것처럼 활활 타오르고 있지. 뭐, 안티들만 활활 타오르고 있을 뿐 히카루한테는 아무것도 전해지지 않는 듯.

225: 지구의 아무개
잔느가 무슨 생각을 하는지 모르겠지만, 아무리 프랑스인이라고 해도 별 마음도 없는 남자랑 느닷없이 룸 셰어를 하겠어?

237: 지구의 아무개
히카루 입장에서도 피차 전이자라서 마음이 편한 점도 있겠지. 리프레이아 때는 남한테 보여주기 싫다는 이유도 있었지만.

246: 지구의 아무개
우는 얼굴로 여자를 함락하는 데 정평이 난 히카루.

255: 지구의 아무개
오빠는 지켜주고 싶은 계열의 남자라고 세리카도 말했잖아.

263: 지구의 아무개
평소에는 오빠다운 면모가 강해서 불현듯 약한 모습을 볼 때면 두근~하는 거야…….
나, 남자지만.

271: 지구의 아무개
때때로 보여주는 그 수줍은 웃음이 귀엽네.
나, 남자지만.

280: 지구의 아무개
나나미는 결국 되살아난 거야?
실은 되살아나지 않았을 가능성도 있어?
현지에 구경을 간 사람은 없나?

295: 지구의 아무개
무사히 부활하여 신병을 확보했다고 세리카가 말했잖아.

300: 지구의 아무개
구경하러 갔는데, 사람들이 너무 많아서 단념했어.
그 부근은 길이 좁은 데다가 사람들이 너무 많이 모여서 경찰까지 동원됐거든. 집 근처에 가보지도 못했어.
세리카는 어떻게 돌파했담?

320: 지구의 아무개
세리카「그 엑스트라들, 내가 일

당 3만 엔에 고용했습니다.」
카렌「너무 용의주도하잖아.」
그렇다네.

334: 지구의 아무개
Twitter에서 조금 화제가 됐던 「영문도 알 수 없는 엑스트라 알바를 해서 3만 엔이나 받았다!」는 글 말이야?
그거 세리카가 꾸민 짓이었나?

350: 지구의 아무개
세리카는 「오히려 늘려서」 문제를 해결하는 걸 좋아하네.
줄이는 것보다 예상치 못한 사태가 더 늘어날 것 같기도 한데.

364: 지구의 아무개
줄이는 건 어렵다고 포기했겠지.

371: 지구의 아무개
아니, 원래 있던 구경꾼들한테만 엔씩 쥐여 주고서 돌려보내는 편이 더 스마트해.

381: 지구의 아무개
그게 스마트냐……?

387: 지구의 아무개
그냥 화려하게 일을 벌이는 걸 좋아할 가능성도 있어.

395: 지구의 아무개
곰곰이 생각해보면 알 텐데, 만 엔을 쥐여 주고서 돌려보내면 더 늘어날 거야. 변장해서 돌아오는 녀석도 나올 거고.
마치 쥐 떼처럼 증식한다.

403: 지구의 아무개
그럼 엑스트라를 고용하기보다 그렇게 늘리는 편이 낫지 않나?

418: 지구의 아무개
조금만 생각해보면 알 텐데, 진짜 구경꾼은 움직임을 제어할 수가 없어. 고용한 엑스트라는 지시대로 움직이니 전혀 달라.

427: 지구의 아무개
어쨌든 잘 탈출했다고 하니 작전은 성공했다고 봐야겠지. 나도 근처에 있었는데 아무도 전혀 눈치채지 못했다. 사람이 너무 많아서 뭐가 어떻게 돌아가는지 모르겠더라.

440: 지구의 아무개
곧 나나미가 실황 채널에 출연하는 건가? 기대되네.

453: 지구의 아무개
나나미가 행복하게 살았으면 좋겠어.
한 번 살해됐으니까.

467: 지구의 아무개
근데 오히려 미국에 열광적이고 위험한 종교단체가 더 많지 않나? 그쪽은 대책을 확실히 세워뒀을까?

478: 지구의 아무개
나라에서 보호해주지 않을까?
어쨌든 이제는 남들처럼 평범한 생활은 보낼 수 없을 거야.

490: 지구의 아무개
아니, 신이 부활을 마구잡이로 푼다면 부활자 개개인의 가치는 떨어져.
아직 이세계로 전이한 지 한 달 하고도 조금밖에 안 지났잖아?
필시 제2탄, 제3탄으로 이어질 거라고.

499: 지구의 아무개
진짜 나나미가 되살아났어?
세리카가 실황중계를 해주는 게 좋지 않을까?

539: 지구의 아무개
그전에 히카루가 범인이 아니라는 성명을 발표해줘야지. 아직도 히카루 범인설을 믿는 녀석들이 있는 것 같으니.

547: 지구의 아무개
오자와 군이 체포됐는데??

555: 지구의 아무개
이 세상에는 음모론을 진지하게 믿는 인간이 제법 높은 비율로 존재해.

589: 지구의 아무개
세리카가 사태가 진정되면 공식으로 발표하겠다고 했지만, 별로 서두르지 않는 것으로 보아 TwiN/SiS는 히카루 범인설을 거의 무시해도 되는, 이미 해결된 문제라고 인식하는 거겠지. 그보다도 히카루랑 잔느가 어떻게 될지가 더 중요해!
느닷없이 동거가 시작됐으니까!

594: 지구의 아무개
잔느의 시청자수와 히카루의 시청자수가 합쳐져서 그야말로 최강.

600: 지구의 아무개
세계에서 가장 유명한 커플이 되겠어.

614: 지구의 아무개
나, 줄곧 전이자 중 히카루만 지켜봐 왔는데, 잔느의 매력에 당했어.
얘, 엄청 귀엽네.

627: 지구의 아무개
잔느를 별로 좋아하지 않았는데, 히카루랑 함께 있는 모습을 보니 귀여워.
귀여웠어.

638: 지구의 아무개
귀여워진 거야!

645: 지구의 아무개
잔느도 그동안 다른 전이자와 한 번도 만나지 않고 쭉 지내 와서 내심 쓸쓸했을 거야. 동거 이야기를 조금 억지로 진행시킨 것도 그런 이유 때문이겠지.

657: 지구의 아무개
아무리 강하더라도 열일곱 살짜리 여자애인걸.

666: 지구의 아무개
이제부터 아수라장이 펼쳐질 게 예상돼서 마음이 괴롭다.

679: 지구의 아무개
옛날 러브 코미디처럼 두 여자가 양쪽에서 히카루의 팔을 잡아당기는 전개가 나올 것 같아.

688: 지구의 아무개
고릴라 두 마리가 양쪽에서 잡아당기면 쫙 찢어져서 죽는 거 아냐???

700: 지구의 아무개
고릴라라고 하지 마.

734: 지구의 아무개
어제까지만 해도 혼자서 외롭게 낚시나 했는데, 오늘은 러브러브 동거 커플이 맺어지다니, 이게 웬일이래.
우린 대체 뭘 보고 있는 거야!

745: 지구의 아무개
잔느는 진짜로 던전을 답파할 작정일까? 그란 앨리스맬리스도 답파되지 않았고, 비교적 신생 미궁인 멜티아는 아직 밝혀지지 않은 게 많잖아? 제아무리 잔느라고 해도 버겁지 않을까?

748: 지구의 아무개
어째서 파티명을 러브러브 트윈 버드 Ⅱ라고 짓지 않은 거야!

754: 지구의 아무개
트윈에다가 Ⅱ까지 붙이면 읽을 때 이상하니까…….

756: 지구의 아무개
누가 잔느한테 메시지 보냈어? 히카루한테 메시지 좀 열어보라고 부탁해달라고 말이야.

769: 지구의 아무개
세리카랑 카렌도 보낸 것 같은데 닿지 않은 모양이야. 예전에 받았던 메시지 내용 중에서도 망자 소생의 보주와 관련해서 필요한 사항 말고는 잔느가 전해주질 않았어. 히카루를 위로해달라는 건 역시 위로는 해줬지만, 그런 메시지가 왔다는 얘기는 따로 하진 않았고.

774: 지구의 아무개
본인들이 꾸민 메시지 삭감 작전 때문에 필요한 메시지마저 보낼 수 없게 되다니 참 얄궂네.

786: 지구의 아무개
나나밍이 되살아났으니 세리카도 메시지에 절실한 감정을 실을 수가 없겠지. 이제는 상황이 바람직한 방향으로만 굴러가니까.

794: 지구의 아무개
근데 잔느가 「난 메신저 걸이 아냐」 하고 누누이 말하잖아. 하지만 히카루한테 호감을 가졌다면 또 모르겠어. 상냥하게 전해줄지도 몰라.

810: 지구의 아무개
아직 만난 지 이틀밖에 안 됐으니까. 이제부터야, 이제부터.

814: 지구의 아무개
잔느는 분위기가 좀 침울한 히카루가 취향일지도 모르니까……

825: 지구의 아무개
그나저나 정령구는 편리하네.
물과 불을 간편하게 다룰 수 있고, 연료로 쓰이는 정령석은 미궁에서 스스로 채집해올 수 있으니까.

837: 지구의 아무개
거기에다가 냉장고까지 있다면 완벽하겠지만, 냉장고는 마도구로 분류돼서 무지무지하게 비싸대…….

849: 지구의 아무개
집 근처에 대정령에서 유래한 개천이 흐르고 있는 환경이라서 뭔가 엄청 좋아 보여. 나도 그 거리에서 살고 싶은걸.

863: 지구의 아무개
냉장고가 없더라도 식당은 얼마든지 있고, 메이드를 고용하면 집안일도 안 해도 되고.
왠지…… 히카루, 하룻밤 사이에 리얼충으로 변한 거 아냐?

879: 지구의 아무개
처음부터 리얼충이었거든? 귀여운 쌍둥이 자매에다가 귀여운 소꿉친구까지 있다고. 리얼충 인자가 있었던 거야. 정신을 차려보니 어느새 리얼충이 되어 있는 거지.

886: 지구의 아무개
카렌「오빠아는 메이드를 좋아해, 그치~. 예전에 같이 메이드 찻집에 갔을 때도 우리보다도 더 즐기는 눈치였어.」
세리카「앗, 그러고 보니 메이드복을 특별 주문했던 걸 깜빡했다! 오빠한테 보여주려고 했는데! 납기일이 언제더라?」
카렌「3월이니까 아직 멀었어. 배송지 주소도 변경해야겠네.」

891: 지구의 아무개
히카루, 잔느가 메이드를 좋아하느냐고 물었더니 노 코멘트했는데, 여동생한테 메이드복을 입히려고 한 걸 보면 꽤 진심 아냐?

900: 지구의 아무개
히카루가 입히려고 산 게 아니라 두 사람이 오빠의 마음을 미리 헤아린 거라고…….

907: 지구의 아무개
나도! 그런! 여동생이! 있었으면 했다!

918: 지구의 아무개
시장에서 신선한 식재료를 다양하게 팔아서 좋네.
저게 바로 정령의 혜택인가.

922: 지구의 아무개
세리카랑 카렌 모두 맹공을 펼치는 잔느에 관해서는 특별히 언급을 거의 하질 않네.
리프레이아 때는 여러 소리를 했는데.

936: 지구의 아무개
그야, 두 사람한테도 잔느는 은인이니까. 망자 소생의 보주를 차지한 사람이 잔느가 아니라 다른 사람이었다면 이런 전개는 펼쳐지지 않았을 거야.

947: 지구의 아무개
본인의 심정을 즉각 표명했던 리프레이아 님과 달리 잔느는 아직도 아무 말도 하지 않았으니까.
쌍둥이도 단순히 룸메이트로 여기는지도.

959: 지구의 아무개
그렇다면 남녀의 그 미묘한 감정

을 너무 모른다고 해야겠네.
어차피 중학생 꼬맹이에 불과하니까…….

967: 지구의 아무개
히카루랑 잔느도 아직 고등학생 꼬맹이지만 말이야.

979: 지구의 아무개
고등학생끼리 동거한다고 생각하니 왠지 갑자기 가슴이 두근거린다.
만약에 물건을 보내줄 수 있다면 교복을 선물해줄 테니 입어줬으면 좋겠네.

984: 지구의 아무개
교복 차림으로 미궁에 들어가는 두 사람을 상상하니 너무 생뚱맞는데ㅋㅋ

993: 지구의 아무개
옛날에 그런 감성이 짙게 반영됐던 RPG나 애니메이션이 꽤 있었어.

999: 지구의 아무개
느닷없이 인생이 완성돼버린 히카루. 치사해.

1000: 신
갑작스럽지만 공지입니다.
여러분, 현재 가지고 있는 디스플레이를 주목해주세요!
앞으로 한 시간 뒤에 새로운 안내방송을 할 예정입니다!!!
일하던 손을 잠시 멈추고서 준비해요!

◇◆◆◆◇

【세리카 시점】

결국 정말로 나나미 언니는 콘트라베이스 케이스에 갇혀야만 하는 신세가 됐다.

언니는 꽤 당황했지만, 나는 이럴 가능성이 높다고 짐작했기에 야무지게 준비를 해왔다.

고급 빈티지 악기를 수송한다고 거짓말을 치고서 세관을 억지로 통과했다.

보여 주기용으로 일부로 빈티지 콘트라베이스와 빈티지 첼로 등을 살 필요는 없었을지도 모르겠다. 뭐, 미국으로 돌아가서 팔든가, 정 안 되면 내가 연주하면 된다. 악기를 즐길 시간은 없을지도 모르겠지만.

언니는 몸집이 작은…… 편은 아니지만, 평균적이라서 콘트라베이스 케이스에 어떻게든 들어갔다. 그러나 비좁은데다가 어두컴컴하고 계속 흔들려서 무서웠겠지.

"고생했어, 언니. 이제는 이륙하는 일만 남았어."

기내에 들어오고 나서 언니를 해방했다.

"후에~. 죽을 맛이었어……. 그나저나 굉장하네. 진짜로 들통 나지 않았어."

"운이 좋기도 했지."

언니가 신기해하며 창을 통해 밖을 쳐다봤다.

© Niθ

나는 한없이 가족과도 같은 사람의 뒷모습을 바라보면서 앞으로 어떻게 할지 분주히 생각했다.

『신의 힘으로 부활』하여 인류사에서도 손꼽히는 특이한 존재가 되고 말았기에 앞으로 언니는 평범하게 살기 어려울지도 모르겠다.

요상한 종교가 언니를 손에 넣으려고 습격하는— 그런 영화 같은 일은 벌어지지 않을지라도 무슨 일이 벌어질지 미지수였다.

나라에서 접촉해온다면 거부하기가 어려울지도 모르겠지만, 그 이외라면 거처만 잘 숨긴다면 아마 괜찮겠지.

대부분의 서양인은 동양인의 인상 차이를 잘 구별하지 못할 테니까. 머리색을 조금 바꾸고, 안경이라도 씌운다면 변장으로서 충분할지도 모르겠다.

어쨌든 나나미 언니는 평범하게 살 수 없었다. 미국의 하이스쿨을 다는 것도 어렵겠지.

우리가 해줄 수 있는 것은 나라에서 본격적으로 비호해주도록 「언니를 죽이면 『천벌』이 내려진다」고 선전하는 것이다. 일단 그 정도면 되겠지? 나와 카렌은 개인적으로는 돈이 많은 부류에 속하지만 결국 그것뿐이다. 본질적으로는 일개 맹랑한 어린애에 불과하다.

나라가 비호하지 않고 죽이기로 노선을 튼다면 속수무책이다. 도망쳐본들 한계가 있을 테고, 지금 이 시점에 카렌이 인질로 붙잡힌다면 어쩔 도리가 없다.

'……자꾸 나쁜 쪽으로만 머리가 돌아가네……. 신 때문에.'

나는 원래 긍정적인 편이었다.

「지금까지 어떻게든 됐으니 앞으로도 어떻게든 될 것이다」라는 신조가 있었다. 그리고 실제로 여태껏 어떻게든 헤쳐 나왔다.

그러나 오빠가 이세계로 떠난 이후로 내가 저질렀던 행동이 의도치 않은 결과를 일으켰던 적이 많았다.

뭐라고 해야 할까…… 타이밍이 나빴다. 그래, 전부 타이밍이 나빴다.

그렇다고 해서 그 『신』이 나나 오빠를 표적으로 삼았다고 판단하기는 어려웠다.

신이 개입했다고 하기에는, 애당초 불운하여 사망한 전이자가 백명은 넘으니까.

결과론에 불과하지만, 오빠는 살아남았고 강해졌으며 시청자들도 늘어났다. 정말로 표적으로 삼았다면 진즉에 죽었을 터였다.

……아니, 나나미 언니와 함께 살해됐던 시점에 오빠의 인생은 끝났어야 했다.

나는 좌석에 앉고서 태블릿으로 오빠의 상황을 확인했다.

보아하니 잔느 씨와 동거하기로 결정하고서 생활용품을 사러 나간 듯했다.

카렌이 실황중계하면서 질투에 가까운 발언을 했다. 그러나 나는 웃음이 새어나오는 오빠의 표정을 보고서 안도의 한숨을 내뱉었다. 잔느 씨가 오빠와 비교적 가까운 위치에 전이된 것은 요행일 뿐이었다. 만약에 근처에 다른 사람이 있었다면 이렇게 잘 풀리지는 않았겠지.

아마도 잔느 씨와 오빠의 상성은 나쁘지 않은 듯했다.

마음이 조금 쓰리지만 나는 우선순위를 헷갈리지 않는다.

아무리 멀리 떨어져 있어도 나와 오빠는 절대로 끊을 수 없는 인연으로 이어져 있으니까.

"그나저나 이 비행기는 뭐야?"

나나미 언니가 실내를 두리번두리번 확인하며 말했다.

"산 거야?"

"설마. 전세기야."

우리가 탄 제트기는 프라이빗 전세기로 좌석 수는 여덟 개.

내부 장식이 호화로워서 비행기 안에 있다는 걸 잊을 정도였다.

무리를 하면 살 수도 있겠지만, 현재 그럴 생각은 없었다.

"괜찮아? 이런 비행기, 빌리는 데도 비싸잖아?"

"아직 설명을 제대로 하지 않았는데, 나나미 언니가 사망했던 동안에 우리도 여러 일들을 해왔어. 한마디로 말하자면 부자가 됐다는 뜻. 그러니 걱정하지 마. 그보다도 비행 중에 오빠의 편집판 동영상을 봐줬으면 해."

좌석에 설치된 버튼을 누르니 눈앞에 커다란 모니터가 슬라이드식으로 나왔다.

오빠는 나나미 언니를 대신하여(엄밀히 말하자면 언니를 대신하여 갔는지 어떤지 모르지만) 이세계로 떠났다. 그리고 꽤 위험한 상태가 오랫동안 이어졌다. 지금은 드디어 위험한 상태에서 벗어나 안정을 찾아가는 중이었다. 언니의 입장에서는 괴로운 장면도 많겠지.

그러나 반드시 봐야만 했다. 그보다는 어차피 보게 될 테니 빠르면 빠를수록 좋겠지. 언니에게 사망했던 동안에 무슨 일이 벌어졌는지 알려주려면 이게 가장 빠른 방법이었다.

관제탑에서 이륙허가가 떨어지자 우리는 지상을 떠났다.

지구의 반대편까지 한나절 동안 비행한다.

◇◆◆◆◇

비행 중에 나는 할 일을 처리하면서 이따금씩 언니가 던지는 질문에도 답하며 시간을 보냈다.

비행 자체는 순조로웠다. 문제는 전혀 없었다. 언니의 「정신 상태」 빼고는.

"뭐야, 이 여자는!"

"어, 언니 진정해……. 잘 봐, 꽤 위험한 상태에 처했던 오빠가 리프레이아 씨 덕분에 회복했으니까……."

"그렇다고 해도 마음에 안 드네. 히카루도 민폐라고 느꼈을 거야. 그런데도 자꾸만 들러붙고, 그것도 모자라서 폭주하여 죽을 뻔하다니. 아주 웃기는 지뢰녀잖아."

"확실히 그런 부분도 없진 않지만, 그녀한테도 나름 좋은 점이 있어."

"뭐어? 저쪽 편을 드는 거니?"

"그, 그런 뜻이 아니라……."

무섭다.

나나미 언니는 이중인격……이라고 부를 만한 수준은 아닐 테지만, 오빠가 화제에 오르면 느닷없이 발끈하는 때가 있다.

오빠에게 밸런타인 초콜릿을 주려고 했다가 언니에게 불려가서 호된 꼴을 당했던 여자의 이야기는 동네에서 화제가 됐다.

또한 언니는 뱀처럼 집념이 지독했다.

—친부모를 평생 용서하지 않았을 만큼.

누가 봐도 평범한 일반가정에서 자라난 여자애이건만 어째서 이런 성격이 양성됐는지 이해하기 어려웠다.

평소에는 포근포근하고 수수한 여자처럼 행세하건만…….

처음에 나나미 언니는 눈물까지 글썽이면서 오빠의 모험을 지켜봤지만, 리프레이아 씨가 등장하면서 낯빛이 서서히 바뀌어갔다.

결국에는 달 아래에서의 키스 장면에서 인내심의 끈이 끊어진 듯했다.

……뭐, 그녀의 입장에서 오빠는 말 그대로 『우리의 것』이었으니 분개하는 마음도 이해가 됐다.

나도 그저 영상만 봤다면 언니처럼 분통을 터뜨렸을지도 모르겠다.

그러나 이것은 오빠가 필사적으로 살아남은 기록이었다. 리프레이아 씨의 존재 역시 오빠가 생존하기 위해 빠질 수 없었던 조각이었음을 나는 이해했다.

더욱이…… 같은 사람을 좋아하는 사람을 나는 나쁘게 생각할 수가 없었다. 이것은 피가 이어진 여동생이기에 품을 수 있는 여유일지도 모르겠지만.

아직도 노발대발하고 있는 언니를 아랑곳하지 않고, 나는 오빠의 실시간 동영상을 바라봤다.

실황중계에는 참가하지 않았지만, 잔느 씨는 뜻밖의 복병이었다. 오빠를 구슬리고 재빨리 회유하여 동거하는 상황을 완성시킨 듯 보였다.

역시 최강의 여자. 멍한 것 같으면서도 여간내기가 아니었다.

은근하게 효율을 중시하고 있다는 점이 대단했다. ……아니, 정말로 효율만 중시하고 있을 뿐인지도 모르겠지만……. 이것은 여자의 직감인데, 잔느 씨는 분명 오빠를『공략』하려고 한다.

나나미 언니의 입장에서는「내 것」이라 여겼던 사람이 손에 닿지 않는 곳에서 딴 여자에게 빼앗기는 모습을 두 눈 뜨고 쳐다보는 느낌이겠지. 그야말로 솜이불에 깔려서 질식되는 감각일지도 모르겠다.

그러나 아무리 질투를 해본들 현재 우리는 어쩔 도리가 없었다.

제트기는 순조롭게 계속 날아갔다. 알래스카를 넘었으니 동해안의 공항에 도착하기까지 앞으로 네 시간쯤 남았다.

나나미 언니는 눈빛을 활활 번뜩이며 오빠에게「망자 소생의 보주」를 넘겼던 잔느 씨의 편집 동영상을 뚫어져라 보고 있었다.

강행군을 하느라 수면이 조금 부족했던지라 나는 눈을 가볍게 붙이고자 좌석에 기대고서 졸기 시작했다. 그런데 바로 그때, 착신음이 삐리리리 하고 울렸다.

카렌이었다.

"헬로우. 무슨 일이야?"

"세리칸. 게시판을 봐."

"음? 게시판? 아까 슬쩍 봤는데 아직도 활활 타오르고 있더라. 오빠랑 잔느 씨의 조합이니 어떤 의미에서는 당연—."

"얼른 보라고!"

카렌이 평소답지 않게 살벌하게 재촉하자 나는 태블릿을 열었다.

그리고 이내 그녀가 왜 전화했는지 의도를 눈치챘다.

"신……."

"오빠아뿐만 아니라 모든 게시판에 적혀 있으니 진짜일 거야. 그보다도 나조차도 그 사이트는 아직 해킹할 수가 없으니까."

"한 시간 뒤네……. 뭐가 튀어나올까……."

신의 의도는 불분명하지만 그렇게까지 나쁜 소식은 아니겠지.

이 신이 기본적으로 「인류를 즐겁게 하려는 것」은 분명했다. 엔터테인먼트로서의 재미를 중시하는 것 같으니까.

그래서 사람이 죽더라도 크게 괘념치 않는 듯했다. 역시나 인간이 아닌 존재라는 증거일지도 모르겠지만……. 만약에 그 힘을 손에 넣은 존재가 인간이었다면 더 역겨운 짓을 벌였을지도 모르겠다. 어쨌든 한 단어로 표현할 수 없는 존재였다.

어쨌든 한 시간 뒤에는 알게 된다.

나는 타이머를 설정해두고서 다시 자기로 했다.

한 시간 뒤.

신은 반 년 전 그날과 마찬가지로 텔레비전 화면에 출현했다.

신은 사용되고 있지 않은 「디스플레이」에만 출현한다. 사용되고 있는 화면에 느닷없이 등장하지는 않는다. 사고를 방지하기 위해서겠지. 의외로 세심한 구석이 있는 신이다.

『난 신이다. 사랑스런 내 아이들이여. 잘 지내고 있었나?』

눈부신 빛의 실루엣이 그렇게 말했다.

사랑스런 내 아이들이라는 표현을 지난번에도 사용했는데 무슨 의미일까? 신이 특별한 의미로 말한 것이 아닐지도 모르겠다.

『자, 갑작스럽긴 하지만 본론으로 들어갈까. 우선 천 명의 전이자들 말인데, 내가 상상했던 것보다 가혹한 세계였는지 불과 한 달여 만에 3할 이상이나 탈락하고 말았다. 예상범위 밖이었어.』

등줄기가 오싹해졌다.

나는 직감적으로 신이 다음에 무슨 말을 할지 알아채고 말았다.

『그래서 두 번째 전이를 실시하기로 했다. 첫 번째 전이자는 랜덤하게 뽑혔지만, 다음에는「이세계에 가고 싶어 하는 마음이 보다 강한 자」를 택하기로 할까. 그럴 생각이 없는 자를 다른 세계에 보내본들 불행만 늘어나는 것 같으니 말이야.』

역시나.

동시에 나는 불길한 예감이 들어서 외쳤다.

"언니! 손바닥!"

"어? 어?"

나는 억지로 손목을 쥐어서 확인했다.

그리고—.

『아아, 그래, 그래. 원래 권리를 갖고 있었는데 죽어버렸던 아이는 소생함으로써 권리를 되찾았으니 그리 알아라. 특별 선발이다. 마음껏 즐겨주길 바란다.』

나나미 언니의 손바닥에서 꿈실거리는 기하학 무늬.

"신……! 뭐가 특별 선발이야……! 우릴 갖고 노는 것뿐이지?!"

나는 텔레비전 화면을 때리려다가 간신히 참았다.

물론 신은 내 모습 따윈 보고 있지 않았다. 마이페이스로 이야기를 계속했다.

『전이하기까지 준비기간은 지난번보다 줄이기로 했다. 20일 뒤 0시. 전이 전에 제공하는 기프트 역시 변경된 점이 다소 있으니 꼭 확인해둬라.』

"20일?! 고작 그거밖에 안 줘?!"

첫 번째 때는 유예기간이 반년이나 됐다.

아무리 단축했다고 해도 도가 지나쳤다.

『그리고 메시지 기능 말이다만, 이건 내가 예상했던 사용방식에서 크게 벗어난 것 같군— 그렇지, 한 마디로 말해서 「악용」하는 인간이 많아서 난 마음이 아프다. 두 번째 전이자들한테 불리한 정보를 흘릴 가능성도 고려하여 그들이 전이한 후 한 달까지…… 다시 말해 지금부터 약 50일 동안 메시지 기능을 동결하기로 하겠다. 그 동안에 기능을 재조정할 계획이다. 너희들은 모험을 벌이는 그들한테 쓸데없는 참견따위 하지 말고 그저 지켜보기만 해라.』

"메시지를 동결……?"

그 결정은 나에게는 적잖은 충격이었다.

오빠 쪽은 현 시점에서 정신적으로 상당히 안정된 것처럼 보였다. 어쩌면 메시지 동결이 좋은 방향으로 작용할 가능성조차 있었다.

그러나 나나미 언니는 이야기가 달랐다.

나와 카렌은 메시지 기능으로 최대한 서포트하여 옳은 방향으로 유도할 작정이었다.

『그럼 선발된 행복한 여러분. 충실한 이세계 라이프를 보내길.』

신은 마지막에 그 말만 남기고서 사라졌다.

물론 나나미 언니의 손바닥에서는『이세계 전이 예정자 표식』은 사라지지 않았다.

어쨌든 나나미 언니는 또다시 이세계 전이 예정자로 뽑히고 말았다.

그리고 적어도 전이한 뒤 한 달 동안은 메시지로 서포트를 할 수가 없다는 게 확정됐다.

◇◆◆◆◇

"저기, 세리카. 그러면 나 다시 히카루랑 같이 있을 수 있겠네."

손바닥에서 꿈실거리는 기하학 무늬를 물끄러미 쳐다보면서 나나미 언니가 그렇게 말했다.

그 눈동자는 열정에 젖어 있었다. 사랑하는 소녀라는 진부한 단어로는 표현할 수 없는 무언가가 느껴졌다.

오빠의 동영상을 방금 봤으니「이제 그 여자들에게서 되찾을 수 있다」는 생각을 했을까?

아무리 그래도 그 정도로 바보는 아닐 테지만…….

현실을 조금 일깨워주는 편이 좋겠네.

"언니. 잘 알겠지만, 그쪽 세계가 얼마나 넓은 줄 알아? 오빠와 합류하는 걸 최종목표로 삼는 것도 괜찮겠지만, 그보다는 살아남는 게 우선과제야. ……확실히 말해서 오빠는 일단 잊는 편이 나아."

"잊어……? 그래서 어쩌라는 거야? 날더러 저쪽에서 죽지 말고 연명만 하고 있으란 말이야?"

"내 말을 곡해하지 마. 자, 언니. 지금 이 상태로 오빠랑 합류한다면 어떻게 될까? 모두가 미궁에서 모험을 하고 있는 동안에 언니는 혼자서 집이라도 보고 있을 거야? 그 미약한 힘으로 이세계 미녀인 리프레이아 씨와 모델급 미녀인 잔느 씨한테 대항할 수 있겠어?"

"……무슨 말을 하고 싶은 거니?"

언니의 눈동자에 불이 붙었다.

부추기는 것 같은 느낌이지만, 나나미 언니를 일깨우려면 단호하게 충격을 줘야만 한다. 그렇게 하지 않는다면 고집이 센 언니에게는 말이 통하지 않는다.

"강해지지 않는다면 오빠랑 합류해봤자 상황만 점점 악화될 뿐. 오빠는 다정하니까 언니가 합류하면 분명 소중히 보호해줄걸? 하지만…… 그뿐. 오빠의 옆에서 전투를 함께 치르면서 인연을 키워나가는 사람은 리프레이아 씨나 잔느 씨. 언니는 다루기가 조금 난감한 존재로 전락하겠지. 강하지도 않은데 질투심만 엄청 세니까."

"세리카, 너—."

"내 말이 틀려?"

표현이 조금 가혹했는지도 모르겠다.

언니가 아랫입술을 깨물면서 반론할 말을 찾았다.

그러나 이것은 진실이었다.

조금만 상상해보면 언니도 그 그림이 떠오르겠지.

……애당초 오빠는 나나미 언니도— 당연하지만 나와 카렌도 여자로서 보고 있지 않으니까.

우리는 가족이니 가장 가까운 존재이기는 하겠지.

그러나 그뿐이다.

결코 여자로서 봐주고 있는 것은 아니다.

언니도 그 사실을 잘 알고 있겠지.

오빠는 리프레이아 씨를 여성으로서 의식하지만, 본인은 그저 소꿉친구에 불과하다는 사실을.

이 승부는 이미 격차가 확연히 벌어졌다는 사실을.

"게다가…… 겉모습도 완패네. 리프레이아 씨 수준의 미인은 지구 전체를 찾아봐도 거의 없어."

"크……! 아픈 부분을……. 그래도 히는 외모로만 사람을 선택하는 남자가 아닌걸."

"물러! 너무 물러, 언니! 오빠는 엄마의 애정을 받지 못한 채 자라났기에 저렇게 모성이 넘치는 여자한테 무지하게 약해! 잔느 씨한테는 큰 매력을 느끼지 못할지도 모르겠지만, 리프레이아 씨한테는 바로 함락…… 아니, 이미 리프레이아 씨를 이길 수 없다는 바탕에서 작전을 짜는 편이 나으려나……."

나와 카렌이 가슴을 키우는 운동에 매진했던 이유는 오빠의 약점을 초등학생 때부터 깨달아서였다.

그 덕분인지, 아니면 타고난 유전자 때문인지는 모르겠지만 나름 자라나긴 했다. 그러나 리프레이아 씨의 그 천연 가슴에는 도저히 대항할 수 없을 것 같았다.

그것은 흉기나 마찬가지다.

"그럼 나보고 어쩌라는 거야. 히카루와는 합류하지 말고 이세계에서 쓸쓸히 살라는 말이니?"

"그런 말이 아냐. 아까 전에 훈련시설에 연락을 해뒀으니 전이하는 날까지 20일 동안 사력을 다해서 특훈을 해줘야겠어. 어쨌든 지금까지 살아왔던 생활은 완전히 잊어버려. 원시시대로 타임 슬립을 떠난다는 마음가짐을 갖도록 해. 그러지 않는다면…… 정말로 죽든가, 참혹한 꼴을 맞이할걸? 언니는 젊은 여자라서 남자보다 몇 배는 더 조심해야만 하고, 그러기 위해서는 결국 강해져야만 해."

"그런가…… 그렇겠네. ……고마워, 세리카."

"아냐. 오히려 처음에 뽑혔을 때 왜 그런 준비를 하지 않았는지 후회했거든. 나도 이세계 전이가 무슨 의미인지 잘 몰랐어."

일단 언니가 알아준 듯했다.

이세계에서 오빠와 합류할 수 있다는 그런 안이한 희망만 안고서 전이했다가는 비참한 꼴을 당할 게 눈에 선했다.

그 신은 기본적으로 평등하다. 그러나 고작 한 달여 만에 300명이나 죽었다.

마음이 망가진 사람도 꽤 많았다.

평등하게 잔혹하다. 순수하다고 바꿔서 말할 수 있을지도 모르겠다.

어쨌든 언니는 그렇게 되지 않길 바랐다.

"……세리카. 근데 난 한 번 죽었잖아? 그래서 죽는 건 별로 무섭지 않을지도."

역시 이해하지 못 한 것 같다.

정말로 어쩔 수 없는 언니다.

"그건 무서워해야지. 나랑 카렌을 위해서 무서워해줘."

"음. 어쩔 수 없는 여동생이라니까……."

그건 내가 할 소리라는 말을 꾹 삼키고, 나는 민간군사회사에 메일을 추가로 보냈다.

언니는 몸뿐만 아니라 마음까지 단련할 필요가 있겠지.

그녀가 동물을 죽일 수 있을까? 일단 프로그램을 편성해주겠지만 아마도 어렵겠지. 저 사람은 동물을 매우 좋아하니까…….

그러나 그 행위를 할 수 있느냐 없느냐로 인해 이세계 생활의 난이도가 크게 달라질 것이다. 인간은 다른 동물을 죽이고 그 영양분을 섭취하며 살아가니까.

정령력이 있는 저 세계에서는 더더욱.

"그러고 보니 저쪽에 갈 때 가져갈 수 있는 물건 말이야. 그것도 내가 정하도록 할게."

"어, 어어어? 사진은?"

"오빠랑 합류했을 때 회수하면 되잖아. 절대로 버리지 않고 들고 있을 테니까."

"그것도 그런가."

나는 코네티컷주의 대형총기회사에 보낼 메일을 입력하면서 언니가 가져갈 장비를 생각했다.

내가 메일을 보내려는 회사는 우리가 사는 곳에서 본사가 가깝고, 세계에서 유명한 카빈총을 제작하는 메이커다. 특별주문 총을 의뢰할 만한 상대로서 최고겠지.

신은 한손으로 들 수 있는 아이템 하나라면 소지를 허가했다.

총이라면 스코프와 탄창은 당연하고, 애드온식 그레네이드 런처까지 OK라는 뜻. 반대로 예비 탄창 여러 개를 억지로 부착하는 것은 NG다. 어디까지나 단일 도구일 필요가 있다. 기준이 모호하긴 하지만, 특별 주문하여 거대하게 제작한 탄창은 세이프겠지.

기성제품은 장탄수가 그리 많지 않다. 일반적인 돌격소총은 기껏 해야 30발 정도겠지. 이세계에서는 탄알을 보충할 수 없으므로 장탄수가 무엇보다 중요하다.

다시 말해 「탄이 많다」, 「한 발의 위력이 세다」, 「고장이 잘 안 난다」, 「다루기가 쉽다」는 조건을 만족할 필요가 있다. 일반적인 탄보다 다소 탄두가 큰 총이 좋을까?

뭐, 어쨌든 나는 이 분야에 대해 상식적인 범위밖에 알지 못했다.

시간은 없지만, 돈만 있다면 오더메이드 총 한 정쯤은 금세 만들 수 있겠지. 아마도.

메일을 다 입력했을 즈음에 전화가 삐리리리리 울렸다. 카렌이었다.

또 무슨 문제가 발생했나?

"……세리칸, 봤어?!"

"뭘? 아, 그래. 벌써 갱신됐어?"

"갱신됐으니까 어서 봐봐……."

카렌이 무슨 말을 하고 싶은지 금세 알아챘다.

이세계 전이자 명부가 갱신됐을 것이다.

이번에 전이되는 사람은 총 300명.

전 세계 인구가 70억 명을 넘었으니 300명은 실로 적은 숫자였다.

지인이 뽑혔을 가능성은—.

"어, 혹시 네가 뽑혔어?!"

그러고 보니 카렌이 뽑혔을 가능성을 고려하지 않았다.

나도 뽑히지 않았으니 카렌도 그럴 거라고 지레짐작했는데—.

"아냐. 그보다도 얼른. 보면 알아."

"그, 그래. 놀래지 좀 마……."

나는 카렌과 대화를 하면서 태블릿을 조작했다.

그리고 이내 카렌이 어째서 죽을 것 같은 목소리를 냈는지 이유를 깨달았다.

"신…… 한번 해보자 이거지……?"

"왜……? 이런 일이 벌어진 거야……?"

"—혹시 그 메시지를 믿었는지도……."

내가 그 남자를 불러낼 때 신을 사칭한 메시지를 LINE으로 보냈다.

『난 신이다. 네가 얼마나 이세계에 가고 싶어 하는지 잘 봤어. 다음 이세계 전이 때는 널 우선적으로 안내하려고 한다. ……근데 지금 난감하게 됐네. 이대로 있다가는 넌 경찰한테 체포돼서 사형에 처해지겠지. 내 부하들한테 널 감춰두라고 명했다. 곧 도착할 테니 피해자의 피가 묻은 옷과 흉기로 쓰인 나이프를 챙겨서 집 밖으로 나와.』

『가족한테는 이세계에 가기 위해 수행의 여행을 떠나겠다는 쪽지라도 남겨둬. 다음 이세계 전이 기획을 실행하려면 에너지를 조금 모을 필요가 있어서 시간이 걸린다.』

『스마트폰은 경찰한테 역탐지될 가능성이 있으니 놔두고 와라. 이쪽에서 다른 기기를 마련해주지.』

이런 내용이었다.

그리고 나는 그것이 가짜 메일이라고 일일이 해명하지 않았다.

만약에…… 그 남자가 그 내용을 『진짜』라고 줄곧 믿었다면.

자신이 어떤 처지에 놓였든 간에 이세계에 갈 수만 있다면 문제가 없다고 오로지 이세계행만을 몽상했다면.

온갖 고통을 겪으면서도 그것만을 유일하게 의지했다면—.

"……이것도 내 실책이었을까."

퉁명스러운 얼굴이 화면에 비친 갈색머리 소년.

전이자 NO.1133, 오자와 유이치.

나나미 언니와 가족을 죽였고, 내 오빠도 한 번 죽였던 남자가 이세계 전이자로 뽑혔다.

"왜왜, 무슨 일이야?"

"나나미 언니…… 그 녀석도 뽑힌 것 같아."

"어?"

나나미 언니가 태블릿에 얼굴을 가까이 가져갔다.

오자와 유이치, 15세.

뺨이 홀쭉하고, 빛이 느껴지지 않는 쭉 째진 눈이 특징인 불건전해 보이는 소년.

제 머리가 아니라 스스로 염색했는지 꾀죄죄한 갈색머리가 푸딩처럼 약간 층이 져있었다.

아마도 이 사진은 신이 준비한 『현재 모습』이겠지.

"이 애는…… 날 죽였던……."

"그래. 현재 유치장에 갇혀 있을 거야. 아니, 아직 병원에 있으려나. 재판은 아직 멀었지만, 사형에 처해지겠지. 언니는 되살아났지만, 세 사람을 죽였다는 죄는 사실이니까……. 근데—."

"근데?"

"전이까지 앞으로 20일밖에 남지 않아서 사형이 집행되기는 어려울 거야. 당연히 가석방되어 누군가한테 암살되는 것도 현실적이지 않을 테고. 아무리 여론이 우리 편이라고 해도 한계가 있으니…… 저 녀석이 이세계로 가는 걸 막을 수 없을 것 같아."

『세리칸……. 아래쪽에 새로운 주의사항을 봐. 이세계 전이자는 지구에서 사망했더라도 전이 권리를 상실하지 않고 육체와 기억이 복원되어 전이된대…….』

전화 너머에서 카렌이 말했다.

지난번에 심각한 사태가 벌어졌기에 미리 조치를 취했다는 것인가.

첫 번째 전이 예정자 1000명 중에서 나나미 언니까지 포함하여 24명이나 살해됐다.

다시 말해 24명은 오빠를 포함하여 재추첨으로 선발된 전이자였다.

어쨌든 20일 동안에 오자와를 사망자로 만드는 것은 불가능한 일이었다. 이로써 저 남자는 사형을 받지 않고 느긋하게 지내다가 이세계로 도주하는 것이 정해졌다는 뜻이었다.

그렇다면 문제는 저 녀석이 오빠나 나나미 언니에게 접촉할 거냐는 점이었다.

"……일단 물어보는 건데, 언니는 저 녀석한테 직접 복수하고 싶어?"

"만약에 맞닥뜨린다면 매듭은 지을 거야. 근데 세상은 넓잖아? 나도 일부러 저 놈을 찾아가진 않을 거야. 히카루랑 합류하는 게 급선무이니까."

"매듭? 죽일 거야?"

© Niθ
AMAZUN.CD.JD
DOOKING.CAM
RAKURAKU

"모르겠어. 그래도 부모의 원수이니까. 난 나쁜 딸이었지만, 그 정도는 하지 않으면 불효자잖아?"

"……언니는 강하네."

다른 사람 같았으면 자신을 죽였던 상대를 두려워했겠지.

그러나 나나미 언니에게서는 그런 분위기가 느껴지지 않았다.

이 사람은 하겠다고 하면 하는 사람이었다.

의외로 걱정은 할 필요가 없을지도 모르겠다.

"그럼 문제는 오빠 쪽인가……. 역으로 보복하고자 오빠를 죽이러 갈 수도……. 지나친 생각일까? 정보가 너무 없네."

감금한 동안에 녀석에게서 정보를 끄집어내기 위해 이세계 영상 등을 다소 보여줬다. 자신을 튕겨냈고, 자신이 죽였던 상대— 오빠가 이세계에 갔다는 사실도 알겠지.

유치장에서는 책도 읽을 수 있을 테니 이세계 관련 정보도 나름 조사할 수 있을 것이다. 변호사와 면회도 할 수 있으니 이야기를 들을 기회도 있을 터.

'역 보복을…… 하겠네…….'

결과만 말하자면 오빠는 일본인 중 가장 인기가 많은 전이자가 됐다.

어두운 미궁, 죽음과 늘 마주하는 모험. 리프레이아 씨 같은 미녀와의 러브 로맨스. 검을 휘두르고 정령술을 구사하는 전투의 나날.

그 남자의 입장에서는 「자신이 본디 있어야 할지도 모를 자리」였다.

그렇다면 빼앗으려고 하든가, 그것이 불가능하다면 하다못해 부수려고 하지 않을까?

……솔직히 모르겠다.

합리적으로 판단할 수 없는 인간의 감정을 나는 잘 모르겠다.
어쨌든 제2그룹은 유리하다.
「정답」은 사람마다 다르겠지만, 캐릭터 메이킹의 「오답」은 어느 정도 명확해졌다. 무작위 전이가 얼마나 위험한지도 널리 알려졌다.
오자와가 그 넓은 세계에서 오빠에게 해코지를 하기 위해 일부로 접근할 가능성은 낮겠지.
더욱이 오자와의 입장에서 오빠는 한번 죽였던 상대다. 오빠의 입장에서는 자신을 죽였던 상대, 그리고 무엇보다 『소꿉친구를 죽였던 상대』다.
복수당할 가능성을 생각한다면 오히려 멀리해야 한다— 그것이 합리적인 판단이겠지.
모처럼 이세계 전이자에 뽑혔으니 마음을 고쳐먹고서 살아간다.
그것이 제정신이 박힌 인간의 사고방식이다.
'—제정신인 인간이 하루에 네 명이나 죽이지는 않겠……지?'
전쟁을 제외하고 하루에 네 명이나 죽였던 적이 있는 인간은 동서고금을 통틀어서 극소수였다. 현대만으로 한정한다면 희대의 살인자라고도 할 수 있었다.
다시 말해 제정신일 리가 없었다. 이런 인간이 평범한 얼굴로 학교생활을 보냈다고 하니 참으로 무서운 일이었다.
"역시 죽였어야 했어……. 왜 이런 불상사가 발생한 거지……. 역시 신이 개입하고 있는 거야……?"
확률만을 따져본다면 개입하고 있다고밖에 말할 수가 없었다.
언니가 뽑힌 시점까지는 우연이었을 테지만, 언니가 살해된 뒤 오빠가 어째선지 전이자로 뽑혔고, 그리고 이번에는 그 살인자까지 선발됐다.

우연이라고 하기에는 너무 의도적이었다.

“괜찮아, 세리카. 그렇게 심각한 표정 짓지 마. 언니가 너희들을 대신해서 작살을 내줄 테니까.”

“나나미 언니…… 후훗, 비실이인 주제에.”

“여동생이 그런 얼굴을 하고 있으면 언니로서 안심시켜줘야 하잖니~?”

불안했다. 그러나 기우일지도 모르겠다.

저쪽 세상은 넓다. 더욱이 이동수단도 한정되어 있다.

전이 장소를 임의로 고를 수 없는 이상, 오자와의 꿍꿍이가 무엇이든 간에 오빠의 근처로 전이할 가능성은 한없이 낮다고 봐도 되겠지. 물론 이번 전이 때는 전이 장소를 선택할 수 있을 가능성도 있겠지만.

최악의 경우에 습격을 받더라도 오빠는 강하다.

잔느 씨도 한동안은 곁에 있어줄 터.

아저씨와 아줌마를 살해한 죗값도 치르지 않고 이세계로 도망치게 될 오자와에게 죽음을 내리지 못했다. 미련이 없을 수야 없겠지만, 이제 어찔 도리가 없었다.

앞으로는 미래를 생각할 수밖에 없었다.

◇◆◆◆◇

오랜 비행을 마치고서 우리는 드디어 공항에 도착했다.

집까지는 차를 타고 한 시간쯤 걸린다.

카렌이 목을 길게 빼고서 기다리고 있겠지.

다만 그전에 작은 이벤트가 있었다.

"언니는 지금부터 정부관계자를 만나줘야겠어."

"뭐, 뭐뭣?! 왜?!"

"언니는 호적도 없고 밀입국했잖아. 이 나라에서 특례로 『국적』을 부여해주기로 했는데, 난 담당관과 일면식이 있거든. 뭐, 어차피 언니는 이세계행이 확정됐으니 새삼스레 국적을 따질 필요도 없겠지만 말이야."

극단적으로, 20일 정도라면 비자조차 불필요했다. 굳이 미국에 오지 않고 그대로 일본에서 지냈어도 됐다. 뭐, 언니는 애당초 국적이 말소됐기에 그런 말을 해본들 소용없지만…….

정말이지, 신이란 녀석은 내가 세워둔 예정을 일일이 마구 휘저어야만 직성이 풀리나? 아니면 단순히 운이 없어서 그런 걸까.

신이라는 초월적인 존재가 출현했기에 원래는 「불운」했다고 치부했을 일도, 일일이 신의 훼방이 아닌지 의심하는 스스로가 싫었다.

상식적으로 생각해서 70억 지구인 중에서 내 주변에만 그러한 간섭을 할 의미도 필요도 없는데.

짐을 챙기고서 트랩을 내려가니 정장을 입은 담당관이 기다리고 있었다.

가볍게 인사를 나눈 뒤 우리는 특별실로 안내를 받았다.

특별실에 들어간 뒤 나나미 언니는 무사히 국적을 취득했고, 짧은 회담을 마친 뒤 정부관계자가 마련해준 차를 타고서 귀갓길에 올랐다.

언니는 옆 좌석에서 축 늘어져 있었다.

"후우, 그나저나 놀랐어. 설마 대통령이 직접 나올 줄이야."

"세리카, 용케도 평상시처럼 굴더라……. 난, 너무 긴장해서 죽는 줄 알았는데……."

"그야 기합을 넣었지. 손에 넣을 수 있는 커넥션 중에서 최고의 카드이니까. 명함도 받았으니 여차할 때 도움이 될 거야. 이런 때 아이인 건 유리하네. 어른이었다면 이렇게 되지는 않았겠지?"

"세리카의 그런 면모가 정말로 이해가 안 돼. 사실은 중학생 아니지?"

"그렇습니다! 실은 난 전생자였습니다~! 뭐, 그렇게 생각해? 그럴 리가 없잖아. 전생자였다면 진작에 오빠를 덮쳤을 거야."

"우와, 역겨워……."

취재진까지 대동한 것으로 보아 대통령이 나타난 이유는 인기를 얻거나 어떤 목적 때문이겠지. 언니는 전이자로 뽑혀버렸지만, 지구 역사상 유일하게 『신이 되살린 부활자』였다. 미국에 있을 수 있는 기간이 20일밖에 없다지만, 이용 가치는 있다는 뜻이었다.

대통령의 「부탁」으로 20일 중 며칠을 행사 등에 끌려 나가게 됐지만, 그 정도는 지장이 없었다. 어차피 24시간 내내 훈련을 할 수는 없는 노릇이니 쉬는 시간에 행사에 참석하도록 일정을 조정하면 되겠지.

또한 이세계로 전이하기까지 준비도 도와주겠다고 약속해줬다. 립서비스일지도 모르겠지만.

신의 말에 따르면 이번 전이자는 준비기간 중에 사망하더라도 문제없이 전이된다고 하니 나라나 종교가 어떻게 개입하든 『죽일 수 없다』는 점은 안심이었다.

이용할 수 있는 것은 뭐든지 이용하겠다.

더욱이 나는 연출까지 획득했다. 언젠가 요긴하게 쓰일 때가 오겠지.

국적을 부여해주는 조건으로 20일 동안의 일정을 알려달라고 요구했기에 이미 간단히 작성해둔 일정표를 넘겨줬다. 그러나 별 특이한 내용은 없었다. 언니는 20일 동안 오로지 훈련에 힘쓸 예정이었다. 훈련, 먹고, 쉬고, 훈련, 먹고, 쉬고…… 반복이었다.

육체적으로 다소 무리하게 밀어붙이는 편이 낫다. 어차피 전이할 때 신체는 재생될 테니까.

우리는 우선 집에 돌아갔다. 카렌과 나나미 언니가 감동의 재회를 마치자, 바로 준비하여 예약해뒀던 민간군사회사(PMSC)로 향했다.

우리를 경호해주는 린다의 지인이 운영하는 회사로, 일단 집에서도 가까워서 언니의 훈련을 맡기기에는 최적이었다.

우선순위를 말하자면 먼저 최소한의 체력, 완력, 지구력을 키우면 좋겠다고 생각했다. 그리고 지참할 예정인 총에 대한 지식과 사격훈련. 간단한 격투술과 마물을 상정한 전투훈련까지.

물론 이세계에 관한 지식도 주입시킬 필요가 있었지만, 그것은 나와 카렌이 맡았다.

전이하기 전에 포인트를 써서 체력 자체는 올릴 수 있지만, 가혹한 훈련을 통해 정신을 단련하는 것도 중요했다. 분명히 말해서 나나미 언니는 운동실력이 꽝이었다. 어렸을 적에는 우리와 게임만 하면서 놀았으니까. 지금도 게임은 나름 계속했을 터. 20일은 준비 기간으로서 너무 짧아서 무엇 하나도 제대로 키워낼 수가 없겠지. 그렇다고 해서 아무것도 하지 않는다는 선택지는 없었다.

"언니. 오늘부터 20일 동안, 꽤 하드한 스케줄이 될 테니 각오해 둬. 인간은 말이야. 근육은 금세 키울 수 없지만, 잠들었던 근육을 깨우기에는 20일이면 충분해…… 아니, 충분하게 만들 거야. 일단 모든 근육을 다 깨우자."

"뭔지 잘 모르겠지만 맡길게. 거부권은 없겠지?"

"잘 아네. 20일 동안에 완전히 내가 정해둔 스케줄대로 움직여줘야 해."

"네에네에~. 전부 세리카한테 맡길게요~."

다소 떠맡기는 느낌이었지만, 되살아나자마자 이런 사태가 벌어졌으니 언니도 얼떨떨하겠지.

나도 정답을 아는 것은 아니었다. 그저 능력껏 최선을 다할 뿐이었다.

"자료는 이따가 보내줄 건데, 전이한 뒤 포인트를 스킬에 배분할 때의 주의점만 파악해둬. 처음에 고를 수 있는 스킬이 처음과 다소 달라질 거라고 신이 말했지만, 아마도 기본적인 부분은 바뀌지 않을 테니까."

기본적인 부분이란 신체능력이나 내성을 말하는 것이었다. 변경할 거라면 나머지 부분을 바꾸겠지.

두 번째 전이자는 명백히 유리하다. 이 이점을 최대한으로 살려서 포인트를 배분해야만 한다.

어려운 점은 요구 포인트가 많은 기프트와 선택했을 때 포인트를 더 주는 항목을 어떻게 조합하느냐다. 잘 궁리한다면 생존확률이 확 올라가겠지.

그러나 나는 언니가 포인트 요구치가 높은 기프트를 하나도 취득하지 않길 바랐다.

절대적으로 기초능력 계열만 택하게 할 작정이었다.

이것은 내 예상인데, 첫날부터 수많은 전이자를 사망하게 만들었던 『완전 무작위 전이』는 없어질 것이다.

오빠가 살아남은 이유는 오직 포인트를 대량으로 남겨뒀기 때문이었다. 그것이 없었다면 결계석과 교환할 수도 없었을 테니, 분명 첫날에 죽었겠지.

신도 일부로 300명이나 보충했으니 전이자의 쓸데없는 죽음을 상정해두고 있지는 않을 것이다.

특히 무작위 전이로 사망했던 전이자가 많았다. 운 좋게 비교적 안전한 곳에 전이한 뒤 추후에 「무작위 전이」를 택했다고 고백한 전이자도 있긴 했지만, 극소수였다.

대부분의 무작위 전위자는 사망했다.

전이자가 포인트를 어떻게 할당했는지는 아직도 공개되지 않았다.

그래서 초기에 죽었던 전이자가 어디에 포인트를 썼는지 알 수 없지만, 무작위 전이보다 먼저 「비싼 포인트 기프트를 선택하는 항목」을 선택한 것은 자명했다. 초기에 받은 포인트로 고 포인트 능력을 취득하기에는 너무 불안했을 테니까.

신이 그 부분을 어떻게 판단했을지 예측하기가 어려웠다.

다시 말해 『고비용 포인트 기프트를 택했기 때문에 죽었는지』, 『무작위 전이를 택해서 죽었는지』에 대해 말이다.

인과를 따져보면 무작위 전이를 택했기에 죽은 것처럼 보이는데, 신은 어떻게 판단했을지.

최초 전이자 1000명 중에서 무작위 전이를 선택한 사람은 오빠를 포함하여 75명.

그 중에서 살아남은 사람은 고작 7명이었다.

50포인트짜리 매료를 취득한 사람은 34명. 생존자는 4명.

마찬가지로 50포인트짜리 회복마법을 취득한 사람은 39명. 이쪽도 생존자는 마찬가지로 4명.

30포인트짜리 정령의 총애를 취득한 사람은 37명. 생존자는 9명.

그 중에 8명은 신전에 갇혔고, 자유롭게 행동하며 살아 있는 「사랑받은 자」는 오빠뿐이었다.

'이제는 초집중과 의사소통인데…… 이 두 가지는 사망자가 거의 나오지 않았으니 그대로 놔두려나?'

위에 적었던, 사망자를 많이 냈던 고 포인트 기프트는 모조리 없앨지도 모르겠다.

물론 괘념치 않고 전부 남겨둘 가능성도 있고, 도리어 인기가 있었던 것은 남겨두고 인기가 없었던 기프트(초집중 등)는 없앨 가능성도 있다.

'……뭐, 결국 손의 손바닥 위에서 놀아나는 셈인가. 뚜껑을 열어

보지 않으면 알 수 없으니 말이야.'

잔느 씨의 활약으로 「결국 레벨을 올려서 물리적인 힘으로 패는 게 가장 강하다」는 사실이 널리 알려졌다. 그러므로 제2진은 무리하여 고 포인트 기프트에 도박을 거는 사람은 줄어들 테고, 무작위 전위는 더더욱 선택할 리가 없다. 모두들 죽기 위해서 이세계에 가는 것은 아니니까.

"세리카는 뭘 추천한다고 했더라?"

"체력 업이랑 생명력 업은 필수이지만, 그 두 가지는 전이한 후에도 취득할 수 있으니 당장 선택하지 않아도 될지도."

다만 그 두 가지가 가장 안정된 기프트인 것도 확실했다.

언니는 완력도 없으니 되도록 둘 다 3까지 올렸으면 좋겠다.

그것만으로도 20포인트나 필요하지만 그럴 만한 가치가 있었다.

정령력 업은 현지에서 대정령과 계약하여 실제로 사용할 수 있는 횟수를 보고 나서 선택하는 편이 낫겠다. 두 번 사용할 수 있으면 평범. 세 번이면 우수. 네 번 이상이면 천재다.

"중요한 건 포인트를 확실히 남겨두는 거야. 상황을 보고서 쓸 수 있으니 말이야. 고성능 세계지도 같은 건 엄청 편리하지만, 이것도 나중에 취득할 수 있거든. 새로운 특수능력이 나온다면 경우에 따라서는 취득해야 할지도 모르겠지만, 이건 실제로 봐야만 알 수가 있으니까. 뭐, 어지간한 돌발 변수가 없는 한 체력이랑 생명력만 올리도록 해."

"흐음~. 어렵네."

"답이 있는 문제가 아니니까. 생활 스타일이나 성격 때문에 각자

최우선순위가 다를 테고."

기프트에는 처음에만 고를 수 있는 것과 나중에도 택할 수 있는 게 있다.

아이템류는 당연히 추후에도 선택할 수 있다.

나이, 특수능력, 전이 포인트, 불리한 요소.

이 네 가지는 처음에만 건드릴 수가 있다. 그러니 이 네 가지를 어떻게 처리하느냐가 관건이겠지.

……그러나 그것이야말로 가장 커다란 함정.

특수능력을 잘 택하면 강하지만, 결국에는 한 방면에만 특화되기 십상이다. 잔느 씨를 보면 알 수 있듯 단순히 체력 · 생명력에만 투자하는 편이 확실히 안정적이다. 또한 정령술은 정말로「적합한 사람」에게만 잘 맞는『마법』이다. 동경하는 마음은 알겠지만, 기본적으로는 덤이라고 생각하는 편이 낫다. 알렉스처럼 결국 거의 활용하지 못한다면 포인트를 낭비하는 셈이다.

"어쨌든 기본적으로는 신체능력 업을 중점에 두고서 생각해야 한다고 봐. 앞으로 아이템도 획득해야 할지도 모르니 처음에는 기프트를 최소한으로 선택해야만 할 거야. 물론 실제로 시작해봐야 알 수 있는 점도 있겠지만 말이야. 포인트를 전부 다 써야만 하는 방식으로 변경될 가능성도 있으니…… 애당초 언니가 포인트를 얼마나 받을지도 모르고 말이야."

포인트는 나이에 따라 거의 균일하게 지급됐다. 열다섯 살은 젊은 만큼 더 많이 받았던 것으로 안다.

20포인트짜리 특수능력이라면 하나 정도는 취득해도 될지도 모르겠다.

……뭐, 이런저런 조언을 해본들 언니가 내 말을 반드시 들어줄 리가 없었다. 지금 얌전히 훈련에 동의해준 이유는 어디까지나 본인도 필요성을 실감했기 때문이었다.

포인트 할당 문제도 내가 입이 닳도록 계속 떠들어댄다면 체력과 생명력에 5포인트씩은 배분해줄지도 모르겠다. 물론 달리 매력적인 기프트가 없다면 순순히 내 의향을 반영해줄 가능성도 있겠지만, 이것만은 본인이 결정할 문제.

내가 할 수 있는 것은 조언과 제안뿐이었다. 분하지만.

"언니. 포인트를 배분하는 문제는 정말로 중요하거든? 적당히 골랐다가는—."

"잘 안대도. 나도 죽고 싶지 않거든. 제대로 고를 거야."

"그렇게 해. 앗, 슬슬 다 왔네."

우리를 태운 차량이 교외에 위치한 비교적 깨끗하고 지어진 지 얼마 안 된 건물의 부지 안에 진입했다.

민간군사회사는 아직 새로운 분야지만, 린다의 지인이 운영하는 회사는 그럭저럭 버는지 얼핏 봐도 번듯한 회사인 듯했다.

"자, 린다. 언니를 부탁할게요."

"어?"

"예스, 보스. 오더대로 조치하겠습니다."

"스케줄은 연락을 받는 대로 메일을 보낼게요. 무슨 일이 생기면 연락하고요."

"어? 어?"

린다는 원래 이 PMSC에 몸을 담았던 용병이었다.

신병을 교육하고 시험하는 일도 했다고 하니 맡겨둬도 괜찮겠지.

물론 상당히 가혹하고 괴로운 나날이 될 테지만…… 열심히 해주길 바랄 수밖에 없었다.

뭐, 교관이 우락부락한 남자가 아니라는 점만은 위안이 될 테지.

"잠깐, 잠깐 세리카. 무슨 소리야?"

"뭐긴 뭐야. 아까 훈련을 시키겠다고 말했잖아? 괜찮아. 숙박시설도 있고, 식사도 영양만점의 음식들로 나올 거야."

"세리카는……?"

"난 할 일이 산더미 같아서 따로 행동해야 해. 나라에서 주최한 행사나 업무상 필요할 때는 나도 반드시 동행할 테니 걱정하지 마."

"하, 하지만……."

"자자. 시간이 없으니 훈련, 훈련! 적어도 제 몸을 지킬 수 있을 만큼은 강해져야만 해!"

린다가 나나미 언니의 목덜미를 잡고서 질질 끌고 갔다.

언니는 성미가 드센 타입이지만, 어차피 일본에서 태어나고 자란 우물 안 개구리에 불과하다. 이곳에서 실시되는 실전 같은 훈련이 매우 고되겠지만 그렇기에 바람직했다.

전혀 다른 세계로 떠나는 것을 우습게 여겨서는 안 되니까.

전이자별 게시판 나라별 JPN【No. 1000 쿠로세 히카루】4451th

3: 지구의 아무개
이야, 예상했던 대로 제2탄 전이가 왔구나. 내 손바닥을 들여다보기 전까지 심장이 터질 것 같았어.

5: 지구의 아무개
설마 했는데 진짜로 제2탄이 이리도 빨리 찾아올 줄이야. 이러다가 20년 만에 전 지구인이 저쪽으로 몽땅 이주하는 거 아냐? 늦기 전에 여러모로 청산을 해둘까…….

6: 지구의 아무개
꽝이다! 왜, 왜! 내가 진심이 부족했다는 말이냐!

8: 지구의 아무개
우오오오오오오오오오!! 꽝이다!!!

11: 지구의 아무개
검과 마법의 세계에 갈 수 있는 권리이니 말이야.
10만 엔에 팔아주면 안 되나?

13: 지구의 아무개
이세계에 가고 싶어 하는 사람이라는 조건 자체가 방편일지도 몰라…….

16: 지구의 아무개
보다 절실한 마음을 계속 품고 있을 수밖에 없겠네.
일을 그만두는 수밖에 없어. 배수의 진이야.

20: 지구의 아무개
어떤 식으로 포인트를 배분할지 시뮬레이션까지 완벽하게 끝마쳤던 내가 뽑히지 않았다니, 도 대체 왜냐고.

22: 지구의 아무개
「강한 마음」은 숫자로 나타낼 수 있는 개념도 아닌걸. 신은 아무리 생각해도 전지전능한 것 같지 않아. 혹시 평범한 고등학생 수준의 지능…… 어이쿠, 누가 온 모양이네.

26: 지구의 아무개
천벌!!

27: 지구의 아무개
왜 뽑히지 않은 거냐고오오오오! 나도 이세계에서 나 짱 쎄에에에에에 하고 싶다고오오오오!

29: 지구의 아무개
과시를 하고 싶어 하는 인간은 금세 죽는다는 설…….

30: 지구의 아무개
기존 전이자들한테는 실시간으로 통보하지 않은 것 같네. 히카루는 잔느랑 느긋하게 쇼핑 데이트를 즐기는 중이야.

41: 지구의 아무개
그럼 아직 메시지가 동결되지 않았나?
막판에 아슬아슬하게 보낼 수 있을 것 같아?

49: 지구의 아무개
투고 폼 자체가 동결돼서 무리.

52: 지구의 아무개
〉〉20
포인트 배분을 시뮬레이션한 인간은 억 단위쯤 있을 거야…….
난 정령력에 몽땅 투자할 거야(정령의 총애는 취득 안 함).

57: 지구의 아무개
왜 메시지를 금지시켰지?
악용이라니, 악용한 사례가 그렇게 많았나?

61: 지구의 아무개
정령력에 몽땅 투자하는 건 파티를 맺는 게 전제인 빌드야…….
저 세계, 물리쪽을 강화하는 편이 더 강하지 않아?

64: 지구의 아무개
세리카의 공작 때문에 잔느한테 메시지를 보내는 길이 좁아져서…….

69: 지구의 아무개
조금만 벌더라도 인기를 끌 수 있으면 뭐든 좋아. 나이를 조금만 건드려도 청춘을 다시금 보낼 수 있어. 그것만으로도 전이를 희망할 만한 이유로 차고 넘쳐 (중년의 감상).

71: 지구의 아무개
아니, 그건 예전에 다른 녀석이 테스트한 걸 이용했을 뿐 악용했다고 볼 수는 없잖아.

100: 지구의 아무개
살인사건이 있었잖아. 메시지를 통해서 돈을 갖고 있는 전이자의 위치를 파악하여 죽여버렸던 녀석.

105: 지구의 아무개
확실히 그건 악용이었어. 그보다도 메시지 내용을 진심으로 받아들인 전이자의 잘못이야.

114: 지구의 아무개
그래도 말이야. 시청자가 어떤 정보든 메시지로 너무 많이 보내는 게 잘못이야. 「저 녀석, 돈을 많이 갖고 있어!」 같은 내용은 굳이 알려줄 필요가 없어.

126: 지구의 아무개
이 경우는 어느 쪽이 악용했는지 판단하기가 어려워. 역시 익명이 나빠. 사는 나라와 성명이 반드시 뜨는 구조로 개편한다면 위험한 메시지를 상당히 억제할 수 있을 거야.

138: 지구의 아무개
당연히 실행한 놈의 잘못이지.

149: 지구의 아무개
희망사항을 보내둘까.

160: 지구의 아무개
근처에 레어 아이템을 갖고 있는 전이자가 있다는 걸 알기만 해도 죽여서라도 빼앗을 동기로 충분하니까…….

167: 지구의 아무개
희망사항을 보내는 게 중요. 신이 운영을 하고 있으니 인간의 마음을 잘 모른다는 건 의심할 여지가 없어.

173: 지구의 아무개
결국 전이자의 윤리관이 중요해. 이번 전이자들을 모아서 도덕 교육을 실시하는 게 좋겠어. 이세계는 쓰레기 처리장이 아니라고. 쓰레기 같은 놈을 보내는 건 정말로 옳지 않아.

180: 지구의 아무개
전이자 일람 갱신은 아직도 멀었나.

187: 지구의 아무개
권리를 되찾은 특별 선발자란 나나미를 가리키는 건가?

199: 지구의 아무개
걔 말고는 없겠지. 나나미, 기껏 부활했는데 결국 이세계로 보내지나.

206: 지구의 아무개
신「선의입니다!」

213: 지구의 아무개
달갑지 않은 선의라는 건 바로 이 상황을 두고 하는 말이네…….

228: 지구의 아무개
세리카와 카렌과 나나미 셋의 히카루 실황중계를 기대했는데.

238: 지구의 아무개
이번에는 고작 20일밖에 주질 않네…….

240: 지구의 아무개
히카루랑 재회할 수 있으니 잘된 거 아냐?

245: 지구의 아무개
나나미랑 히카루가 무슨 관계였는지 잘 모르겠네.

254: 지구의 아무개
그 앨범 속 사진을 봤잖아…….
아무 생각도 없는 상대의 사진을 잘 간직할 리가 없지…….

260: 지구의 아무개
일람이 갱신되더라도 일본인은 ㅇㅇ명! 이라는 정보만 가지고서 왁자지껄 떠들어댈 수도 노릇이야. 상세한 내용을 모르니 얼굴만 보고서 의견을 나누는 데는 한계가 있어.

264: 지구의 아무개
미남이나 미녀만 떠도 모든 게시판이 들썩거리는데 무슨…….

272: 지구의 아무개
내일 이후에나 정보가 모이려나?

286: 지구의 아무개
나나미의 몫만큼 일본인의 자리가 하나 줄었다는 설도 있으니 일본인은 적겠네.

300: 지구의 아무개
이번엔 300명이고, 지난번과 동일한 비율이라면 20명 안팎일까? 일본인은 악착같다고 해야 하나, 생존자가 많으니 어쩌면 늘릴 가능성이 있을지도.

309: 지구의 아무개
판타지 게임을 잘 아는 녀석이 더 빠르게 적응하는 부분은 확실히 있어.
뭐, 그 필두가 바로 잔느지만.

315: 지구의 아무개
그토록 게임 속 캐릭터처럼 행동할 수 있는 녀석은 희귀해.

321: 지구의 아무개
지식과 행동력을 함께 갖춘 드문 케이스야.

323: 지구의 아무개
이세계에 가고 싶은 마음이 강한 녀석이라고 했던가?
왜 난 뽑히지 않았을까?
아직도 마음이 약했던 걸까.

330: 지구의 아무개
일람이 나와야만 알 수 있겠지.
다만 우리처럼 현실을 도피하고 싶은 사람은 뽑히지 않는 게 않을까? 부정적인 생각을 자꾸만 하니까.

345: 지구의 아무개
포지티브한 부분만을 보고 동경할 수 있는 것은 어린애와 바보의 특권이니까.

357: 지구의 아무개
그럼 다음 전이자는 아이랑 바보가 대다수일까……? 지옥이잖아.

368: 지구의 아무개
신은 인간의 마음을 모르니 말이야. 충분히 그럴 수 있어…….

380: 지구의 아무개
일람이 갱신됐다!

395: 지구의 아무개
오호. 일본인은 역시 조금 많네.

400: 지구의 아무개
헐, 오자와?!

406: 지구의 아무개
역시 얼굴만 봐서는 아무것도 모르겠다.

419: 지구의 아무개
연령분포는 지난번이랑 동일한 것 같군.

422: 지구의 아무개
1057번 애, 귀엽네.

430: 지구의 아무개
헐, 오자와?!(2초 만에 두 번째)

437: 지구의 아무개
나나미는 귀여워.
1001번이니 히카루 옆이잖아.

440: 지구의 아무개
오자와라면 그 진범이잖아.

451: 지구의 아무개
진짜로? 그게 말이 돼?
진짜다…….

454: 지구의 아무개
살인귀를 택하다니…….
얼른 사형시켜라…….

456: 지구의 아무개
20일 만에 사형할 수 있어?

459: 지구의 아무개
첫 공판도 아직 열리지 않았는데.

464: 지구의 아무개
판결이 나오면 사형이겠지만, 어쨌든 20일 안에는 무리. 이세계 도피행 확정.

468: 지구의 아무개
역시 신은 인간의 마음을 모른다.

475: 지구의 아무개
그딴 놈을 이세계에 보내도 되는 거냐, 신!

480: 지구의 아무개
나쁜 녀석이라서 NG라는 발상이 없는지도 몰라. 메시지 악용은 용납할 수 없지만, 자신이 악인을 택하는 건 OK라는 폭군의 발상이네.

485: 지구의 아무개
아니, 이건 나나미나 히카루가 원수를 갚을 기회 아냐?

500: 지구의 아무개
어쌔신 히카루의 진면목을 발휘하는 건가.

510: 지구의 아무개
현재 히카루의 실력이라면 막 전이한 놈 따윈 닭 모가지를 비틀 듯 쉽게 베어버릴 수 있어.

514: 지구의 아무개
메시지가 동결된 게 안타깝네.

523: 지구의 아무개
다른 신규 전이자가 알려주는 방법도 있어.
다들 대량살인자는 싫겠지. 얼른 없애버리는 편이 나아.

534: 지구의 아무개
이세계에 가면 수많은 악인들 중 하나가 되겠지. 근데 히카루와 잔느의 약점과 현재 위치를 전부 다 알고 있으니까…….

542: 지구의 아무개
유치소에서 그런 정보를 얻을 수 있나?

550: 지구의 아무개
잘 모르겠지만 책이나 신문은 읽을 수 있을 거야.

555: 지구의 아무개
변호사도 어느 정도는 알려줄 테니까.

562: 지구의 아무개
얼른 사형시켰으면 좋겠어.
저런 녀석을 이세계에 보내다니 나라의 굴욕이라고.
어서 어떻게 좀 해줘.

570: 지구의 아무개
너, 옛날에 히카루한테 악랄한 메시지를 보냈던 녀석이지?

583: 지구의 아무개
법규를 무시하고 사형시키라고? 무리지. 재판이 끝나고 형이 확정된다면 모르겠지만.

591: 지구의 아무개
아래에 적힌 주의문구 봤어? 준비기간에 죽더라도 부활하여 전이시킨대. 맙소사.

600: 지구의 아무개
오자와의 대승리.

605: 지구의 아무개
히카루가 나나미를 죽인 범인이라고 오해를 받았을 때, 여론이 활활 타올라서 시청자를 많이 획득했는데, 오자와도 같은 전철을 밟겠지?

613: 지구의 아무개
보지 않고 배길 수 있겠어?

629: 지구의 아무개
절대로 볼 거야…… 분하지만…….

634: 지구의 아무개
뭐야, 부활이라니. 너무 우대해 주잖아.

638: 지구의 아무개
무작위 전위를 선택해서 바로 죽어버리면 되잖아?

644: 지구의 아무개
현재 세리카랑 카렌도 실황을 하고 있지 않아.
필시 지금쯤 화났을 거야.

656: 지구의 아무개
부활시킬 거였다면 애당초 첫 전이 때부터 했어야지. 악마에 홀렸다며 살해당했던 소년도 있었다고.

666: 지구의 아무개
스물네 명이나 죽었으니까.
한 사람은 되살아났지만.

669: 지구의 아무개
운영은 돌이킬 수 없어. 되돌리지 않겠지.
게임 운영도 그렇듯이.

678: 지구의 아무개
즉, 돌을 배포할 거다……?

689: 지구의 아무개
돌보다 포인트를 줘.

690: 지구의 아무개
제2탄 전이를 기념하여 돌을 배포할 수도 있겠네.

669: 지구의 아무개
희망사항을 보내둘게. 범죄자는 날려버리라고.

704: 지구의 아무개
신이 하는 짓을 보면 어딘가 나사가 빠져 있어.

716: 지구의 아무개
신이니까. 인간의 마음을 몰라.
아니면 알려는 의지조차 없어.

719: 지구의 아무개
걔 말고도 범죄자가 섞여 있는 거 아냐?「남보다 이세계에 가고 싶어 하는 사람」리스트에 한시라도 빨리 속세에 나가고 싶어 하는 놈들만 쫙 깔려 있다면 지옥이라고. 가뜩이나 후발조가 빌드 등 유리한 점이 많은데.

727: 지구의 아무개
속세로 나가고 싶은 놈들ㅋㅋㅋ

735: 지구의 아무개
웃을 일이 아니거든?

740: 지구의 아무개
뭐, 그래도 일단 일본인은 젊은 사람이 많은 것 같아. 실제 범죄자는 오자와 한 사람뿐인 것 같은데?

746: 지구의 아무개
미년성자는 알 수가 없어. 오자와도 미성년자이지만, 정보가 많이 유출된 바람에 범죄사실이 드러났을 뿐이고.

754: 지구의 아무개
어쨌든 내일이나 모레에 정보가 어느 정도 나오겠지. 아무리 그래도 범죄자가 너무 많으면 비판 여론이 일 텐데 어떻게 되려나.

760: 지구의 아무개
악의가 강한 녀석들이 많이 뽑혔다면 큰일이겠어.
다른 전이자를 노리겠지, 반드시.

768: 지구의 아무개
히카루가 새도 스토리지에 여러 가지가 넣고 다닌다는 건 널리 알려졌으니 악의를 품은 전이자의 표적이 될 가능성이 높아. 본인의 방어력도 종잇장 수준이고.

774: 지구의 아무개
실제로 총을 갖고서 전이한 녀석이 노린다면 손 쓸 방법이 없다고. 총탄이 서른 발쯤 있으면 중거리 사격으로 히카루와 잔느를 여유롭게 죽일 수 있어. 실력이 괜찮은 놈이라면 헤드샷 두 방으로 끝.

777: 지구의 아무개
살벌한 소리 하지 마…….

785: 지구의 아무개
이러다가 신이 「전이자를 죽이면 30포인트 증정!」 같은 소리를 한다면 느닷없이 데스 게임이 벌어지겠네.

796: 지구의 아무개
히카루랑 잔느는 결계석 하나는 늘 소지하고 있잖아? 고가의 장비품도 많고, 총알 두 발로 손에 넣을 수 있다면 나쁘지 않은 거래야. 이렇게 말하고 보니 보너스 캐릭터잖아.

804: 지구의 아무개
전이 예정자는 아직 전이하지 않아서 이런 의견을 진지하게 받아들일지도 모르니 진짜로 그만해.

815: 지구의 아무개
본 게시판에서는 히카루 안티가 전이자에 뽑혀서 포효하고 있더라…….

828: 지구의 아무개
진짜로? 본격적으로 위험해지는 걸.

836: 지구의 아무개
뭐, 근처에 전이할 가능성은 낮아.

845: 지구의 아무개
예를 들어 현대인은 도쿄와 오사카 사이를 나름 「가깝다」고 여길 테지만, 그 세계에서는 무진장 멀리 떨어진 거야. 게다가 바다까지 사이에 두고 있다면 만나기란 거의 불가능.

859: 지구의 아무개
그럼 나나미도 재회할 수 없겠네.

860: 지구의 아무개
본 게시판은 자동번역이라서 히카루 안티가 몇 명이나 되는지도 특정할 수 없어. 뭐, 전이가 시작된 뒤 행동을 보면 알 수 있겠지만.

864: 지구의 아무개
안티 역시 모처럼 이세계에 왔는데, 굳이 히카루한테 가서 안티 짓을 할 만큼 한가롭지도 집요하지도 않겠지.

871: 지구의 아무개
할 일이 없는 중년일 테니까. 애당초 이세계에 가면 전력을 다하지 않으면 살아남을 수도 없어.

877: 지구의 아무개
히카루가 우려했던 「권력자가 전이자를 감금」하려는 동향이 있나?

885: 지구의 아무개
있어. 히카루가 있는 대륙은 전이자가 적어서 그런 움직임이 없지만, 동쪽의 로셰실 대륙에서는 조금씩 나타나고 있어.

894: 지구의 아무개
뭐, 그것도 전이자한테 달렸네.

범죄의 쾌감에 홀린 바보가 한 사람이라도 전이한다면 체포 작전이 언제 시작되든 이상하지 않아…….

903: 지구의 아무개
그런 의미에서도 메시지를 동결한 건 바람직한 조치였을지도 모르겠네. 「그란 앨리스맬리스에 있는 누군가가 전이자」라는 정보만 슬쩍 흘려도 여러 명이나 붙잡힐 테니.

917: 지구의 아무개
메시지 기능은 인류한테는 너무 빨랐어……. 기껏 이세계로 전이했으니 자신의 힘만으로 노력해야만 해.

923: 지구의 아무개
컨닝 기능으로썬 너무 우수하긴 했지.

930: 지구의 아무개
근데 메시지가 금지되면 누군가가 노린다고 알려줄 만한 수단이 없어. 나나미가 먼저 도착할지, 아니면 오자와를 비롯한 안티가 먼저 도착할지.

935: 지구의 아무개
마치 헌터가 실존하는 것처럼 말하지 마! 그런 건 보고 싶지 않다구!

940: 지구의 아무개
아니, 반드시 보게 될 거야.

947: 지구의 아무개
누군가가 자신을 노린다는 걸 알려주는 행위 역시 일종의 컨닝이라고 할 수 있는데.

950: 지구의 아무개
신이 예상치 못한 폐해라고 할 수 있잖아?

인간의 악의를 얕보지 마라.

953: 지구의 아무개
신은 성선설을 바탕으로 행동하고 있나?

955: 지구의 아무개
결국 뭐가 어떻다는 거야?

960: 지구의 아무개
적과 아군, 둘 중 누가 먼저 히카루와 합류하느냐가 중요하다는 뜻.

963: 지구의 아무개
하지만 히카루 안티 중에 총을 소지할 만한 녀석이 없다면 문제없겠지.
평범한 무기로 일격에 쓰러뜨리는 건 불가능하니까.

967: 지구의 아무개
근처에 사람이 있는 상황에서는 어려울 거야.
잔느가 근처에 있다면 바로 살해당한다.

974: 지구의 아무개
빛의 스토커도 있고 말이지…….
어라? 나름 괜찮을 것 같기도?

986: 지구의 아무개
기껏 전이자로 뽑혔는데 일부로 그런 리스크를 무릅쓸 녀석이 어디 있겠냐.
너희들, 대체 무슨 뜬구름 잡는 소리들 하고 있냐?

1000: 지구의 아무개
내가 뽑혔다면 히카루를 도우러 갔을 텐데……. 리프레이아도 실물로 볼 수 있었을 텐데…….

1014: 지구의 아무개
보고 싶긴 하네, 실물 리프레이아.

1025: 지구의 아무개
실물 리프레이아의 맨 다리에 끼이고 싶어라.

1039: 지구의 아무개
뭐…… 이번에는 고작 300명밖에 뽑질 않았으니 말이야.

1050: 지구의 아무개
신은 천 명을 확보해두고 싶은 건가?
그렇다면 인원수가 줄어들면 제3차 모집도 있을지도…….

1059: 지구의 아무개
있기야 있겠지만 다음은 어떤 기준으로 뽑힐지 알 수 없고, 또 「강한 마음」이 기준일지라도 그토록 절실한 마음을 활활 일으키는 건 불가능해.

1068: 지구의 아무개
전이자가 죽으면 죽을수록 다음 모집 시기가 빨라진다면 그 역시 신이 인간의 악의를 이해하지 못한 패턴 아냐???

1077: 지구의 아무개
인간들 중에 그런 나쁜 놈들만 있는 건 아니지. 그런 놈도 있기야 하겠지만 극소수야.

1100: 지구의 아무개
근데 왜 이 타이밍에 제2탄 전이를 실시한 거야? 불과 어제 시스템 업데이트를 했잖아?

1111: 지구의 아무개
공식연표가 갱신됐어. 단순히 전이자 중 생존한 사람이 701명에서 700명으로 줄어들어서 실시한 거야.

1125: 지구의 아무개
그렇구나……. 하필 나나미가 되살아난 타이밍에? 그럼 추후에는 다시 살아나더라도 이세계에 전이되지 않는다는 뜻?

1137: 지구의 아무개
몰라. 되살아난 뒤에 추가 전이자로서 전이시킬지도 모르고.
어쨌든 제3차 전이자로 보내질 가능성이 높아. 모든 건 신의 마음대로지.

1150: 지구의 아무개
근데 벌써 300명이나 죽었나.
아직 한 달여밖에 지나지 않았는데 너무 많이 죽었네.

1164: 지구의 아무개
마물과 싸워야만 생활을 꾸려나갈 수 있는 신세로 전락하기 십상이니까. 그렇지 않은 생활을 영위하더라도 결국에는 싸워야할 필요가 생겨서 싸우다가 죽고 말이야. 이러니저러니 해도 「전투」에 특화되어 살아가는 녀석이 생존율이 더 높아. 평범하게 생활하다가 마물이 출몰했을 때만 싸우겠다는 녀석부터 죽어나갔어.

1175: 지구의 아무개
미궁의 얕은 층은 마물이 약하고 아래로 내려갈수록 서서히 강해지지만, 야생동물은 그렇지 않잖아.
지구에서도 느닷없이 늑대나 곰과 맞닥뜨리는 사례도 있으니까. 드물지만 괴물도 출현하니 그랬다가는 끝장이야.

1189: 지구의 아무개
훈련하기에 적당히 약한 마물만 나오는 것도 아닌걸. 인간을 습격하는 동물은 기본적으로 「이길 수 있겠다」 짐작하고서 덮치니까.
역설적으로 던전이 더 안전…….

1233: 지구의 아무개
앗, 신이 전이자한테도 공지를

했네. 그들 입장에서 메시지 기능 동결은 마른하늘에 날벼락 같은 일일 텐데…….

1240: 지구의 아무개
메시지에 의지하여 행동했던 사람도 제법 많았으니 말이야. 사망자가 또 늘어날지도 모르겠구나…….

◇◆◆◆◇

【히카루 시점】

집을 빌린 우리는 길드 직원과 헤어져 생활물품 등을 사기 위해 시장으로 향했다.

방에 최소한의 가구는 비치되어 있지만, 나머지 것들은 직접 장만해야만 한다. 그저 잠만 자는 용도라면 그냥 써도 되겠지만, 식사를 직접 차려먹으려고만 해도 필요한 것들이 늘어난다.

뭐, 돈에 다소 여유가 있으니 어떻게든 되겠지.

시간을 들여서 생활물품을 어느 정도 사들인 뒤 집으로 돌아갔다.

이런 때 섀도 스토리지는 편리하다. 적당히 던져두기만 하면 되고, 그럭저럭 큰 물건도 들어간다.

침대는 비치되어 있지만, 매트리스나 깔개 등이 없었다. 실제로 내일이나 모레쯤 되어야 생활을 시작할 수 있을 것 같았다.

이 부근은 기후가 온화한지라 얇은 이불만 있어도 충분할지도 모르겠다. 그러나 어쨌든 생활하는 데 필요한 물품들이 태부족했다.

한곳에서 모든 것을 다 장만할 수 있는 대형 상점은 없으므로 시간을 착실히 들였다.

새로운 집에는 방이 많았다.

그 중에서 각자 방을 정한 뒤 짐을 옮겼다.

나는 2층 계단을 올라가서 오른쪽 방, 잔느는 왼쪽 방을 택했다.

짐을 내려놓고서 방을 나오니 마침 잔느도 나오는 참이었다.

"쿠로. 포인트는 있나?"

뜬금없는 질문이었다. 그녀답다면 그녀답다고 할 수 있겠지만.

"어, 갑자기 왜? 아예 없는데."

"제로?! 위험천만한 녀석이군, 넌……. 포인트는 보험이니 최대한 남겨두는 편이 낫다는 걸 몰라?"

"그야 알지만, 사정이 있어서."

저번에 3포인트로 만능약을 사서 리프레이에게 넘겼기에 내 포인트는 텅텅 비었다.

크리스털도 얼마 안 돼서 1포인트와 교환하기에는 턱없었다. 보험용 포인트가 없으니 앞으로 위험할지도 모르겠지만, 지금껏 나는 꼭 필요한 상황에서만 포인트를 소비해왔다.

앞으로 다시 모을 테니 문제없겠지.

"난 늘 6포인트는 남겨두도록 유념하고 있다."

"6포인트나?! 대단하네."

잔느는 언제나 상당한 시청자들을 거느리고 있으니 손에 들어오는 양도 많겠지.

그래도 6포인트를 늘 남겨두다니 꽤 대단했다.

"그래서 6포인트를 빼고 남는 포인트는 써도 되는데, 일단 매트리스랑 교환할까 생각한다."

"괜찮지 않을까? 난 이 세계의 침대에 별 불만은 없지만, 포인트로 교환할 수 있는 침대는 고성능이니까."

여관 매트리스는 짚 같은 것으로 내부를 채워서 따끔따끔했다. 그래서 여성은 불편할지도 모르겠다.

“응. 근데 매트리스는 크든 작든 동일한 포인트— 1포인트로 교환할 수 있는데. 쿠로, 나랑 함께 잘 텐가?”

“어? 뭐?”

“룸 셰어를 하는 사이이니까. 좋은 침대를 나만 독점하면 미안하잖아? 퀸 사이즈가 얼마나 큰지는 모르겠지만 두 사람 정도는 잘 수 있겠지. 그리고 무슨 일이 생겨도 금세 통보할 수 있어서 방범 목적으로도 좋다고 본다.”

잔느가 진지한 얼굴로 나를 똑바로 쳐다보며 말했다.

어라? 이제 막 서로의 방을 골랐는데?

“아, 아니, 역시 잘 땐 혼자서 잘게.”

“음? 그래…… 그렇겠군. 뭐, 그럼 그래도 좋다.”

잔느가 그렇게 말하고서 자기 방으로 홱 들어갔다.

뭐야……?

뭐, 어쨌든 내 매트리스만 직공에게 주문하면 될 듯했다.

이제는 물일을 할 때 쓸 도구와 가구가 더 필요했다. 개인적으로 옷도 조금만 더 장만해두고 싶었다.

의자와 탁자는 이미 구입했지만, 소파도 있는 편이 나을까?

미궁이 다시 열기까지 앞으로 엿새나 남았다. 집을 정비하는 기간으로 여기면 딱 좋을지도 모르겠다.

구입한 물건을 한바탕 설치한 뒤 잔느와 저녁을 먹으러 나가려고 했다. 바로 그때.

스테이터스 보드가 튀어나오더니 머릿속에서 목소리가 울려 퍼졌다.

『딩동댕! 이세계 전이자 여러분한테 알려드립니다! 앞으로 20일

뒤에 제2탄 전이자 300명이 그쪽 세계로 전이합니다! 만약에 근처에 전이한 사람이 있다면 선배로서 여러 가지를 알려주세요!』

신이 늘 들어왔던 그 경박한 목소리로 뜬금없이 그런 소리를 했다.

스테이터스 보드에 표시된 이세계 전이자의 총 인원수는 700명이었다. 인원 보충일까? 신의 의도를 잘 모르겠다.

단순히 전이자들의 생활이 어느 정도 안정됐기에 모험이 부족해서 신규 멤버를 보충하기로 결정했는지도 모르겠다.

"음……. 드디어 왔나? 생각했던 것보다 이르군."

"무슨 소리야?"

"전이자 중 많은 사람들이 죽었어. 숫자가 자꾸 줄어들고 있다는 걸 쿠로도 느끼지 않았나? 당연히 각자 어딘가에 정착했겠지만, 현 페이스를 보면 1년 뒤에는 절반으로 줄어드는 게 거의 확실해. 그렇다면 신은 어느 시점에 인원을 보충해야겠다고 판단할 수밖에 없겠지."

그렇구나. 확실히 전이자가 줄어드는 속도가 빠르다고 나도 느끼긴 했다.

역시나 인원을 보충하리라 예상하지는 못했지만.

"……어쨌든 주의하는 편이 좋겠군. 새롭게 온 녀석들은 포인트를 효율적으로 운용하는 방법을 알 테고, 무엇보다 우리에 관한 정보도 알고 있겠지? 특히 나랑 쿠로는 시청자가 많아. 전투 스타일부터 소지 아이템, 무엇보다 『약점』이 훤히 드러났다고 받아들이는 편이 좋을 거야. 이 세계에서 효율적으로 살아갈 작정이라면 맨 먼저 우리를 죽인 뒤 아이템을 빼앗는다면 앞으로 생활하기가 편해질 테니까."

"……무슨 소릴……. 아니, 그런가…… 그럴지도 모르겠어."

인간의 악의는 신물이 날 만큼 접해왔다.

전이자를 죽인다면 포인트를 써야만 획득할 수 있는 아이템이나 장비를 입수할 수 있다. 간단히 죽일 수 있는 상황에서 다른 전이자를 노리지 않을 사람이 없다고는 장담할 수 없다.

잔느가 어떤 도구를 갖고 있는지 자세히 모르지만, 치유의 스크롤(대) 하나만 얻을 수 있더라도 충분히 횡재라고 할 수 있다.

안내방송이 이어졌다.

『제2탄 전이에 앞서서 잠시 동안 메시지 기능을 동결합니다. 이는 악의가 넘치는 메시지와 악용자가 너무 많아서 일부 기능을 조정하려는 목적 때문입니다. 또한 신규 전이자가 지구인들로부터 조언을 받지 않고 순수하게 이세계의 모험을 즐길 수 있도록 권장하려는 목적도 있습니다. 기간은 오늘부터 50일간입니다.』

메시지 동결…….

메시지를 전혀 보지 않는 내 입장에서는 무관한 이야기였다. 그러나 잔느나 다른 전이자들에게는 영향이 있겠지.

저쪽 세계와 완전히 단절한 채 살아가는 사람만 있지는 않을 테니까.

"오호, 신이 제법 잘 아는구나."

"어?"

"모처럼 이세계에 왔는데, 저쪽 세상의 목소리에 현혹되어 스스로 자유를 버리는 바보 같은 짓을 벌이니 말이야. ……메시지를 행동하는 기준으로 삼았던 내가 할 말은 아니다만."

"기준으로 삼았어?"

"완전한 자유가 부여되니 의외로 주체하질 못하겠더라. 튜토리얼처럼 활용할 작정이었어. 동료도 구했으니 이제는 필요 없다."

"그렇구나……."

잔느는 나와 만나기 전까지 다른 전이자와 만난 적이 없다고 했다.

그래서 길을 가다가 들른 마을에서 애로사항을 처리하면서 커다란 도시를 목적지로 삼았다나?

미궁을 답파하기로 정했으니 이제 그 튜토리얼 퀘스트는 필요하지 않다. 그런 의미겠지.

『또한 포인트나 크리스털로 교환할 수 있는 아이템이나 능력도 변경할 예정이니 확인해주세요! 그럼 즐거운 이세계 라이프를!』

그 목소리를 끝으로 안내방송이 멎었다.

잔느가 당장 스테이터스 보드를 조작했다.

"기존 메시지는 읽을 수 있지만, 새로운 메시지는 더는 들어오지 않는 모양이네. 다른 변경점은…… 그렇구나, 그래…… 이건 난처하게 됐군."

잔느가 조작하면서 얼굴을 살짝 찡그렸다.

나도 스테이터스 보드를 조작하고 있는데, 어디가 난감하게 바뀌었다는 말이지?

"어디야? 뭐가 바뀌었어?"

"지도야. 고성능 지도는 취득했겠지?"

"그렇지……. 아, 뭐, 확실히 취득하긴 했지만, 세계지도뿐이야."

"한번 봐라. 보면 알 수 있어."

고성능 세계지도는 3포인트로 교환할 수 있는, 스테이터스 보드

확장기능이다.

탭을 선택하면 세계지도를 언제든지 열람할 수 있고, 또한 자신의 위치를 빨간 점으로 나타내주는 편리한 기능도 탑재되어 있다. 방각도 표시해주기에 어디에 멀리 가고 싶을 때는 이 지도만 있으면 헤맬 일이 없다.

더불어서 현재 위치의 위험도. 지명. 인구밀도. 가까운 도시까지의 거리도 표시해준다. 이 세계에서 살아갈 작정이라면 취득해두더라도 손해 볼 일은 없다고 할 수 있다.

아마도 무슨 기능이 추가됐겠지. 나는 그렇게 생각하면서 탭을 선택했다.

"음? 뭐야, 이거? 파란색 점이 늘었어."

지도에 무수한 파란 점이 추가로 표시되어 있었다. 지금까지는 이런 것이 분명 없었다.

내가 있는 위치에는 당연히 빨간 점. ……아니, 겹치듯 파란 점이 하나 있었다.

조금 떨어진 곳에 파란 점이 하나.

"알겠지? 신이 친절하게도 이런 쓸데없는 새 기능을 넣어줬어. 다시 말해 연락을 주고받지 않고도 합류할 수 있도록 다른 전이자의 위치를 파악할 수 있게 해줬다 이 말이야."

"어, 어째서 굳이 이런 기능을……?"

"글쎄. 신의 생각을 인간이 어떻게 헤아리겠어……라고 말하고 싶지만, 메시지 대용이겠지. 지금까지는 지구에서 다른 전이자의 위치를 일부로 알려주기 위해 메시지를 많이 이용했겠지. 실제로 나도 메시지를 통해 널 알게 됐으니까."

알렉스와 처음 만났을 때도 그 녀석은 메시지를 보고서 내가 전이자라고 판단했다. 다시 말해 전이자끼리 접촉케 하기 위한 목적으로 메시지를 이용했던 사례가 많았다는 뜻인가?

"업데이트 취지는 알겠지만, 우리한테는 불리할 것 같다. 이 부근에는 다른 전이자도 거의 없고, 새로운 곳으로 이동해도 되겠지만, 굳이 그렇게까지 하는 건 아니꼽지."

"저쪽에서 접근하는 것도 파악할 수 있으니 그나마 나은 거 아냐?"

"분명 낫긴 하지만, 전이자가 지구에서 무슨 무기를 갖고서 전이해왔는지 알 수가 없잖아? 제아무리 나라고 해도 총은 당해낼 방법이 없다. 쿠로도 그렇지?"

"특히 난 미움을 받고 있으니까……."

전이자가 나를 죽이러…… 올까?

올지도 모르겠다. 적어도 나는 경계하면서 행동하는 편이 좋겠지. 그렇게 생각하니 지도에 전이자의 위치가 표시되는 기능은 오히려 나에게 유리한가?

"쿠로가 미움을 받고 있다면 나 역시 미움을 받고 있다고."

"그럴 리가 없지."

"왜 그렇게 단언하지? 메시지를 열어보지 않았던 네가 뭘 알아?"

"난…… 살인자…… 내가 나나미를…… 나나미의 부모님을 죽였다는 누명을 썼다고. 나나미가 되살아나서 그 오명을 씻어주면 좋겠지만, 나나미도 기습을 당하고 죽어서 범인의 얼굴을 보지 못했을지도 몰라. 그렇다면 결국 범인이 누군지 여전히 모른다는 뜻이야.”

나나미는 설령 범인의 얼굴을 보지 못했더라도 내가 범인이 아니라고 증언해주겠지. 그러나 세상이 그 말을 믿어줄까? 얼굴은 보지 못했지만 범인이 아니라는 증언에 얼마나 의미가 있을까?

물론 나나미가 범인의 얼굴과 이름을 모두 알고 있어서 증언을 해줬을 가능성도 있었다.

결국 저쪽 세상에서 무슨 일이 벌어지는지는 알 수가 없었다.

메시지가 동결돼서 새로운 정보를 얻을 수 있는 가능성도 닫혔다.

뭐, 내가 무고하다는 걸 알았다면 시청자수가 줄어들 터…… 아니, 잔느와 함께 있어서 주목도가 올라가버렸나?

시청자수는 그다지 참고할 만한 기준이 아닐지도 모르겠다.

“……쿠로. 그런 생각을 언제까지 하고 있을 셈이냐, 이제 그만해.”

“어?”

“메시지가 동결됐으니 잘 됐어. 넌 이제 저쪽 세계는 잊어버려.”

“그렇게 말한들…….”

나도 잊고 싶었다.

몇 번이나 잊자고 생각했다.

몇 번이나 몇 번이나 몇 번이나 몇 번이나 잊으려고 했다.

“……이봐 쿠로. 아침에 나나미를 되살렸어. 메시지가 동결됐다는 건 나나미가 정말로 되살아났는지, 건강하게 잘 지내는지 확인할 길이 없어졌다는 뜻이야. 그렇지? 설령 기능이 살아있더라도 메시지에 적힌 내용은 이름조차 모르는 누군가가 적은 글에 불과해. 거짓인지 진실인지 알 도리가 없다는 말이야. 그런 빈약한 정보에 휘둘리는 건 바보 같지?"

"그건…… 그럴지도 모르겠지만."

"내가 보기에 넌 저쪽 세계를 너무 신경 써. 어차피 이제 우리는 진정한 이세계인이 됐다. 저쪽에서 무슨 일이 벌어지든 우리랑 무슨 관련이 있나? 포인트가 필요해서 신이나 시청자의 꼭두각시라도 될 참이냐? 정 무시할 수가 없다면…… 내가 잊게 해줄까?"

잔느가 몸이 닿을 듯 거리를 좁히며 말했다.

우물쭈물 거리는 내 모습이 한심스러워서 짜증이 치밀었겠지. 그녀의 얼굴이 조금 붉어졌다.

……분명 그녀의 말이 맞다.

나는 너무 눈치를 보고 있었다. 그것이 마음을 좀먹고 있는 지경이었다.

시청자가 적은 전이자가 이런 말을 했다면 마음에 울리지 않았을지도 모르겠다. 그러나 잔느는 나보다 훨씬 많은 시청자에게 노출되어 있다. 어쩌면 나보다도 유일하게 총 시청자수가 많은 전이자일지도 모른다.

그렇다면 당연히 사리분별 없는 메시지도 받아본 적이 있겠지.

그것을 강철 같은 의지로 물리쳐왔다.

"……잔느는 멋있네."

잔느의 짙은 감청색의 눈동자는 마치 내 약점을 꿰뚫어보듯 깊고도 투명했다.

인형처럼 하얗고 가지런한 외모에서는 연약한 기색이 전혀 드러나지 않았다.

그러나 나는 아직도 그렇게까지 떨쳐낼 수가 없었다.

"난 너처럼 강해질 수 없어. ……아직도 어린애라서 그럴 거야, 분명."

"……조금씩이라도 좋아. 게다가 곧 제2진도 와. 싫어도 강해져야만 해. ……만약에 정말로 목숨을 노리는 자가 있다면 망설임은 곧 죽음이니까."

제2진이 정말로 나와 잔느를 노릴지는 그때가 와야만 알 수 있다. 어디까지나 가능성……에 불과한 이야기일지도 모른다.

그러나 정말로 나를 노리는 자가 나타난다면 죽일 각오를 품지 않는다면 위험하겠지.

나는 마음속으로 아직도 저쪽 세계를 정리하지 못했지만.

잔느와 함께 있다면 정말로 모두를 잊고서 앞으로 나아갈 수 있을지도 모른다.

"……자, 이제 잘 생각인데 어쩔래? 침대는 이미 꺼내놨는데."

"어? 저녁은?"

"저녁……이라고……?"

짐을 푼 뒤에 밥이나 먹으라고 가자고 말하려던 참이었는데.

"아냐, 피곤하겠네. 배도 그렇게까지 고프지는 않으니 오늘은 이만 여관으로 돌아갈게. 짐도 조금 남았으니."

"……아, 아냐. 그렇구나. 그래, 저녁밥이었구나. 저녁은 먹으러 가자. 갑자기 신이 공지를 하는 바람에 깜빡했어. 배는 고프거든."

"그래? 그럼 먹으러 가볼까? 추천하는 가게가 있어. 새우는 먹을 줄 알아?"

"좋아하지."

저녁을 먹은 뒤 나는 여관으로 돌아갔다.

잔느는 왠지 아쉬워하는 눈치였지만, 줄곧 이세계에서 혼자였으니 적적했는지도 모르겠다.

뭐, 내일부터는 나도 그 집에서 살게 된다. 공동생활을 앞두고서 불안하지 않을 리는 없겠지만 어떻게든 되겠지. 여차하면 잔느가 말했던 것처럼 메이드라도 고용하면 되지 않을까, 그렇게 생각했다.

이튿날, 나는 여관에서 퇴실하고서(미리 지불했던 돈은 돌려받지 못했다) 빌린 집으로 향했다.

집세는 비싸지만, 뜰이 딸린 단독주택에 미궁과도 가까웠다. 이 도시에서는 더할 나위가 없는 조건이었다. 신전에서 멀리 떨어져 있다는 것도 중요했다.

내가 이 세계에 전이할 때 취득했던 기프트『정령의 총애』는 이 세계에서는『사랑받는 자』라고 부른다. 정령력을 외부에서 보충할 수 있다는 이점이 있는 반면에 대정령에게 사랑받는— 먹혀버리고 마는 단점이 있다. 감지 가능 범위 안으로 들어가면 대정령이 신전에서 뛰쳐나오고 만다.

실제로 한 차례 위험했던 상황이 있었다. 나는 이 도시에서는 대정령이 있는 신전에 접근하지 않도록 조심하면서 살고 있었다.

어느덧 집에 도착했다. 잔느가 지내는 방 창문은 닫혀 있었다.

이미 이른 아침이라고 할 수 있는 시간인데, 아직도 자고 있나?

나는 열쇠로 문을 열고서 안으로 들어갔다.

형광등도 LED도 없는 세상인지라 집 내부는 무척 어두웠다. 나는 나이트 비전 기프트를 갖고 있지만, 평범한 사람에겐 스트레스겠지. 조명기구를 대신할 수 있는 정령구를 판다고 하니 가격만 맞는다면 구입해도 괜찮을 듯했다.

잔느는 역시나 자고 있었다. 깨워서 오늘 어떻게 할지 물었다.

"쇼핑, 갈 거지?"

"뭐, 난 그럴 거야. 그리고 다른 볼일이 있긴 한데 그쪽은 금방 끝나."

"나도 간다. 미궁이 다시 열기까지 시간이 꽤 남았지? 게임이라도 있다면 닷새쯤은 순식간일 텐데……."

분명 저쪽 세계였다면 닷새 휴일쯤은 눈 깜짝할 새에 지나갔겠지.

그러나 이 세계에서는 시간을 적극적으로 사용하지 않는다면 주체할 수가 없을 지경이었다. 뭐, 도시를 둘러보는 것만으로도 충분히 심심풀이는 되겠지만.

잔느가 채비할 때까지 기다렸다가 우리는 밖으로 나갔다.

"길드 옆 건물에 잠시 볼일이 있어."

"길드 옆?"

"그래. 링크스 상조회에 용건이 좀. 정말로 잠깐만 들르면 돼."

요전에 낚시로 잡았던 생선이 남아돌았다.

링크스는 고양이이니 생선을 좋아하겠지. 편견일지도 모르겠지만.

조금 걸어가니 링크스 상조회가 소재한 낡은 건물에 도착했다.

몇몇 링크스들이 건물 앞에서 볕을 쬐며 꾸벅꾸벅 졸고 있었다.

"안녕. 그레이프푸르는 있어?"

"음나? 푸르? 미궁은 휴업인데냥."

"알고 있어. 음식을 좀 주려고."

"음식? 금방 불러올게냥!"

흑백 줄무늬 링크스가 건물 안으로 파닥파닥 들어갔다.

아마도 링크스들은 이 건물 안에서 생활하는 듯했다. 물론 모두가 다 그렇지는 않겠지만, 아파트를 빌리는 데도 돈이 든다. 대정령과 계약을 맺을 돈을 모을 때까지 공동으로 생활하면서 절약하겠지.

"……이봐, 쿠로."

"음? 왜 그래?"

"뭐냐, 방금 그 생물은."

잔느가 뺨을 붉히며 몹시 진지한 표정을 지었다.

링크스를 본 적이 없나?

"쥐 인간인가? 귀는 크지만 털이 많이 나지 않았으니 쥐는 아니겠고. 족제비? 아니면 개……도 아닌가? 고양이처럼 생긴 것도 같아. 어쨌든 포유류와 인간의 혼혈 같은—."

"지, 진정해. 링크스는 아마도 고양이 수인일 거야. 게다가 인간도 포유류야."

"고양이구나! 고양이…… 고양이 인간……. 그런 게 다 있었구나……."

왠지 묘하게 흥분한 눈치였다.

뭐, 나도 처음에 만났을 때는 놀라긴 했지만.

그보다도 링크스는 꽤나 고양이처럼 생겼는데, 잔느의 눈에는 쥐처럼 보였나……? 자라난 환경이 달라서 그런가?

"뭐냥, 뭐냥? 배가 고파서 죽을 것 같아서 별로 움직이고 싶지 않은데냥."

"보아하니 푸르의 지인인 것 같던데냥? 이쪽, 이쪽이냥."

"배가 고파서 눈이 핑핑 돈다냥. 냥냥냥…… 음냐? 히카루 씨!"

투덜거리며 밖으로 나온 그레이프푸르가 나를 보더니 눈빛을 반짝였다.

마왕을 토벌했을 때는 함께 미궁에 들어가지 못했고, 그 후에도 한 번도 만난 적이 없으니 꽤 오랜만에 보는 느낌이었다.

실제로는 며칠 정도겠지만.

"들었다냥! 마왕 토벌의 제1등 공훈자라고! 역시 히카루 씨다냥!"

그레이프푸르가 냥냥 거리며 까불거렸다. 우연히 마왕 토벌의 제1공훈자로 뽑혔을 뿐인데, 저토록 기뻐해주니 나까지 흐뭇했다.

"푸르, 그 유망한 탐색자랑 아는 사이냥? 나한테도 소개해줬으면 좋겠어냥."

"나도 2층 전문 척후에서 얼른 탈출하고 싶어냐옹."

"내가 히카루 씨랑 만난 건 순전히 운이 좋았기 때문이야냥."

링크스끼리 냥냥 거리며 재잘거리는 모습은 마음이 치유될 만큼 꽤 귀여웠다.

옆에서 잔느가 핏발이 선 눈으로 쳐다보고 있는 것 같은데 내 착각일까?

"푸르. 너희들, 생선을 먹을 줄 알아?"

"어? 갑자기 왜 그러냥? 물론 생선은 아주 좋아하지만."

"아니, 지난번에 낚시에 너무 열중했지 뭐야. 좀 나눠줄게."

"진짜냥?! 죽을 만큼 배가 고파서 너무 기쁘다냐아아앗~!"
푸르가 느닷없이 괴성을 질렀다.
무슨 일인가 싶더니 뒤에서 잔느가 끌어안았다.
"복슬복슬복슬……. 이 고양이들은 대체 뭐냐아……. 말랑말랑푹신푹신한 이 녀석…… 복슬복슬복슬."
"냐냐냐냐냐! 뭔가요, 이 사람은! 괴력이다냥! 뿌리칠 수가 없어냐아아아!"
"우리 집은 반려동물 금지였다고…… 줄곧 살아있는 동물을 키우고 싶었는데…… 복슬복슬복슬. 뭐냐, 이 생명체는…… 고양이인가…… 커다란 고양이란 말이냐…… 이 녀석……. 복슬복슬, 고양이……."
잔느가 그레이프푸르를 안고는 복슬복슬한 털에 얼굴을 묻고서 뭐라고 중얼거렸다. 객관적으로 보니 대단히 무서웠다.
근처에 있던 링크스들도 질색했다.
"냐냐냐냐—! 떼어내 줘~. 이 사람 떼어내 주라냥~."
"자자, 잔느. 어서 떨어져. 아직 소개도 안 했다고."
"흠냐흠냐흠냐, 조, 조금만 더……."
엄청난 힘으로 푸르를 계속 쓰다듬던 잔느를 어떻게든 떼어내자 그녀가 겨우 원래대로 돌아왔다.
"이야, 미안하다. 오랫동안 스트레스에 찌들었더니 그 반동으로……. 용서해다오. 난 잔느. 잔느 콜레트야."
"그럼 잔느 씨도 탐색자인가냥?"
"그래. 그래봤자 어제 막 등록한 신참이지만."
"오호, 오호. 난 척후인 그레이프푸르예요냥. 기회가 있다면 고용

© Niθ

해주세요냥."

마구 쓰다듬었는데도 그리 싫진 않았는지 그레이프푸르가 평소처럼 영업했다.

정신력이 꽤나 터프하구나.

……라고 말하고 싶었지만, 줄곧 내 뒤에 숨어 있기만 했으니 역시나 상당히 겁을 먹은 듯했다. 그야 겁을 먹을 만도 하겠지. 나도 겁먹었다. 잔느는 같은 지구인이지만 상식이 조금 통하지 않는 괴짜 같은 구석이 있네.

"그건 그렇고 생선을 담을 그릇이 없으니 부엌이나 놔둘 만한 곳까지 안내해줬으면 좋겠는데."

"그럼 안에서 받도록 할게요냥. 지금 내부가 조금 난장판이긴 하지만냥."

링크스 상호회 안에 들어가니 온갖 링크스들로 가득했다.

더욱이 대부분 축 늘어져서 자고 있었다.

"오오오오오오오오! 고양이 저택!"

"진정해. 링크스는 고양이가 아냐. 멋대로 쓰다듬으면 실례야."

"하, 하지만! 이걸 보고도 가만히 있을 수 있나?!"

"강철의 정신력은 어디로 가버렸어……."

뭐, 확실히 링크스는 모두 귀여웠다. 어쩌면 우리 같은 전이자만 느끼는 감각일지도 모르겠지만, 잔느가 그 털을 만끽하고 싶어 하는 마음을 모르는 바 아니었다.

그러나 잔느가 고양이를 좋아하다니 조금 의외네.

역시 그녀도 평범한 열일곱 살짜리 여자였다.

지난번에 잡았던 생선을 섀도 스토리지에서 꺼내, 푸르가 안내해 준 개수대에 넣어뒀다.

역시 살아 있지는 않았지만, 신선도가 떨어진 느낌은 없었고 이상한 냄새도 나지 않았다. 이 상태라면 별 문제없이 먹을 수 있겠지.

숫자는 모두 57마리. 이렇게나 많이 낚았던가.

"냥냥~. 가루루가 이렇게나 많다니냥. 맛있겠어요냥. 이렇게 많이 받아도 되나요냥?"

"심심풀이로 낚시를 한 거라서 괜찮아."

저 물고기는 가루루라고 부르는구나. 전갱이가 아니었네……. 겉모습은 거의 전갱이처럼 생겼는데.

"심심하면 푸르도 낚시를 하면 좋을 텐데. 굉장히 간단히 낚을 수 있는데?"

"링크스는 다들 수영을 하질 못해서 바다는 싫어해요냥. 물에 빠지면 살 수가 없어냥."

"그렇구나."

헤엄을 칠 수 없다면 조금 위험할지도 모르겠다.

그렇다면 시간이 있을 때 곁에서 낚시하는 법을 가르쳐주는 것도 방법일지 모르겠다. 저토록 바다에서 물고기를 쉽게 잡을 수 있다. 식비를 절약할 수도 있겠지.

"다들~. 히카루 씨가 가루루를 줬어냥~!"

푸르가 큰소리로 외치자 여기저기에 늘어져 있던 링크스들이 눈을 뜨더니 왁자지껄 모여들었다.

"이렇게나 많이! 오늘은 가루루 파티냐!"

"물고기♪ 물고기네♪ 오늘밤은 배불리 물고기를 먹을 수 있어용♪."

"이대로 먹어버리자. 지금 이 상태라면 그대로 먹을 수 있을 것 같아—."

"너무 배고파서 반짝거리는 것 같아냐……. 이렇게 베풀어주다니 정령왕님 같은 인간이냥……."

역시 미궁이 폐쇄돼서 다들 생활이 궁핍했던 듯했다.

이토록 좋아하니 다음에 또 가져와도 괜찮을 것 같았다. 낚시 자체도 기분 전환하는 데 좋고, 바다도 가까우니까.

"후, ~~후후후우우우우~~, 쿠로, 미안하지만 내 몸을 밧줄로 묶어주지 않겠나? 더는 견딜 수 없을 것 같아……."

잔느가 콧김을 씩씩 내뿜으며 그런 말을 했다.

역시나 몸을 묶는 건 그건 그것대로 변태 같잖아.

"용무를 마쳤으니 이제 나가자."

"그, 그러냐……."

"그럼 이만, 그레이프푸르. 미궁이 다시 열리면 또 부를게."

"저, 정말이에요냥? 기뻐요냥. 4층을 예습하며 기다릴게냥."

"그래야지. 부탁할게."

미궁이 다시 열린다면 나와 잔느 둘이서 들어가게 된다. 당연히 척후도 대동해야 편하므로 그레이프푸르도 고용할 작정이었다.

셋이라서 조금 불안하기도 하지만, 리프레이아와 함께 했을 때도 셋이었다.

2층이나 3층 정도는 문제없겠지.

4층은 잔느가 던전에 익숙해진 뒤 가능할 것 같으면 도전해 봐도 된다.

미궁을 답파하는 데 5년이라는 나름 긴 기간을 설정해뒀다. 초조해할 필요는 없었다.

링크스 상조회에서 나온 뒤 다시 거리를 돌아다니며 생활하는 데 필요한 물건들을 구입했다.

매트리스는 직공의 공방에 갔더니 전시품이 있었다. 그걸 그대로 샀다.

이로써 오늘부터 나도 그 집에서 살 수 있다.

동년배의 여성과 함께 살게 돼서 쑥스럽긴 하지만, 잔느에게는 그러한 의도가 없겠지.

그렇다면 나도 괜히 의식하지 않도록 노력해야겠지.

그 후로 닷새가 지났다. 드디어 멜티아 대미궁의 폐쇄가 풀렸다.

미궁 입구에는 많은 모험가들이 몰려들었다. 한 팀씩 미궁 안으로 빨려 들어갔다.

나와 잔느는 예정대로 그레이프푸르를 고용하여 셋이서 탐색에 나섰다.

"드디어 미궁 탐색을 시작하는구나. 무척 고대했다, 이 순간을!"

잔느가 검을 칼집에서 살짝 뺐다가 집어넣는 동작을 반복하면서 들뜬 기색을 감추지 못했다.

어지간히도 던전을 기대했나 보다.

"우리 동료들도 모두 아사 직전이었어냥. 히카루 씨가 가져다준 물고기 덕분에 어떻게든 연명할 수 있었어요냥."

"그건 과장이지 않아?"

그러나 나도 닷새 동안 낚시만 했다.

실제로 가구나 도구 등 물품을 어느 정도 갖췄더니 더는 필요한 것들이 없었다. 잔느는 잔느대로 돈을 전혀 갖고 있지 않아서 길드에서 자료를 읽거나, 산책을 하거나, 함께 낚시를 하는 것 빼고는 할 일이 없었다.

푸르에게도 함께 하자고 권했지만, 바다에는 얼씬도 하지 않는 것이 링크스가 지켜야 할 3개조 중 하나라며 고사했다. 굳이 캐묻지는 않았지만 좋지 않은 역사가 있는 듯했다.

그러나 물고기는 링크스들이 무척이나 고마워했다. 잔느도 털을 만끽하는 것을 허락받았을 정도로 그녀들과 친해졌다.

링크스들도 누군가가 털을 쓰다듬는 것을 싫어하지 않았다. 그런 행동을 하는 인간이 없었기에 당황했을 뿐이라고 했다. 현재는 먼저 쓰다듬어달라고 다가오는 링크스가 있을 정도였다.

사람을 잘 따르는 것이 왠지 고양이랑 똑같네……. 속으로 그런 생각을 했다는 건 비밀이다.

"자, 첫날인데 어떻게 할까? 바로 3층으로 내려가도 문제는 없을 것 같은데."

"쿠로. 내가 스테이지 점프를 할 것 같나? 당연히 1층부터 꼼꼼히 클리어해야지."

"1층을……?"

1층은 스켈레톤밖에 나오지 않는 층인지라 돈을 거의 벌 수가 없었다.

그런 주제에 보스급 마물은 꽤 강해서 수지가 맞지 않았다.

보통은 초보 탐색자가 스켈레톤을 상대로 곤봉을 휘두르며 전투훈련을 거듭하는 곳이었다. 그곳이 바로 멜티아 대미궁의 1층이었다.

줄이 서서히 앞으로 나아가고 있었다. 그러나 입장하기까지 조금 더 걸릴 듯했다.

탐색자가 이렇게나 많았나, 하고 놀랐을 만큼 오늘은 매우 붐볐다.

"1층은 거리처럼 꾸며져 있지? 사는 사람도 있다고 들었는데."

"집 없는 사람이 종종 살기도 해요냥."

"뭐어? 스켈레톤도 나오는데? 위험하잖아."

"마물은 인간이 있는 곳에서는 솟아나지 않아서 좁은 집 안에 있으면 괜찮다고 해요냥."

"그렇구나……."

미궁 1층 『황혼명부가(黃昏冥府街)』라는 명칭대로 거대한 공간에 석조 거리가 조성되어 있는 계층이었다.

확실히 사람이 살 만큼 견고한 집이 여러 채 있긴 하지만, 실제로 사는 사람이 있을 줄이야…….

그러나 상태가 멀쩡한 집은 적었다. 거리를 구성하는 집들은 벽이 무너졌거나, 지붕이 없는 등 하자가 있었다. 그러나 파괴되더라도 어느새 원래 상태로 복원된다고 하니 수수께끼가 꽤 많은 계층이었다.

어느 정도 황폐해진 상태에서 더 황폐해지지도, 발전하지도 않는 시간이 멎어버린 거리.

그렇기에 황혼명부가라는 멋들어진 명칭이 붙었는지도 모르겠다.

"닷새 동안 미궁의 공략자료를 어느 정도 탐독했는데, 미궁은 형태를 조금씩 바꾼다고 하더라. 파괴된 곳은 시간이 지나면 복원되는데 반드시 같은 형태로 복원되지는 않는다는군."

"그래?"

"그래. 뭐, 형태가 크게 바뀌는 건 아니라고 하지만, 완전히 동일하게 복구되는 것도 아니라더군. ……뭐, 별로 요긴한 정보는 아니긴 하지만."

잔느는 미궁 그 자체에 흥미가 있는지 한가해 보이는 길드 직원을 붙잡아서는 여러 가지를 캐물었다고 했다.

"미궁에서 생성된 것— 예를 들어 3층의 식물을 미궁 밖으로 가지고 나오면 금세 풍화되어 사라진대. 예외는 정령석과 신수의 선물뿐. 그렇게 생각하니 꽤나 특수한 곳이야. 이 미궁이라는 녀석은 일종의 이계(異界)라고 여겨도 되겠군."

잔느가 미궁에 관한 토막상식을 선보였다.

필요한 내용은 리프레이아가 거의 다 알려줬지만, 나는 미궁을 자세히 몰랐기에 요긴했다.

탐색자는 정령석만 챙겨서 나오고, 미궁 내 쓰레기나 시체가 장비했던 물건은 「미궁에서 생성된 것」이 아니다.

다시 말해 탐색자는 미궁에서 정령석을 캐내오는 광부라고도 할 수 있었다.

오랜만에 미궁이 개방돼서인지 사람이 많았다.

다 합쳐서 500명쯤 되는 듯했다. 미궁 입구는 광장처럼 꾸며져 있는데, 그럼에도 바글바글한 상태였다.

탐색자도 많지만, 꽃을 든 일반인 같은 사람도 많았다.

“저 사람들은 탐색자가 아니지? 뭐지?”

“쿠로가 나보다 선배이면서 왜 모르는 거지? 죽은 인간은 정령이 돼서 하늘로 올라간 뒤 정화되어 정령류(精靈流)가 되어 세계를 떠돈다. 정령류는 정령력이 세상에 고루 분포하도록 조절하는 역할을 맡고 있는데, 미련을 떨쳐내지 못하고 사망한 영혼은 사후에도 정령류에 실리지 못하고 땅에 숨어든다고 해. 이 세계에서 망자를 화장을 하는 것은 그러한 종교관 때문이겠지.”

“왜 그렇게 잘 알아?”

“아니, 설정은 중요하다. 공략하는 데 도움이 되기도 해.”

“설정이라니…….”

분명 게임 같은 세계이긴 하지만, 우리는 이방인이니 이 세계를 알아두는 것은 「들뜬 마음」을 다잡기 위해서라도 필요한지도 모르겠다.

더욱이 그녀는 매사에 진지하다는 생각이 들었다. 아니면 저것이 바로 정신적인 여유일까?

나는 이 도시에 온 뒤로 줄곧 정신적으로 닳아가는 상태였기에 그런 것을 생각해본 적도 없었고, 조사해보자는 의욕조차 품지 못했다.

“땅으로 숨어든 영혼은 마물로 탈바꿈한다. 다시 말해 정령석은 원래 인간이었던 자들의 영혼이야. 그리고 그 돌은 정령구나 마도구의 에너지원으로서 사용된 뒤 하늘로 올라가 정화되는 거지. ……저 꽃을 든 사람들은 애도하고 있군. 사망한 피붙이를 애도하는 건지, 아니면 구원받지 못한 수많은 영혼을 애도하는 건지 거기까지는 잘 모르겠지만. 특히 제1층은 미련이 남은 인간들이 사후에 소생하는 곳이라고 하니까."

뒷골목 점주에게 사망한 탐색자의 정령석을 팔았을 때 비슷한 말을 들었던 기억이 있었다. 「죽으면 정령이 된다」는 것이 이 세상의 사후관인가 보다.

"오, 우리 차례다. 가자."

대화를 나누는 사이에 어느덧 미궁 입구에 이르렀다.

입구를 지키는 파수병에게 태그를 보이고서 미궁에 들어갔다.

미궁 내부는 여전히 정령력이 농후하고 어둑하고 차분한 공간이었다.

왠지 오랜만에 이 감각을 느끼는 듯했다.

신기하게도 「돌아왔다」는 기분이 강하게 솟았다.

"예상보다 좁군. 마물은?"

이러니저러니 해도 마물과 싸우는 것을 가장 기대하는 듯했다.

잔느에게는 어떤 의미에서 젊은 전이자라면 당연히 갖고 있어야 할 씩씩함이 있었다.

그런 점에서 나는 고작 한 달 만에 많이 닮고 말았다.

"아직은 입구랑 미궁 내부를 잇는 길이에요냥. 여길 빠져나가야 제1층이 나와요냥."

"그래?"

"각 계층마다 꽤 떨어져 있거든. 자, 도착했어."

"오오……! 대단하군……!"

황혼명부가는 마치 해질녘처럼 붉은 연기가 천장에 자욱했다.

그 연기가 광원인지 2층과는 차이가 느껴질 만큼 환했다. 횃불이 없더라도 탐색하는 데 지장이 없었다.

조금 떨어진 곳에서 초보자로 보이는 소년이 곤봉으로 스켈레톤과 싸우고 있었다.

"안에 성까지 있지 않은가! 쿠로는 여길 그냥 지나쳤나? 아까워……."

"성에는 강력한 본 나이트가 출현해요냥. 돈벌이도 안 돼서 무시하는 탐색자가 대부분인데요냥?"

"좋구나. 검술을 훈련하는 데 딱 좋을 것 같아."

잔느의 목적은 물론 「미궁 답파」일 테지만, 그 근본에는 「강해지고 싶다」는 바람이 있었다.

그 목적을 달성하는 데 미궁은 분명 안성맞춤의 장소였다.

싸울 만한 적이 부족하지 않고 여러 타입의 마물도 출몰한다.

정면에서 일대일로 맨티스를 이길 수 있게 된다면 그 시점에서 리프레이아보다 강해졌다는 뜻이겠지.

잔느의 스킬이 어떻게 구성됐는지 아직 제대로 물어보지 못했다. 그러나 체력이나 생명력을 주로 올린 것은 틀림없었다.

"어쨌든 시작할까. 저기 있는 스켈레톤과 좀 싸워볼게."

"서포트 해줄까?"

"위험할 것 같거든 가세해줘."

잔느가 그렇게 말하고서 검을 뽑았다. 날이 넓적한 강철제 한손검에, 왼손에는 거대한 방패를 들었다.

그에 비해 스켈레톤은 맨몸. 정말로 사람 뼈만 서 있는 꼴이었다.

언뜻 비교해 봐도 가엾을 만큼 전력 차가 컸다. 어차피 서포트를 해줄 필요는 없겠지.

잔느는 그런 가엾은 스켈레톤을 상대로도 전혀 방심하지 않고 거리를 조금씩 좁혀나갔다.

달그락달그락 소리를 내면서 걷던 스켈레톤이 잔느의 접근을 눈치채고서 임전태세를 취하—는 줄 알았는데 느닷없이 발걸음을 돌렸다.

다시 말해서—.

"도망?! 마물도 도망을 치는구나."

"음음음~?! 저도 처음 봐요냥."

잔느는 달아나는 스켈레톤을 추격하여 검을 휘둘렀다.

두개골이 박살나면서 스켈레톤이 작은 정령석으로 변했다.

"역시 도망치나? 시시하군."

"1층 마물은 역시나 실력 차가 너무 현저한 거 아냐?"

"그럴지도 모르겠지만, 메시지에 적힌 내용을 믿는다면 난『미움받는 자』인 것 같아."

"미움받는 자? 무슨 농담이야?"

"난 처음에『정령술에 재능이 없다』는 디메리트를 처음에 취득했어. 그 상태를 현지에서는『미움받는 자』라고 부르는 모양이야. 마물들도 이 미움받는 자를 꺼려 해서 도망친대."

"미움받는 자……."

그것은 나의 『사랑받는 자』와 대척점에 있는 특성 아닐까?

그러나 마물이 내 곁으로 몰려들었던 적은 없었던 것 같은데……

아니, 그냥 가까이에 있었기에 마물이 알아서 다가왔던 걸까?

나는 마물과 정면에서 무기를 맞부딪치는 전투를 해본 적이 없었다.

상대를 죽일 수 있을 때만 가까이 접근했다. 그러한 전투를 해왔으니까.

어쨌든 잔느의 입장에서는 「상대가 도망」쳤으니 소화불량 상태겠지. 정령석을 버는 데는 긍정적으로 작용할 테지만, 순수하게 전투를 즐기기에는 방해만 될 뿐이다.

그나저나 저런 디메리트를 처음에 취득하다니, 역시 그녀에겐 조금 별난 구석이 있다. 보통 이세계로 떠난다면 마법을 동경할 텐데.

"탐색하면서 도망치지 않는 마물을 찾는 수밖에 없겠군. 저 성에 있는 본 나이트가 도망치지 않고 싸워줬으면 좋으련만."

"그럼 가볼까."

"물론 간다. 다만 탐색을 수행하면서 가고 싶군."

"집을 일일이 뒤져본들 아무것도 없는데요냥?"

미궁에서 보물 상자가 나오는 것도 아니니 탐색을 세세히 하는 것은 거의 의미가 없었다.

실제로 적당해 보이는 집을 골라서 문을 열었더니 사람이 생활하고 있어서 깜짝 놀랐다.

이 사람들은 미궁이 폐쇄됐을 때 어떻게 생활했을까?

설마 이런 데서 줄곧 7일이나 지냈을 리도 없을 테고…….

잔느가 대놓고 1층에서 사는 사람에게 왜 이런 곳에서 사냐며 물어봐서 또 놀랐지만…….

어쨌든 1층은 탐색자가 굳이 탐색할 만한 곳은 아닐 것이다.

가장 안쪽에 있는 성에 도착했다.

성이 있으니 제1층은 성 아래 도시인 셈이다. 주민은 뼈와 불법체류자뿐이지만.

성에 도달하기까지 수십 분쯤 걸렸다. 마물과 전투를 하는 데 시간을 소비하지 않았으니 대부분이 이동 시간이었다.

"여기까지 오는 동안에 죄다 도망만 치는군. 언데드 주제에."

전투를 바랐던 잔느는 도망치는 마물만 사냥해서 불만족스러웠다.

"잔느가 너무 강해서 그런 거 아닐까?"

"강할 리가 없지. 아직 이 세계에 온지 한 달여밖에 지나지 않았잖아?"

"뭐, 그건 그렇지만."

신에게서 기프트를 받은 시점에 우리는 이 세계에 사는 원주민들보다 능력적으로 우대를 받았다. 그러니 상대적으로 강한 것은 틀림없을 테지만, 잔느가 말하는 「강함」은 그런 의미가 아닐지도 모르겠다.

실제로 나와 잔느 모두 「신이 준 기프트」에 상당히 의존하며 싸우는 것은 사실이었다.

성의 구조는 심플했다. 두 개의 첨탑이 눈에 띄었다. 건물 자체는 3층 규모로 보였다.

문이 없는 입구가 입을 쩍 벌리고 있었다. 침입자를 대환영하는 모양새였다.

그러나 이 부근에는 곤봉을 든 초보 탐색자도, 길거리를 헤매는 망자도 없었다.

안으로 들어가니 바로 마물과 조우했다.

"저게 본 나이트?"

"그래요냥! 오우거보다도 성가시다는 얘기가 있으니 조심해요냥!"

성에 들어가자마자 홀에 서있던 본 나이트는 팔이 네 개나 달린 스켈레톤이었다. 각 손마다 검, 단창, 도끼, 방패가 쥐어져 있었다.

스켈레톤 솔저와는 달리 갑옷과 투구 등 방어구도 장비해서 겉보기에는 강할 듯했다. 크기도 커서 2미터쯤 되려나.

초보 탐색자가 혼자서 도전해서는 안 되는 마물이라고 길드의 초보자용 가이드에 적혀 있다고 했다. 그러나 상성을 따져봤을 때 나도 저 마물과 싸우면 질 것 같았다.

"좋구나. 이런 상대를 기다렸다……!"

잔느가 기쁘게 상대를 응시하며 무기를 들고는 전진했다.

"본 나이트는 한 마리밖에 나오지 않아요냥. 다 함께 공격하면 쉽게 쓰러뜨릴 수 있다고 하던데 어떻게 할까요냥?"

"도울 거 없어! 잠자코 봐다오."

『미움받는 자』와 맞닥뜨린 마물이 어떤 기준으로 도망칠지 말지 결정하는지는 모르겠지만, 본 나이트는 잔느에게서 도망치지 않았다.

어느 정도 강력한 마물은 도망치지 않는지도 모르겠다. 아니면 게임처럼 레벨이 일정 이상 차이가 나야 달아나나?

금속 갑옷과 뼈가 덜컹덜컹 마찰하는 소리를 내면서, 본 나이트가 임전태세를 취했다.

뼁 뚫린 눈구멍에 푸르스름한 빛이 들더니 방패를 들고서 잔느에게 덤벼들었다.

그 날렵함은 도저히 뼈가 움직이는 것 같지 않았다.

마치 보이지 않는 근육이 존재하는 것처럼 매끄러운 동작으로 검을 휘두르고 창으로 찔렀다.

잔느는 그 공격들을 방패로 흘려내면서 기회를 보아 공격을 가했다.

'잔느는 방어가 단단하네. 위태롭지 않은 전투방식이야.'

내 전투방식은 거의 기습이고, 리프레이아의 전투방식은 무조건 밀어붙여서 반격할 여지도 주지 않고 쓰러뜨리는 것이었다.

그런 의미에서 공방전을 벌이는 중에 빈틈을 만들어내서 적을 쓰러뜨리는 잔느의 전투방식은 정통파였다. 그리고 내 눈에 신선하게 비쳤다.

정령술도 구사하지 못하니 정말로 힘과 힘의 승부였다.

수십 차례 칼날을 부딪친 끝에 잔느의 브로드소드가 상대의 목뼈를 부쉈다. 본 나이트는 이윽고 검은 정령석으로 바뀌었다.

잔느는 멀쩡했다. 정면에서 힘으로 겨뤄서 완벽하게 이겨냈다.

"후우. 어떻게든 됐군."

"여유로워 보였는데."

"그렇지도 않아. 게다가 실제로는 이렇게 거북이처럼 싸워서는 안 되지? 미궁을 진심으로 공략할 작정이라면 말이야."

확실히 미궁에서의 전투는 빨리 끝내는 편이 낫다.

전투 중에 다른 마물과 맞닥뜨린다면 패배할 가능성이 대폭 올라가니까.

그리고 패배는 죽음을 의미한다.

"그래서 어땠어?"

"응. 강해. 강한데…… 뭐라고 해야 할까 상식적으로 강하더군."

"무슨 소리야?"

"상상했던 파워에, 상상했던 스피드. 손이 많이 가긴 했지만 그뿐이었다. 하지만 그렇기에 훈련이 돼. 도중에 맞닥뜨렸던 스켈레톤 솔저는 너무 약했는데, 이 녀석은 나쁘지 않았다."

"도망치질 않았지."

2층 이후의 마물이 어떻게 나올지는 잘 모르겠지만, 고블린이나 오크는 도망치지 않을까? 그 두 종류는 약해서 스켈레톤 솔저와 별반 차이가 없다.

그렇다면 2층에서는 오우거나 맨티스가 다음 상대가 될까?

"이런 연습용 마물이 넓은 장소에서 딱 한 마리가 나와 주니 고맙군. 왜 이렇게 좋은 장소가 텅텅 비어 있는 건지."

"다들 직업 탐색자라서 돈벌이가 되지 않는 곳에는 용건이 없겠지."

그보다도 본 나이트는 딱히 연습용 마물이 아니기도 하고.

"플레이어 스킬을 올리는 게 안정적인 탐색에 가장 기여하지만……. 뭐, 좋아. 오늘 하루는 이 녀석을 상대로 전투훈련을 하면서 전투의 감을 키우도록 하자. 나 역시 전투를 많이 경험해 봤다고는 할 수 없으니까."

"알겠어."

그 후에 성 내부를 일정 간격마다 배회하는 본 나이트를 토벌했다.

잔느의 전투방식은 군건했다. 방패로 몸을 지키면서 실드 배쉬로 상대의 자세를 무너뜨린 뒤 일격을 넣었다.

공격에 특화되어 화려했던 리프레이아에 비해 수수했지만, 탐색자로서는 압도적으로 올바른 것 같은 방식이었다.

더불어서 잔느는 완력도 대단해서 공격 하나하나가 묵직했다.

"방패!"

"창!"

"도끼!"

"검!"

잔느가 한 번 외칠 때마다 그녀의 검이 본 나이트의 팔을 베어내고 장비를 벗겨냈다.

마지막에 머리를 잘라내면 끝이었다.

"왠지 편하게 이기는 것처럼 보이는데? 역시 2층으로 내려갈까?"

"아니, 아직 여유가 없다. 아래층으로 내려가기 전에 이 녀석을 일격에 쓰러뜨릴 수 있을 만큼 실력을 키워두고 싶다."

"그래?"

인간형 마물은 나름대로 많이 출현한다.

2층에서 출몰하는 마물은 거의 인간형이고, 3층과 4층에서도 나온다.

잔느는 길드에서 착실히 예습했기에 인간형 마물과 싸우는 감촉을 확인하고 싶었겠지.

거의 쉬지 않고 전투를 연속으로 치러나갔다.

"……좋아. 대강은 감을 잡은 것 같군. 쿠로, 난 오늘 이것만 반복할 거다. 그러니 오늘은 너도 따로 행동해도 되는데? 계속 보고 있으면 지루하겠지. 난 탐색을 맡아줄 그레푸르만 있으면 문제없어."

"그럼 나도 2층을 잠시 돌아다니며 감각을 깨우고 올게."

잔느의 근면 성실한 모습을 봤더니 나도 노력하지 않으면 걸림돌이 될 것 같은 기분이 들었다.

결계석도 갖고 있고, 푸르도 곁에 있으니 괜찮겠지.

밖으로 나가는 시간만 정해두고서 나는 2층으로 향했다.

다크니스 포그를 전개하지 않고 달려보니 확실히 마물이 다가오는 느낌이 들었다. 잔느와 있는 동안에는 마물이 다가오지 않았으니 명확한 차이였다.

"다크니스 포그."

어둠을 두르고서 2층 계단까지 달려갔다.

'정말로 오랜만이야.'

생각해보니 리프레이아와 있는 동안에는 대부분 시간을 그녀와 함께 돌아다녔다. 그러니 혼자서 2층 마물과 싸우는 것은 상당히 오랜만이었다.

잘난 척할 생각은 없었지만, 혼자서 2층에 내려가 놓고서 멋대로 죽어버린다면 웃음거리도 못 된다.

신중하게 갈까.

『기수지하감옥(飢獸地下監獄)』은 여전히 어두웠지만, 나이트 비전을 갖고 있는 나에게는 절호의 사냥터였다.

마물도 맨티스를 제외하고는 그렇게까지 강력하지는 않았다.

단도를 뽑고서 다크니스 포그를 유지한 채로 걸었다.

'역시 오늘은 사람들이 그럭저럭 있구나.'

2층은 인기가 없는 계층이지만, 미궁이 줄곧 폐쇄돼서 그런지 이상하게 탐색자 숫자가 많았다.

저들은 어둠에 숨어든 나를 발견할 수 없을 테고 딱히 보이더라도 상관없지만, 괜스레 피하면서 벽을 따라 걸었다.

"폐쇄가 풀린 직후에는 이렇게나 사람들이 붐빕니까? 저, 2층은 자신이 없는데."

"익숙해지면 3층보다 편해. 맨티스만 나오지 않는다면 말이야."

"아직 한 번도 만나본 적이 없는데 맨티스가 그렇게나 강합니까?"

"강해. 우리의 힘으로는 이길 수 없다고. 뭐, 연기구슬을 써서 뛰면 도망칠 수 있으니까."

왠지 눈에 띤 탐색자들의 대화를 엿들어보니 3층이 붐벼서 2층에서 탐색하기로 전환한 사람들인 듯했다.

그나저나 3층에서 주로 활동하는 탐색자도 맨티스를 이길 수 없나……?

탐색자 옆을 지나 한동안 사람이 적은 방면으로 걸어갔더니 고블린과 오크 떼와 조우했다.

고블린이 네 마리, 오크가 세 마리.

"서먼 나이트버그."

어둠의 갑충들이 마물 떼에 쇄도하여 살점과 뼈를 물어 찢었다.

나는 그 혼란 속으로 뛰어들어 한 마리씩 세심히 쓰러뜨려 나갔다.

2층 마물은 어둑한 공간에서 활동할 수 있을 정도로는 나이트 비전을 갖고 있겠지. 그러나 완전한 어둠을 생성하는 다크니스 포그 안에서는 무기를 마구 휘두르는 게 고작이었다.

'좋아. 다음.'

정령석을 회수한 뒤, 다음 사냥감을 찾았다.

두 오우거가 통로 너머에서 모습을 드러냈다.

"섀도 바인드!"

암관(闇棺)의 상위 술식인 『다크 코핀』을 쓸 수 있게 됐지만, 섀도 바인드도 그대로 사용할 수 있었다.

위력도 약간 올라갔는지 오우거 두 마리 정도는 동시에 몇 초 동안 무력화할 수 있었다.

어둠의 촉수가 암흑 속에서 오우거를 구속하자마자 정면에서 뛰어들어 단도로 목을 찔렀다.

나는 잔느처럼 방어력도 단단하지 않고, 리프레이아처럼 공격력도 높지 않으므로 일격필살이 최적의 해답이었다.

이미 꿰고 있는 미궁을 배회하면서 만나는 마물들을 도륙해나갔다.

2층 맵은 완전히 머릿속에 들어 있었다. 적당히 돌아다니더라도 길을 헤맬 일은 없었다.

미궁에 한동안 들어가지 못했던 것이 거짓말 같았다. 몸도 잘 움직여지고, 상대의 행동도 잘 보였다. 아마도 「위계(레벨)」가 올라갔겠지.

'하지만 이 미궁을 답파하기에는 한참 모자라. 더욱더 강해져야만 해.'

팬텀 워리어를 미끼로 삼은 뒤 뒤에서 접근하여 오우거를 일격에 쓰러뜨리면서 그렇게 생각했다.

무기를 더욱 강력한 것으로 교체하는 것도 한 가지 답이겠지.

포인트를 쌓아서 체력이나 생명력을 올리는 것도 좋다.

정령술을 마구 써서 술식의 위계를 올리는 것도 중요하다고 생각한다.

그러나 나는 인간을 초월한 탐색자를 한 번 본 적이 있었다.

'진홍의 소병(크림슨 바이알)의 리더인 가넷트 씨는 포인트로 능력치를 증강하지 않았는데도 엄청나게 강했어.'

쇳덩어리라고 할 수 있는 도끼를 가볍게 휘둘렀던 모습은 괴물이라고 해도 이상하지 않을 정도였다. 그야말로 인간을 초월했다.

그 힘의 원천이 무엇이냐면 마물을 쓰러뜨렸을 때 약간 얻을 수 있는 정령력이었다.

즉, 위계(레벨)다.

단순히 더 강해지려면 마물을 무찌르고 무찌르고 또 무찔러서 레벨을 올리는 게 가장 효과가 높다는 뜻이었다.

예를 들어 잔느는 이미 포인트로 『신체능력』을 상한선까지 올린 듯했다. 그러나 그녀는 인간을 초월했다고 할 수 만큼 강하지는 않았다.

포인트를 써서 체력을 올리면 「원래 갖고 있던 힘」을 몇 배로 증강시킬 수 있다. 예를 들어 잔느의 원래 악력이 30kg이라면 『체력 업 레벨5』로 그 열 배인 300kg까지 늘릴 수 있다는 뜻이다. 그야말로 고릴라다. 그럼에도 고릴라 수준에 불과하다.

그래서는 코끼리를 이길 순 없다. 대형 곰에게도 패배하겠지.

물론 지금의 나보다는 힘이 훨씬 강할 테지만, 미궁을 진심으로 답파할 마음이라면 그만한 차원에서 만족해서야 이야기가 되지 않았다.

'스테이터스 화면에 레벨이 뜨면 좋을 텐데 말이야.'

여러 차례 버전이 올라갔지만, 레벨 표시 기능은 아직도 탑재되지 않았다.

스테이터스 화면을 열고서 시간을 확인했다.

미궁을 나가기로 약속했던 시간이 되려면 아직도 세 시간이나 남았다.

'시청자수 3억 6천만 명이라…….'

잔느와 함께 행동하게 된 이후로 시청자수가 꽤 높은 수준에서 유지됐다.

나나미가 나의 억울함을 증명해줬는지, 아니면 그녀도 범인의 얼굴을 보지 못했는지 모르겠다. 어쨌든 그것을 확인할 방법이 없었다. 잔느가 말했던 대로 나는 저쪽 세계를 너무 신경 쓰고 있었다. 나나미가 되살아났다면 이제 저쪽 일은 잊고서 살아가는 것도 하나의 답인 듯했다.

머리로는 알고 있었다.

그래도 숫자로 보니 시청자들의 시선, 악의가 오싹오싹 느껴졌다.

이성으로는 별 것 아니라는 걸 알면서도 이 느낌은 도저히 지울 수가 없었다.

마음이 거부한다— 그렇게밖에 말할 수가 없었다.

'……그래도 초조해할 필요는 없지.'

시청자들의 불편한 시선은 늘 느껴졌지만, 잔느가 「미궁 답파」를 하도록 돕는다는 목표가 생기면서 애써 외면할 수가 있었다.

그러나 혼자 있으면 그 생각에 사로잡혔다.

리프레이아와 있을 때 시선을 아랑곳하지 않았던 이유는 시청자 수 레이스에 몰두했기 때문만은 아니었다.

누군가와 함께 있다.

누군가가 나를 위해주는 마음에 위안을 받았기 때문이기도 하겠지.

이 세계에 온 뒤로 알고 싶지 않았던 나의 연약한 면모만 마주해 왔다.

"……응?"

스테이터스 화면의 정령술 항목을 확인하다가 깨달았다.

암소(闇召)의 위계가 3이 됐다.

'새로운 술식……!'

정령술의 위계가 오름에 따라 상위 술식을 익혔다.

최신 스테이터스는 이렇다.

【어둠의 정령술】

제2위계 술식

· 암허(闇虛)【셰이드 시프트】 숙련도 34

제3위계 술식

· 암견(闇見)【다크 센스】 숙련도 29

· 암화(闇化)【팬텀 워리어】 숙련도 37

· 암납(闇納)【섀도 스토리지】 숙련도 20

· 암관(闇棺)【다크 코핀】 숙련도 2

· 암소(闇召)【서먼 다크나이트】 숙련도 0

제4위계 술식

· 암현(闇顯)【다크니스 포그】 숙련도 95

특수 술식

· 암환(闇還)【크리에이트 언데드】 숙련도 5

다크니스 포그의 위계도 조금만 더 있으면 올라가긴 하지만, 그보다도 암소쪽에 시선이 갔다.

"다크나이트……!"

드디어 순수한 공격력을 갖고 있는 것으로 보이는 술식을 익힌 것 같은 예감이 들었다. 이름부터 어둠의 기사 아닌가.

어쨌든 써보면 알겠지.

"서몬 다크나이트!"

술식을 영창하니 공간에서 새어 나온 어둠이, 기사의 형태로 응축되어 나갔다.

키가 190센티미터나 되는 건장한 체격을 지닌, 온몸에 갑옷을 두른 기사였다.

무기는 장검과 방패. 어디서 본 것 같은 모습—.

"팬텀 워리어랑 똑같나?"

암화 술식을 사용했을 때 출현하는 환영, 팬텀 워리어와 겉모습이 거의 똑같았다. 사실상 판박이었다. 다만 그래 봤자 환영.

반면 이쪽은 질량이 있는 실체였다. 허와 실을 나눠서 구사할 수 있을 듯했다.

학습하는 마물이나 인간에게는 대응하기가 꽤나 번거로운 술식이 될 게 틀림없었다.

물론 상대에게 지식이 없다면 말이지만.

그대로 2층 마물과 다크나이트를 싸우게 해봤다.

검으로 방패를 요란하게 두드리며 주의를 끄는 전투방식은 팬텀 워리어와 동일했다. 미끼용으로 쓰일 뿐 동작이 느릿한 환영과 달리 다크나이트는 동작도 빠르고 힘도 강했다.

고블린과 오크는 상대조차 되지 않았다.

공격을 당했는지는 모르겠지만 대미지를 입은 느낌이 전혀 없었다. 뭐, 어둠 그 자체의 모습이라서 알 수가 없지만.

오우거와도 싸우게 해봤는데 이쪽도 완벽하게 제압했다.

아쉽게도 2인조 오우거는 나오지 않았지만, 아마도 두 마리도 문제없을 것 같다는 생각이 들었다.

또한 다크나이트는『다크니스 포그』가 빚어낸 어둠 속에서도 문제없이 활동할 수 있었다.

나와 잔느 단둘이서는 미궁을 공략하기에는 인원이 부족하다고 느꼈던 차였기에 전력에 상당한 보탬이 될 듯했다.

……다만 한 번 소환할 때 정령력이 꽤 많이 소비됐다. 다크니스 포그를 다섯 번이나 구사하는 양과 비슷했다.『사랑받은 자』인 나는 정령력을 외부에서 보충할 수 있긴 하지만, 지나치게 과용하면 언젠가 고갈되리라.

무제한으로 쓸 수는 없을 것 같았다.

◇◆◆◆◇

'역시 2층에서의 사냥은 안정적이네.'

레벨업을 오늘의 목표 중 하나로 세웠던 나는 꽤 빠른 페이스로 마물을 무찔러나갔다.

아마 백 마리는 넘었을 것이다.

미궁이 한동안 폐쇄돼서인지 마물의 숫자도 많았다. 나는 맞닥뜨리는 족족 쓰러뜨리며 미궁을 돌았다.

정령석도 금화 1닢 가까이 벌어들였다.

다크나이트를 검증하는 작업도 한바탕 마치고서 슬슬 잔느 곁으로 돌아갈까 싶었을 즈음, 어느 탐색자 파티가 필사적인 얼굴로 나를 추월했다.

잠시 뒤 그들을 쫓고 있는 것으로 보이는 사마귀 괴물 「맨티스」가 모습을 드러냈다.

'불운하네…….'

쫓기고 있던 사람들은 아까 전 맨티스 이야기를 신참 동료 —아마도 신참 포터— 에게 했던 탐색자 파티였다.

맨티스는 거의 나오지 않는다. 나도 아직 열 번밖에 본 적이 없을 정도로 레어 몬스터다.

어차피 도망치고 있으니 자제할 필요는 없겠지. 내가 쓰러뜨려도 문제는 없을 듯했다.

나는 어둠에서 모습을 드러내고서 나이트버그를 소환했다.

나이트버그가 쿡쿡 공격하자 맨티스가 동작을 멈추고서 이쪽으로 몸을 돌렸다.

'자, 마지막 검증이야.'

"서먼 다크나이트!"

나이트버그 소환을 해제하고서 다크나이트를 불러냈다.

"좋아! 일대일로 저 녀석을 쓰러뜨려!"

내가 명령하자 다크나이트가 검을 쳐들며 응한 뒤 맨티스를 향해 전진하기 시작했다.

맨티스는 혼자서 리프레이아를 쓰러뜨렸을 만큼 강하다.

2층에서는 압도적으로 강력한 마물이고, 아마 3층 마물과 비교하더라도 가든 팬서 다음가는 마물이겠지.

어쨌든 맨티스와 맞붙게 해서 다크나이트의 진가를 확인해두고 싶었다.

그 후에 벌어진 전투는 내가 상상했던 양상과는 조금 달랐다.

'진짜냐.'

결론부터 말하자면 다크나이트가 맨티스를 이겼다.

그것도 고작 수십 초의 공방전 끝에 말이다.

즉, 내가 불러낸 이 어둠의 기사는 리프레이아보다도 강하다는 뜻.

그것은 스스로가 강해졌다는 것과 동일한 의미였지만, 기분은 조금 복잡했다.

나는 맨티스에게서 나온 혼돈의 정령석을 주운 뒤 다시 어둠 속에 숨어들었다. 잔느와 합류하기 위해 1층 계단으로 달려갔다.

서로 합류하여 미궁을 나가기 전에 전리품을 확인하기로 했다.

오늘 우리는 처음으로 미궁 탐색을 했다. 전부 적당히 환전해버려도 되겠지만, 수확물이 얼마나 되는지 확인하는 것도 중요하겠지.

“난 이것뿐이야. 검은 돌이 가끔 나오더군.”

잔느가 쓰러뜨린 마물은 스켈레톤과 스켈레톤 솔저, 그리고 본 나이트다.

스켈레톤과 솔저에게서는 무구의 돌이, 본 나이트에게서는 무구의 돌과 검은 돌이 나왔다.

“이건 어둠의 정령석이네. 실은 처음 보긴 하지만 틀림없겠지.”

“그래? 어둠의 정령술을 구사할 줄 아는데도?”

“2층과 3층에서는 어둠의 돌로 되돌아가는 마물이 나오지 않으니까…….”

어둠의 돌은 「크리에이트 언데드」로 사용할 수 있으니 되도록 간직하고 싶었다. 술식 자체의 숙련도도 올리고 싶고, 여차할 때는 본 나이트도 방패 역할쯤은 해주겠지. 그보다도 언데드를 언데드로 소환한다니 신기한 느낌이다.

“난 꽤 모았어.”

이번에는 내가 새도 스토리지에서 전리품인 정령석을 꺼냈다.

맨티스는 바람이나 혼돈의 돌을 떨어뜨린다. 어쩌면 투명한 돌도 나올지도 모르겠지만, 적어도 지금껏 본 적은 한 번도 없었다.

숫자를 다 합치면 백 개가 넘을 것 같았다. 그러나 예상했던 것보다 색깔이 들어간 돌이 적었다.

다만 맨티스에게서 『혼돈의 정령석』이 나왔으니 이것만으로도 짭짤하게 벌 수 있겠지. 비장의 패로 쓸 수 있어서 별로 팔고 싶진 않지만.

"……대단해. 이걸 오늘 하루 만에?"

"2층은 익숙하거든."

"그렇다고 해도……. ……아니, 넌 시청자수 No. 1 남자였지. 이 정도는 하는 게 당연한가."

"그만해. 시청자를 모았던 이유는 나나미를 되살리기 위해서였어. 딱히 바랐던 건 아냐."

"나쁜 의미로 말한 건 아냐. 쿠로한테 그만한 능력이 있음을 다시금 확인했을 뿐이야."

최초 전이자의 숫자는 천 명. 결코 적지 않은 인원수였다.

그중에서도 1위가 되려면 역시나 마물과 전투를 해야만 했다. 그리고 전투에서 승리하는 것이 시청자를 끌어모으는 결과로 직결되는 것은 틀림없었다.

나와 잔느 모두 전투 계열이므로 마물과의 전투를 메인 콘텐츠로 삼을 수밖에 없겠지. 이런 판타지 게임 같은 세계에서는 생각할 필요조차 없을지도 모르겠다.

"그래서 이걸 전부 팔면 얼마나 되나? 은화 3닢쯤은 되어야 생활을 꾸려나갈 수 있을 것 같은데."

"잔느는 정령석의 시세를 아직 모르는구나. ……뭐, 나도 확실하진 않지만, 아마 다 팔면 금화 1닢 정도는 될 거야."

"그, 금화?!"

금화 1닢은 현재 시세로 은화 40닢 정도. 집세가 은화 28닢이니 몇 시간 만에 집세를 내고도 남을 만한 돈을 벌어들였다는 계산이었다.

'잔느가 놀랄 만도 하겠네.'

금화 1닢을 일본 돈으로 환산하면 그 가치가 80만 엔에 달한다.

……물론 무엇을 기준으로 삼느냐에 따라 가치가 달라질 테니 일괄적으로 환산할 수는 없지만, 어쨌든 금화 1닢은 한 달 이상을 살아갈 수 있을 만한 금액이다.

전리품 확인을 마치고서 미궁을 나갔다.

미궁에서 도보로 5분쯤 떨어진 길드로 향했다.

정령석 환금을 나에게 맡겼기에 어둠의 정령석과 맨티스에게서 나온 혼돈의 정령석은 그대로 섀도 스토리지에, 나머지는 매각한 뒤 반씩 나누기로 했다.

—속닥속닥.

—야, 쟤…….

—속닥속닥.

길드에 들어가니 지난번과는 비교조차 되지 않을 만큼 혼잡했다.

탐색자로 북적거려서 환금하는 줄이 줄어들 때까지 시간이 걸릴 것 같았는데—.

'왠지 수군거리는 것 같은데……?'

시선이 느껴졌다.

다른 탐색자가 나를 보고 있는 것 같았다……. 그저 자의식 과잉일까?

시선 공포증에라도 걸렸나…….

그러나 귀를 기울이지 않더라도 귀에 익은 단어가 들려왔다…….

—저 녀석, 리프레이아 씨랑 파티를 맺었던 녀석이지…….

—벌써 딴 여자랑……?

—아무리 마왕까지 쓰러뜨렸다지만…….

—러브러브 트윈버드 맞지……?

—그게 뭐야.

—러브러브 트윈버드는 파티명이야.

—농담하냐……?

명백히 나를 두고 수군거리고 있었다.

"쿠로, 유명인인걸. 역시 새로운 파티명도 러브러브 트윈버드 Ⅱ로 할 걸 그랬군. 이렇게나 널리 알려졌다면……."

"그만해줘……. 나도 몰랐으니까……. 왜 이런 신세가……."

실은 사람들이 작은 소리로 속닥거리고 있는데, 위계가 올라가면 신체능력도 강화되는지 훤히 들렸다.

그보다도 늘 리프레이아에게 환전을 맡기고서 나는 길드 안에 들어가지 않았지만, 애당초 생각했던 것보다 우리 파티가 남들의 이목을 끌었던가?

그 리프레이아와 파티를 맺었으니 알 것도 같았지만, 묘한 파티명으로 유명해진 것은 내 본의가 절대로 아니었다.

불편한 마음으로 줄을 섰더니 이윽고 차례가 돌아왔다. 카운터에 정령석을 내밀고서 환금했다.

그 자체는 문제없이 끝났으므로(은화 30닢을 받았다) 우리는 도망치듯 길드를 나왔다.

밖에서 기다렸던 그레이프푸르와 합류하여 저녁을 먹으러 갔다.

이쪽 세계에 온 뒤로 식욕이 늘어난 것은 명백했다. 먹는 양도 두 배 가까이나 늘었다. 탐색을 마친 뒤 즐기는 외식이 은밀한 즐거움으로 자리 잡았다.

오늘은 고기를 먹자.

식사를 마치고서 그레이프푸르와 헤어진 뒤 귀갓길에 올랐다.

늘 그래왔듯 그레이프푸르에게 소은화 5닢을 건넸다. 처음에 보수를 선지급하니, 실은 추가로 돈을 주는 건 옳지 않을지도 모르겠다. 그러나 링크스는 보수에서 실제로 받는 액수가 너무나도 적다.

뭐, 돈이 많으면 장비나 아이템 등을 구입할 수 있다. 준비를 단단히 할 수 있다면 생존률도 올라가겠지.

그래서 우리가 고용하는 동안에는 상대적으로 안전할 터. 우리 덕분에 대정령과 일찍 계약할 수 있다면 더더욱 좋다.

집으로 돌아가 짐을 푼 뒤 대중욕장으로 향했다.

빌린 집에는 욕조가 없었다.

물은 용수로에서 깨끗한 물을 길어올 수 있고, 물로 몸을 씻는 것 정도라면 문제가 없었다. 그러나 역시나 나와 잔느는 현대인. 욕조가 있다면 이용하고 싶었다.

욕장에서 나오니 잔느가 이미 목욕을 끝마치고서 입구에서 기다리고 있었다.

"미안, 오래 기다렸어? 먼저 돌아가지 그랬어."

"서운한 소리 하지 마라. 먼저 돌아가 봤자 할 일도 없는데."

"그도 그런가."

이 세계에서는 오락거리가 꽤 적었다.

잔느는 상당한 게이머였으니 게임은커녕 전기조차 없는 이 세계의 밤이 꽤 지루하겠지.

그렇다고 해서 미궁에 줄곧 틀어박힐 수도 없는 노릇이었다.

포인트로 게임을 교환할 수 있다면 모를까, 현재 그러한 아이템은 없었다.

"뭐, 됐다. 대화나 나누면서 잠시 산책이나 할까."

"그러네. 밤바람이 좋으니."

잔느가 조금 뜻밖의 제안을 했다. 나도 할 이야기가 있었기에 마침 잘 됐다.

"첫 미궁은 어땠어?"

"응. 즐거웠지. 아직 적응하는 단계지만, 마지막에는 본 나이트를 일격에 쓰러뜨릴 수 있게 됐다."

"일격이라니, 굉장하네. 정령력의 명맥은 알고 있던가?"

"그래. 메시지를 통해 배웠다. 뭐, 그 녀석은 갑옷을 입고 있으니 머리를 베는 게 가장 빠른 방법이긴 하지만."

본 나이트처럼 뼈로 된 마물도 약점은 동일하지만, 당연히 다른 방법으로도 쓰러뜨릴 수 있다.

어쨌든 척추를 절단하면 바로 죽는다. 두개골을 파괴해도 쓰러뜨릴 수 있다. 그 점은 인간과 다를 게 없었다. 언데드라고 해서 불사신인 것은 아니다.

인간과 달리 팔이 잘려나가더라도 전혀 아랑곳하지 않는 모습은 언데드답다고 할 수 있겠지만.

"그럼 내일부터는 2층?"

"아니, 며칠 동안은 혼자서 훈련을 쌓고 싶어. 고작 하루 만에 모든 걸 다 깨우쳤다며 자만하는 건 위험하고…… 시간도 있으니까. 게다가—.”

“게다가?”

“……걸림돌은 되고 싶지 않아.”

그 결투에서 나를 이겼던 잔느답지 않은 말이었다.

늘 자신감이 넘치는 모습밖에 보여주지 않던 그녀가 문득 약한 모습을 내보였다.

“걸림돌이라니 잔느가 나보다 더 강하잖아.”

“그 승부를 두고 말하는 건가? ……그 승부는 실은 내가 패배한 거야. 네 검이 목에 닿은 순간 실은 패배를 인정할 수밖에 없었어. 그러지 않았던 이유는 단순히 졌다는 걸 인정하고 싶지 않았을 뿐.”

“하지만 방어력과 공격력 모두 나보다 강하잖아.”

“그런 건 사소한 거야. 중요한 건 결과지. 난 마물을 스무 마리밖에 쓰러뜨리지 못했다. 넌 백 마리 넘게 마물을 쓰러뜨렸고. 이제 알겠지?”

“그야 난 미궁을 여러 차례 돌아다녔으니까…….”

잔느의 말뜻도 이해가 가긴 했지만, 그저 익숙했기 때문에 이런 차이가 났을 뿐이었다.

미궁에서 마물을 사냥하는 속도만을 겨룬다면 내가 확실히 빠르다. 익숙하기도 하고, 정령술을 사용할 수 있기에 여러 상황에 대응할 수 있기 때문이다.

무엇보다 2층의 환경은 내 능력을 발휘하기에 아주 적합했다.

다만 그것을 「강하다」는 말로 뭉뚱그릴 수 있는지…….

3층에서 주로 활동했던 탐색자들은 파격적인 마물인 마왕에게 유효할 만한 공격수단을 거의 갖고 있지 않았다.

아마도 3층에서는 굉장한 속도로 안정적으로 사냥을 할 수 있을 테지만, 그 「강함」은 한정적이라고 할 수 있다.

진정한 강함과는 다르겠지.

"허나 계속 뒤쳐지고 있을 생각은 없다. 금세 따라잡을 셈이야. 사흘쯤 1층에서 놀다가 2층으로 내려간다. 그 후에는 파티로서 함께 싸우는 법을 실천해나가자."

잔느는 긍정적이다.

걸림돌이 되고 싶지 않다는 자신의 감정과 당당히 마주했다.

나였다면 어땠을까. 「없는 존재인 셈 쳐줘」 하고 말했을 것 같았다.

"게다가 다음 전이자가 오기 전에 놈들이 감히 덤비지 못할 만큼 힘을 키워두고 싶다는 이유도 있다. 지금은 아직 신한테서 받은 기프트에 의존하고 있으니까."

잔느도 「위계」가 무엇인지는 알고 있었다.

그리고 그것이 바로 목표에 이르는 지름길이라는 사실도.

더욱이 내가 어둠에 편승하여 적에게 접근하여 일격에 쓰러뜨리듯, 잔느에게도 가장 효율적인 전투방식이 있겠지. 본 나이트와 전투를 벌이면서 그것을 파악하고 싶은 게 틀림없었다.

나도 실은 맨티스 같은 마물과 연속으로 싸울 수 있다면 연습이 될 테지만, 안타깝게도 맨티스는 레어 몬스터라서 거의 나오지 않는다.

"알겠어. 그럼 사흘 동안에 나도 감을 조금 더 되찾아둘게."

어쨌든 나 역시 위계를 올리고 싶었다.

그러기 위해서는 많이 해치우는 게 지름길일 것 같았다.

그런 대화를 나누면서 밤거리를 지나 바다 근처로 나왔다.

미궁이 폐쇄됐다가 다시 풀리기 전까지 이 항구를 여러 번 드나들었다. 이 잔교는 절호의 포인트라서 생선이 잘 잡혔다.

밤바다는 조용했다. 파도가 밀려들어 벼랑과 철퍽철퍽 부딪치는 소리만이 희미하게 들렸다.

"저게 물의 신전이었던가? 전에도 생각했지만 구조가 상당히 장엄하군."

잔느가 멀리 떨어져 있는 신전으로 눈길을 돌렸다.

항구에서 조금 떨어진 곳에는 물의 대정령의 신전이 있었다.

다른 대신전과 달리 물의 신전만은 고지대에 세워져 있었다. 온 도시에 물을 공급하기 위해서인지, 커다란 석조 수도교가 신전에서 뻗어 나왔다.

"왜 저렇게 눈에 띄게 지어놨을까. 대정령의 취향인가?"

"아마도 저곳에서 생성되는 물을 온 도시에 공급하기 위해서가 아닐까? 대정령의 취미 때문은 아니겠지."

아니, 그럴 수도 있을까? 대정령은 말도 할 수 있고 의지도 갖고 있는 것 같으니까. 의외로 까다로울지도.

"강이 있으니 굳이 수도교를 세울 필요는 없지 않나?"

"대정령이 생성한 물은 오염되지 않아서 식용수로서 쓰기에 알맞으니까."

각 대정령은 미궁을 중심으로 동서남북 네 방향에 배치되어 있다.

물의 대정령은 남쪽에 위치한다. 바다 바로 근처다.

"게다가 묘하게 밝은데, 오늘 무슨 일이 있나?"

"신전은 전부 밤늦게까지 환해. 이유는 모르겠지만."

물의 대정령이 있는 신전은 언제나 밝다. 어쩌면 대정령 자체가 발광하고 있는지도 모르겠다. 불의 대정령은 활활 타오르는 모습이었으니까. 뭐, 어둠의 대정령은 새카맸지만.

"흐으음. 왠지 재밌군. 이 세계에서 신전은 특히 「이세계스러운 장소」야. 쿠로, 잠깐 가보지 않겠나?"

잔느가 마치 악우(惡友)에게 한밤중에 괴물이 나온다는 소문난 폐허에 가보자고 권하듯 말했다. 그러나 나는 고개를 가로저었다.

"……미안. 난 갈 수 없어. 말하지 않았던가? 난 정령의 총애를 취득해서 너무 가까이 다가가면 대정령한테 발각돼."

"정령의 총애……? 아아, 그런 게 있었지. 대정령한테 발각되면 어떻게 돼?"

"잡아먹혀. 한두 번 큰일 날 뻔했어. 결계석으로 가까스로 피하긴 했지만."

"흐음. 내가 취득한 미움받는 자의 정반대 버전이군."

"그래. 이쪽에서는 『사랑받는 자』라고 하더라."

대화를 나누다 보니 자연스럽게 전이하기 전에 취득했던 기프트 이야기가 나왔다. 우리는 잔교에 걸터앉아 말을 주고받았다.

잔느는 『정령술 재능이 없음』을 취득했고, 나는 『정령술의 총애』를 취득했다.

그것을 제외하고 내가 취득한 기프트는 얼마 되지 않았다.

나이트 비전, 노화 내성, 질병 내성. 그뿐이었다.

독 내성은 전이 시 보너스였고, 어둠의 정령술과 체력 업은 전이한 뒤에 취득했다.

나머지는 대부분 결계석이나 스크롤, 포션으로 써버렸다.

"난 체력 업과 생명력 업, 자연회복에다가 독 내성, 질병 내성, 그리고 노화 내성을 처음에 취득했어."

"처음부터 육체파가 될 작정으로 포인트를 상당히 투자했네……."

"난 육탄전을 좋아하니까. 마법은 최소한으로만 쓰자는 주의야."

"게임 이야기가 아니고."

아니, 어쩌면 지구에 살았을 적에도 실제로 격투를 했을 가능성이 있나?

지금 잔느는 갑옷도 벗어서 정말로 가냘픈 소녀로밖에 보이지 않지만.

"체력 업은 레벨1밖에 취득하지 않았나? 쿠로도 더 올리는 편이 좋아. 나도 처음에는 무기가 없어서 불안했지만, 주변에 굴러다니는 돌이나 막대기로 충분히 싸울 수 있을 만큼 어드밴티지를 얻었어."

"레벨1로도 상당히 체감이 되긴 했어. ……근데 포인트를 모으는 게 어렵잖아."

"아니, 레벨1을 취득했잖아? 그럼 다음은 2포인트만 지불하면 레벨을 올릴 수 있을 거다. 5포인트면 레벨3이야. 최종적으로 15포인트를 모아서 레벨5까지 올려."

"은근히 권하네."

"체력 업을 그 어떤 기프트보다 가장 우선해야 하는 건 명백해. 그다음은 생명력."

잔느는 초반에 체력과 생명력을 최대치까지 올렸다고 했다.

두 가지만 해도 40포인트인데 『정령술 재능이 없음』을 선택하는 것으로 30포인트를 벌어서 거의 상쇄했다고 했다.

"예를 들어…… 체력과 생명력을 최대치까지 올려두면 초장부터 레벨10짜리 전사로 시작하는 느낌이야, 쿠로. 다른 기프트를 취득하더라도 레벨은 여전히 1이지. 어지간히도 강력한 힘을 취득하지 않은 이상 대부분의 경우에 레벨10짜리 전사가 더 강해."

"그 레벨의 기준은 대체 뭐야?"

"위저드리."

왜 그렇게 옛날 게임을 하는 거야?

나는 카렌이 어딘가에서 가져와서 함께 해본 적이 있어서 알지만, 평범한 열일곱 살짜리 소녀 중에 해본 사람이 있기나 한가?

참고로 레벨10짜리 전사는 아슬아슬하게 라스트 보스를 쓰러뜨릴 수 있을 만큼 강하다.

"그럼 체력과 생명력 중 어느 것부터 올려야 해?"

"그건 어렵네. 나도 위험한 상황을 두 번밖에 겪어보지 못해서 이 생명력 업이 얼마나 도움이 됐는지 잘 모르겠다. 다만 쿠로는 정신력이 약해 보여. 생명력 업을 올리면 정신력도 강해진다던데?"

"그렇구나……."

체력을 레벨2로 올리려면 2포인트.

생명력을 1레벨 올리려면 5포인트가 필요하다.

현재 페이스라면 하루에 1크리스털을 얻을 수 있으니 30일마다 1포인트. 시청자수 1억 명을 유지해야만 가능한 이야기지만, 두 달에 2포인트는 모을 수 있다.

앞으로 이 세계에서 살아갈 수밖에 없으므로 장기적으로 포인트를 운용하는 계획을 세워둬야만 할지도 모르겠다.

둘 중 무엇부터 취득할지…… 정신력이 강해진다면 생명력을 올리는 편이 좋을 것 같긴 하네…… 확실히.

"어쨌든 포인트를 모아가긴 하겠지만 시간은 걸릴 것 같아. 결계석도 늘 하나는 보유해두고 싶고, 부상당하면 스크롤로 교환도 해야 하니까."

"뭐, 그렇지. 다만 현지인은 그런 혜택 없이 살아가고 있으니 최대한 쓰지 않고 운용하는 것도 가능할 거다. 실제로 나는 포인트를 나름대로 남겨두고 있고."

"아, 그럼 나도 어느 정도 남겨두지 않으면 위험하지 않을까?"

"확실히 그렇긴 하지만, 자기 자신부터 강화해. 필요하다면 내 포인트로 교환할 테니."

"그럼 불공평하잖아."

"그럼 빌리는 셈 쳐도 돼."

잔느가 훗, 하고 웃으며 말했다.

가뜩이나 『망자 소생의 보주』로 큰 빚을 졌건만 이래서야 영원히 갚을 수가 없겠다.

포인트는 거의 목숨값이나 마찬가지일 정도로 가치가 있으니까.

◇◆◆◆◇

그로부터 사흘 동안 나와 잔느는 제각기 미궁에 틀어박혔고, 나흘째에 2층을 함께 탐색하기로 했다.

2층을 처음 방문한 잔느는 1층과 너무나도 달라서— 엄밀히 말하자면 환경이 나빠서 미간을 찡그렸다.

"어둡군. 나도 나이트 비전을 취득할 걸 그랬어."

횃불에 의지하여 탐색하는 것은 꽤나 스트레스였다.

잔느도 예외는 아니겠지. 탐색자가 이 계층을 싫어하는 최대의 이유였다.

참고로 나이트 비전을 포함하여 「특수능력」은 전이한 뒤에는 취득할 수가 없었다.

"쿠로는 어떤 식으로 싸워?"

"전에 잔느랑 결투했을 때랑 똑같아. 다크니스 포그로 감싸고서 뒤에서 찌를 뿐."

"보여줄 수 있나?"

앞으로 같은 파티원으로서 활동해야 하니 전투방식을 보여주는 것은 중요했다.

상대가 얼마나 움직일 수 있는지, 어떻게 싸우는지 모른다면 작전을 세울 수가 없었다.

"저쪽에 마침 오우거가 있어냥. 두 마리이고 무기 소지!"

"그럼 그걸 쓰러뜨릴 테니 봐줘."

색적하러 나갔던 그레이프푸르가 돌아와서 보고했다.

무기를 소지한 오우거 두 마리는 2층에서는 맨티스를 제외하고 최강의 마물이었다.

그러나 현재 나는 여러 공략법을 갖고 있었다.

간단하게 다크니스 포그만 써도 쓰러뜨릴 수 있지만, 그래서야 모습이 보이지 않는다. 잔느가 어떻게 연계해야 할지 궁리하기가 어렵겠지.

나는 단도를 뽑고서 통로를 걸어 다니는 오우거에게 질주했다.

요 며칠 동안에 나는 마물을 마구 사냥했다. 2층 마물의 숫자가 잠시 줄어들었을 정도로 사냥했는지도 모르겠다. 전투에서 이길 때마다 스스로가 전투에 특화되어 간다는 느낌이 들었다.

오우거의 움직임은 물론, 맨티스의 움직임마저 훤히 보였다. 상대의 움직임이 느리게 느껴지기까지 했다. 내 속도도 올라갔는지도 모른다.

예전에 리프레이아가 가르쳐줬다. 야생동물은 주변 동물들을 포식하여 잡다한 정령력을 체내에 흡수하여 최종적으로 『괴물』로 변질된다.

인간은 마물에게서 정령력을 흡수하여 그 잡다한…… 다시 말해 혼돈의 정령력으로 육체를 강화한다. 그리고 인간을 초월한 『마인』으로 변질되어 간다고.

'마인이…… 되어가고 있는지도 모르겠네…….'

내가 접근했음을 알아챈 오우거가 위협의 포효를 내지르며 대검을 쳐들었다.

나는 이미 노리던 간격까지 거리를 좁힌 상태였다.

"섀도 바인드!"

대검의 궤도에 주저 없이 뛰어들면서 술식을 전개했다.

오우거는 쳐들었던 검을 휘두르지 못하고, 어둠의 촉수에 휘감겨 뚝 멈추고 말았다.

나는 눈으로 그 광경을 확인하지 않고 정면에서 오우거의 목을 단칼에 절단했다. 그대로 칼날을 회수하면서 다른 오우거 한 마리의 정령력의 명맥도 끊어냈다.

거의 동시에 두 정령석이 땅바닥에 떨어졌다.

얼마 전이었다면 단도로 목을 절단하는 것은 무리였다. 하지만 힘이 올라가서인지 지금은 가능했다.

이제 오우거 상대라면 지지 않는다.

정령석을 줍고서 돌아가니 잔느와 푸르 모두 눈을 동그랗게 뜨고 있었다.

"닌자……! 설마 쿠로가 닌자의 후예였다니…… 왜 말해주지 않았나……?"

"히카루 씨, 전보다 더 강해져서 놀랐어요냥……."

"정말로 대단하다……. 그야말로 질풍신뢰(疾風迅雷)였어……. 닌자…… 멋있군……."

단도를 든 채로 검은 옷을 입고서 어둠에 녹아들어 있긴 했지만, 설마 닌자라고 불리다니 의외였다.

그러고 보니 외국인은 닌자를 좋아한다고 했던 기사를 본 적이 있는데.

"닌자가 아냐."

"아니…… 다 알아. 오직 한 자식한테만 알려주는 가문의 비밀이지? 다른 닌구는 쓰지 않나? 난 이래 봬도 닌자 게임을 나름 즐겼거든. 닌자가 무엇인지 나름대로 알고 있어."

"닌구라니…… 아아, 닌자 도구 말이야? 뭐, 수리검 같은 걸 갖고 싶다는 생각은 했는데."

"역시! 손가락 피리도 편리해. 폭죽도 좋겠네."

잔느가 눈빛을 반짝이며 거친 숨까지 몰아쉬었다.

그렇게나 내가 닌자처럼 행동했나……. 뭐, 분명 전사라기보다 닌자에 가까웠을지도 모른다.

"강한 줄은 알았지만, 어쩐지. 닌자였다니, 동양의 신비야."

"그러니까 닌자가 아니래도. 우연히 전투방식이 이렇게 굳어버렸을 뿐이야."

"괜찮아. 난 다 알고 있어."

"알긴 뭘 알아."

그 후에도 잔느는 닌자의 비밀을 알고 싶어 했다. 그러나 전투를 몇 번 보여줬더니 어둠의 정령술과 상성이 좋은 전투방식을 찾다 보니 자연스럽게 이렇게 정립됐음을 알아줬다.

아니, 정말로 알아줬는지 의심스럽긴 하지만.

2층에서 나의 전투 패턴 몇 개를 잔느에게 보여줬다. 그러나 기본적으로 다크니스 포그를 접목하는 전법이었기에 잘 보이지 않는다며 불평했다.

잔느는 정공법으로 정면에서 싸우는 타입이라서 나와는 전투 상성이 좋지 않을지도 모르겠다.

다만 장래를 생각한다면 혼자서 마물을 붙들어둘 수 있는 그녀의 존재가 컸다.

잔느가 마물의 타겟이 되어 준다면, 그 사이에 나는 단독행동을 할 수 있게 된다. 그러면 결과적으로 전투가 안정되겠지. 어둠의 정령술은 전투보조보단 암살에 특화되어있기 때문이니 말이다. 솔로 플레이용 술식이라고 할 수 있을지도 모르겠다.

리프레이아도 그 역할을 해주긴 했지만, 4층보다 더 아래에서 전투를 벌일 때는 순수하게 방어가 견고한 잔느가 앞을 맡아준다면 안정도가 올라가겠지.

다만 공격력을 따져보면 리프레이아가 더 위일 것이다. 나와 잔느 둘이서 가든 팬서를 쓰러뜨릴 수 있을지 미묘했다. 크리에이트 언데드를 쓰거나, 다크나이트를 불러낸다면 이길 수 있을지도 모르겠지만.

그리고 2층에서 몇 번 함께 싸워보면서 알아낸 사실이 있었다.

나와 잔느가 연계를 하기에는 한 가지 커다란 문제점이 있었다.

"역시 안 되나? 더 좋은 방법이 있으면 좋을 텐데."

"이것만은 어쩔 수가 없지."

잔느가 접근하면 내 정령술이 사라진다는 점이었다.

그녀는 「미움받는 자」라서 주변 정령술을 무효화하는 체질을 갖고 있었다. 그것이 내 정령술에도 작용한다— 다시 말해서 연계의 핵심인 섀도 바인드의 효과를 약화시키고 만다.

잔느가 손이 닿는 거리까지 접근하기만 해도 거의 무력화돼버리니 접근전밖에 할 수 없는 그녀와는 상성이 나빴다.

마찬가지로 팬텀 워리어도 서서히 지워져버렸고, 다크나이트나 나이트버그는 잔느 곁으로 다가가지 못했다.

"웃기는군. 『미움받는 자』가 딱 맞아. 참 절묘한 네이밍이야."

"웃을 일이 아냐……. 그 말인즉슨 회복술도 듣질 않는다는 뜻이잖아."

"그러네. 하지만 난 스크롤이나 포션으로 회복할 수 있어. 뭐, 그건 전이자의 특권 덕분이긴 하지. 이 세계에 태어난 『미움받는 자』는 비참할 거야. 게다가 난 자연회복도 취득했으니 어지간한 부상은 내버려둬도 치유되고."

"아무리 그래도……."

지금은 괜찮다. 그러나 장기적인 관점에서 본다면 이 디메리트가 상당히 불리하게 작용하지 않을까?

물론 공격술도 무효화되니 메리트 역시 크다고 할 수 있겠지만…….

"쿠로도 알겠지만 지금 우리한테 필요한 건 연계보다 각자가 더 강해지는 거야. 초강력 닌자와 전사가 함께 있다면 기본적으로 어떻게든 돼."

"그건 나도 생각했어. 특히 난 공격력이 부족하니까."

"치명타가 있지 않나?"

"정말로 강력한 몬스터한테는 공격 자체가 통하질 않아. 힘이 부족해서 방어를 돌파하지 못하고 0대미지밖에 입히지 못한다고 설명하면 알기 쉬울까?"

내가 마왕을 공격할 수 있었던 때는 상대를 다크 코핀에 구속했을 때뿐이었다. 가든 팬서에게는 공격 자체를 할 수가 없었다.

다시 말해서 나는 그 레벨의 상대와는 전투 자체를 벌일 수가 없다는 뜻이었다.

물론 마왕이나 팬서는 혼자서 싸울 만한 마물이 아니라는 걸 잘 알지만, 미궁을 탐색하다보면 언젠가 반드시 치명적인 상황에서 강력한 마물과 싸워야만 하는 때가 온다.

아무런 준비도, 예측도 하지 못하고 그 위기를 맞이한 것과 그렇지 않은 것은 큰 차이가 날 터.

"무기도 조금 더 큰 걸 제작할 생각이야. 새도 스토리지도 있으니 상황에 맞춰서 여러 무기를 준비해두는 것도 좋을지도 몰라."

"그래. 상대에 맞춰서 무기를 교체하는 건 기본이야. 나도 창이나 활 같은 무기를 시험해보고 싶었던 차였다."

"내 새도 스토리지에 보관할 수 있으니 예비 무기를 제작해두는 건 괜찮은 방법일 것 같네."

의견이 모아졌다. 우리는 2층 사냥을 도중에 접고서 미궁을 한 번 나갔다.

잔느의 방어구는 훌륭하지만, 검은 지극히 평범한 브로드소드였다. 나쁘다는 소리는 아니지만, 잔느의 전투방식을 봤을 때 크기가 더 큰 무기를 써도 좋을 것 같았다.

힘도 강하니 나조차 휘두를 수 있을 만한 검을 쓰는 건 아까웠다.

미궁을 나오니 아직 바깥이 환했다.

최근에는 해질녘까지 미궁을 돌았기에 왠지 신선한 기분이었다.

"그럼 그레이프푸르. 오늘도 고마웠어."

미궁에서 나오면 척후의 임무는 끝. 나는 그레이프푸르에게 소은화 4닢을 건넸다.

평소에는 해질녘까지 탐색을 하기에 저녁도 함께 먹지만, 오늘은 미궁 앞에서 해산하기로 했다.

"거의 일하지 않았는데 이렇게나 많이?"

"우리 사정 때문에 도중에 끝냈으니 당연하지."

그러나 최근에 벌어들이는 돈에 비해서는 정말로 적은 금액이었다.

3층이나 4층을 돌아다닐 수 있게 된다면 조금 더 늘려도 되겠지.

미궁을 탐색하는 데 척후는 빼놓을 수 없고, 푸르는 정말로 실수를 하지 않았다. 미궁 안에서는 쓸데없는 잡담을 거의 하지 않고 임무에만 집중해줬다.

아마도 마물이 접근하는 것을 알아차리지 못하고 사망하여 사라져버렸던 동료를 여럿 봐왔기 때문이겠지.

링크스의 목숨은 가볍다. 그렇기에 오늘을 살아남기 위해 일절 타협하지 않는다.

"그럼 이만, 푸르. 내일 또 봐."

잔느가 그레이프푸르의 털을 만끽하면서 작별을 고했다. 그녀도 미궁 안에서 꾹 참고 있었던 모양이었다. 뭐, 링크스는 커다란 이족보행 고양이라서 털을 만지면 감촉이 좋겠다고 나도 생각하긴 했지만.

정령석을 길드에서 환금한 뒤 단도를 제작해줬던 드워프 대장간으로 향했다.

도시 서쪽은 불의 대정령의 영역으로 대장간이나 요리점처럼 불을 다루는 가게는 대부분 이 부근에 있었다.

그보다도 도시의 기능은 거의 서쪽과 남쪽, 미궁을 중심으로 한 중앙부에 집중되어 있었다. 중앙에서 벗어난 북쪽과 동쪽에는 대부분 밭만 펼쳐져 있었다.

물론 농가도 있긴 했지만, 도심이 느닷없이 시골로 변하는 느낌이었다.

드워프 대장간은 1등지에서 조금 떨어진 곳에 위치했다. 오늘도 망치를 경쾌하게 쾅쾅 두드리는 소리가 밖에까지 울려 퍼졌다.

"안녕하세요~."

"오오, 너냐? 오랜만이로군."

주인장이 바로 나와 줬다.

몸집은 작지만 근육질이었다. 끝이 쪼글쪼글 그을린 긴 턱수염이 트레이드마크였다.

이 세계에 드워프라는 종족이 있는지 아직도 모르겠지만, 지구의 시청자들은 확실히 드워프라 받아들였겠지.

"슬슬 검을 보수할 시기가 됐나? 어디 좀 보자고."

새로운 무기를 제작하려고 왔는데, 강하게 재촉하네.

뭐, 실제로 단도도 한 번 봐달라고 부탁할 작정이었으니 마침 잘 됐지만.

"음……?"

단도를 건넸더니 주인장이 물끄러미 관찰하고서 복잡한 표정을 지었다.

"도신에는 흠집이 별로 나지는 않았는데, 자루에는 꽤 사용한 흔적이 엿보이는군. ……너, 어떤 마물이든 공방전을 벌이지 않고 단칼에 처치했지?"

"그런 것까지 알 수 있나요?"

"그야 오랫동안 이 일을 해왔으니까. 위계가 올라간 링크스의 무기도 이런 식으로 닳아. 그 녀석들은 공방전을 벌일 만한 힘이 없으니 말이야. 일격에 끝장낼 수밖에 없어. 네 검도 그 경우랑 똑같아."

"그렇구나."

그레이프푸르의 선배인 모애푸르 씨도 기다란 검으로 상대를 일격에 처치했다. 내 전투방식과 닮았다고 하니 닮은 것 같기도 했다.

"어쨌든 이 정도라면 딱히 연마할 필요는 없겠지. 음? 그쪽 아가씨는?"

주인장이 지금 알아차린 듯했다.

잔느가 신기해하는 표정으로 공방 안을 돌아다니며 구경했다. 그녀는 게임을 좋아하니 아마도 이러한 공방에 흥미가 있겠지.

"실은 오늘은 그녀의 무기를 제작하려고 왔어요. 그리고 저도 조금 더 큰 검을 써볼까 해서."

"그야 상관없다만…… 리프레이아 양은 어쨌냐?"

"리프레이아는 고향으로 돌아갔습니다."

"고향에? 그랬구만. 탐색자는 오래 할 만한 타입이 아니라고 생각은 했었다만…… 그렇군……. 그럼 그쪽 여성은 새로운 파트너냐?"

"그런 셈이죠."

자신을 언급했다는 걸 알아차렸는지 아니면 처음부터 듣고 있었는지 잔느가 가까이 다가왔다.

"새로운 파트너인 잔느입니다."

끼어들자마자 그녀가 단호히 말했다.

파트너란 파티 멤버라는 의미겠지.

"아, 아아. 그래? 난 달고스다. 잘 부탁해. 그래서 아가씨는 뭐가 필요하지?"

"강한 한손검. 그리고 강한 창."

잔느가 간략하게 용건을 전했다.

"현재 무슨 무기를 쓰고 있나? 한번 보여주게."

"이거. 주운 물건이라서 싸구려일 거야. 그리고 내게는 너무 가벼워."

주인장은 검을 살펴본 뒤 잔느에게 나에게 그랬듯 검을 휘둘러보라고 시켰다.

신규 손님에게는 꼭 시키는 모양이었다.

다만 겉모습만 보고서는 상상할 수 없을 만큼 잔느는 파워가 있었다. 내가 했을 때는 비틀거려서 행인이 비웃었을 정도였는데, 잔느의 검무는 꽤 멋들어졌다.

내가 휘둘렀던 검부터 시작해서 잇달아 무거운 검이 쥐어졌다. 끝내는 가장 커다란 검까지 휘둘렀다.

더욱이 한손으로.

"이봐, 이봐, 이봐. 아가씨…… 아니, 잔느 양. 혹시 어디 미궁에서 탐색자로 활동했던 적이 있나?"

"아니, 한 적 없어."

"말도 안 돼?! 탐색자가 아니라면…… 사냥꾼? 캐물으려는 건 아니지만…… 내가 보기에는 분명히 위계가 30은 되는 것 같아. 아니, 이 레벨이면 검만 휘둘러봐서는 알 수가 없지만, 은등급 클래스가 아니라는 것만은 확실해. 금이나…… 마도은급?"

레벨 30이라니, 「체력 업 레벨 5」는 무시무시하구나. 설명 란에 괜히 「고릴라급 힘」이라고 적힌 게 아니었다.

"좋아. 검과 창 모두 최고의 물건을 만들어주지. 돈은 꽤 나가겠지만 말이야."

"음, 얼마지?"

"각각 금화 8닢이야."

"여, 여덟 닢?! 그렇군…… 잠시만 기다려다오."

주인장이 예상보다 높은 금액을 부르자 잔느가 내 옷소매를 잡아당겨 가게 밖으로 나갔다.

"비싸다. 어쩔까?"

"아니, 보통 그 정도는 하지 않나? 금화를 지구의 화폐로 환산해도 값어치가 얼마나 나가는지 짐작하긴 어렵지만, 금화 8닢이면…… 640만 엔이니까…… 5만 유로쯤 나가지 않나? 아마도. 그럭저럭 비싼 차량을 구입할 수 있는 금액이지만, 그 정도는 나가겠지."

"차를 살 수 있다고……?"

"그래도 내가 온종일 사냥하면 하루에 금화 1닢 정도는 벌 수 있으니 오히려 저렴한 거야. 주인장이 제작한 검은 품질이 확실하고."

내 단도의 가격은 은화 30닢이었다. 약 금화 1닢에 상당하는 금액이므로 전사가 주로 사용할 무기는 그 정도쯤 나가겠지. 금속의 가격도 지구와는 다를 테니까.

“그런가……. 가벼운 마음으로 검과 창을 전부 제작해달라고 요청했는데, 일단 검만 부탁할까.”

“그러네. 창은 검이 다 완성된 뒤 주문해도 되니까.”

그래서 잔느는 검을 주문하기로 했다.

“일단 검만 삽니다!”

“오, 오오. 그래? 금화 8닢은 확실히 큰 금액이긴 하지. 다만 너 정도 수준의 전사가 사용할 검에는 『옥염강(샐러맨도르)(獄炎鋼)』이 쓰이니 아무래도 비싸질 수밖에 없어. 그건 마도은(미스릴)보다 더 귀하거든.”

“옥염강에 어떤 특징이 있지?”

“단단하고 무거워. 보통 강철과 비교조차 할 수 없을 만큼 말이야. 상급 탐색자의 무기는 강하고 단단하고 무거울수록 좋아. 날의 예리함만 따지며 싸울 수 없는 차원이라서 말이야.”

이전에 거대한 도끼를 휘둘렀던 가넷트 씨를 보고서 생각하긴 했지만, 만약 그 도끼가 물렀다면 순식간에 망가져버렸겠지.

무겁고 단단하다는 것은 굉장히 중요하다. 그만한 질량의 무기를 그만한 속도로 휘두른다면 날이 무디든 말든 상대가 박살나리라.

그 후에 내 무기도 주문한 뒤 대장간을 뒤로 했다.

나는 심플한 외날검. 단도보다 두껍고 길고 무거운 걸 주문해봤다. 한마디로 말하자면 도(刀)인데, 흔히 말하는 일본도보다 두껍고 넓적한 무기를 부탁했다. 전투방식이 확 달라질 만한 무기가 되리라 생각한다.

위계가 올라가서 힘이 세졌기 때문에 소재도 일반 강철이 아니라 옥염강을 쓰기로 했다. 가격도 잔느가 부탁했던 검에 필적하는 금화 5닢.

어쩌면 옥염강제 검은 무거워서 다루지 못할지도 모르겠지만, 완성되기까지 열흘 넘게 걸린다고 하니 그때까지 위계를 최대한 올려 두기로 하자.

전이자별 게시판 나라별 JPN【No. 1000 쿠로세 히카루】 4617th

4: 지구의 아무개
잔느가 빙빙 에둘러서 접근하는 모습이 귀여워. 그나저나 히카루, 너무 둔감한 거 아냐?ㅋㅋㅋ

8: 지구의 아무개
리프레이아처럼 스트레이트로 호감을 전해야만 해!

13: 지구의 아무개
아니, 잔느도 나름 스트레이트라고 생각해. 적어도 볼은 아냐.

16: 지구의 아무개
리프레이아 님의 대사는 스트레이트 화염구이니까.

22: 지구의 아무개
닌자와 파이터의 파티는 참 좋네. 뭐라고 해야 할까, 히카루가 스스로를 닌자라고 의식하지 않아서 놀랐어.

27: 지구의 아무개
시청자들은 모두 「닌자야…….」, 「시노비야…….」 하고 생각하면서 봤으니까…….

30: 지구의 아무개
리프레이아가 돌아온다면.
파이터(탱커)
홀리나이트(어태커)
닌자(어태커 겸 서포터)
이런 편성이 되려나?

33: 지구의 아무개
리프레이아는 빛의 정령술이 있어서 서포터 역할도 할 수 있어.

34: 지구의 아무개
나나미가 합류하더라도 설 자리가 없는 거 아냐?

36: 지구의 아무개
회복 역할이라면 기회가 있을지도?

37: 지구의 아무개
나나미도 싸울 거야!

40: 지구의 아무개
잔느한테는 회복용 정령술도 통하지 않아서 미묘하네. 결국 싸울 수 있는 역할이 더 수요가 있을지도 몰라. 의외로 활잡이도 괜찮지 않을까?

43: 지구의 아무개
활로 충분한 위력을 발휘하는 건 어렵겠지. 약점만 노려서 적중시킬 수 있으면 좋겠지만, 엄청난 실력을 갖춰야만 가능한 이야기이고.

46: 지구의 아무개
초집중을 획득하면 어떻게든…….

48: 지구의 아무개
공중에 있는 적을 공격할 작정이라면 활보다 리프레이아 빔이 더 강력할 텐데…….

50: 지구의 아무개
잔느가 「닌자! 닌자!」 하고 흥분하는 모습이 귀여웠어.

52: 지구의 아무개
한 지붕 아래에서 살아가는 두 사람의 모습을 동시에 시청하고 있으니 가슴이 폭발할 것만 같아. 밤에 잔느가 이따금씩 무지 커다란 침대에서 나와서 문 앞까지 갔다가 다시 되돌아가는 행위를 여러 번 반복하는 장면을 보니…….

54: 지구의 아무개
밤의 공방전, 두근거리네…….

55: 지구의 아무개
히카루는 아무것도 모르고 엄청난 속도로 곯아떨어지지만 말이야. 그 녀석, 무지 잘 자네.

58: 지구의 아무개
세리카랑 카렌도 잔느한테는 너그럽다고 해야 하나, 러브러브한 공간이 출현했는데도 발끈하질 않네. 역시나 나나미를 되살려줬기에 빚을 졌다고 느껴서 그럴까?

60: 지구의 아무개
러브러브한 공간 맞아?
드라이한 관계잖아, 아직은.

61: 지구의 아무개
대중욕장 입구에서 기다리는 잔느…….

66: 지구의 아무개
그 대목에서 카렌이 「간다가와[#2]잖아!」 하고 외쳐줘서 엄청 좋았어.

68: 지구의 아무개
지금 게시판도 간다가와로 쫙 도배됐어.

71: 지구의 아무개
잔느는 굉장히 속내가 깊네.
애써 내색은 하지 않는 것 같지만.

74: 지구의 아무개
히카루 「먼저 돌아가지 그랬어.」

77: 지구의 아무개
눈치도 없는 히카루.
제발 눈치 좀 챙겨라.

#2 간다가와 1973년에 발매된 일본의 포크송. 연인과 동거하면서 행복했던 시절을 회상하는 내용이다.

80: 지구의 아무개
보통은 여자가 더 오래 목욕을 하지 않나?

85: 지구의 아무개
히카루는 욕탕에 느긋하게 몸을 담그는 타입이거든.
잔느는 대충 씻고서 바로 나와버리고, 욕탕에 몸도 담그지 않는 경우도 있어.
자라온 환경이 달라서겠네.

88: 지구의 아무개
마치 프랑스인은 전신욕을 대충 즐긴다고 오해를 하겠어.

92: 지구의 아무개
일본인과 비교하면 대부분 대충 즐기는 편이지……

93: 지구의 아무개
신의 업데이트 때문에 욕탕에 피어오르는 수증기의 양이 대폭 늘었습니다.

94: 지구의 아무개
아직이야! 아직 러브러브 트윈버드는 끝나지 않았어!

98: 지구의 아무개
실은 외로움을 잘 타는 잔느의 일면을 알아버렸어. 리프레이아 님과 잔느 중 어느 쪽을 응원해야 좋을지 모르겠다.

100: 지구의 아무개
가끔씩 잔느가 기뻐하며 남몰래 수줍어하는 모습이 참을 수 없이 귀여워.

103: 지구의 아무개
히카루 앞에서는 늠름한 모습만을 보여주려고 하는 모양인데, 그거 역효과라는 걸 알려주고 싶어.

105: 지구의 아무개
잔느의 본 게시판을 엿보고 왔는데, 히카루의 평가가 엄청 올라갔어. 역시 닌자라서 호응이 좋은가?

108: 지구의 아무개
히카루는 완고하고 진지하니까. 잔느 게시판의 유저들 중에는 그녀를 자기 딸처럼 여기는 사람도 많다고 하니까 저 녀석이라면 딸을 맡길 수 있겠다 싶은 거겠지.

110: 지구의 아무개
잔느가 위험천만한 일을 벌이려고 할 때 확실히 만류해줄 사람이야, 히카루는.

115: 지구의 아무개
히카루도 위험천만한 녀석이지만, 잔느도 히카루를 말려줄 것 같은 신뢰감이 있어. 잘 어울리는 커플이네.

117: 지구의 아무개
연애면에서는 아직 리프레이아가 유리하겠지. 하지만 히카루는 잔느를 버리지 못할 거야.

120: 지구의 아무개
양쪽 모두 택하지 않는 전개가 올지도…….

123: 지구의 아무개
리프레이아가 꼭 돌아올 거라고 아직 장담할 순 없지만 말이야. 의외로 친가에서 혼담이 들어와서 우물쭈물 거리다가 거절하지 못하고 그대로 시집갈 수도 있어. 여자는 드라이해.

126: 지구의 아무개
히카루도 남자야.
리프레이아가 돌아와서 모성애를 충족시키는 가슴 공격을 가하면 몇 초 만에 함락될걸?

130: 지구의 아무개
불결해요!
그래도 나 역시 그럴 것 같아!

133: 지구의 아무개
근데 진짜로 돌아오지 않을 가능성도 있지 않나?

137: 지구의 아무개
성당기사 채용조건을 충족했으니 친가에서도 놔줄 리가 없겠네.
게다가 여동생까지 병을 앓고 있으니.

140: 지구의 아무개
여동생의 병은 만능약으로 치유할 수 있겠지.
3포인트짜리 약이라서 100% 나아.

147: 지구의 아무개
그래도 말이지……. 그토록 예쁜 딸을 누구 집 애인지도 모르는 탐색자…… 게다가 진짜로 근본도 없는 전이자 따위한테 줄 부모가 있겠냐? 지구에서도 어림없어.

150: 지구의 아무개
그래도 리프레이아는 돌아올 거야. 가족을 버려야 한다고 해도 돌아올 거라고 믿어.
걘 그런 여자야.

152: 지구의 아무개
히카루가 누굴 택할지가 더 중요한 문제.

155: 지구의 아무개
얼른 「이 바람둥이이이이이!」 장면을 보고 싶어.

158: 지구의 아무개
칼부림까지 벌어지겠네…….

164: 지구의 아무개

남자라면 둘 다 골라야지!
지구가 아니란 말이다!!
지구의 윤리관과 상식 따윈 모두 내던져 버려라!!!

174: 지구의 아무개
메시지 동결은 두 사람한테는 좋은 일인가? 지금까지 본 것 중에서 가장 안정적으로 보여.

179: 지구의 아무개
잔느는 히카루와의 만남이 큰 변화였을 테고, 히카루는 나나미가 부활한 것이 큰 의미를 가졌을 테니 메시지 동결이 어떤 영향을 미쳤는지는 잘 모르겠어.

184: 지구의 아무개
다 좋은 방향으로 흘러가고 있지 않나? 어쨌든 히카루는 정신적으로 안정된 것 같아. 아마도 지금까지 본 것 중에선 가장 말이지.

190: 지구의 아무개
이제 전투도 위태롭게 벌이지 않는걸.
안전 대책을 확실히 마련해두는 느낌이야.

195: 지구의 아무개
안전 대책을 세워둔 상태에서도 저렇게 싸우다니 대단해.
말 그대로 고블린이나 오크 따윈 상대도 안 되겠다.

198: 지구의 아무개
그래도 전부 기습이었잖아?

200: 지구의 아무개
히카루는 4층에도 쑥 들어갈 수 있을 만큼 강하니까……. 리자드맨을 혼자서 쓰러뜨릴 수 있는 인간은 아무리 이세계가 넓다고는 해도 한줌밖에 없을 거야.

203: 지구의 아무개
다크나이트가 너무 강해서 무심코 이상한 소리가 나왔어. 크리에이트 언데드와 팬텀 워리어까지 총동원하면 인간을 상대로 거의 무쌍을 찍을 수 있겠네.

204: 지구의 아무개
맨티스의 외형이 멋있어서 좋아.

209: 지구의 아무개
2층에서 나오는 맨티스는 절망감이 느껴져서 좋지.

214: 지구의 아무개
>>203
난 히카루가 강해진 걸 보고 이상한 소리가 나오더라.
잔느의 눈이 하트 모양으로 변한 게 확 느껴졌어.

219: 지구의 아무개
지금의 히카루라면 어둠의 정령술을 구사하지 않고도 오우거까지는 대응할 수 있을 것 같아.

222: 지구의 아무개
오우거는 벅차겠지. 히카루는 장면에서 전투를 해본 적이 없다고. 다시 스켈레톤 솔저부터 정면에서 상대해보면서 연습하지 않으면 위험해.

229: 지구의 아무개
음~ 정면 전투도 훈련을 해둬야겠네. 그렇지 않으면 그런 상황이 닥쳤을 때 위기에 몰릴 테니.

237: 지구의 아무개
특화형은 완전히 특화시키는 게 낫지 않아?

250: 지구의 아무개
히카루가 굉장한 건지 사랑받는

자가 굉장한 건지 모르겠지만, 정령력이 상승하는 기세가 대단한데?

253: 지구의 아무개
상위 소환술을 쓸 수 있게 된 전이자는 히카루가 처음이니까. 그보다도 모든 전이자들 중에서 정령술을 가장 많이 구사할 수 있어. 압도적인 1등.

260: 지구의 아무개
제8의 술식을 사용할 수 있는 사람도 아직 히카루밖에 없으니까. 다른 사랑받는 자들이 무작위 전이로 도망친다면 기회는 있겠지만.

267: 지구의 아무개
무작위 전이로 도망치는 건 좋지만, 현재 갇힌 전이자들은 괜찮은 대접을 받고 있어서 위기가 닥치기 전까지는 전이하지 않겠지.

279: 지구의 아무개
무작위 전이를 했다가 진짜로 죽을 수 있으니까…….

300: 지구의 아무개
히로인 레이스 도박에서 은근슬쩍 그레이프푸르를 고를 수 있게 추가해놔서 웃겨.

305: 지구의 아무개
아니, 가능성은 있지. 히카루는 링크스한테 상당히 호감을 갖고 있어.

320: 지구의 아무개
히카루가 물고기 선물 작전으로 모든 링크스의 호감도를 상당히 올려놨지.

327: 지구의 아무개
잔느가 고양이파였다니 의외……는 아니겠네. 처음부터 고양이를 좋아할 것 같은 이미지였으니까.

338: 지구의 아무개
링크스 상호회에 수많은 고양이들이 모여 있던 광경, 정말 귀여워서 어쩔 줄 모르겠더라.

341: 지구의 아무개
……아니. 난 좀 거북했어.
수인은 인간을 가린다고.

348: 지구의 아무개
해외의 퍼리들이 완전 환희를 하는 장면이었는데.
또한 잔느는 완전히 동물 캐릭터 성애자의 동료라고 인정을 받은 모양이더라.

367: 지구의 아무개
그러고 보니 본 나이트는 잔느를 보고도 도망치지 않았는데, 2층 고블린이나 오크는 도망쳤지? 기준이 뭐야?

370: 지구의 아무개
레벨 차!

376: 지구의 아무개
게임 같은 기준이네…….

435: 지구의 아무개
미움받는 자 정리
· 정령 계약을 할 수 없어서 정령술을 쓸 수가 없다.
· 대정령에게서 미움을 받는다(구린내가 나는지 얼씬도 하지 않는다).
· 마물을 쓰러뜨려도 위계가 잘 안 올라간다(획득 경험치 감소).
· 정령술이 통하지 않는다(공격술 말고도 회복술도 통하지 않고, 버프도 걸리지 않는다).
· 혼돈의 성질이 약한 생물도 싫어한다(도망친다).

442: 지구의 아무개
혼돈의 성질이 약한 생물은 뭐야?

링크스는 잔느를 싫어하지는 않는 것 같던데.

450: 지구의 아무개
인간과 수인은 혼돈의 성질이 강한 생물이야.
많이 섞일수록 혼돈도가 높은 거니까 척 보면 알 수 있지.

454: 지구의 아무개
인간은 뭐가 섞였어?

460: 지구의 아무개
인간은 「마(魔)」의 존재야. 엘프는 「무구(無垢)」의 존재고. 여러 요소가 섞여서 외형으로 표출돼. 엘프의 머리카락은 한없이 투명하지? 그에 비해 인간은 파란색, 빨간색 등 다양해. 외형으로 표출되는 정령의 성질은 다양하지만, 실제로는 그 모든 것들을 내포하고 있어. 다시 말해서 「마」의 존재라는 뜻.

467: 지구의 아무개
순수한 「정령」인 대정령과 준정령인 엘프에 비해 인간은 어떤 성질도 가질 수 있는 생물이고, 링크스도 고양이가 강하게 섞인 「마」에 가까운 생물인 거지. 참고로 「마물」은 애당초 모든 것이 「마」에 잠식된 생물인데, 약한 녀석은 정령에 가까운 부분도 있을 듯.

472: 지구의 아무개
어? 그럼 엘프는 잔느를 무지 싫어하겠네?

475: 지구의 아무개
그렇지.

480: 지구의 아무개
대정령이 미워해서 공격을 가한다는 게 아니라 대정령조차 맨발로 달아난다는 의미이니까……. 히카루의 사랑받는 자와 잔느의 미움받는 자 중 어느 쪽의 효과가 더 강할까.

483: 지구의 아무개
상쇄될 것 같아.

490: 지구의 아무개
잔느랑 히카루는 상성이 좋네…….

493: 지구의 아무개
히카루랑 잔느가 함께 있으면 대정령은 다가가고 싶으면서도 다가갈 수 없는 상태가 되나?

499: 지구의 아무개
「좋아하는 음식 옆에 똥이 있어서 난감」한 상황?

502: 지구의 아무개
그런 상황을 예로 들면 고민할 녀석이 얼마나 되겠어.
똥 옆에 있는 건 이미 거의 똥이야.

505: 지구의 아무개
일주일을 단식한 후라면 먹을 수 있다!!

508: 지구의 아무개
잔느를 똥 취급하지 마!!!!

529: 지구의 아무개
잔느가 「아직 한 달밖에 안 돼서 강할 리가 없어」 하고 말했는데, 플레이어 스킬이 낮아서 약하다는 의미겠네, 분명히.

532: 지구의 아무개
근데 대장간 드워프도 레벨이 30이나 된다며 놀랐잖아.

538: 지구의 아무개
이론상 위계가 낮더라도 마물은 쓰러뜨릴 수 있어. 히카루가 했던 것처럼 말이야. 잔느는 플레이어 스킬을 단련해서 초기장비로도 라스트 보스를 쓰러뜨릴 수 있는 방향성으로 성장하는 걸 이상적이라고 생각했겠지.

544: 지구의 아무개
레벨만 올린다고 해서 강해지는 건 아니지. 실제 전투에서는 경험과 기술, 지식이 복잡하게 얽혀 있으니까…….

550: 지구의 아무개
대정령에 관해 대화를 하다가 물의 대정령 이야기가 나왔는데, 그 수도교는 그란 앨리스맬리스에도 있어. 일부로 낮은 위치(바다 근처)에 대신전을 지어서 그곳에서 온 도시에 물을 공급하고 있어. 어째서?

553: 지구의 아무개
상식적으로 생각하면 높은 곳에 물의 대정령을 설치하면 편하겠지만, 물의 대정령이 발생하는 지점이 문제가 아닐까…….

564: 지구의 아무개
미궁에 관해 조사하고 있는 전이자의 말에 따르면 미궁도시는 애당초 자연 신전이 있는 곳에 세워진대. 대정령 전부를 끌어 모으는 것은 굉장히 벅차서 멜티아처럼 대정령을 넷만 모아도 상당한 대미궁이 만들어져. 그란 앨리스맬리스만이 유일한 오망성 모양의 미궁도시인 이유는 그만큼 대정령을 모으는 게 어렵게 때문이겠지.

567: 지구의 아무개
아마도 멜티아는 원래부터 해변에 물의 자연 신전이 있었고, 그곳을 기점으로 미궁을 만들었던 게 아닐까.

570: 지구의 아무개
밖에서 끌어들이려고 해도 물의 대정령은 물 근처에 있어야 상태가 안정되기 쉬우니까.

573: 지구의 아무개
애당초 대정령은 어떤 식으로 나오는 거야? 히카루 때는 결계 내에서 정령술을 많이 쓰다가 어둠이 농축된 바람에 나타났다고 전에 어디선가 들었는데.

580: 지구의 아무개
대정령은 폭풍이나 화재, 화산 분출, 태풍, 지진 등 고에너지 자연현상과 함께 발생한대.

584: 지구의 아무개
요컨대 대정령은 단일 정령이 대량으로 모인 거지?

587: 지구의 아무개
빛과 어둠의 정령은 낮과 밤에 각각 출현한다는 것 말고는 밝혀진 게 없어. 특히 어둠의 대정령은 기본적으로 발견할 수가 없대.
그래서 어둠의 대신전은 세계에 한 곳뿐이야.

593: 지구의 아무개
Wiki에 올라온 대정령 지도에 따르면 커다란 도시에는 거의 반드시 물의 대신전이 있네. 도시 자체가 자연 신전이나 혹은 인공 신전을 바탕으로 발전했어.

598: 지구의 아무개
산속의 커다란 폭포에서 발현된 물의 자연신전에서 대정령과 함께 살아가는 소수민족은 신비로워서 좋네. 매우 야성적으로 살고 있지만, 물만은 아주 위생적이고 무진장 쓸 수 있대……

600: 지구의 아무개
대정령이라는 게 뭐야? 인간이 그렇게 편리하게 자신을 이용하는데도 화가 안 나나?

603: 지구의 아무개
미궁도시가 아닌데도 대신전을 두 개 갖고 있는 대도시가 제법 있네. 역시나 불과 물의 조합이 가장 많은 것 같은데?

609: 지구의 아무개
아니, 물과 땅이 가장 많아. 매해 풍작을 거두는 건 대단히 이로워.

612: 지구의 아무개
600>>
대정령의 입장에서 인간은 아기 같은 존재래. 몹시 귀여워서 바람을 뭐든지 들어주고 싶대. 다만 가끔씩 사랑받는 자를 빨아먹는다는 거.

614: 지구의 아무개
불이 없으면 옥염강을 입수할 수 없다고!
미궁도시에서는 필수!

617: 지구의 아무개
미궁도시 얘기가 아니거든…….
평범한 도시라면 불보다는 땅의 우선도가 더 높다고.

622: 지구의 아무개
주변 토지의 질에 따라 다르겠지. 토지가 비옥하다면 굳이 땅의 대정령을 초빙하여 부스트를 할 필요는 없을지도.

625: 지구의 아무개
불우한 바람의 대정령…….

628: 지구의 아무개
미래에 풍력발전이 시작된다면 단번에 톱스타가 될지도.

631: 지구의 아무개
발전효율도 불과 물이 더 위인걸.

645: 지구의 아무개
잔느가 부탁한 무기의 가격이 금화 8닢이라는데, 왜 그렇게 비싸? 과정을 생각해보면 너무 비싸지 않아?

649: 지구의 아무개
옥염강이 무지무지 비싸.
대신전에서 바가지를 씌우거든!

655: 지구의 아무개
옥염강이란 작탄(灼炭)이라는 검은 흙을 대정령이 태워서 용융하면 출현하는 금속으로, 대장장이가 제작하고 싶은 무기의 틀을 미리 만들어가서 필요한 양만 구입해. 그것을 제련하고 성형하고 마지막에 담금질을 하여 완성하는데, 대장간 화로의 화력으로는 살짝 부드럽게 녹이는 게 고작이라서 원하는 형태로 만들려면 상당히 고생을 해야 해. 옥염강을 구하는 대가로 신전에 고액의 시주도 해야 해서 아마도 잔느의 검에 매겨진 가격인 금화 8닢 중 6닢은 재료비일 거야.

660: 지구의 아무개
접이식 단련(鍛鍊)은 안 해?

667: 지구의 아무개
식칼 만드는 철이 아니라고. 그런 과정은 필요 없어.
애당초 강철을 단련하는 이유는 탄소량을 조정하기 위해서이니까 조성이 이미 균일한 재료에는 불필요해.

674: 지구의 아무개
철은 마지막으로 조정하기 위해 한두 번은 접이식 단련을 하는 편이 좋다던데.

680: 지구의 아무개
그 부분은 프로 드워프 장인한테 맡기면 돼.

683: 지구의 아무개
옥염강으로 제작하는 무기에 면도날급의 예리함 따윈 필요치 않거든. 그냥 날만 서있으면 충분해.

686: 지구의 아무개
엄청 무겁다고 말하던데 비중은?

690: 지구의 아무개
금 따윈 비교조차 안 될 만큼 높아.

694: 지구의 아무개
과학에 정통한 전이자가 조사했는데 금이나 철의 비중은 지구의 것과 동일한 것 같대. 그런 바탕에서 옥염강의 비중은 무려 35.

697: 지구의 아무개
말도 안 돼.

699: 지구의 아무개
잔느가 아무리 고릴라라고 해도 비중 35짜리 검은…….

703: 지구의 아무개
아니, 굳이 말하자면 철의 5배 정도잖아? 고릴라라면 여유롭지.

710: 지구의 아무개
탑 탐색자인 그 붉은 머리가 옥염강으로 제작된 거대한 도끼를 휘둘렀지.
철로 제작했더라도 들 수조차 없는 크기였는데 비중 5배? 괴물이잖아.

713: 지구의 아무개
힘의 차원이 달라. 판타지라는 이름의 괴수영화.

715: 지구의 아무개
비중 35라는 건 얼마나 굉장한 거야?

717: 지구의 아무개
물보다 35배 무겁다는 뜻이야…….

719: 지구의 아무개
철의 비중이 7~8, 납은 11, 금도 19.
35는 미친 숫자야. 1세제곱미터짜리 물체의 중량이 35톤이나 나간다는 뜻이니까.
35톤은 소형차 35대의 무게와 맞먹는다고.

721: 지구의 아무개
그렇다면 잔느의 검을 일반적인 강철로 제작했다면…… 아마도 10kg쯤 나간다고 치고, 그 5배라면 50kg쯤 나간다는 말인가?

725: 지구의 아무개
애당초 제작하려는 검도 도신이 두꺼운 형태였어.
그래도 10kg까지는 나가지 않았을지도 모르겠지만, 어쨌든 옥염강으로 제작하면 인간이 다룰 수 있는 중량을 초과해.
게다가 다음에 제작할 무기는 더 커질 가능성도 있어.

730: 지구의 아무개
괜찮아.
M2중기관총이랑 동일한 무게야.
그걸 휘두르면서 싸운다고 생각하면…….

731: 지구의 아무개
왜 뜬금없이 M2 이야길?

735: 지구의 아무개
전이할 때 M2를 지참해왔던 전이자가 있었어.
탄이 다 떨어져서 결국에는 넋을 놓는 것보다는 낫다는 심정으로 휘두르다가 허리가 나간 바람에 마물한테 살해당했지만…….

740: 지구의 아무개
강력한 무기를 갖고 와서 나짱세 플레이를 즐기고 싶어 하는 마음도 알겠지만.

중기관총은 역시나 좀…….

743: 지구의 아무개
나나미와 관련한 소식이 들리질 않는데, 어떻게 됐어?

748: 지구의 아무개
죽을 각오로 단련하는 중이래.

752: 지구의 아무개
TwiN/SiS의 실황에서 이따금씩 나나미에 관해 한마디씩 언급해 주는데, 「세리카는 악귀」, 「먹는 것조차 훈련이라서 괴로워」, 「인간이길 포기하는 훈련을 시키고 있어」 같은 소리들이 들려. 꽤나 혹독한 나날을 보내고 있는 모양…….

757: 지구의 아무개
어중간하게 지내는 것보다는 훨씬 낫지. 앞으로 저쪽에서 남은 인생을 보내야만 하니까.

760: 지구의 아무개
「지참 아이템」용으로 총기회사랑 스폰서 계약을 맺어서 특별주문 총을 제작하고 있는 것 같아.
세리카는 꼼꼼하네.

762: 지구의 아무개
특별주문이라니…….

770: 지구의 아무개
탄수가 많고, 강력한 마물도 쓰러뜨릴 수 있을 만큼 위력이 세고, 소리가 커서 위협효과도 노릴 수 있는 총을 주문했대. 그 대신에 처음에 지참해온 총알만을 쓸 수 있으니 내구성보다는 휴대성을 중시한다나 뭐라나.
어떤 총이 나올지는 아직 불명.

774: 지구의 아무개
여성 초보자가 쓴다면 샷건이 제일이지. 슬러그탄을 쓰면 위력도 손색이 없고, 장거리 사격 따윈 안 할 테니 라이플은 의미가 없어. 라이플을 쓸 바에야 차라리 서브머신건이 낫겠지.

777: 지구의 아무개
샷건은 총알이 좀 문제지…….

778: 지구의 아무개
장탄수 고작 2!

783: 지구의 아무개
아니, 연사 가능한 녀석도 실존해.
택티컬 샷건도 있고.
15연사가 가능한 것도 있어.

786: 지구의 아무개
확실히 그런 게 좋아 보이긴 하네.
하지만 쓰는 사람이 나나미인 걸…….

790: 지구의 아무개
총알이 다 떨어져도 둔기처럼 쓸 수 있는 형태로 제작한다는 데 3000크리스털 건다.

797: 지구의 아무개
강철 개머리판과 두 손으로 묘하게 쥐기 편하게 생긴 아웃 배럴.

800: 지구의 아무개
그러고 보니 히카루 안티는 특정됐나?

803: 지구의 아무개
안 됐어.

808: 지구의 아무개
전이자 대부분의 정보가 나돌고 있는데, 범죄자는 오자와 정도였어. 다행이야, 속세로 나가고 싶어 하는 인간이 뽑히지 않아서…….

812: 지구의 아무개
인터뷰나 정보가 인터넷에 제법 올라왔는데, 역시나 조깅이나 근육 트레이닝을 시작한 사람이 많은 것 같아.

814: 지구의 아무개
자전거조차 없는 세계이니까……. 체력 업은 기초체력을 바탕으로 능력을 올려주니까 어쨌든 몸은 움직여두는 편이 좋아.

819: 지구의 아무개
그러고 보니 체력 업을 취득한 사람이 괴물화? 마인화된다면 그 힘이 무지막지하게 오르나?

823: 지구의 아무개
카렌의 말에 따르면 만약에 그렇다면 히카루는 더 강해져야만 했대. 어디까지나 육체 포텐셜을 최대 10배까지 늘려줄 뿐. 정령력에 의한 부스트는 따로 계산된대.

828: 지구의 아무개
승마는 필수겠네. 그 세계에서 승마를 할 줄 아는 것만으로도 이동력이 확 올라가.

835: 지구의 아무개
제2탄에 뽑힌 사람들 중에 재밌을 것 같은 사람 있어?

840: 지구의 아무개
오자와가 제일 재밌을 것 같아, 여러 의미로.

844: 지구의 아무개
좀 그렇긴 하지만, 주목도는 높겠네. 안타깝게도 말이야.

850: 지구의 아무개
미국 가수는 저쪽 세계에서도 노래를 부르기 위해 이세계의 노래를 현지어로 연습하고 있대. 이탈리아 소믈리에는 저쪽에서도 와인의 지위를 향상시키기 위해 노력할 거래. 미용사는 도구를 어떻게 할지 고민하고 있다나?

855: 지구의 아무개
저번에는 지구에서의 직업을 살려서 이세계에서 열심히 살자! 고 결심했던 사람이 실은 얼마 없었지.

860: 지구의 아무개
이번에는 「이세계에 가고 싶어 하는 사람」으로 한정돼서인지 열정이 뜨거운 사람들이 많은 것 같아.

864: 지구의 아무개
개인적으로 제일 눈여겨보는 사람은 지도를 제작하고 싶어 하는 영국인 헥터 갈런드 씨. 이미 『포인트로 구할 수 있는 지도』가 있긴 하지만, 전 세계를 여행하면서 명물이나 역사적 건축물 같은 걸 지도에 기입하여 출간하고 싶대.

868: 지구의 아무개
난 곤충 헌터가 좋던데.
이세계의 곤충은 전혀 주목을 받질 못한다면서 모든 종류를 표본으로 만들겠다며 잔뜩 벼르고 있어서 무척 기대 돼.

871: 지구의 아무개
파충류 사육인도 있었지.
최종적으로 드래곤을 키우고 싶다고 하던데…….

873: 지구의 아무개
드래곤…… 실존하나……?

879: 지구의 아무개
있는 곳에는 있는 모양이야.

884: 지구의 아무개
그란 앨리스맬리스의 하층에 레서 드래곤이 실존한다는 게 확인됐어.

894: 지구의 아무개
가드닝이 취미라서 가드닝 대회에 출전했던 아줌마 등등 제2탄에 볼거리가 더 많은 것 같아.

900: 지구의 아무개
다양한 사람이 있구나.

904: 지구의 아무개
뭐, 그래도 히카루보다 재밌는 시청대상은 별로 없겠지만 말이야.

909: 지구의 아무개
그야 시청자수 상위권은 재밌겠지. 특히 히카루는 잔느와 함께 볼 수 있으니 막강해.

914: 지구의 아무개
리프레이아까지 합류한다면 어떻게 돼버리는 거야?

918: 지구의 아무개
부동의 시청자수 1위 파티가 되겠네…….
하지만 그만큼 벌레도 많이 꼬일 것 같아서 차분히 지켜보는 시청자로서는 전전긍긍이야.
바라건대 모든 악의를 떨쳐낼 수 있을 만큼 강해졌으면 좋겠어.

◇◆◆◆◇

【리프레이아 시점】

내 친가는 성스러운 산이라 여겨지는 루크스산 중턱에 매달려 있는 것처럼 세워진 실티온에 있다.

빛의 대신전이 있다는 것 말고는 이렇다 할 명물도 없는 도시지만, 그럼에도 대정령의 은혜는 컸다. 분명히 교통이 불편한 땅임에도 도시는 나름 발전했다.

"하아……."

길을 걷다가 몇 번째인지 모를 한숨을 내쉬었다.

"진짜로 돌아와 버렸네……."

루크스산 기슭에 접어들었다면 친가까지는 이제 몇 시간도 걸리지 않는다.

여기까지 오는 동안에 몇 번이나 발걸음을 멈추고서 돌아갈까 망설였다.

납득하고서 작별을 했는데도 미련은커녕 실감조차 나지 않았다. 나눠서는 안 되는 몸의 절반을 시키는 대로 놔두고 와버렸다…….

그런 상실감뿐이었다.

"하아……."

히카루의 사정은 이해한다고…… 생각했다.

더욱이 잠깐만 떨어지면 상대도 금세 외로워져서 어쩌면 만나러 와줄지도 모른다.

나 역시 성당기사 시험에 합격한다면 바로 만나러 돌아가면 된다. 딱히 영원한 이별을 한 것도 아니니까.

"하아……."

머리로는 이해했건만 마음은 개운하지 않았다.

멀어지면 멀어질수록 애처로움이 늘어가는 실감만 들었다.

그는 강하지만 미궁은 위험한 곳이다. 홀로 돌아다니다가 언제라도 사고를 당할 수 있다.

만약에 내가 없을 때 무슨 일이 생긴다면—.

"우우~. 진짜~."

사고의 미로 속에서 완전히 헤매고 있었다.

헤어진 지 아직 나흘밖에 지나지 않았건만 당장에라도 만나고 싶어서 죽을 것만 같았다.

이 괴로움도 딱 한 번만 볼 수 있다면 해소되리라. 그런 확신이 있었다.

그렇다고 해서 당장 만나러 가는 것도 꺼려졌다.

그에게는 나름의 사정이 있고, 그도 나에게 호감을 느끼고 있을 텐데도 한때의 이별을 선택했다.

그 결정을 번복할 수는 없었다.

나는 내 고지식한 성격을 저주했다.

"분명 히카루는 내가 성당기사 시험을 치르지 않고 돌아오면 경멸할 거야……. 만나고 싶지만…… 죽을 만큼 보고 싶지만…… 미움을 사는 건 더 싫어…….

무거운 갑옷 차림으로 경사가 급한 산길을 오르면서 투덜거렸다.

어쨌든 친가에 한번 얼굴을 비치고서 성당기사 시험을 치러 합격한다.

그러면 당당히 만나러 갈 수 있다.

이 첫사랑을 포기할 생각은 눈곱만큼도 없으니까.

◇◆◆◆◇

내 친가는 빛의 대성당 바로 옆에 있어서, 부지 일부를 대성당과 공동으로 쓸 정도로 인접했다.

마침 대성당 식당의 휴식시간인지 나무 그늘에 설치된 벤치에서 그리운 얼굴이 담배를 피우고 있었다.

"스승님! 리프레이아, 지금 돌아왔습니다!"

내가 말을 걸자 스승님이 고개를 서서히 들더니 눈부신 물체라도 본 것처럼 눈웃음을 지었다. 담배를 땅에 비벼서 끈 뒤 일어섰다.

머리를 한 갈래로 땋아 늘어뜨린 뒤 천을 두른 모습은 내가 1년 전에 집을 떠났을 때와 바뀐 게 없었다.

"어서 와라. 무사해서 다행이야. 얼마나 걱정한 줄 알아? 내 입으로 권했으면서도 이런 말을 하는 건 뭣하지만, 미궁은 위험한 곳이니까."

"예. 정말로요. 여러 번 죽을 뻔했어요."

나는 아하하, 웃었지만 실제로 히카루가 구해주지 않았다면 그 미궁에서 맨티스에게 목숨을 잃었을 것이다.

스승님은 내 팔에 붙은 근육을 확인하고는 기뻐하며 웃었다.

"강해졌구나. 여기 기사들 중에서도 너만큼 위계를 올린 자는 얼마 없을 걸?"

"스승님이 검을 가르쳐주신 덕분입니다."

"난 최소한의 가르침만 전해줬을 뿐이고, 미궁은 목숨이 가벼운 곳이야. 살아남은 것만으로도 리프레이아한테 재능이 있다는 소리야."

그녀는 나의 스승님이다.

활동하던 당시에는 미궁도시에서 모르는 자가 없었다. 샐러맨델급 탐색자「현란의 카노푸스」.

정령술을 잘 구사하지 못하고, 검을 엉성하게만 휘둘렀던 나에게 대검을 이용한 전투술과 살아가기 위한 강함을 알려준 사람이 바로 그녀였다.

나에게는 검뿐만 아니라 인생의 스승이기도 했다.

"그나저나 얼굴이 좋아졌구나, 리프레이아. 저쪽에서 연인이라도 생겼나?"

"예~? 에헤헤…… 그리 보여요? 역시나."

"그래, 잠시 못 본 사이에 전사의 얼굴이 됐다. 미궁은 좋은 수련장이 됐겠지. 그래서…… 쓸 수 있게 됐구나? 포톤 레이를."

"예, 완벽해요."

"그래? ……잿빛이라는 오명도 뒤집을 수 있겠군."

"다음에 그렇게 부르는 녀석이 있다면 포톤 레이를 쏴버릴 거예요."

실은 포톤 레이뿐만 아니라 다섯 번째 술식까지 쓸 수 있게 됐다.

지금껏 정령술에 재능이 없다고 믿었던지라 몇 주 사이에 술식이 세 가지나 발현된 이 현실은 마치 꿈만 같았다.

다만 그것이 나와 히카루가 헤어져야만 하는 원인 중 하나가 돼버렸으니 운명의 장난이라고밖에 할 수가 없었다.

"플로라랑 만나고 왔니?"

"아뇨. 지금 막 돌아온 참이에요. 가족과는 아직."

"그렇구나. 오늘은 마침 의사가 오는 날일 거다. 얼굴을 보여주고 와. 네가 성당기사가 될 수 있다고 듣는다면 플로라도 안심하겠지."

스승님이 그렇게 말했지만, 여동생은 분통을 터뜨리기만 하지 않을까?

원래는 그녀가 먼저 성당기사가 됐어야 했으니까.

"그럼 얼굴을 보이고 오겠습니다. 스승님, 나중에 대련을 해주셔야 해요? 아마도 한판 정도는 이길 수 있을 것 같아요."

"하하, 고작 1년 만에 네가 따라잡을 만큼 늙어빠지진 않았어."

스승님과 일단 헤어지고서 나는 친가의 문 앞으로 향했다.

우리 가문은 몇 대에 걸쳐 성당기사를 배출해온 명문가로 인식되고 있지만, 성당기사의 급료가 좋았던 것은 옛날 이야기였다. 현재는 오래된 가문이라는 것 말고는 의미가 거의 없었다.

그래도 어머니는 성당기사로서 자긍심 높게 살아왔고, 그래서 나처럼 덜떨어진 딸은 언제나 체면이 서질 않았다.

"좋았어!"

나는 기합을 불어넣고서 현관문을 열었다.

"리프레이아, 지금 돌아왔습니다!"

그렇게 선언하자 현관홀을 청소하고 있던 메이드 사샤가 죽을 만큼 놀란 표정을 짓고서 달려왔다.

"리프레이아 님! 살아계셨어요?!"

"그야 안 죽었지. 왜 죽었다고 생각한 거야?"

"왜냐면 그때 바로 돌아오겠다고 하셨으면서 통 돌아오시질 않아서……."

"아아…… 그렇구나. 여러 일들이 있었어. 그보다도 축하해. 사샤, 다시 메이드로 복귀했네."

"운이 좋았어요. 파트라 씨가 결혼 퇴직을 해서."

"파트라, 그만뒀구나."

맨티스에게 습격을 받은 뒤 나는 파티 멤버였던 아가씨들을 먼저 돌려보낸 뒤 『생명의 은인(히카루)』에게 보답을 하고서 바로 돌아오겠다고 전했다.

그런데 그 이후로 3주 가까이 소식이 없었으니 죽었다고 착각할 만도 하겠지.

참고로 내가 몸을 담았던 전 파티는 우리 집에서 일했던 메이드 둘과 동네 친구 셋으로 구성되어 있었다.

메이드 둘이 해고된 것은 단순히 내가 없어서 일거리가 줄었기 때문이었다. 그리고 플로라의 치료에 돈이 든다는 것이 두 번째 이유였다.

그래서 일확천금……이라고 해야 하나, 결혼자금을 모으기 위해 나와 함께 미궁도시에 갔다.

내가 떠났을 때는 웬디와 파트라라는 두 메이드만 남았는데, 사샤가 말하기를 파트라는 퇴직했단다.

사샤가 다시 고용됐으니 웬디와 사샤 둘이 있다는 뜻이었다.

"클로디아는?"

"걔는 앤 님이랑 함께 신랑감을 찾고 있죠. 슬슬 결실을 거둘 것 같다던데요?"

"어어~ 진짜로? 그토록 소극적인 아이였는데."

"뭐, 걘 일하는 것도 좋아하질 않았으니까요."

클로디아는 함께 미궁을 탐색했던 파티원이자 전직 메이드다.

물의 정령술사로 나보다도 훨씬 재능이 있어서 믿음직스러운 회복 담당이었다. 그런데 설마 벌써 결혼이라니. ……나도 질 수는 없겠네.

친구인 앤도 헤어질 때 그동안 번 돈을 결혼자금으로 삼겠다고 했으니 모두들 미궁을 탐색하는 생활을 그만두고서 이 도시에 정착하겠지.

"리프레이아."

찌를 것 같은 목소리로 내 이름이 불리자 나는 뒤를 돌아봤다. 어머니가 서있었다.

어머니는 전직…… 아니, 예비대 소속이니 일단은 현역 성당기사다. 이미 마흔을 넘겼는데도 서있는 모습은 늠름해서 빈틈을 찾아볼 수가 없었다.

아침 연습도, 적어도 내가 떠나기 전까지는 매일 빼먹지 않았다. 아마도 검술 실력과 정령술 모두 정기사였던 시절과 비교하여 손색이 없겠지.

스스로에게…… 그리고 남에게도 엄격한 사람이었다.

그리고 나는 이 사람이 조금 거북했다.

"어머님. 리프레이아, 지금 돌아왔습니다."

"어서 와요. 그래서 술식은 쓸 수 있습니까?"
"예. 정 궁금하시다면 이 자리에서 보여드릴 수도 있습니다만?"
"……농담은 그만두도록 하세요. 그래도…… 잘 했어. 아주 잘 했군요. 플로라한테도 얼굴을 보이고 오세요."
"예."
어머니가 그 말만을 하고서 발걸음을 돌렸다.
1년 만에 재회했다고는 믿기지 않을 만큼 간소한 인사였다.
"마님께서는 여전히 리프레이아 님한테 차갑네요……. 1년 만인데……."
"됐어."
나에게 냉철한 얼굴밖에 보이지 않았던 어머니의 표정이 살짝 풀어졌던 것을 나는 놓치지 않았다.
나도 옛날의 내가 아니었다.
히카루와 만난 덕분에 가족과의 관계는 인생의 일부분에 불과하다는 걸 깨달아서인지 어머니와 진득하게 대화를 나눠보자는 마음이 생겨났다. 1년 전까지는 어머니에게 무슨 말을 하든 소용없다고 생각했고, 성당기사가 되면 나를 다시 봐주리라는 기대도 했지만……. 지금은 정말로 아무렇든 상관없었다.
그녀 역시 한 명의 연약한 인간에 불과했다.
정말로 강한 사람은 상냥하니까. ―마치 히카루처럼.
나는 내 방으로 돌아가 짐을 내려놨다.
1년 만에 돌아온 방은 떠났을 때와 달라진 게 없었다. 먼지도 쌓여 있지 않은 걸 보면 메이드들이 청소를 해줬겠지.

가방 안에 있는 물건을 꺼냈다.

깨지지 않도록 옷 사이에 끼워서 가장 위에 올려뒀던 포션병을 조심스럽게 책상 위에 내려놨다.

'약……이라.'

멜티아를 떠날 때 히카루가 줬던 난마병(亂魔病)의 약.

그는 「효능이 있을지도 모른다」고 했다. 그가 그렇게 말했으니 이상한 약은 아니겠지. 플로라가 내가 가져온 약을 마셔줄지는 모르겠지만, 다소 억지로라도 먹이는 편이 좋을지도 모르겠다.

다만, 난마병을 치료하는 약 따윈 거의 존재하지 않았다. 제아무리 그가 「다른 세상에서 온 사람」일지라도 우연히 그런 약을 갖고 있을 가능성은 낮다고 생각했다.

'하지만 모처럼 준 약이야. 내일쯤 가져가보자.'

오늘은 의사가 왔다고 하니 멋대로 약을 먹이는 건 좋지 않겠지.

나는 히카루에게서 받았던 시들지 않는 꽃 한 송이를 꽃병에 꽂았다.

이 꽃은 확실히 줄곧 시들지 않았다. 돌아오는 여정 내내 은근한 빛을 계속 발했다. 이것을 장식해두면 조금은 위안이 되겠지.

"플로라. 다녀왔어."

"어? 언니?! 살아 있었어?!"

노크하고서 방에 들어가니 플로라가 침대에서 벌떡 일어날 기세로 놀라움을 드러냈다.

역시 죽은 줄 알았구나.

그렇게 생각하니 어머니의 태도는 실로 쿨하다고 할 수 있었다. 친딸이 살아서 돌아왔으니 조금 더 기뻐해주면 어디가 덧나나 싶기도 했지만.

"그야 살아 있지. 몸은 어때?"

"나쁘진 않지만…… 좋지도 않아. 줄곧 똑같아, 안타깝지만."

"그래?"

난마병은 몸속의 정령력이 뒤죽박죽이 되어버리는 질병이었다.

의사가 말하기를 질병이라기보다 어렸을 적부터 정령술을 과도하게 사용한 바람에 신체가 성장하는 데 필요한 정령력이 순환하지 않게 됐다고 한다. 굳이 말하자면 부상의 후유증으로 몸이 불구가 됐다고 표현하는 편이 더 정확하겠다.

플로라는 이제 혼자서 걸을 수도 없고, 메이드가 보조해주지 않는다면 침대에서 나올 수조차 없었다. 정령술은 꿈같은 소리였다.

"그래서 쓸 수 있게 됐어? 포톤 레이."

"어떻게든. 아슬아슬했지만."

"그럼 시험을 치르겠구나? 그보다 언니의 검 실력은 1년 전부터 합격 수준이었으니 술식만 보여주면 되겠네."

"그러게. 하지만 난 정규기사는 되지 않을 거야. 예비대 등록은 하겠지만."

"뭐?! 왜?!"

성당기사는 신전에 상주하며 근무하는 「정규기사」와 필요할 때만 호출을 받고서 근무하는 「예비기사」로 나뉜다. 시험에 합격한 기사는 그대로 정규기사로서 채용되지만, 사정에 따라서는 예비대에 등록만 할 수도 있다.

물론 예비대라고 해도 성당기사임에는 틀림없었다. 최소한 가문의…… 정확히 말하자면 어머니의 자긍심도 지킬 수 있겠지.

그리고 나는 히카루 곁으로 돌아갈 수 있다. 완벽한 작전이다.

단 하나, 여동생을 또다시 이곳에 홀로 남겨둬야만 한다는 것만은 유감이지만.

"언니, 그토록 성당기사가 되고 싶어 했으면서…… 예비대라니. 내 눈치를 보는 거야? 그럼 그만둬."

"플로라. 너랑은 관계없어. 이건 내 의지이니까. 아직 어머님께도 말씀드리지 않았지만 말이야."

"실은…… 되기 싫었던 거야, 상당기사?"

"아니, 줄곧 되고 싶었어. 하지만 더 소중한 게 생겨버렸어."

그렇게 말만 했을 뿐인데 따뜻한 감정이 마음을 감쌌다.

이 충동을 멈출 수가 없었다.

병에 걸린 여동생에 눈앞에 있는데도 나는 그와의 인생을 갈망했다.

아마도 내 모습이 1년 전과 달라졌음을 눈치챘는지 플로라가 놀라움으로 가득한 표정을 지었다. 자매의 감이라고 해야 하나, 아마도 내가 언급했던 소중한 게 무엇인지 짐작했겠지.

"소중한 것……이라. 언니는 이 도시를 떠나는 게 정답이었네."

"응. 그건 그렇다고 할 수 있으려나. 그래도 정말로 최후의 최후의 수단…… 같은 느낌이었지만."

히카루와 만났던 것은 정말로 아주 최근이었다. 불과 몇 주 전이었다.

그전까지 보내왔던 1년은 오직 필사적으로…… 즐거운 적도 있긴 했지만, 성당기사가 되겠다는 목표로 살아왔던 것은 사실이었다.

그와 만나면서 내 가치관이 근본부터 뒤집혀버렸을 뿐이었다.

"……좋겠네. 나, 처음으로 언니가 부러워졌어."

"……미안해. 나쁜 언니라서."

"괜찮아. 난 줄곧 나쁜 여동생이었으니까. 광휘의 플로라라는 소리를 듣고서 건방을 떨었기 때문에 정령왕 님께서 괘씸해하며 눈여겨봤겠지."

여동생이 그런 식으로 말하니 나는 아무 말도 할 수가 없었다.

플로라가 주변에서 천재라며 띄워주는 칭송에 우쭐거렸던 시기가 없었다고 한다면 분명 거짓말이겠지.

그러나 그것 때문에 벌을 받았다는 그 말은 가당치 않았다.

설령 벌을 받은 것이라고 할지라도 그녀는 이미 충분히 고통을 겪었으니까.

"앗, 이거. 지인한테서 받았는데 예쁘지?"

나는 히카루에게서 받았던 빛나는 꽃을 여동생의 방에 장식했다.

어둑한 방에서 은은하게 빛나는 꽃은 아름다웠다. 적어도 여동생의 마음에 위안이 되길 간절히 바랐다.

"받았다니. 남자한테서? 꽃을 선물 받았어?"

"어? 응."

"……그랬구나. 정말로, 아름답네. ……바깥세상에는 이런 꽃도 다 있구나."

플로라가 그렇게 중얼거리고서 이불을 뒤집어썼다.

그녀가 숨죽여 우는 소리가 어둑한 방에 울려서 나는 꼼짝도 하지 못했다.

나는 정령술을 익혀서 성당기사가 될 수 있다. 그러나 여동생의 문제가 해결되는 것은 아니었다.

플로라가 무슨 생각으로 내가 없는 이 1년을 보내왔는지는 모르겠다. 어쩌면 내가 기적 같은 치료법을 발견하리라……는 꿈이라고 꿨던 걸까?

난마병은 정령력이 잘 순환되지 않아서 몸을 마음대로 움직일 수 없는 병이다.

여동생은 누군가가 보조해주지 않는다면 걸을 수도 없고, 치료될 가망도 없었다.

평생을…… 침대 위에서 보낼 수밖에 없었다.

히카루와의 만남에 들떴다. 고향에 잠깐 돌아와서 성당기사 시험만 통과한 뒤 곧바로 멜티아로 돌아가자고…… 생각했다.

그러나 그것은 친가를 버린다는 의미임에 동시에…… 여동생도 버리게 된다는 것을 뜻했다.

지금 이렇게 오열을 쏟아내는 여동생을 앞에 두고 있으니 내가 저지른 커다란 죄를 규탄 받는 듯했다.

'……정말로, 나쁜 언니구나, 난.'

플로라가 어느새 잠들었는지 숨소리가 나직이 들려왔다.

나는 이불을 가지런히 펴주고서 조금 야윈 여동생의 옆얼굴을 바라봤다.

병에만 걸리지 않았다면 여동생은 지금쯤 정규기사로서 청춘을 구가했겠지. 날씬하고 귀여운 플로라는 같은 또래 사이에서 인기를 끌었다. 그러나 난마병에 걸린 후로는 병문안을 오는 친구의 발길조차 뜸해졌다.

옛날 사람은 정령에게 미움을 받으면 난마병에 걸린다고 여겼던 듯했다.

의사가 말하기를 그것은 완전한 미신이고, 이른바 타고난 「미움받는 자」와는 전혀 다르다고 했다. 그러나 이 도시에는 아직도 그 미신을 믿는 사람이 많았다.

또한 난마병이 전염된다고 생각하는 사람까지 있었다. 그 영향으로 플로라가 병에 걸린 후로는 집을 방문하는 손님의 숫자까지 줄어들었다.

성당기사 시험에 통과한다면 나는 정규기사로서 이 집안을 떠받쳐야만 한다.

데릴사위를 들이고— 어머니와 마찬가지로.

나는 장녀이니 앞으로 쭉 여동생을 돌봐줘야만 한다.

히카루와 함께 했을 때는 머리 한구석에 밀어놨지만 그것이— 현실이었다.

히카루가 나와 함께 있을 수 없다는 그 말에 나는 반발했다. 그러나 나도 고향에 돌아올 수밖에 없는 사정이 있었다.

그것을 잘 알았기에 돌아오고 싶지 않았다.

돌아가서…… 현실을 보고 만다면 더는 그의 곁으로 돌아갈 수가 없게 될 테니까.

가족을 도저히 버릴 수가 없다는 현실을 깨닫고 말 테니까.

"히카루…… 나…… 어쩌지."

침대 가장자리에 걸터앉아 나직이 중얼거렸다.

아무런 굴레도 없는 일개 탐색자였다면 고민할 이유가 전혀 없었을 텐데.

히카루는 데릴사위로 와줄까?

그가 이곳에 와준다면 모든 것이 해결되겠지만—.

'무리겠지…….'

그는 사랑받는 자.

우리 집 바로 옆에는 대신전이 있다. 빛의 대정령 님은 남성을 싫어하지만 사랑받는 자는 예외일 터.

"하아……."

애달픈 한숨이 새어나왔다. 나는 한동안 생각의 바다에서 허우적거렸다. 그러나 아래층에서 들려온 목소리에 현실로 되돌아왔다.

목소리가 점점 가까워지더니 문을 노크했다. 메이드 사샤가 얼굴을 내밀었다.

"리프레이아 님, 플로라 님, 의사 선생님이 오셨습니다."

그 말을 듣고 일어섰다.

왕진을 와준 의사 선생님은 난마병을 오랫동안 연구해온 인물로 약을 찾으러 온 대륙을 여행했던 경력을 갖고 있었다. 치료비는 꽤 비싸지만 실력은 확실했다.

뭐, 그래도 여동생의 용태는 거의 좋아지지 않았지만, 악화되지 않은 것만으로도 치료가 통한다는 증거였다.

난마병은 성장하면 할수록 점점 거동할 수가 없게 되는 병이니까.

"안녕하세요. 리프레이아 씨, 오랜만이네요."

"오랜만에 뵙습니다, 선생님."

"자, 바로 진찰을 할 테니 플로라 씨를 어서 깨워—."

진찰을 하기 위해 침대 옆 의자에 앉으려던 선생님이 뚝 멈췄다.

그 시선 끝에는 히카루에게서 받았던 시들지 않는 꽃이 있었다.

"……어? 이, 이 꽃은……? 왜 이게, 여기에……?"

"이 꽃에 무슨 문제라도 있나요?"

"자, 잠시 봐도 될까요……? 이럴 수가…… 뿌리가 있어……."

선생님이 떨리는 손가락으로 무언가를 확인했다.

손가락뿐만 아니라 목소리도 떨렸다. 동행한 간호사마저 두 손으로 입을 막고서 눈물을 글썽였다.

'뭐, 뭐야……?'

어쨌든 심상치 않은 상황이었다.

"틀림없어……. 끊임없는 반짝임, 정령력의 순환성……. 창월은사초(蒼月銀砂草)야……."

의사는 마치 신의 조각상을 우러르듯 히카루가 준 꽃을 두 손으로 공손히 들고서 황홀한 표정을 짓고 있었다.

"리프레이아 씨! 이건 리프레이아 씨가 구한 겁니까?!"

"아, 네. 정확히 말하자면 받은 건데요."

선생님의 얼굴에 환희의 빛이 번졌다.

"받았다?! 누구한테?! 아, 아니, 어디서, 어디서 구했답니까?! 나도 입수할 만한 루트를 열심히 파봤지만, 성과가 전혀 없었는데—."

"그, 그러니까 다른 사람한테 받은 것뿐이라서……."

"그 사람은 이 꽃의 가치를 몰랐던 건가?! 아, 아니…… 플로라 씨의 병을 알고서 넘겨준 건가?!"

"무, 무슨 말인가요? 설명해주세요!"

선생님이 홍조가 띤 얼굴로 홀로 흥분했다. 나는 말뜻을 전혀 이해할 수 없었다.

"이 꽃의 뿌리가 난마병의 특효약이에요! 플로라 씨는 나을 수 있습니다!"

"예?!"

"게다가 이토록 싱싱하니 난마병에 걸린 환자 열 명은 구해낼 수 있어요! 이걸 제게 양도해 주세요! 물론 대가를 치를 테니까! 부탁합니다!"

나는 선생님이 했던 말의 뒷부분을 듣지 못했다.

—낫는다?

이 꽃이, 특효약?

동생의 병이……. 불치의 병이라 일컬어지는 난마병이…… 낫는다고?

"서, 선생님…… 농담인가요? 그냥 받은 꽃에 어떻게 그런 효능이—."

"농담이 아닙니다! 이 꽃…… 창월은사초는 이 세상에서 유일하게 난마병을 치유할 수 있는 약이에요!"

"그, 그럼 정말로 여동생이…… 플로라가, 예전처럼……?"

"낫습니다. 낫고말고요. 당장…… 불과 며칠 만에 회복될 겁니다."

"거짓말……."

마지막에 들린 그 말은 여동생의 입에서 나왔다.

어느새 잠에서 깨어나 우리의 대화를 들었던 듯했다.

"거짓말이 아닙니다. 리프레이아 씨 덕분입니다. 나아요. 전 이 식물을 찾아서 세계 각지를 여행했습니다만, 설마 언니분이 발견할 줄이야. 정령왕 님께서 굽어살피신 거라고요."

"나, 나…… 낫는 거야……? 정말로?"

"진짜예요. 좋은 언니를 뒀군요."

그날 여동생의 두 번째 울음은 슬픔이 아닌 기쁨으로 넘쳐흘렀다.

그 후에는 꽤 어수선했다.

시들지 않는 꽃이긴 하지만, 뿌리가 완전히 없어지면 역시나 말라 버린단다. 그래서 1회분만 잘라내서 플로라에게 먹이기로 했다.

선생님이 가방에서 도구를 꺼낸 뒤 잘라낸 뿌리를 잘게 다져나갔다. 다음에는 그것을 자그마한 주전자에 넣고서 불 위에 올리자 독특한 단내가 방에 충만해졌다.

"냄새가 좋죠? 이 냄새는 정령들이 『사랑받는 자』한테서 느끼는 향과 동일하다고 해요. 대정령 님이 사랑받는 자를 원하는 이유를 알 것 같군요."

선생님이 막간의 잡학을 선보였다.

히카루에게서도 이런 향기가 나는 걸까? 다음에 맡아보자.

충분히 우려낸 약액을 플로라에게 먹였다.

선생님은 이로써 정령력의 순환이 서서히 돌아올 거라고 했다.

"자, 9회 분이 남았는데, 이걸 넘겨받고 싶습니다."

선생님이 다시금 말했다.

이 자리에는 나와 어머니뿐이었다. 아버지는 축하회를 열어야겠다며 외치고서 어디론가 가버렸다.

“그 꽃은 리프레이아가 받은 선물이라고 들었습니다. 리프레이아, 네 의향은 어떠니?”

“그렇긴 하지만, 물론 상관없습니다. 선생님께서는 플로라를 정성껏 치료해주셨고, 불치의 병 때문에 고생하는 사람들을 도울 수 있다면 이 꽃을 줬던 사람도 양해해주겠죠.”

히카루는 꽃을 주면서 분명히 무슨 병에 잘 듣는다고 말했다. 그러나 난마병과는 명칭이 달랐으니 그도 난마병의 특효약인 줄은 몰랐겠지.

그의 성격으로 보아 병의 특효약임을 안다면 적절하게 써달라고 말하지 않을까?

“감사합니다. 그럼 대금입니다만.”

“대금이요?”

“예. 귀중한 식물이니까 당연히 그에 상응하는 금액으로 사도록 하겠습니다.”

“아, 예.”

그때 나와 어머니, 아마도 플로라도 그동안 지출했던 치료비라도 충당할 수 있으면 좋겠다고 생각했다.

그런데 선생님이 제시한 금액은 그 예상을 아득히 웃돌았다. 나와 어머니 모두 처음에는 농담인 줄 알았지만, 아무래도 선생님은 진심인 듯했다.

"감사한 말씀입니다만, 그 금액을 받고 넘긴다면 치료를 받을 수 있는 사람이 줄지 않을까요?"

나는 의문을 던졌다.

우리 가문은 플로라의 치료비 때문에 가세가 조금 기울어가고 있었다. 솔직히 말해서 돈은 많으면 많을수록 좋겠지. 집 보수도 뒤로 미뤄서 상당히 황폐해진 느낌조차 감도니까.

그러나 부자나 귀족만이 치료를 받을 수 있다는 것은 본말전도였다.

"아뇨, 치료비로 본전을 찾을 생각은 없어요. 이 꽃은 말이지요. 귀족한테 매~우 값비싸게 팔 수 있습니다. 꽃이 죽지 않는 아슬아슬한 한계까지 약으로서 쓴 뒤 나머지를 귀족한테 팔면 본전을 찾을 수 있죠. 그러니 꽃을 사들인다기보다 귀족과 당신을 중개하는 역할을 내가 맡았고, 그 중개료로서 약효가 있는 뿌리를 챙겼다고 생각하도록 해요. 그럼 모두가 이득을 볼 수 있으니까."

"귀족이 그렇게 비싼 돈을 치르면서까지 이걸 사줄까요? 꽃인데?"

"예, 시들지 않고 빛을 계속 발하는 꽃은 『영원한 번성』의 상징. 왕족한테 바치는 헌상품으로서도 안성맞춤이라서 원하는 귀족이 많아요. 이 꽃은 좀처럼 구할 수가 없으니까. 참고로 저도 이번에 세 번째로 다루는 겁니다."

"그렇게나 귀한 꽃이군요……."

히카루는 가볍게 전별의 의미라고 말했는데, 이토록 귀한 물건이었다니.

그런 보배를 나에게 줬다.

그만큼 나를 소중히 생각해줬다는 증거가 아닐까?

중요한 대화를 한창 나누고 있건만, 입가가 풀어지고 말았다.

"리프레이아. 듣고 있습니까?"

"앗, 예. 괜찮습니다."

"감사합니다. 그럼 돈은 다음에 방문했을 때 가져오도록 하겠습니다."

이야기를 마치고서 선생님이 돌아갔다.

앞으로 전국에 흩어져 있는 자신의 환자들에게 약을 먹이러 갈 예정이라고 했다.

그리고 플로라는 이제 괜찮을 테니 처음에는 몸을 조금씩 움직이라는 당부만 덧붙였다.

"리프레이아. 그 꽃을 어디서 구했습니까? 지인한테서 받았다고 했지요?"

"예. 멜티아를 떠날 때 전별로서 받았습니다."

"그렇습니까?"

어머니의 입장에서는 딸의 인생을 구한 약을 넘겨준 사람이라고 할 수 있었다.

그리고 나에게도 히카루는 생명의 은인. 설마 여동생, 아니, 우리 가문의 은인이 될 줄은 본인도 예상치 못했겠지.

"우리 애쉬버드 가문의 가훈을 기억하고 있겠지요?"

"물론입니다. 『받은 은혜를 반드시 갚아라』."

"맞습니다. 이 은혜는 갚아야만 합니다. 하지만 어중간한 방식으로는 이 은혜를 갚을 수가 없겠지요. 이토록 귀한 물건을 주셨으니까요. 리프레이아, 알고 있겠죠?"

플로라가 부활한다면 집안의 문제는 모조리 해결된다.

치료비도 이제 지불하지 않아도 된다. 치료비는커녕 꽃의 판매대금으로 그동안 지출했던 비용을 충당하고도 남을 정도였다.

가문은 최초에 예정했던 대로 플로라가 이으면 되고, 나는 히카루의 곁으로 돌아갈 수가 있다.

다만 어떤 보답을 하든 간에 그를 이곳에 불러올 수는 없었다.

그는 사랑받는 자.

이 집은 대신전 바로 옆에 있으니 대정령 님께서 눈치채고 말겠지.

"그는 사정이 있어서 도시를 떠날 수 없는지라 우리가 갈 수밖에 없을 겁니다."

"그런가요…… 어쩔 수 없군요."

어쨌든 우리가 보답을 해야 하는 처지이니 히카루를 이곳까지 불러들일 수는 없는 노릇이었다.

"리프레이아, 이따금씩 그……라고 말했지요? 이 꽃을 준 분이 남성입니까?"

"아, 예…… 그런데요……."

"그쪽에서 사귄 연인이지요?"

"저기…… 그렇습니다."

"독신?"

"예…… 아, 설마—."

"이해가 빠르군요. 리프레이아, 그 남성분께 시집을 가도록 하세요."

어머니가 진지한 표정으로 담담하게 말했다.

"시집을 가서…… 몸과 마음을 바쳐 평생 동안 이 은혜를 갚는 겁니다."

"지, 진심입니까……?"

"싫다면 플로라를 시집보내도 상관없습니다만. 아니, 플로라야말로 직접적으로 은혜를 입었으니 그러는 편이—."

"싫습니다! 환영, 환영, 대환영! 리프레이아, 성실히 은혜를 갚도록 하겠습니다!"

설마 이야기가 이렇게 흘러갈 줄이야.

그러나 간절히 바랐던 일이었다.

그나저나…… 역시 내 어머니다. 나와 똑같은 발상을 했다.

그보다는 부지불식간에 어머니의 사고방식에 물든 거겠지.

하지만 뭐, 어머니는 히카루를 잘 모르니 방식 자체는 고민을 해봐야 하겠지만.

직접 다가가더라도 히카루는 틀림없이 거부한다.

그는 돌이킬 수 없는 사실을 조금씩 만들면서 회유하지 않으면 안된다.

그러나 어머니가 협력해줄 것 같은 상황은 나쁘지 않았다.

이로써 내가 성당기사가 되어야 할 이유가 완전히 없어졌고, 가족을 생각하지 않고 멜티아로 돌아갈 수 있게 됐다.

최고였다.

이때 내 머리는 가장 빠른 속도로 돌고 있었을 것이다.

그리 오랫동안 알고 지낸 것은 아니지만, 히카루의 성격은 왠지 파악이 됐다.

어머니가 억지로 시집을 가라고 강요해서 이제 돌아갈 곳이 없어졌다고 애원한다면 곁에 있게 해주겠지.

그리고 이런저런 방법으로 마음을 돌려놓으면— 가능해!

그가 예전에 살았던 세상 사람들이 지켜보고 있다고 했지만 아무렇든 상관없었다.

지켜보면 뭐 어쩌라고. 얼마든지 보라지. 어차피 실감은 안 난다. 이쪽 세상에 간섭할 수 없는 존재 때문에 인생을 깎아먹는 건 잘못됐다.

그보다도 나에게는 히카루와 함께 있을 수 있다는 게 더 중요했다.

그리고 예전 세계보다 지금 이 현실이 훨씬 근사하다는 걸 일깨워줄 거다.

자의식 과잉이라고 할지도 모르겠지만, 나는 그와 함께 하면서 인생이 얼마나 멋진지 공유하고 싶었다.

그가 나와 함께 할 수 없다며 아무리 피하더라도.

그가 나와 함께 할 수 없다며 아무리 도망쳐도.

나는 땅 끝까지라도 쫓아가서 그와 맺어지고 싶었다.

민폐라도 좋다. 이기적이라고 비난해도 좋다.

그에게는 그만한 가치가 있으니까.

【히카루 시점】

무기를 주문하고 나서 며칠 동안은 함께 2층을 돌아다녔다. 잔느는 맵을 대강 확인했다. 도중에 전투가 벌어지면 일단은 나도 가세했지만, 역시나 잔느는 강했다. 오우거와의 전투도 금세 익숙해졌고, 무기를 소지한 오우거 두 마리를 혼자서 사냥할 수 있게 됐다.

정령술 없이 무기를 소지한 오우거 두 마리를 사냥할 수 있는 탐색자는 중급 이상의 실력자뿐이겠지.

본인은 게임을 많이 해서 그렇다며 겸손을 보였지만, 게임을 했다고 해서 강해질 수 있을 리가 없었다.

본인의 소질이겠지.

며칠 동안 잔느가 혼자서 어디까지 할 수 있는지 확인했다. 그 후에 그녀는 푸르와 둘이서 2층에서만 전투훈련을 계속하겠다고 했다.

맨티스는 척후를 대동하면 도망칠 수 있고, 최악의 경우에는 결계석을 쓰면 된다. 어쩌면 잔느라면 이길 가능성도 있었다.

그 동안에 나는 2층을 혼자서 돌았다.

어쨌든 피차 마물을 마구 쓰러뜨려서 레벨을 올리는 게 급선무라는 결론에 이르렀기 때문이었다.

'잔느와 파티를 맺으니 연계한다기보다 두 명이 솔로 플레이를 하는 느낌이네.'

고블린 떼를 다크니스 포그가 자아낸 어둠으로 뒤덮은 뒤 전광석화처럼 쓰러뜨리며 생각했다.

진홍의 소병(크림슨 바이알)에 소속된 링크스 모애푸르 씨는 혼자서 마물 떼를 통과하여 안에 있는 마물을 쓰러뜨린 적이 많았다.

'내가 강해지면 그만큼 여유가 생겨.'

잔느의 목표는 이 미궁을 답파하는 것이다.

최하층이 몇 층인지 모르는 던전을 답파하는 것은 얼핏 봐도 무모한 목표이지만, 그래도 그녀는 포기하지 않겠지.

포기할 바에야 죽음을 택한다…… 그런 완고함이 있었다. 나는 은인인 그녀가 죽길 바라지 않았다. 그 「망자 소생의 보주」 같은 아이템을 새로 입수할 가능성은 낮았다. 죽으면 끝이었다.

그렇게 되지 않도록 안전대책을 충분히 마련하고서 탐색을 하고 싶었다.

안전을 담보하는 것이 바로 레벨과 장비였다. 이렇게 마물을 오로지 사냥하는 것은 두 가지 우려를 동시에 불식할 수 있는 유일한 방법이었다.

모퉁이 너머에 있는 오우거를 배후에서 강습한 뒤 일격에 정령력의 명맥을 끊었다.

이렇게 찰나에 쓰러뜨릴 수 있는 오우거에게서 나오는 땅의 정령석도 값어치가 은화 1닢이나 된다.

탐색자를 직업이라고 할 수 있다면 나는 이미 꽤 벌어들이는 상태라고 할 수 있었다.

'슬슬 방어구를 제작할까.'

지금 내가 장착한 장비라고 해봤자 신수의 선물인 건틀릿과 정령력의 명맥을 보호해주는 미스릴제 고지트 플레이트뿐이었다.

현 재정 상황이라면 가볍고 소리도 나지 않는 특별주문 방어구도 제작할 수 있겠지.

'오늘 주문하러 갈까.'

통로 안쪽에 나타난 맨티스를 향해서 질주했다.

다크니스 포그와 섀도 바인드를 구사하면 저 2층 최강의 마물조차 정면에서 일격으로 쓰러뜨릴 수 있게 됐다.

몸이 마음먹은 대로 움직여졌다. 두꺼운 강철로 만들어진 단도가 마치 막대기처럼 가벼웠다. 마음먹은 대로 휘두를 수 있었다.

목에 일격을 가하여 목숨을 거둔 맨티스에게서 나온 바람의 정령석을 주웠다.

주문한 무기가 완성되기까지 앞으로 엿새 남았다.

솔직히 2층 사냥은 내 전투방식과 상성이 좋아서 위험을 느끼지 않을 정도였다. 그러나 방심은 금물이었다.

3층은 반대로 상성이 나쁘고, 가든 팬서라도 나온다면 나와 잔느 둘이서 쓰러뜨릴 수 있을지 미지수였다. 더욱이 완벽하게 도망칠 수 있을지조차 잘 모르겠다.

적어도 무기가 완성되고, 2층에서 어느 정도 적응을 마친 뒤 도전해야겠지.

시간은 매우 넉넉하니까.

"짜잔. 어때?"

"좋네. 문양이 새겨져서 고급스러운걸."

우리는 오늘의 탐색을 마치고서 고지트 플레이트점에 와있었다.

잔느가 풀 플레이트 메일을 장착하고 있어서 미처 알아채지 못했는데, 정령력의 명맥을 보호하는 고지트 플레이트를 장비하지 않았다.

그래서 예전에 리프레이아와 왔던 가게에서 사기로 했다.

"마음에 드셨습니까? 그쪽 모델은 금등급 탐색자분들께서 많이 애용하십니다."

"삽니다!"

잔느는 물건을 살 때 즉각 결정한다. 굉장한 결단력이었다.

"감사합니다. 그럼 조정을 해드릴 테니 잠시만 기다려주십시오."

점주가 고지트 플레이트를 들고서 안쪽 작업장에 들어갔다.

잔느는 미스릴제 갑옷 중에서도 전위 캐릭터가 주로 착용하는 꽤 중후한 물건을 택했다. 미스릴을 세 장이나 붙여서 내구성을 끌어올렸다.

군데군데 문양도 새겨져 있어서 멋있었다.

가격은 내가 샀던 갑옷보다 두 배나 비싼 무려, 금화 2닢이었다.

"쿠로의 방어구도 주문했으니 이제 무기가 완성되길 기다리기만 하면 되겠군."

여기에 오기 전에 드워프 대장장이 소개해준 가게에서 미스릴제 스케일 메일을 특별 주문했다. 가볍고 튼튼하고 소리가 나지 않는 것이 조건이라서 어려울 줄 알았는데, 그런 주문이 흔한지 가볍게 수락해줬다.

문제는 금액인데 무려 금화 8닢이었다. 더욱이 선불.

엄청난 기세로 돈을 써버렸다. 그러나 현재 탐색 페이스라면 그리 큰 부담은 아니었기에 무서웠다.

잔느의 검이 금화 8닢. 고지트 플레이트는 금화 2닢.

내 검이 금화 5닢. 갑옷은 금화 8닢.

다 합쳐서 금화 23닢이었다.

실은 나중에 검을 받을 때 지불해야 할 돈이 조금 부족했다. 그때까지 벌지 못한다면 맨티스의 혼돈의 정령석을 팔면 어떻게든 될 것이다.

“제2진이 오기까지 앞으로 열흘 남았다. 그때까지 스타일을 만들어두고 싶군. 당면한 목표는 장비를 충실히 갖추고, 레벨을 올려서 『잘 죽지 않는 신체』를 만드는 거야. 우리 전이자는 살아만 있다면 어떻게든 돼.”

“스크롤이랑 결계석이 있으니까.”

제2진이 우리에게 어떻게 관여할지는 미지수였다.

메시지 기능은 동결돼서 지구에서 새로운 정보는 들어오지 않았다.

그래도 뭐, 실은 그리 걱정은 하지 않았다.

이 도시에는 애당초 나와 알렉스 둘밖에 없었다. 즉, 너무 적다.

미궁도 있으니 다른 전이자가 더 많이 와도 좋을 것 같기도 했다. 그러나 지도를 보니 대부분의 전이자들은 남쪽 대륙이나 동쪽 대륙에 집중되어 있었다.

그렇게 생각하면 다음 전이자가 이 도시에 올 가능성 자체가 낮고, 그 전이자가 굳이 우리와 얽힐 가능성도 높지는 않다……. 아니, 접촉은 할지도 모르겠지만, 위험을 감수하면서까지 우리를 죽이려고 시도할 가능성은 낮을지도.

솔직히 말해서 메시지가 동결되고 잔느와 함께 지내면서 지구의 시선을 잊어버릴 수 있는 시간이 길어졌다.

여전히 시청자수는 많았지만, 그것이 『주목도 No.1』 잔느와 함께 있기 때문인지, 아니면 아직도 『내가 나나미를 죽인 범인』이라고 오해들을 하고 있는지는 모르겠다. 실제로 잔느는 매력적인 사람인지라 그녀와 함께 하는 나를 질투하는 시청자도 많이 늘지 않았을까 싶었다.

물론 제2진을 경계하긴 해야겠지만, 잔느가 말하기를 우리는 이미 최고의 스타트 대시에 성공한 상태이므로 어지간히도 머리가 이상하지 않는 한 감히 해코지를 할 녀석은 없을 것이란다. 설령 그런 이상한 녀석이 전이자로 뽑혔더라도 위해를 가하려고 접근할 가능성은 한없이 낮을 것이라고.

듣고 보니 확실히 그런 것도 같았다.

대화를 나누면서 기다리고 있으니 점주가 고지트 플레이트 조정을 마치고서 돌아왔다.

값을 치르고서 가게를 나왔다.

"그러고 보니 쿠로는 고지트 플레이트를 줄곧 착용하고 있군."

"어. 명확한 약점이라서 평소에도 입고 있는 사람이 많대. 처음에는 어색했지만 지금은 이미 익숙해졌어."

"그 연인이 가르쳐줬나?"

"연인은 아니지만…… 맞아."

"어느 쪽이든 상관없어. ……그럼 나도 모처럼 구입했으니 입혀주겠나?"

"혼자서도 입을 수 있을 텐데……."

그런데 잔느와 알고 지낸지는 얼마 안 됐지만, 그녀가 이따금씩 「응석」을 부린다는 것을 알게 됐다.

이런 모습도 카렌과 비슷한 듯했다.

잔느의 고지트 플레이트는 미스릴판이 여러 장이나 쓰여서 장착하기가 조금 번거로웠다.

잔느의 등부터 플레이트를 씌운 뒤 뒤에서 끌어안듯 잠금쇠를 딸깍딸깍 채워나갔다.

확실히 혼자서 입으려면 조금 익숙해져야 하려나?

고급품이니 시종을 부릴 만한 높은 사람을 위한 갑옷일지도 모르겠다.

"음?!"

고지트 플레이트를 착용한 잔느가 느닷없이 뒤를 돌더니 주변을 돌아봤다.

"내 착각인가……? 살의가 담긴 시선을 느꼈다만……."

"살의가 담겼다니……. 다음 전이자는 아직 안 왔잖아?"

"그럴 텐데……. 왠지 찐득한 악의라고 해야 하나……."

"잘 모르겠지만 그런 걸 감지할 수 있으니 제2탄 전이자가 오더라도 안심이네."

"……그럴지도 모르겠군. 아니, 착각인지도 모르지만."

해질녘 거리는 사람들로 넘쳐났다. 누군가가 우리를 봤더라도 알 수가 없었다.

다만 나와 잔느 모두 이 도시에서 유명인도 아니거니와 지인도 거의 없었다.

착각했겠지.

"뭐, 좋아. 이 고지트 플레이트도 나쁘지 않군. 약점을 보호해준다고 생각하니 안심이 돼. 방어구는 좋은 법이야."

나는 전투할 때 경쾌함을 추구하는 편이라서 방어구는 조금 거추장스럽게 느껴졌다. 그러나 잔느의 전투 스타일을 미뤄보면 사랑해야만 하는 짝꿍이었다. 나와 어둠의 정령술의 관계와 비슷한지도 모르겠다.

"자, 오늘도 일찍 자고서 내일도 미궁에서 레벨을 올려야지. 알겠지만, 난 남들보다 레벨이 잘 오르질 않아서 더 노력하지 않으면 쿠로를 영원히 따라잡을 수가 없으니까."

"레벨이 잘 오르지 않는다……? 금시초문인데."

"어? 아아…… 그런가. 쿠로는 미움받는 자도 몰랐지. ……하지만 딱히 어려운 얘긴 아냐. 난 정령한테서 미움을 받아서 성장이 미묘하게 느리다고 해."

"그거, 상당히 심각한 디메리트 아닌가……?"

"아니, 별 거 아냐. 스피드 런을 하고 있다면 모를까, 진득하게 공략해나가면 돼. 게다가 우린 노화 내성까지 취득했으니까."

잔느는 별로 괘념치 않는 듯했지만, 그 논리에 따르면 『사랑받는 자』인 나는 성장이 빠르다는 의미인가?

내가 성장하는 속도가 빠른지 어떤지 잘 모르겠다. 비교대상이 없으니까.

그러나 확실히 나날이 강해져가는 것 같은 실감은 들었다.

"어쨌든 무기가 완성될 때까지는 레벨을 올리자. 3층도 궁금하긴 하지만, 2층을 아직 완전히 공략하지 못했으니까."

"완전공략? 맨티스를 쓰러뜨릴 때까지?"

“바로 그거야. 요번에 한 차례 만났는데 전투를 관뒀어.”

“아직 못 이길 것 같아?”

“아니…… 이길 수 있을 것도 같았지만, 푸르도 함께 있었거든. 만에 하나라도 불상사가 벌어져서는 안 되니까.”

“그러네. 그럼 맨티스가 나올 때까지 함께 돌까. 이틀이나 돌아다니다 보면 한 번쯤은 나올 거야. 어쨌든 혼자서 맨티스를 쓰러뜨릴 수 있는지 시험해두지 않으면 사고를 당할 우려도 있긴 하지.”

잔느가 레벨을 올리기가 더 어렵다면 나는 한동안 서포트를 해도 되겠지. 어쨌든 3층을 혼자서 돌기는 어려웠다. 불가능한 것은 아니지만 사고가 벌어질 수 있고, 가든 팬서도 있다.

“그럼 내일부터는 누가 마물을 더 많이 쓰러뜨리는지 경쟁하면서 2층을 돌까.”

“경쟁은 위험하지 않을까?”

“조금은 다쳐도 괜찮아. 내게는 자연회복이 있고 포션도 있으니까. 무엇보다 너무 안전한 전투에만 익숙해지면 전황이 아슬아슬해졌을 때 위험해. 쿠로라면 알겠지? 나보다도 훨씬 가혹하게 싸워왔잖아? 방어구조차 제대로 착용하지 않았으니까.”

“뭐, 확실히 그렇긴 하네. 하하하.”

미궁은 계층을 하나만 내려가도 마물이 월등히 강해진다.

자신의 힘에 맞춰서 계층을 공략해나가더라도 최하층을 목표로 삼았으니 언젠가 격이 높은 상대와 맞닥뜨리거나, 예기치 않은 사태에 휩쓸려 전투가 아슬아슬해지는 경우가 있겠지.

그런 위기의 순간에 패닉에 빠진다면 끝장이다.

그 사태를 미연에 막기 위해서는 평상시의 전투방식이 중요하다고 잔느는 말하고 싶겠지.
우리는 그저 생활을 꾸려나갈 돈을 벌기 위해 미궁을 탐색하는 것이 아니었다.
돈만 벌 작정이라면 2층을 계속 돌기만 해도 평생 평안하게 살 수 있으니까.
"음?!"
잔느가 또다시 무언가를 느꼈는지 주변을 두리번거렸다.
"착각인가……? 또 화살 같은 시선을 느꼈다만……."
"혹시 피곤해서 그런 거 아냐?"
오늘은 이제 밥을 먹고 욕탕에 들어갔다가 자기만 하면 된다.
이러니저러니 해도 잔느가 온 뒤로 생활이 안정된 것 같은 기분이 들었다.
잔느의 취향을 아직 파악하지 못해서 외식을 자주 하긴 했지만(단순히 미궁에서 격렬하게 활동한 뒤라서 그렇기도 하지만), 슬슬 음식을 직접 해먹어야겠다고 생각하던 차였다.
'아니면 정말로 메이드를 고용해도 될지도 모르겠어.'
지금은 아침부터 저녁까지 미궁에 계속 틀어박혀 있고, 아마도 줄곧 이 페이스대로 갈 테니 집안일을 할 시간이 없었다.
집안일 아웃소싱은 충분히 고려할 만한 선택지겠지.
"밥은 어쩔래? 피곤하면 노점에서 간단히 때워도 되는데."
"그렇군. 그렇게 할까?"
내가 제안하자 잔느가 동의했다. 우리는 노점에서 저녁을 먹기로 했다.

참고로 장비품은 모두 내 섀도 스토리지에 넣어둬서 나와 잔느 모두 맨몸이었다. 이런 때에도 그림자 수납 기능은 편리해서 좋다.

이 도시에는 노점가라고 부를 만한 구역이 있었다. 미궁에서도 나름 가까워서 수많은 모험가들로 북적였다.

고기와 생선, 야채도 있었다. 면류도 있고, 빵과 튀김도 있었다. 쌀은 없는데 이 근방이라고 해야 하나, 이 대륙에서는 재배하지 않는가 보다. 애당초 존재하지 않을 가능성도 있지만.

참고로 크리스털로 주먹밥을 꺼낼 수 있긴 하지만, 현지 음식을 먹지 못하는 것도 아니었다. 뭐, 나는 뭐든지 잘 먹는 편이라서 굳이 주먹밥과 교환할 일은 없겠지만.

잔느와 일단 헤어진 뒤 좋아하는 음식을 적당히 구입했다.

나는 고기꼬치구이와 튀김빵을 구입했다.

우리는 둘 다 먹성이 좋아서 대량으로 사야했다. 꼬치구이는 크기가 제법 큰데도 혼자서 대여섯 개는 해치울 수 있다. 한바탕 다 먹고서 면 요리까지 먹는 것도 흔했다.

노점에서는 여러 가지를 팔기에 먹으면서 구경하는 것만으로도 즐거웠다.

아마 시청자들도 이세계다운 정서가 물씬 풍기는 곳을 좋아하겠지. 그렇게 멍하니 생각하면서 이것저것을 구입해나갔다.

"그렇게나 많이 샀어?"

"그래. 배고파. 맨날 점심을 거르고서 탐색을 하니까."

잔느가 양손에 여러 음식들을 잔뜩 들고서 돌아왔다.

나는 미궁 안에서는 공복감을 거의 느끼지 않는다. 사랑받는 자라서 정령력을 늘 공급받기 때문이겠지.

반대로 잔느는 그런 공급을 받을 수 없으므로 미궁 밖에 있을 때보다야 낫겠지만, 남들만큼 배가 고프겠지. 앞으로는 도시락을 챙기는 편이 나을지도 모르겠다.

"배고파. 너무 고프다. 쿠로, 손이 없어서 그런데 먹여주겠어?"

"어, 어어어?"

"아~앙."

잔느가 눈을 감고서 입을 벌렸다.

으음……. 일본에서 이런 행동은 연인끼리 하는 건데 말이야…….

프랑스는 다르겠지. 단순히 손이 없어서 부탁했을 뿐 다른 의도는 없을 터였다.

이런 이세계에 와서도 같은 지구인끼리 문화 차이를 느끼니 참 신기했다.

그런 식으로 잔느에게 꼬치구이와 튀김빵을 먹여주면서 나도 먹고 있으니 왠지 주변이 웅성거리기 시작했다.

뭐라고 해야 할까, 기이한 분위기였다.

마치 번화가에 느닷없이 마왕이 출현한 것 같은 압박감이 느껴졌다.

"드디어 모습을 드러냈군. 오늘 시선을 여러 번 느꼈는데, 범인은 저 녀석이야."

잔느가 인파 쪽으로 시선을 보내면서 말했다.

나도 그쪽을 돌아봤다. 그곳에 서있는 사람은—.

"—어?"

해질녘인데도 색깔이 바래지 않고 반짝이는 플라티나 블론드.

지기 싫어하는 기질이 드러나는 아몬드 모양의 커다란 눈동자.

몸의 절반을 차지할 것 같은 늘씬하고 긴 다리.

등에 짊어진 쇳덩어리 같은 대검.

"리프레이아?!"

그 사람은 성당기사 시험을 치르기 위해 친가가 있는 실티온으로 돌아갔던 리프레이아였다.

"이이이이이이, 이— 히카루는 바람둥이이이이이이이!"

나와 시선을 딱 마주친 순간, 우뚝 서있던 리프레이아가 절규했다.

© Niθ

“그건 내가 할 소리라니까!”

리프레이아 씨가 오빠에게 「이 바람둥이!」 하고 절규했던 순간, 나나미 언니도 절규했다.

이세계 전이자로 다시 뽑히고 만 언니는 생존확률을 조금이라도 올리기 위해 민간군사회사(PMSC)에서 훈련을 받고 있었다. 그 훈련도 슬슬 막바지에 접어들었다. 언니는 목적을 달성하기 위해서라면 무한의 기력과 체력을 발휘하는 타입이지만, 역시나 거의 고문이라고도 할 수 있는 훈련을 매일 받다보니 모티베이션이 점점 떨어졌다.

그래서 오늘은 휴식을 겸하여 난 그녀에게 오빠 동영상을 보여줬다.

최근 열흘 동안 벌어졌던 중요한 장면만을 짜깁기한 동영상을 틀어줬다. 그런데 나나미 언니는 잔느 씨에게는 비교적 관대했다. 그녀가 오빠에게 서투르게 접근하더라도 별로 분노하지 않는 눈치였다. 아마도 한 번 대화를 나눠서 친해졌기에 조금이나마 친근감을 느끼고 있겠지. 그녀가 「생명의 은인」이라는 사실도 의식했는지도 모르겠다.

그 대신은 아니겠지만, 리프레이아 씨를 향한 적개심은 나도 약간 질색할 만큼 굉장했다. 그래서 리프레이아 씨가 돌아와 준 것은 두 가지 의미에서 요행이었다.

언니는 이 훈련을 마친 뒤 저쪽으로 전이하면 오빠와 합류해야만 한다. 그런데 리프레이아 씨가 돌아왔기 때문에 합류의 우선도가 그 어떤 목표보다 높아졌을 터였다. 이 상황은 언니의 생존확률을 높여줄 게 틀림없었다.

"후……후후…… 내가 합류한다면 얘들한테 진짜『특별한 사이』가 무엇인지 보여줄 테야……."

나나미 언니가 조금 위험한 표정으로 결의를 굳혔다.

대항심에 상당히 불이 붙은 듯했다. ……아니, 처음부터 불은 붙어 있었나?

어차피「나랑 히카루의 사이에는 소꿉친구로서 수십 년이나 쌓아온 역사가 있으니 어디서 굴러든 여자에게 질 리가 없어!」라고 생각하고 있겠지만…… 현실적으로 상당히 절박하겠지.

오빠도 그 나이 대에 걸맞은 평범한 남자이고, 우리가 착 달라붙어서 잔꾀를 부릴 수 없는 상황에서 저런 만화 속 미소녀가 구현된 것 같은 사람이 구애한다면 무사할 리가 없다.

한번 헤어지기 전에는 나나미 언니도 아직 살아나기 전이었고, 마음의 병도 앓고 있었으니 그런 기분에 젖지 못했을지도 모르겠다. 그러나 지금은 상당히 회복했다. 그렇다면 리프레이아 씨의 매력이 스트레이트로 통할 터.

……으음, 아무리 생각해도 금세 함락될 것 같다. 카렌은 이미 포기했을 정도다.

애당초 아직 오빠는 우리를「여자」로서 봐주지 않았다. 조금 과하게 달라붙는 두 여동생과 거리가 조금 가까운 가족 같은 소꿉친구로밖에 여기지 않으니…….

잔느 씨도 있지만, 그녀는 굳이 말하자면 「은인」 카테고리에 속했다. 그러니 리프레이아 씨만이 「여자」였다. 더욱이 절세미인에다가 스타일도 발군. 또한 오빠에게 홀딱 반해서 언제든지 넘어와도 환영하는 상태였다.

뭐, 승산이 없네…….

"그럼 오후 훈련도 열심히 해야겠네, 언니!"

나는 언니에게 기합을 불어넣었다. 부정적인 생각을 해본들 아무 소용도 없었다. 언니도 그 정도는 어렴풋하게 깨달았을 테니.

"그러네. 세리카한테 놀아나고 있는 것 같아서 아니꼽긴 하지만, 이 훈련이 필요하다는 것쯤은 나도 알거든. ……솔직히 정말로 몸이 너덜너덜하지만 말이야."

"그래도 리프레이아 씨를 이기기 위해서는 필요……. 그렇지?"

"그러네. 분하긴 하지만 그 여자…… 외모만은 까무러칠 정도로 좋으니까. 히도 남자이니 조금 휩쓸리는 것도 이해가 되긴 하지만……."

개인적으로 「언니의 모티베이션이 돼줘서 리프레이아 씨는 정말로 최고」—라고 잠시 생각했다. 나는 오빠를 사랑하지만, 역시나 「가족」이었다.

나는 오빠를 진심으로 사랑해주는 리프레이아 씨를 싫어할 수가 없었다.

"자, 언니. 꾸물거릴 시간이 별로 없으니 팍팍 먹어치워!"

나나미 언니는 동영상을 보면서 대량의 고기와 생선을 갓 지은 밥과 함께 먹었다. 식후에도 대량의 알약으로 프로틴을 섭취했다..

요즘에 식사는 거의 이런 느낌이었다. 하루 필요섭취량의 약 5배.

운동 중에 수분을 섭취할 때도 아미노산 드링크나 유산균 음료만 마셨다.

"그나저나 언니, 정말로 예뻐졌네. 조금 놀랐어."

"그래? 거울을 볼 여유도 없어서 실감은 없지만."

"그라비아 화보를 출판할 수 있을 정도로 강렬하게 바뀌었는데? 얼굴도 상당히 갸름해졌고."

"그 여자보다?"

"……지구인이 리프레이아 씨를 이기는 건 무리야. 2차원 미녀 같은 사람이랑 동등한 조건으로 싸우는 건 무모해. 뭐, 언니는 무모한 사람이긴 하지만."

"여자는 외모가 전부는 아냐."

"리프레이아 씨는 내용물도 좋지만 말이야……."

"뭐어? 너, 누구 편이니?"

언니의 눈초리가 흉흉하게 번뜩였다. 며칠 동안 가혹한 훈련에 시달린 바람에 언니의 야성이라고 해야 하나, 공격성이 평상시보다 쉽게 표출되는 듯했다.

"당연히 언니의 편이지. 그래도 리프레이아 씨는 보통 수단으로는 이길 수 없겠다고 생각했을 뿐. 그 사람은 여자인 내가 봐도 매력적이라서."

"으윽……. 뭐, 나도 알아. 실물을 봤다면 나도 기가 죽었을지도 모르겠다고 살짝 생각했어."

"그치?"

그러나 언니가 필사적으로 나오는 이유도 알겠다. 언니가 쥐고 있는 카드는「소꿉친구」밖에 없었다.

“그러고 보니 올해 밸런타인 때는 초콜릿을 주질 않았네. 몇 년 만이지.”

날짜를 확인하고서 언니가 별생각 없이 중얼거렸다. 2월 14일은 이미 지나가버렸다.

“매년 줬잖아. 우리도 주질 못했네.”

“아핫. 뭐, 난 저쪽 세계에서 줄 수 있지만!”

“쓸데없는 싸움은 걸지 말아줄래?”

실제로 언니가 부럽다는 마음이…… 조금은 있었다.

그러나 지구에서 백업할 수 있는 사람은 우리뿐이라는 자각도 갖고 있었다.

스스로도 이 현실이 이상했다. 나는 지금 이 상황이 그리 싫지는 않았다.

“……그러고 보니 언니. 몇 년쯤 전에 오빠한테 초콜릿을 주려고 했던 동급생을 혼쭐내줬다는 얘기를 들었는데 진짜야? 무서워서 차마 물어보질 못했거든. 언니가 저쪽에 가기 전에 알려줬으면 좋겠는데. 카렌을 시켜서 여자 동급생의 개인정보를 빼냈다는 사실밖에 모르지만.”

“아앙?! 혼쭐을 내줬다고?! 그런 짓을 할 리가 없잖아!”

“근데 초등학교까지 소문이 흘러들었거든. 아마도 혼쭐이 났던 그 여학생한테 여동생이 있었던 것 같은데, 그나저나…… 진실이 뭐야?”

거친 학생들이 활개를 치고 다녔던 옛 시절이라면 모를까, 학생들끼리 거의 다투지도 않는 현대에서 초콜릿을 주려고 했다는 이유만으로 혼쭐을 내줬다는 이야기는 이미 사건이라고밖에 할 수가 없었다. 그것을 우리의 소꿉친구가 저질렀다면 더더욱.

"아, 아~. 그건가? 그거, 오해야. 제재만 살짝 가했다고 해야 하나……."

"역시 혼내준 거 맞네에!"

"뭐~ 좋아. 그럼 얘기해줄게. 딱히 별 것도 아닌 일인데—."

그것은 나— 소우마 나나미가 중학생 때였다.

"얘~ 토모~. 모처럼 밸런타인이 다가오니 너도 참가해야 하지 않니~?"

"하, 하지만 나…… 좋아하는 사람이 없는데……."

"됐어, 됐어. 신경이 좀 쓰이는 사람한테 줘도 전혀 상관없으니까!"

"맞아, 맞아! 인생은 딱 한번뿐이니까 후회가 없도록 살아야지!"

체육수업 전 탈의실에서 동급생인 시이나 토모코가 괴롭힘을 당하고 있었다.

반에서 서열이 높은 세 여학생이 둘러싸면 시이나는 늘 저런 느낌이었다. 저것이 집단 괴롭힘인지, 도가 지나친 교류인지 나는 판단이 되지 않았다. 그녀가 원해서 저 그룹에 속해 있는지도 모르니까.

내가 봐도 시이나 토모코는 꽤 미소녀였고, 남자들로부터 관심을 제법 끌 것 같았다. 그러나 정작 본인은 수수했고, 그 좋은 소재를 살려보려는 분위기는 느껴지지 않았다. 물론 그녀의 사생활이 어떤지는 잘 모른다. 의외로 하교한 뒤에는 화려한 옷에다가 피어싱까지 차고 다닐지도 모르겠지만.

어쨌든 시이나 토모코는 나처럼 수수한 타입이면서도 서열 상위 그룹에 소속되어 매일 괴롭힘을 당하면서 난처해한다. 그런 인상이 풍겼다.

'……뭐, 나랑 관계없나.'

나는 얼른 옷을 갈아입고서 탈의실을 나갔다.

그녀들이 말했듯 밸런타인데이가 곧 찾아온다.

나는 매년 그러했듯 수제 초콜릿을 줄 생각이었다. 그런데 쌍둥이들은 어쩔 셈이지? 그 애들은 조금…… 아니, 꽤나 예사롭지 않으니 이런 이벤트 때도 상상을 훌쩍 뛰어넘는 무언가를 준비하겠지. 자기 몸에다가 초콜릿을 바른 뒤「날 먹어줘」하고 유혹하는 이벤트 같은 요망한 짓을 꾸미고도 남을 만큼 상식에서 벗어난 아이들이었다.

……뭐, 그것에 대항할 만큼 나는 유치한 사람은 아니므로 알아서들 하라지. 결국 걔들은「여동생」이니까.

"그럼~ 쿠로세는 어때? 엄청 수수하니 너랑 잘 어울릴 것 같은데?"

"꺄하하하하! 그럴지도!"

그 발언은 내가 탈의실을 나와 화장실에 들렀다가 다시 탈의실 앞을 지났을 때 들려왔다.

'쿠로세라면…… 히카루를 말하는 거네.'

나는 그 발언을 간과할 수 없었다. 그에게 나라는 소꿉친구가 있다는 걸 알면서 내뱉은 발언일까? 이미 내가 탈의실을 나온 뒤이니 말실수겠지.

'흐으~응. 재네들한테…… 똑똑히 알려줘야 할 것 같네.'

나는 경계심을 굳혔지만, 현실에서 아직 무슨 일이 벌어진 것도 아니었다.

밸런타인까지 앞으로 닷새 남았다. 나는 나대로 초콜릿을 준비해야만 하지만, 그래도 장난을 치거나 괴롭힐 작정으로 초콜릿을 주고는 그를 비웃거나 상처를 입히는 행위를 용납할 수 있을 리가 없었다.

만약에 정말로 그럴 작정이라면 저지해야만 했다.

나는 쌍둥이 중 여동생과 의논하여 몇몇 정보를 모았다.

그리고 당일.

히와 나와의 관계는 어느 의미에서 공인됐다. 사귀는 사이는 아니지만 소꿉친구로서 친밀…… 그러한 이미지가 침투되어 있었다. 내가 1학년 때부터 평범한 남녀사이로 보이지 않을 만큼 계속 밀착한 결과였다. 그렇게 「특정한 상대가 있다」는 사실을 만들어두면 어지간한 여자애는 감히 손을 대지 못한다. 여자의 사회란 그런 법이었다.

극단적으로 말하자면 동일한 상대를 좋아하는 것조차 금지하는, 의미를 알 수 없는 불문율까지 존재했다. 동조압력이라고 해야 할까, 뭐라고 해야 할까. 어쨌든 여자의 세계는 그런 질퍽질퍽한 느낌으로 운용되고 있다.

……뭐, 그렇기에 내가 히카루에게 「침을 발라둔 것」이 유효하게 작용하는 거겠지만.

'……그 여자애. 진짜로 히카루한테 초콜릿을 줄 작정일까.'

나는 시이나 토모코의 동향을 살폈다.

자신의 짐을 힐끗힐끗 신경 쓰는 몸짓. 주변 여자들이 히죽거리는 모습.

아마도 진심으로 일을 벌일 작정인 듯했다.

나는 히카루를 복도로 불러냈다.

"저기, 오늘 누가 어디 좀 나와 달라고 부탁했지?"

"어, 어엇……. 알고 있었어?"

"뭐, 그렇지. 걔가 나한테 말을 추가로 전해달라고 부탁했거든. 역시 부끄러우니 오늘은 없던 일로 해달라고."

"……그래? 알겠어."

"기대했어?"

"아니, 신발함에 편지만 들어 있었어. 보낸 사람 이름도 적혀 있지 않았고."

과연 그런 느낌이었구나.

"흐으음. 어디로 나와 달래?"

"어, 낮에 부실동 뒤쪽에. ……나, 살짝 두근거렸어."

"그래?"

무심하게 대답하고서 나는 내심 동요했다. 두근거렸다니…… 역시 나를 소꿉친구 이상으로는 봐주지 않는 거니?

약간 애가 탔지만, 뭐 지금은 됐다. 필요한 정보를 얻었다.

부실동 뒤쪽은 꽤 외진 곳이다. 초콜릿을 건네는 광경을 관찰하기 위해서 엿보기 좋은 곳을 선정했겠지. 2층짜리 부실동 뒤쪽은 창문이 없고 인적도 없다. 그러나 실은 옥상에 나갈 수 있어서 그곳에서 아래를 훤히 내려다볼 수 있다.

나는 급식을 다 먹은 뒤 시이나 토모코와 그 친구들이 교실에서 나가는 모습을 확인하고서 자리에서 일어섰다.

부실동에 도착했을 때 이미 시이나 토모코가 홀로 뒤편에서 그를 기다리고 있었다.

'그렇다면 다른 여자애들은 옥상에 올라 갔으려나?'

부실동 옥상은 일단 출입이 금지되어 있지만, 자물쇠가 망가져서 쉽게 드나들 수 있었다.

뭐, 그쪽은 출구가 하나밖에 없다. 이따가 가도 되겠지.

"안녕, 시이나."

"어, 어……? 소우마……?"

시이나 토모코가 작은 동물처럼 흠칫흠칫 놀랐다. 그 손에는 귀엽게 포장된 초콜릿이 들려 있었다.

괴롭힐 작정으로 누군가가 시킨 것치고는 상당히 정성을 들였다.

머리 위에서 「켁」, 「소우마잖아!」, 「아차차」 하는 소리가 들려왔다.

"그거 맛있어 보이네. 나한테 줄래?"

"어, 어?"

"내놔."

내가 한걸음 다가가자 그녀가 체념했는지 꾸러미를 넘겼다.

나는 내용물을 확인한 뒤 수제로 추정되는 초콜릿을 아작아작 먹었다.

'흐음……. 고춧가루가 든 것 같진 않네. 지연성 독이면 어쩌지?'

어차피 초콜릿을 주고서 그를 야유하려고 했을 테니 내용물에 장난을 칠 만도 했다. 그러나 먹지 않고 버리는 건 왠지 내키지 않아서 여세를 몰아 다 먹어버렸다.

뭐, 안에 고춧가루 같은 게 들어있었다면 역시나 내 인내심도 뚝 끊어졌겠지만.

목숨을 건졌구나, 시이나.

"……그나저나 비웃을 작정으로 일부로 수제 초콜릿까지 준비하여 분위기를 조성하려고 하다니…… 조금 지나치지 않아?"

"소우마…… 미안해…… 나……."

"됐어. 누가 하라고 시켰지? 나, 전부 다 알아. 그보다도 이제 건네줄 거 건네줬으니, 시이나는 이만 돌아가도 좋아. 걔네들한테는 내가 얘기해둘 테니까."

나는 그녀의 등을 밀어 교실로 얼른 돌려보냈다.

"자, 그럼."

나는 부실동에 들어가 옥상으로 이어지는 계단을 올랐다. 때마침 동급생들…… 시이나 토모코를 부추겼던 세 여자가 나오는 참이었다.

내가 올 줄은 몰랐겠지. 셋 다 민망한 표정을 보였다.

계단은 두 사람이 겨우 지나갈 정도로 좁았다. 나는 두 팔을 벌려서 앞을 가로막았다.

"……비켜."

"비킬 것 같아? 너희들 시이나를 이용해서 히카루를 웃음거리로 만들려고 했지?"

"하아? 뭔 소린지 모르겠는데?"

셋 중 리더로 보이는 애가 시치미를 떼는 순간, 나는 뺨을 후려갈겼다.

이런 애에게는 따끔하게 교육을 해줘야만 한다.

"어, 어?"

뺨을 맞은 애가 벌써부터 울상을 지었다. 집단 괴롭힘이나 저지르는 주제에 맷집이 약하네.

"셋 다 거기 앉아."

"잠깐, 소우마, 뭐야?! 뜬금없이—."

"그, 그래. 우린 아무 짓도—."

남은 두 사람이 항의했다. 아무것도 하지 않았을 리가 없잖아.

"앉으라고 했어. 아니면 맞아야만 말귀를 알아먹는 거니? 앉아!"

내가 말하자 세 사람은 어깨를 흠칫 떨고는 새파래진 얼굴로 제자리에 주저앉았다.

그리고 셋 다 훌쩍훌쩍 울먹이고 말았다.

"너희들 말이야. 이만한 일로 질질 짜는 주제에 왜 다른 애를 괴롭히는 거야?"

그러나 이 정도로 애들이 마음을 고쳐먹을 리가 없었다. 눈물로 이 순간을 모면한 뒤 또 같은 짓을 되풀이하겠지. 그건 이 애들을 위해서도 안 될 말이었다.

확실히 말해서 애들이 어떻게 살든 나와는 관계가 없었다. 그러나 이미 시작해버렸으니 끝장을 봐야만 했다.

"……너희들이 딴 남자한테 장난을 칠 작정이었다면 나도 딱히 이런 짓을 하지 않았을 거야. 너희들도 내가 히카루를 좋아하는 걸 알지?"

“……어, 으음, 그건 알지만.”

“……사귀지는 않는다고 해서…… 괜찮은 줄 알고…….”

나는 발로 문을 쾅 찼다.

철문이 요란한 소리를 내자 세 사람이 눈에 보일 정도로 몸을 흠칫 떨었다.

“날 우습게 봤어? 우습게 봤으니까 이런 같잖은 짓을 벌인 거겠지? 분명 난 화려한 그룹에 소속되는 타입은 아니지만 말이야. 그렇다고 해서 반항도 하지 않는…… 얌전한 녀석이라고 보다니, 좀 의외다?”

그녀들 같은 서열 상위 그룹은 나를 수수한 안경녀라고 여겼을 테지만, 수수한 안경녀를 얕잡아 봐도 된다는 법 따윈 없었다.

“……그런데 우리, 정말로 아무것도 안 했어…… 안 했습니다. 토모코를 살짝 부추겼을 뿐…….”

“아앙? 그게 틀려먹었다는 내 말을 알아듣지 못한 거야? 콱 죽여버린다?”

남을 괴롭히는 쪽에서는 그저 장난이겠지.

“그럼 너희들도 지금 당장 좋아하는 사람한테 고백하고 와. 내가 봐줄 테니까.”

내가 말하자 세 사람 모두 얼굴을 찡그렸다.

“부추겼을 뿐이라면서? 그럼 내가 똑같이 부추겨도 괜찮은 거 아냐?”

“어…… 아, 아니…….”

“하지만, 저기…….”

“지, 지금은 좋아하는 사람도 없고…….”

세 사람이 서로 얼굴을 마주보고는 변명을 중얼대기 시작했다.
그러나 나는 이미 준비를 끝마쳤다.
“하지만 나도 악마는 아냐. 리더인 엔도. 너만 하고 오면 봐줄게. 네가 좋아하는 사람을 이미…… 불러놨으니까. 아래를 봐볼래?”
“뭐, 뭐어어?!”
옥상에서 아래를 내려다보니 때마침 부실동 뒤편에 한 남학생이 누군가를 찾으며 서있었다. 엔도 료코가 좋아하는 축구부 남학생이었다.
“어…… 어떻게 소우마가 그걸 아는 거야?! 내가 걜 좋아한다는 걸…….”
“뒷계정에 그리도 심정을 토로해놨는데 누가 모를 수 있겠니? 시적이라서 재밌던걸?”
솔직히 말해서 엔도를 제외한 나머지 여자애들이 좋아하는 사람도 특정하고 싶었지만, 가드가 조금 단단했는지 결실을 거두지는 못했다. 뭐, 세 사람의 리더는 엔도다. 그녀만 제재해도 되겠지.
“야마모토. 지금 데려갈 테니까 기다려~.”
나는 아래에 있는, 엔도가 연모하는 사람에게 말을 걸었다.
“자, 이제 돌이킬 수 없어. 남한테 강요했겠다? 설마 본인은 못하겠다는 소리는 하지 않겠지?”
내가 생긋 웃으며 말하자 엔도가 얼굴이 새빨개진 것을 넘어 새하얘졌다.
오늘은 밸런타인데이지만, 보아하니 고백할 준비는 하지 못한 듯했다.

"……어, 어떻게 내 뒷계정을 네가 알고 있는 거야……."
엔도가 현실을 잊고자 그런 말을 내뱉었다.
뭐, 타당한 의문이었다. 나와 엔도는 딱히 친구 사이도 뭣도 아니니까.
상식적으로 생각하면 알아낼 수가 없는 것이었다. 뒷계정 따윈 흥미도 없고.
"좀 조사해달라고 부탁했어. 히카루한테는 무시무시한 파수견이 붙어 있거든…… 그한테 위해를 가하려는 사람이 있다고 말하면 바로 움직여줘. 셋 다 뒷계정뿐만 아니라…… 인터넷으로 접근할 수 있는 개인정보는 이미 전부 수집해놨지."
지금까지 올렸던 개인정보를 간단히 수집했으니 앞으로 올라올 정보도 쉽겠지. 이것은 인생의 목덜미를 쥐고 있다는 말과 동일했다. 인터넷과 함께 살아온 우리 세대에게는 공포다.
스마트폰을 조작하여 알려지길 원치 않을 만한 과거를 잠깐 읽어줬더니 셋 다 창백한 얼굴로 부들부들 떨었다. 실은 이런 일을 쌍둥이에게 부탁하고 싶진 않았지만, 히카루의 적은 그녀들에게도 적. 뭐, 문제없다.
물론 내가 단단히 다짐을 받아둬도 되겠지만, 그것만으로는 약하니까.
"죄송합니다아아아아아아아!"
"용서해주세요…… 우발적이었어요오오오오오!"
"우에에에에에엥!"
세 사람이 또 울기 시작했다. 용서하든 말든, 고백은 반드시 하게 할 거다.

나는 주저앉아 있는 엔도의 팔을 붙잡고서 계단을 내려갔다. 그러고는 부실동 뒤편에서 기다리는 남자에게 고백하도록 시켰다.

엔도는 줄곧 울먹였고, 남자는 당혹해하기만 했고, 결국에는 차여서 서럽게 펑펑 운 끝에 5교시 수업을 늦고 말았다. 계획이 꽤 스마트하게 풀리지는 않았다. 뭐, 이로써 앞으로 그 아이들이 이상한 장난을 칠 일은 없겠지.

"—그렇게 됐다는 말씀."

"혼쭐을 내줬네!"

나는 순간적으로 절규했다. 그러니 초등학교까지 소문이 흘러들 수밖에…….

"그건 혼쭐이 아냐! ……아니, 혼쭐을 내줬다고 할 수도 있겠지만, 초콜릿을 건네려고 했던 상대를 혼내줬다는 건 날조야!"

"뭐~ 분명 그렇긴 하지만, 역시 언니는 광견이야……. 보통은 그런 장면을 목격하더라도 동급생을 세 명이나 싸잡아서 혼쭐을 내주진 않거든? 하물며 여자가……. 남자의 세계에서도 좀처럼 없는 일이야……."

그 후에 언니는 훈련을 재개했다. 나는 집으로 돌아가 카렌에게도 아까 들었던 이야기를 알려줬다.

"흐으응~. 근데 세리칸은 몰랐구나~."

"어, 카렌은 알았어?"

"뭐, 그렇지. 그땐 입막음을 해서 말할 수 없었지만."

몰랐던 사람은 나와 오빠뿐이었나. 뭐, 카렌이 언니에게 정보를 제공해줬으니 사정을 자세히 알더라도 이상하지는 않지만.

"그리고 나나밍, 알면서도 애써 스스로를 속였던 모양인데…… 이야기에 등장했던 시이나 토모코의 초콜릿, 그거 진심이었던 것 같아. 나나밍이 먹어버려서 꽤나 절망했다던데……."

"어……? 그럼…… 그 애도 진짜로 오빠를 좋아했다는 거야?"

"그렇지. 뒷계정에 푸념을 늘어놓았어. 그 여자, 다 알면서 망치러 왔다고."

"무서워……. 알고 싶지 않았어…… 그 내막은……."

역시 나나미 언니는 무서운 사람이었다. 우리도 그 사람이 처음에 이세계 전이자로 뽑혔을 때 자연스럽게 「언니라면 괜찮겠지」 하고 생각했을 정도다.

다혈질에다가 질투심이 많고 집념이 깊은데다가 조금 약삭빠른, 우리 언니는 최강이니까.

■작가 후기

무사히 3권도 출간돼서 안도하고 있는 호시자키 콘입니다.

3권은 리프레이아와 헤어진 후에 펼쳐진 히카루의 이야기를 다뤘습니다. 그리고 전이 첫날에 히카루가 모르는 배후에서 무슨 일이 벌어졌는지 세리카의 시점에서 써봤습니다. 아직 읽지 않은 분도 계실 테니 자세한 내용을 적지 않겠습니다만, 즐겁게 읽어주셨다면 좋겠습니다.

자, 띠지에도 언급했습니다만, 드디어 만화판의 연재가 시작됐습니다!

검색을 해보면 금방 아실 수 있겠지만 AOIKO 선생님이 그려낸 「나에겐 이 어둠이 아늑했다」를 부디 즐겨주십시오.

이 어둠은 아시다시피 게시판 반응도 다루고 있고, 소설 자체도 1인칭이라서 만화로 각색하기 꽤 어려운 이야기(만화는 기본적으로 3인칭)입니다. 그토록 난도가 높은 데도 정보량을 조정하면서 만화로서 읽기 쉽도록 재구성해주셨으니 이 어둠을 아직 읽어보지 못한 분도 즐기실 수 있으리라 생각합니다.

원작 독자 여러분도 부디 응원해주십시오.

그 밖의 정보는 제 Twitter에 올려두고 있으니 팔로우&체크해주세요.

잠깐 제 이야기를 하겠습니다.

저는 공모전에서 뽑혀서 작가가 된 게 아니라 WEB에서 연재하던 작품이 우연히 인기를 끌어서 운 좋게 작가가 된 사람입니다. 등단을 2013년에 했으니 WEB 출신 작가치고는 빠른 편일까요. 용케도 지금까지 프로의 세계에서 살아남았구나 싶어서 스스로도 신기할 정도입니다. 운이 좋았죠.

그렇습니다…… 어쨌든 운이 좋았습니다.

왜냐하면 그 무렵부터 시작한 이세계 붐이 그야말로「제가 좋아하는 장르」— 이세계 전생으로 넘어갔기 때문입니다.

이것은 정말로 행운이었습니다. 좋아해서 쓰고 좋아하니 읽는다. 그 당시 한정으로 저 같은 사람이 100명이 있었다면 100명 모두 서적으로 출간됐을 겁니다. 그만큼 이세계라는 장르는 제 취향에 딱 맞았고, 소재도 얼마든지 지어낼 수 있습니다.

그래서 처음 쓴 소설이 서적으로 출간되는 꿈만 같은 일도 벌어졌습니다.

우연히 좋은 타이밍에 작품을 쓰고 있었고, 분량도 나름 많았다는 점도 컸습니다. 무엇보다도「소설가가 되자 계열」이 유행하기 시작하는 타이밍이었으니까요. WEB 전용 신규 레이블도 속속 생겨나고 있었으니 인기를 일정 이상 끄는 작품은 거의 서적화 제안을 받았을 겁니다. 그중에는 열 군데 이상의 레이블에게서 제안을 받은 작품이 있었을 정도.

그 시절에는 그런 판타지 같은 이야기가 도처에 있었습니다. 등단작이 서적으로 출간되는 이야기도 딱히 드물지 않았습니다.

그러나 지금 현재는 이미 조금 달라졌습니다.

그 시절, 제가 좋아하는 이세계물은 유행을 타고서 엄청난 양이 탄생했습니다. 출판사가 앞 다퉈서 홍보하고 서적화에 서적화가 이어졌습니다. 투고를 개시한 지 사흘 만에 요청을 받았다느니, 만화판까지 확약을 받았다느니, 애니화라느니…… 꿈같은 이야기가 현실이 됐습니다. 소설 전체의 역사에서 보더라도 무시할 수 없을 만한 큰 흐름이었던 것만은 틀림없습니다.

……그 시절부터 시작하여 지금 현재까지도 이세계물 유행(이른바 「되자 계열」)은 이어지고 있습니다. 아마도 이세계물은 동서고금을 통틀어서 가장 많은 작품이 탄생했던 장르가 아닐까 싶습니다.

저도 독자로서 꽤나 만족스럽습니다.

그렇습니다……. 이세계물을 매우 좋아하는 저도 꽤나 만족합니다.

새빨갛게 달궈질 만큼 가열됐던 장르의 유행은 조금씩이지만 변화해갔습니다. 현재 정통파 이세계물은 꽤 줄어들었습니다. 제가 사랑하는 전생, 전이물도 상당히 줄었습니다. 서적으로 출간되는 작품도 자연히 감소하는 경향입니다.저는 이세계 전생이나 이세계 전이 이야기를 좋아합니다. 지금도 WEB 소설 사이트에서 그러한 장르를 찾아서 읽고 있고, 취향에 맞는 재미난 작품을 새롭게 발견하면 가슴이 뜁니다.

그래서 이 유행이 쇠퇴하는 과정을 목도하니 솔직히 서글픕니다.

어쩌면 이대로 이세계물은 망해서 아무도 읽지 않게 되는 건 아닐까요……? 그렇게 생각한 적도 있었습니다. 실제로 그렇게 생각하는 사람도 나름 있는 듯합니다.

그러나 냉정히 생각해보면 조금 말이 안 되네요.

제가 프로로 등단한 해는 2013년이고, 실제로 연재를 개시한 해는 2011년이었습니다. 다시 말해서 어언 10년 넘게 지났습니다. 유행이라고 하기에는 너무 깁니다. 신규 독자의 세대가 바뀔 만한 세월입니다. 그러니 최근에는 이렇게 생각하고 있습니다.

「어쩌면 이세계 전생, 전이물은 평생 쓰이고 읽힐지도 모르겠다…….」고 말이죠.

이세계물은 이제 소재가 다 떨어졌다는 글을 자주 봅니다만, 제가 떠올린 소재만 봐도 아직 나오지 않은 것이 매우 많습니다. 「이 어둠」 역시 처음에는 하나의 아이디어에서 탄생한 작품입니다.

물론 정통파 작품이 그대로 수용될 일은 없을 테지만, 수요가 느닷없이 팍 줄어들 것 같지도 않습니다.

그 변화의 속도를 조절해나가는 것은 아마도 가능.

그렇다면 역시 평생 이세계 전생, 전이물은 계속 쓰이고 읽힐지도 모르겠습니다.

……그렇다면 근사할 텐데요.

아직 소재는 많이 있으니 이 어둠과 병행하여 조금씩 공개해나가고 싶은 심정입니다. 혹여나 눈에 띈다면 부디 읽어주셨으면 좋겠습니다.

평생 이세계 전생, 전이물을 쓰겠다!

마지막을 감사 인사를 올리겠습니다. 일러스트를 맡아주신 Niθ 선생님. 이번 권에도 멋진 일러스트를 그려주셔서 감사합니다. 잔느의 디자인이 정말로 설득력 넘치는 귀여움을 갖추고 있어서 「확실히 인기를 끌 것 같다……」고 생각하지 않을 수가 없었습니다. 최고입니다. 담당편집자 K씨, 이번에도 여러 가지를 함께 고민해주셔서 무척 도움이 컸습니다. 앞으로도 잘 부탁드리겠습니다. 그리고 GA편집부 임직원 여러분, 본서를 제작하고 판매하는 과정에 참여해주신 모든 분들께 최대한의 감사를 올립니다. 감사합니다!

2022년 길일 호시자키 콘

나에겐 이 어둠이 아늑했다 3

초판 1쇄 발행 2023년 12월 20일

지은이_ Kon Hoshizaki
일러스트_ Niθ
옮긴이_ 박춘상

발행인_ 최원영
편집장_ 김승신
편집진행_ 권세라 · 최혁수 · 김경민 · 최정민
편집디자인_ 양우연
관리 · 영업_ 김민원

펴낸곳_ (주)디앤씨미디어
등록_ 2002년 4월 25일 제20-260호
주소_ 서울시 구로구 디지털로 26길 111 JnK디지털타워 503호
전화_ 02-333-2513(대표)
팩시밀리_ 02-333-2514
이메일_ lnovellove@naver.com
L노벨 공식 카페_ http://cafe.naver.com/lnovel11

ORE NIWA KONO KURAGARI GA KOKOCHIYOKATTA
-ZETSUBO KARA HAJIMARU ISEKAI SEIKATSU, KAMI NO KIMAGURE DE KYOSEI HAISHINCHU- 3

ISBN 979-11-278-7315-8 04830
ISBN 979-11-278-6715-7 (세트)

값 11,000원

미나미노 우미카제
illust. Laruha
2
미술사 쿠논은
보인다
L BOOKS

구울이 세계를 구했다는 것은 나만이 알고 있다 1권

카토 묘진 지음 | 코메시로 카스 일러스트 | 박춘상 옮김

"난 용사 따위가 아냐. 괴물을 먹어치우는 괴물이다."
흉악한 마물들이 득실거리는 혼돈의 세계—
멸망해가는 인류 최후의 요새인 성도에
용사의 칭호를 이어받은 「마물」이 있었다.
첫 『미궁』 탐색에서 견인(코볼트) 떼에
습격을 받은 신참 모험가 앨리스.
그녀의 목숨을 구해준 자가 바로 마물(구울)의 몸을 가졌으면서도
인간의 마음을 가진 3대 《구세》의 용사, 레온이었다.

세상이 버린 용사와 소녀가 그려내는 다크 판타지, 개막!

나는 모든 것을【패리】한다 1~4권

나베시키 지음 | 카와구치 일러스트 | 김성래 옮김

재능 없는 소년.
그렇게 불리며 양성소를 떠났던 남자 노르는
홀로 한결같이 방어 기술【패리】의 수행에 열중하며 살았다.
그러던 어느 날, 마물에게 습격당한 왕녀를 구하게 되며
운명의 톱니바퀴는 뜻밖의 방향으로 돌기 시작한다.
밑바닥 랭크의 모험가임에도 불구하고 왕녀의 교육자로 발탁되었는데…….
본인이 지닌 공전절후의 능력을 아직껏 노르 혼자만이 알지 못한다…….

무자각의 최강은 위기에 빠진 왕국을 구원할 수 있는가?